Manuela Martini

Die Insel

Thriller

W0385913

Arena

FSC
www.fsc.org
MIX
Papier aus verantwortungsvollen Quellen
FSC® C110508

1. Auflage als Sonderausgabe 2016
© 2014 Arena Verlag GmbH, Würzburg
Alle Rechte vorbehalten
Umschlaggestaltung: Martina Eisele·Design, München
unter Verwendung der Bilder von alones/Bigstock, seenord/
Bigstock, Bosenok/Bigstock und Dudarev/Bigstock
Gesamtherstellung: Westermann Druck Zwickau GmbH
ISSN 0518-4002
ISBN 978-3-401-50864-1

Besuche uns unter:
www.arena-verlag.de
www.twitter.com/arenaverlag
www.facebook.com/arenaverlagfans

Every continent has its own great spirit of place. Different places on the face of the earth have different vibration, different chemical exhalation, different polarity with different stars: call it what you like. But the spirit of place is a great reality.

D. H. Lawrence

SCHATTEN

LOVE TILLY DEVINE

Steck dir deine Sandwiches sonst wohin!, schrei ich ihn an. Darauf er: *Du verdammtes Miststück!* Und ich? Ich zeig diesem Kevin T. Stroker den Finger, werf ihm die Uniform vor die Füße und geh aus der Tür. Ganz cool!« Hannah nimmt einen Schluck Bier, ihre Kehle ist ganz ausgetrocknet. »Warte, dann kommt das Beste: Ich habe also so meinen Schlüssel in der Hand und da steht genau vor meiner Nase seine Angeberkiste. Und im Vorbeigehen ritzt mein Schlüssel eine schöne tiefe Wellenlinie in den roten, polierten Lack! Na, was sagst du dazu?«

»So einen coolen Abgang bringt nicht jeder!«, schreit Nikki sie mit ihrer Heliumstimme an und lacht lauthals, obwohl Hannah Nikki die Story jetzt schon zum vierten Mal erzählt. *»Joder,* Hannah!« Nikki hebt ihr Glas an die Lippen. *Joder* ist spanisch und Nikki kennt den Ausdruck von ihrem mexikanischen Gärtner. Das sagt er, wenn er was richtig cool findet, hat Nikki Hannah neulich erklärt.

»Ja!«, brüllt Hannah ausgelassen zurück und spürt, wie das Adrenalin wieder durch ihren Körper schießt. Nie hätte sie gedacht, dass sie zu so etwas fähig wäre: Autolack zerkratzen! So was macht man nicht. Nicht eine Hannah Goulding. Aber nach vier Monaten mieser Jobs hat sich ihre Reizschwelle deutlich nach unten verschoben. Und sie fühlt sich gut, wenn sie daran denkt. *Kraaaaatz* ... Ha, da ist sie über sich hinausgewachsen, hat ihre ganze Erziehung vergessen – und nicht nur die ...

Hannah wirft den Kopf zurück und lacht und die Lichter um sie herum funkeln und blitzen wie ein Feuerwerk, während die Musik so laut dröhnt, dass alles vibriert. Das Bier in ihrem Glas, ihr Trommelfell, ihr ganzer Körper. *So muss es sich anfühlen, das Leben, genau so!* Und heiß ist es wie in der Hölle, und voll wie zur Rushhour in der Londoner U-Bahn. Körper drängt sich an Körper, schwitzende Körper, und alle sind total gut drauf. *London? Ach, vergiss es! Und Eileen und Richard und Janice? Vergiss sie einfach!* Das liegt schon so weit zurück, ihr bisheriges Leben am anderen Ende der Welt – versunken in einem dichten weißen Nebel, aus dem es hoffentlich nie, nie, nie wieder auftaucht!

Blitz macht ihr Smartphone. *Love aus dem Love Tilly Devine, Sydney* tippt sie und schickt das Foto an ihre beste Freundin Jessica McBride.

Nikki lacht noch immer. Sie fährt sich durch die langen blonden Haare. Ihre weißen Zähne glitzern wie Perlen.

Nikki Lovell aus Houston, Texas. Das All American Girl.

Nikki ist das pure Klischee: texanische Cheerleaderin, blond, vollbusig und endlos lange Beine. Die blauen Augen groß wie Seen und ein Gesicht, das immer gute Laune hat. Und dazu diese Heliumstimme, die bei manchen nerven würde, aber zu Nikki passt sie einfach.

Schon lange hat sich Hannah nicht mehr so befreit gefühlt. Und schon lange hat sie nicht mehr so gelacht wie mit Nikki, die das genaue Gegenteil von ihr ist. Nikki ist blond und ihre Haare sind so glatt, als würde sie sie jeden Morgen mit dem Glätteisen bearbeiten – was sie aber nicht tut, das kann Hannah bezeugen. Sie hingegen – Hannah Goulding, Apothekertochter aus Good Old England – hat dunkle, lockige Haare, die sie meistens im Nacken zusammenbindet. Ihre Augen sind braun und ihre Haut ist sonnenempfindlicher. Ist Nikki athletisch, so ist Hannah eher feingliedrig, und obwohl sie fast gleich groß sind, wirkt Hannah deshalb doch ein bisschen größer – und irgendwie ernster und, tja, steifer.

Mehr Selbstbewusstsein, hat Nikki gestern beim Shoppen gemeint, als Hannah sich von ihr hat überreden lassen, die knappen Shorts in dem Surfladen anzuprobieren. »Hot, Hannah!«, hat Nikki in der Umkleidekabine gesagt und eine grüne Kaugummiblase platzen lassen. »Da lassen die Jungs am Bondi Beach bestimmt sofort ihre Boards fallen!«

Hannah schüttet den Rest ihres Biers hinunter. Ja, die Shorts hat sie wirklich gekauft – auch wenn sie echt Mut braucht, sie anzuziehen.

Am Anfang fand Hannah Nikki ziemlich oberflächlich, nachdem sie sich am Empfangstresen vom *Blue Horizon* zum ersten Mal begegnet sind. Nur an Shoppen, Frisuren und Maniküre interessiert (gerade trägt sie pinkfarbene Nägel, passend zu ihrem pinkfarbenen Shirt über den Jeansshorts) – und an Typen.

»Hi!« Hannah hat noch genau den Klang von Nikkis Heliumstimme im Ohr. »Ehrlich gesagt bin ich nur wegen den scharfen Surfertypen in Sydney. Aber ich hab noch keinen einzigen gesehen. Hast du eine Ahnung, wo die abends so rumhängen?« Und dabei hat sie einen derart unschuldigen Blick aufgesetzt, dass Hannah laut lachen musste. Und auch Devon an der Theke ist in sein wieherndes Lachen ausgebrochen. Doch das ist nur eine Seite von Nikki. Nikki bringt

Hannah dazu, Dinge zu tun, die sie vorher nie zu tun gewagt hätte, ja, an die sie nicht einmal gedacht hätte. Weil sich Nikki nicht darum schert, was man darf und nicht darf. So was wie mit Kevin T. Strokers Auto zum Beispiel.

Das Leben ist viel zu kurz, als dass man nicht alles ausprobieren sollte – hat angeblich ihre beste Freundin Mindy Herrera in Houston gesagt. Wenn Nikki schon so drauf ist, hat Hannah gedacht, was ist diese Mindy dann erst für eine?

»Hast du noch Kohle für ein Bier?«, schreit Nikki jetzt und beugt sich über den Stehtisch zu Hannah hinüber. Sie hat schon ein paar Drinks intus und wirkt mit den übergeschlagenen Beinen auf dem Barhocker ein bisschen wackelig.

»Ich habe gerade noch so viel, um morgen das Zimmer zu bezahlen«, schreit Hannah zurück und kann es nicht lassen, mahnend und schrecklich vernünftig eine Augenbraue hochzuziehen.

»Devon lässt bestimmt mit sich reden.« Nikki klimpert mit ihren langen Wimpern. Nikki kriegt jeden rum. Fast jeden.

»Devon ist schwul, schon vergessen?«, erwidert Hannah.

»Und wennschon.« Nikki grinst auf ihre Cheerleader-Art. »Also, hast du noch Kohle?«

Hannah zögert. So ist sie eben. Das kann sie nicht wirklich ablegen. Immer schön an morgen denken. Und an übermorgen. Und an die Zukunft sowieso. »Ich weiß nicht, Nikki.«

»Jetzt komm schon! Hier geht gerade die Post ab und wir sind mittendrin.« Nikki macht ihren Schmollmund, ihren süßen Schmollmund.

Ach, Nikki, du bist echt genial! Man kann dir einfach nichts abschlagen.

»Mein Dad kümmert sich um die verdammte Kreditkarte.« Nikki schnippt mit den Fingern. »Ganz bestimmt.«

»Und warum antwortet er dann nicht auf deine Nachrichten?« Hannah kommt sich im selben Moment einfach nur spießig vor. Das eben hätte auch ihre Mutter, also Eileen, sagen können. Sie sieht sie vor sich, in ihrem weißen Apothekerkittel und mit ihrem makellosen Make-up und ihrer roten Brille. »Verantwortung übernehmen fürs eigene Handeln, Hannah, das ist Erwachsen werden, nicht ziellos durch die Weltgeschichte reisen.« Die Worte klingen ihr immer noch im Ohr.

»Was weiß ich, wahrscheinlich ist was dazwischengekommen.« Nikki wirft ihre goldleuchtenden Haare zurück. Für einen Augenblick hat sich ihr Gesicht verändert, Hannah hat es genau gesehen. Einen kurzen Moment hat Nikki gezweifelt. Aber schon lacht sie wieder auf ihre sorglose Art und ihre Stimme klingt zuversichtlich. »Mein Daddy tut doch alles für mich.«

Nikki braucht nur ihre schönen blauen Cheerleader-Augen aufzureißen, mit ihren langen Wimpern zu klimpern, ihren Schmollmund zu machen, und *schwups* – schon hat sie alle um den Finger gewickelt. Nikki nimmt das Leben, wie es kommt, und das Geld kommt von der Kreditkarte wie der Strom aus der Steckdose. Doch vor ein paar Tagen, da war etwas schiefgelaufen. Der Bankautomat wollte ihr kein Geld mehr ausspucken und bei Kiehl's musste sie ihre Bodylotion an der Kasse stehen lassen, weil sie nicht mehr genug Bargeld hatte.

»Das war total ätzend, Hannah!«, hat sie gesagt und dabei haben sie abends auf der Oxford Street gesessen, den Typen mit ihren coolen Sonnenbrillen und Billabong-Bermudas hinterhergeschaut, Cocktails getrunken und Chips gefuttert. Fett tröstet, hat Nikki gemeint.

»He, guck dir die mal an!« Nikki zeigt jetzt in die Menge und winkt heftig. »Die wohnt doch neben uns!«

»Wer?« Hannah versucht, ein bekanntes Gesicht unter all den Leuten zu erkennen, über die die Lichter hinwegzucken.

»Na, die Dünne mit dem roten Mopp auf dem Kopf und dem Regenbogenschal!« Nikki winkt noch immer, und kaum hat Hannah das Mädchen entdeckt, ist es auch schon wieder in der Menge verschwunden.

»Blöde Kuh!« Nikki zuckt mit den Schultern. »Also, Süße, was ist jetzt? Komm schon, wir leben nur einmal!«

»Okay, okay. Überredet.« Seufzend kramt Hannah die letzten zehn Dollar aus ihrer Tasche und hält sie einen Moment in der Hand. Sie hatte ihr Geld genau eingeteilt. Wollte zwei Monate auf der Bananenplantage arbeiten und hat dann doch schon nach drei Wochen schlappgemacht. Sie hatte ja keine Ahnung, wie viel so eine verdammte Bananenstaude wiegt. Gefühlte tausend Kilo! Im Supermarkt hat sie höchstens fünf Bananen auf einmal gekauft. Und der Supermarkt war klimatisiert! Als Nächstes die Krabbenfischer-Sache. War noch schlimmer. Der Typ auf dem Boot hat sich an alle Backpackerinnen rangemacht. Zwei Wochen, dann hat sie behauptet, sie müsste unbedingt zurück nach Hause, *Familienangelegenheiten* ... So was darf man nicht machen, hat Nikki ihr später gesagt, das ist ein schlechtes Omen. Danach der Job auf der Ananasfarm – auch nicht viel besser. Und zuletzt dieser angesagte Sandwichladen in Downtown Sydney Harbour. Da hat sie gedacht, es wird anders. »Das ist ein echter Traumjob!«, haben Beverly und Uma voller Neid gesagt, als sie abgelehnt wurden – und Hannah die Zusage bekam. »Wir stellen nur exklusives Personal ein. Handverlesen. Und du, Schätzchen, hast das Zeug zur Managerin. Na, das ist doch was, oder?« O-Ton Kevin T. Stroker.

Ladenmanagerin in Sydney bei der Delikatessenkette *Love to Eat* – klang irgendwie gut und es hatte nichts mit Medikamenten und Apotheken zu tun. Also hat Hannah sofort Ja gesagt. Dann, kaum zehn Tagen später, hat Kevin T. Stroker ihr klargemacht, dass die Karriere einen Preis hat, einen ganz bestimmten Preis ... *»Fass mich nicht an! Und steck dir deine Sandwiches sonst wohin!«*

Ja, das hat sie wirklich gebracht! Sie ist immer noch sooo stolz auf sich. Doch jetzt, nach vier Monaten, ist ihr Finanzpolster, das sie sich in London zusammengespart hat, aufgebraucht und ihre Eltern will sie nicht fragen. Sie machen sich um alles Sorgen, vor allem um alles, was mit ihr zu tun hat. Und seit dieser Sache (so nennt sie das, was sich an ihrem achtzehnten Geburtstag – und danach – abgespielt hat) ist es noch schlimmer geworden.

Nikki schnappt sich den Schein und wirft ihr eine Kusshand zu, während Lichtblitze unaufhörlich über ihr Gesicht zucken. Jede Sekunde wirkt wie ein Schnappschuss, als wäre alles Geschehen dazwischen in die Dunkelheit gefallen – und gelöscht.

Hannah schließt einen Moment lang die Augen, bevor ihr schwindlig wird. Drei Bier sind eigentlich genug für sie. Nikki schreit irgendwas in ihre Richtung, was aber im Lärm der *Love-Tilly-Devine*-Bar völlig untergeht, genau wie Hannahs Angst, den Boden unter den Füßen zu verlieren. »Wahrscheinlich haben sie deshalb die Musik bis zum Anschlag aufgedreht, damit sie alles aus einem herausstampft mit jedem Beat. Sie zwingen dich, deine Gefühle herauszuschreien, loszulassen, damit du wieder atmen kannst.« Das hatte Finn einmal gesagt, sie hat es sich gemerkt, weil es so Finn-untypisch war und sie in dem Augenblick gehofft hatte, es könnte doch noch was werden mit ihnen. Finn im *Koko* ... Es scheint Lichtjahre her zu sein.

Hannah reißt die Augen auf. Irgendjemand hat sie angerempelt.

»He, pass doch auf!«, schreit Nikki gerade einen dunkel gebräunten Kerl im schwarzen Hemd an. Seine Augen funkeln, als wollte er sie mit Haut und Haar verschlingen, erst Nikki, dann Hannah. Ganz plötzlich ist er aus dem Dunkel aufgetaucht, als hätte er sich vor jedem Lichtblitz in den Schatten geduckt.

Nikki weicht mit ihrem Oberkörper aus, will der Hand von diesem Typen entgehen, die sich dann aber doch auf ihre Schulter legt. Um seinen Mund hat sich ein aggressiver Zug gebildet. Seine Augen glühen fiebrig und seine leicht geduckte Haltung hat etwas Unheimliches. Es ist verrückt, denkt Hannah. Wir sind hier mitten unter Leuten und sind trotzdem irgendwie ausgeliefert.

Sie will sich gerade vom Barhocker schieben und Nikki klarmachen, dass sie am besten woandershin gehen, als Nikki eine Bewegung zu einem Typen hin macht, der mit drei vollen Gläsern in den Händen zielstrebig durch die Menge auf sie zukommt. Der Dunkle hat ihn auch gesehen und rückt mit einem lahmen Grinsen im Gesicht und mit eingezogenem Kopf von ihnen ab. Und wie ein Tier, das den Kampf mit dem stärkeren Gegner scheut, zieht er sich zurück, verschwindet in der brodelnden Menge, verschmilzt mit der Dunkelheit – genauso schnell, wie er aufgetaucht ist.

Hannah atmet auf. Nikki steckt ihr den Schein mit einem Zwinkern wieder zu, als der Typ mit den drei Gläsern in der Hand vor ihnen steht.

»Hi, Girls. Gibt's ein Problem? Hat der Typ euch belästigt?«

»Nicht wirklich«, sagt Hannah mit einer wegwerfenden Geste.

»Trinkt ihr ein Bier mit mir?«, schreit er.

»Wieso sollten wir?«, schreit Nikki zurück, woraufhin er lacht und seine weißen Zähne zeigt.

Farmersohn, schießt es Hannah durch den Kopf. Diese Typen hat sie in den letzten Monaten öfter gesehen. Blond, groß, stämmig, sodass man glaubt, sie könnten Bäume ausreißen und einen vor jeder Gefahr beschützen. Nur leider sind sie meist völlig unfähig, über Gefühle zu sprechen.

»Nicht dass du denkst«, sagt Nikki in ihrer coolsten Tonlage, »wir gehören zu diesen Backpackerinnen, die nur hier sind, um einen Typen für die Nacht aufzureißen.«

»Wovon redest du?« Er trägt ein weißes Hemd, eine verwaschene Jeans und Flipflops, die Sonnenbrille hat er lässig in die Haare geschoben. »Ich bin Luke, und ihr?«

Nikki übernimmt die Vorstellung. Sie ist hin und weg von Luke, das ist nicht zu übersehen. Hannah zieht ihr Handy aus der Tasche. Sie will irgendwie beschäftigt wirken und nicht diesen Luke anlächeln, so wie Nikki. Sie ist nun mal nicht wie ihre Freundin, die sofort in ihren Cheerleader-Modus schaltet, wenn ihr einer gefällt. Hannah blickt also interessiert auf das Display – und ihr bleibt die Luft weg.

Ich war ein ziemlicher Idiot. Du fehlst mir, bin übermorgen in Sydney. XOX Finn

Mechanisch greift Hannah zu ihrem Bierglas, das sich eiskalt anfühlt in ihrer Hand, und liest die Nachricht noch einmal, als könnte sie sich geirrt haben. Finn!

Sein Name taucht aus diesem Nebel auf, in dem er mitsamt London und ihrer ganzen Vergangenheit verschwunden war.

Sie hat schon den Finger ausgestreckt, um ein entschiedenes *FORGET IT!* oder noch deutlicher ein *GET LOST!* zu tippen, als sie das Handy wieder sinken lässt. Verflucht noch mal, sie will sich nicht mit Finn beschäftigen! Und nicht mit ihrer Vergangenheit. Nicht hier, am anderen Ende der Welt – und nicht jetzt! Sie greift wieder zu ihrem Bier und schaltet das Handy ab. *Schwups,* so einfach kann es sein.

Alles um sie herum pulsiert, wabert und verschwimmt wie in Wasser gegossene Farbe. Wenn sie sich doch auch einfach so auflösen könnte ... Einfach in den Dingen sein, in den Wolken und in den Pflanzen, im Duft der Blumen, im Herzen von ... *Mann, Hannah, du bist eine hoffnungslose Romantikerin.*

Nikki hat Luke voll in Beschlag genommen und zwinkert Hannah ab und zu verschwörerisch zu. Cheerleaderin und Superman, das Traumpaar, denkt Hannah und muss grinsen.

Luke strahlt zwischendurch auch Hannah mit einem – zugegebenermaßen – sehr sympathischen, vertrauenerweckenden Gesicht an, das einen extra Blick wert ist. Und wie ihm die blonden Haare in die Stirn fallen, sodass man sie ihm ganz spontan aus den blauen Augen streichen will ...

Aber, he, Finger weg, Hannah! Er erinnert sie zu sehr an Finn. Alle Zweifel sind plötzlich wieder da und eine innere Stimme flüstert: *»Du hast alles falsch gemacht.«*

Dabei war es doch vor ein paar Minuten noch so schön gewesen. Sie hat diesem Stroker die Stirn geboten, hat sich gut gefühlt – und jetzt fühlt sie sich wieder wie in den letzten Monaten zu Hause in London. Sie will am liebsten gehen und sich im Bett die Decke über den Kopf ziehen. Auch wenn es dafür zu heiß und das *Blue Horizon* zu schäbig ist. »Komm, wir gehen!«, schreit sie Nikki zu. Doch Nikki tut so, als würde sie nichts hören, flirtet weiter mit Luke, legt ihre Hand auf seinen sonnengebräunten Arm mit dem straffen Bizeps und lacht schallend über irgendwas.

»Lass mich raten«, hört Hannah sie säuseln. »Du surfst, richtig?«

Luke entblößt seine schönen Zähne und sieht Nikki tief in die Augen. »Ich mach auch noch andere Sachen ...«

»Oh!« Nikki stößt einen gekünstelten Seufzer aus, flüstert ihm dann was ins Ohr und plötzlich wirkt Lukes sonnengebräuntes Gesicht noch eine Spur röter.

Hannah lässt sich vom Barhocker rutschen. Okay, hier ist sie definitiv überflüssig.

»Alles klar?« Luke legt ihr seine Hand auf die Schulter. Seine Berührung irritiert sie, genauso wie die plötzliche Nähe seiner blauen, *verdammt* blauen Augen.

Hannah, du bist doch nicht 17.000 Kilometer geflogen, hast dich monatelang herumkommandieren lassen, um wieder genau da anzufangen, wo du aufgehört hast!

»Absolut«, entgegnet Hannah betont lässig mit einem festen Blick in seine Augen und schultert ihre Tasche.

Draußen, unter freiem Himmel, will sie aufatmen, aber die Luft ist fast genauso stickig wie im *Love Tilly Devine*. So kriegt sie erst mal nur ein Seufzen zustande. Am Himmel funkeln die Sterne. »Wahnsinn, dass man die trotzdem sieht, obwohl man in der Stadt ist«, hat sie zu Nikki gesagt, am ersten Abend, als sie das gemeinsame Zimmer bezogen hatten und Nikki meinte, sie müssten ihr Kennenlernen unbedingt feiern. Das haben sie dann auch. Vor einer winzigen Bar hat eine Menschentraube gestanden und sie haben sich dazugestellt. Es war eine Neueröffnung und es gab Bier umsonst. Irgendwann hat ein cooler Typ angefangen, Gitarre zu spielen, und sie beide für den nächsten Abend zum Abhängen mit seinen Kumpels an den Strand eingeladen. »Siehst du«, hat Nikki beim Nachhausetorkeln auf ihren hohen Jimmy Choos gesagt, »man muss nur offen sein. Offen für Neues.«

Hannah geht die Straße hinunter, Richtung *Blue Horizon*, das nur ein paar Seitenstraßen hinter der Oxford Street und damit ziemlich zentral liegt. Aber nicht deshalb hat sie sich dort eingemietet. »Warum dann?«, hat Nikki beim ungefähr tausendsten Freibier gefragt, doch Hannah hat nur abgewunken und mit schwerer Zunge gesagt: »Es ist alles viel komplizierter ... viel, viel komplizierter.«

»Sorry, aber ich glaub, die Einzige, die es kompliziert macht, bist du«, hat Nikki gelallt. Den Klang ihrer Heliumstimme hat Hannah noch immer im Ohr, und obwohl sie in dem Augenblick ein bisschen wütend war, musste sie sich ein paar Stunden später eingestehen, dass Nikki wahrscheinlich recht hatte.

Die Oxford Street also.

Die Stelle in dem schwarzen Buch mit den roten Ecken hat sie so oft gelesen, dass sie sie auswendig kennt.

30. April

Hier und nicht woanders, weil du es nicht weit zu den Cafés und Bars und Shops hast, weil da das Leben spielt. Deswegen bist du doch nach Sydney gegangen, oder nicht? Weil da die Leute von überall her sind, weil da richtig was abgeht, hat er gesagt – und er hat recht. Das Monsoon ist super. Ich hab mir ein Zimmer genommen.

Auch zwanzig Jahre später geht hier immer noch was ab. Unzählige Bars und Klubs reihen sich aneinander: *Oxford Ho-*

tel, Icebergs, Fringe Bar, Polo Lounge, Light Brigade Hotel, Beauchamp Hotel – alle voll und laut. Und sie war schon fast überall gewesen, natürlich zusammen mit Nikki, und sie hatten immer Spaß gehabt. So viel Spaß, dass Hannah Muskelkater bekam vom Lachen und Nikki vorm Spiegel stand und behauptete, ihr Gesicht sei gelähmt, nun könne sie nie mehr ernst aussehen.

Hannah bahnt sich den Weg durch die herumstehenden Leute und dann, als sie die ganzen Nachtschwärmer endlich hinter sich gelassen hat und eigentlich aufatmen könnte, da passiert genau das, wovor sie geflohen ist: Sie fällt in dieses schwarze Loch, in dem es nur still ist und kalt und einsam. Und sie fragt sich in diesem Augenblick, was passiert, wenn sie aus diesem dunklen Loch nicht mehr rauskommt, wenn auch sie während ihrer Reise in irgendetwas hineingerät ...

Vielleicht haben ihre Eltern ja recht und es geht im Leben wirklich bloß darum, eine gute Ausbildung und einen guten Job zu haben. Doch was ist mit all den anderen Fragen und Wünschen? Die, die sie für so wichtig hält. Ist das wirklich alles nur nebensächlich?

Hannah ist stehen geblieben vor einem schmutzigen Schaufenster an der Ecke. Wie aus einer anderen Dimension dringen die Musik, die Stimmen, der Verkehrslärm und die Neonlichter von der Oxford Street zu ihr. Diese düsteren Gedanken, diese schwermütigen Momente überfallen sie immer wieder, ganz plötzlich. Wie aus dem Nichts.

Wir kommen alle von verschiedenen Planeten, auch aus anderen Galaxien. Und manche von uns sind Licht und andere Schatten ...

Der Satz aus dem Tagebuch fällt ihr ein. Immer wieder hat sie darüber nachgegrübelt, ob er wirklich das bedeutet, was sie empfindet, und ob etwas Wahres darin steckt. Sie will gerade weitergehen, da berührt etwas Weiches sie an der Kniekehle. Sie erschrickt, dann sieht sie den kleinen weißen Hund an der Leine.

»Bono, no!« Der Geruch von Alkohol zieht mit der Frau, die an der Leine zerrt, an Hannah vorbei. Jetzt erst fällt Hannah auf, dass hinter dem Schaufenster Tablettenschachteln dekoriert sind. Eine Apotheke ... ausgerechnet jetzt. Heimweh? Ist es das, was da gerade über sie hereinbricht – Heimweh? Sie geht rasch weiter, weg von der Apotheke.

»Kapier ich nicht«, hat Nikki gleich gesagt, als sie sich im *Blue Horizon* aus Kostengründen ein Zimmer zusammen genommen haben. »Als Apothekerin kämst du doch an alles ran, an die ganzen hübschen bunten Pillen – *joder!* Meine Mom schmeißt bloß 'ne dämliche Werbeagentur und hat schlaflose Nächte wegen 'nem hirnlosen Slogan für 'nen Staubsauger, total bescheuert. Und mein Dad verkauft Outdoorschrott und Campingscheiß ... Was soll ich damit?«

Dann haben sie laut gelacht, den Ventilator auf die höchste Stufe gestellt, die offenen Haare im Luftzug wehen lassen, eine Riesenpackung Coles Schoko-Eiscreme auf dem Bett gegessen und sich ihre Lebensgeschichten erzählt.

»Sofern man mit achtzehn schon so was hat«, hat Nikki wissend gemeint.

Hannah ist jetzt fast da, muss nur noch an dem vom Bürgersteig zurückgesetzten Eingang eines geschlossenen Cafés vorbei, dort, wo zwischen leeren Pizzakartons öfter Ratten rascheln oder Junkies sich einen Schuss setzen. Diesen Anblick braucht sie jetzt wirklich nicht.

Ihr Schritt wird schneller, sie macht, dass sie ins *Blue Horizon* kommt, das billige Guest House mit den hellhörigen Zimmern, den dünnen Türen und den durchgelegenen Matratzen.

Nein, sie will nicht zurück nach Hause.

Steck dir deine Sandwiches sonst wohin, genau. Das hat sie gebracht! Mit Nikki zusammen wird sie die Welt erobern. Und alles, alles wird noch viel, viel cooler werden!

LONDON

Es war morgens halb acht, fast drei Wochen nach ihrem Geburtstag und vier Tage nach dem Besuch im Gefängnis. Hannah kam müde in die Küche. Stundenlang hatte sie schon wach gelegen und dieses Buch mit den eingeklebten Fotos, den Eintrittskarten von Museen und mit Visitenkarten von Läden und Bars durchgeblättert. Immer und immer wieder. Sie hatte diesen Geruch eingesogen nach Papier und Staub und irgendeinem anderen Duft, den sie nicht einordnen konnte. Sie hatte gegrübelt und irgendwann an diesem Morgen die Entscheidung getroffen. Oder besser, irgendwann war ihr klar geworden, dass sie nicht so tun konnte, als wäre nichts geschehen.

Sie stand in der Küche, geduscht und fertig für die Schule, die in wenigen Tagen endlich vorbei sein würde. Für immer. Sie musste es ihnen jetzt sagen. Wann sonst?

Der Mixer nahm Eileens ganze Aufmerksamkeit in Anspruch.

Richard fummelte irgendwo an der Haustür an der Zeitschaltuhr für die Außenbeleuchtung herum. Seine Tasse Tee stand halb getrunken und von der Halogenlampe bestrahlt auf der Küchentheke. Die schwarzen Granitflächen, das Metall der Abzugshaube und die modernen Küchengeräte blitzten wie in einem Hochglanzmagazin. Und die Schale mit den Orangen stand genau dort, wo ein Stylist sie für ein Foto hingestellt hätte. Alles in diesem Leben war geordnet und strahlte Sicherheit und Wohlstand aus. Nein, sie hatte selten Angst gehabt; ihre Eltern ... Richard und Eileen ... waren immer für sie da gewesen. Sie hatte eine schöne Kindheit gehabt und sie hätte einfach so weitermachen können. Also Studium in Oxford oder Cambridge, einen netten – vielversprechenden – Typen kennenlernen, vielleicht noch ein Auslandssemester und dann in die Apotheke einsteigen. Richard und Eileen hätten sie dabei unterstützt, aber das alles wollte sie nicht. Nicht mehr.

In dem Moment wurde ihr klar, dass sie sich ein anderes Leben vorstellte, auch wenn sie nicht so genau wusste, wie das aussehen sollte. Und es machte sie plötzlich traurig, so unendlich traurig, dass sie Richard und Eileen enttäuschen würde. Doch sie wusste, wenn sie es jetzt nicht sagte, würde sie es gar nicht mehr schaffen, und da riss sie den Kühlschrank auf und sagte mit der Orangensaftpackung in der einen und dem Kühlschrankgriff in der anderen Hand: »Ich will für ein Jahr nach Australien.«

Der Satz stand im Raum. Hannah konnte ihn förmlich sehen, jeder Buchstabe aus Brettern genagelt, riesengroß und sperrig.

Eileen, die gerade ihren frischen Smoothie aus dem Mixer in einen Becher goss, hielt inne und sah zu ihr herüber.

In ihrem perfekt geschminkten Gesicht mit der modernen

Brille war ihre Überraschung kaum erkennbar. Aber Hannah kannte sie, seit achtzehn Jahren, so lang, wie sie lebte.

»Warum ausgerechnet Australien, Schatz?« Eileens Lächeln wirkte etwas gezwungen.

»Linda war auch da.« Hannah machte den Kühlschrank zu.

»Linda? Warum nicht zum Beispiel ... Kanada?« Eileen lächelte noch immer.

»Wieso ausgerechnet Kanada?«, fragte Hannah zurück.

»Na ja, du könntest bei Richards Schwester wohnen, sie hat uns doch schon öfter eingeladen, und Emily ist in deinem Alter ... « Sie klang irgendwie hilflos.

Wie sollte Hannah Eileen erklären, dass sie *unbedingt* nach Australien musste? *Australien* und *nicht* Kanada. Eileen tat ihr sogar ein bisschen leid.

Hannah nahm ein Glas und goss sich Saft ein. »Ist ja nur für ein Jahr.« Dabei wusste sie, wie unendlich lang ein Jahr sein konnte.

»Von Kanada wärst du auch schneller wieder daheim, wenn ...«

»Wenn was?«

»Na ja, wenn es dir vielleicht nicht so gefallen würde.« Die Lippen ihrer Mutter bebten. Nach außen gab sie sich immer so sachlich und kühl, aber inzwischen wusste Hannah, dass sie sich nur zusammennahm, um in dem ganzen Gefühlschaos nicht die Nerven zu verlieren.

Hannah trank einen Schluck Saft. Sie musste über so vieles nachdenken, sie musste ihr *ganzes Leben* neu überdenken. »Ich muss jetzt los«, sagte sie und ging aus der Küche.

»Hannah!«, rief Eileen hinter ihr her, »tust du das alles wegen ... wegen ihr?«

SYDNEY SURPRISE

Hannah schreckt aus dem Schlaf hoch. Das Licht der nackten Glühbirne an der Decke – *wirklich billig, das Blue Horizon* – schneidet ihr scharf wie ein Messer in die Augen. Sie ist klatschnass geschwitzt. Wieder war sie in dieses schwarze Loch gesogen worden und jetzt ist sie so erleichtert, als Nikki vor ihr steht.

»Ich hab super Neuigkeiten, Hannah!«

Hannah reibt sich die geblendeten Augen. Nikkis Haare kleben an der Stirn, ihre Kleider sind ganz zerknautscht.

»Wie siehst du denn aus? Hast du mit diesem ...«

»Vergiss es!« Nikki wirft ihre Tasche in die Ecke und lässt sich auf ihr Bett fallen, als wäre es ein Trampolin. »Dabei ist er ja wirklich süß.« Sie kichert. »Sooo schnuckelig und er hat so was ... so was Naives!«

»Das finden sicher Millionen andere Frauen auch«, bemerkt Hannah trocken, worauf Nikki noch mehr kichert.

»Also, während du hier rumpennst, hab ich uns mal kurz das Leben gerettet.«

Ganz Nikki! Neugierig richtet Hannah sich auf. »Echt?«

Nikki lässt den Kopf nach hinten fallen und schüttelt ihre Haare. Als sie wieder aufsieht, hat sie ihren magischen Blick drauf, wie Hannah ihn nennt. »Stell dir vor –« Kunstpause.

»Komm schon, Nikki! Du kannst mich nicht mitten in der Nacht wecken und dann –«

»Luke hat den ultimativen Job für uns«, platzt Nikki heraus.

»Ach, Nikki!« Hannah lässt sich in die Kissen zurücksinken.

»Nicht noch mal so was wie mit Stroker.«

Auf einmal hat sie bohrende Kopfschmerzen, als würde ihr ein Hammer von hinten die Augäpfel herausschlagen. Sie zieht sich das Laken über den Kopf.

»Diesmal wird es richtig gut!«

Hannah hört die quietschenden Federn, als Nikki von ihrem Bett aufspringt und ihr das Laken wegreißt. Jetzt blinzelt sie direkt ins Deckenlicht. Als Nikki sich zu ihr aufs Bett setzt, spürt Hannah die Hitze, die deren Körper abstrahlt. Nikki ist völlig verschwitzt, ihr Lipgloss verschmiert, genauso wie die Wimperntusche, die dunkle Flecken wie Radiergummischatten unter ihre Augen gelegt hat.

»He!« Nikki knufft sie. »Willst du ewig solche Scheißjobs machen? Diesmal ist es ein echter Traumjob!«

»Den gibt's nicht, das weiß ich inzwischen.« Hannahs Laune beträgt jetzt auf einer nach oben offenen Skala eine glatte Null. Null Komma null.

»So?« Nikki reißt die großen blauen Augen auf. »Und was hältst du von –« Kunstpause, bevor sie aufspringt und anfängt, sich singend in den Hüften zu wiegen.

»Tropical the island breeze. All of nature wild and free. This is where I long to be, la isla bonita ...«

»Hä?«

»And when the samba played«, singt Nikki einfach weiter und schnippt mit den Fingern, *»the sun would set so high, ring through my ears and sting my eyes ...«*

»Nikki!« Nikki ist wirklich unmöglich!

»Your Spanish lullaby ... isla bonita!« Nikki bleibt mit in die Luft gereckten Armen stehen. »Eine Trauminsel, Hannah, mitten im Pazifik! Mit Palmen und Sandstrand. Na, was sagst du?«

»Eine Insel ...«

»Ich wollte schon immer mal auf so eine Insel mit Palmen und coolen ...« Nikki redet und redet, aber Hannah hört nicht mehr zu.

Ich bin so was von pleite. Ich brauche dringend einen Job, hab ich jedem erzählt. Und heute Morgen kommt Dave aus dem Monsoon doch tatsächlich mit dem Job an. Auf einer Insel mit Palmen und einem Sandstrand, so weiß wie Schnee.

So stand es im Mai im Tagebuch, Hannah erinnert sich genau. Aber es gibt Hunderte von Jobs, auf Hunderten von Inseln ... Hunderte!

»... total gut bezahlt«, dringt Nikkis Stimme wieder zu ihr. »Catering, also echt easy!«

»Und der Haken?«, fragt Hannah.

»Es gibt keinen Haken!«

»Es gibt immer einen Haken.«

»Diesmal nicht.«

»Ich weiß nicht, Nikki.«

Nikki bleibt mitten in der Bewegung stehen. »Hast du das gehört?«

»Was?«

»Psst!«, zischt Nikki. »Hörst du das?«

»Was?«

Nikki zeigt zum Schrank. Jetzt hört Hanna es auch, aber es ist nicht mehr als ein heiseres Murmeln, fast so wie das entfernte Rauschen und Zischen von Wasser.

»Psst!«, macht Nikki wieder, als Hannah auf Zehenspitzen zu dem billigen Schrank aus Pressholz schleicht. Doch das

Geräusch kommt nicht von dort. Hannah legt das Ohr an die Wand neben dem Schrank.

»Hörst du was?«, flüstert Nikki.

Hannah lauscht angestrengt, aber jetzt ist es plötzlich still.

»Da wohnt doch die Rothaarige«, wispert Nikki, »du weißt schon, diese Dünne aus der Bar, ich hab sie gestern reingehen sehen.«

Und dann fängt das Murmeln wieder an. Es ist ganz nah, direkt hinter der Wand. Hannah hält den Atem an, lauscht, lauscht dem Rauschen ihres eigenen Blutes oder der Welt oder was auch immer es ist und hört dazwischen – nein, das kann nicht sein.

»Mete bab ou ... ala...«

Hannah schluckt. Nein, das bildet sie sich ein, SIE MUSS ES SICH EINBILDEN! ES KANN NICHT SEIN! Sie reimt sich Zusammenhänge zusammen, die gar nicht existieren. *So was gibt's, dein Unterbewusstsein manipuliert dich!*

»Mete ala was?« Nikki steht dicht neben ihr. »Was zum Teufel heißt das? Ist das russisch? Oder lateinisch?«

»Keine Ahnung«, sagt Hannah hastig, »wahrscheinlich hat sie Albträume.«

»Na ja.« Nikki schnappt sich ihr Handtuch. »Ich geh dann mal duschen.« Die Hand schon am Türknauf dreht sie sich um. »Morgen Mittag um zwölf Uhr vor dem *Funkhouse*. Ich will den Job auf der Insel!« Sie wirft die Haare nach hinten und geht *La Isla Bonita* trällernd hinaus zum Etagenbad.

Als Nikki weg ist, holt Hannah das schwarze Buch aus ihrem Rucksack. Hektisch blättert sie auf die letzte beschriebene Seite – und dann redet sie sich einen Augenblick lang ein, dass es dort *nicht* steht. In krakeliger blauer Kugelschreiberschrift auf vergilbtem, liniertem Papier. Sie kneift sogar die

Augen zu und hofft, dass es nicht mehr dasteht, wenn sie sie wieder öffnet. Falsch gehofft. Es steht da – in krakeliger blauer Kugelschreiberschrift auf vergilbtem, liniertem Papier.

Mete bab ou alatranp

Hannah weiß nicht, wie lange sie auf die Seite gestarrt hat, doch als sie Nikkis Schritte auf dem Flur hört, stopft sie das Buch schnell zurück in den Rucksack und tut so, als würde sie schon wieder schlafen. Später dann, als Nikki längst tief und gleichmäßig atmet, liegt Hannah immer noch wach und lauscht. Aber in ihren Ohren ist nur das leise Rauschen der Stille. »Ich bilde mir das nur ein«, murmelt sie und versucht, endlich einzuschlafen.

ALBTRÄUME

Bei Devons Anblick muss Hannah immer an einen Jockey denken, an so ein Fliegengewicht ohne ein Gramm Fett, flink, zäh und ständig in Bewegung. Tatsächlich hat er auch ein Pferdegesicht, länglich und schmal, mit großen Nasenlöchern und einem leicht vorstehenden Gebiss. Und sein Lachen – Devon lacht oft und hektisch. »Das klingt echt wie ein Wiehern«, hat Nikki gesagt, als sie ihr gemeinsames Zimmer bezogen haben. »Ich würd mich nicht wundern, wenn er auch Heu frisst!« Und dann hat sie eine alberne Grimasse gemacht und Hannah hat sich verschluckt vor Lachen.

Devon, dem das *Blue Horizon* seit fünf Jahren gehört – zusammen mit seinem Freund Aries –, zählt sorgfältig das Geld nach, das Hannah und Nikki ihm gerade für die Woche gegeben haben. Zwischen seinen langen Fingern lässt er die Scheine aufblättern – als käme er aus Las Vegas, hat Nikki beim letzten Mal gemeint. Geboren im Spielkasino, hat Hannah trocken hinzugefügt, worauf sie beide wieder Tränen gelacht haben.

Devon legt das Geld nun mit akkuraten Handgriffen in eine Kassette, nimmt das Lederband mit dem Schlüssel vom Hals, schließt die Kassette ab, hängt sich den Schlüssel wieder um und stellt die Kassette in den Tresor unter der Theke, an dem er anschließend eine gefühlte Ewigkeit herumhantiert. Alles läuft nach exakt demselben Bewegungsmuster ab wie beim letzten Mal. Dann erst sieht er wieder auf.

Mit seinem linken Auge stimmt etwas nicht. Ob es aus Glas sein könnte, haben Hannah und Nikki überlegt. »Vielleicht sind ja nur die Muskeln gelähmt«, hat Hannah gemeint. »Vielleicht ist er ja nur mit einem Auge geboren, grrrrr!«, hat Nikki geraunt und sich geschüttelt.

»Und, was habt ihr jetzt so vor?«, will er nun wissen. »Was macht der Job?« Er lässt seinen einäugigen Blick interessiert zwischen ihnen hin und her springen.

Nikki schiebt den Träger ihres Tops zurecht und klimpert unschuldig mit den Wimpern. »Die Arschlöcher haben uns gefeuert.«

Im Lügen ist Nikki auch super, hat Hannah schon ein paarmal festgestellt.

»Oh, ihr armen Schätzchen! Dann sucht ihr jetzt also einen neuen Job?«

»Wir haben wahrscheinlich schon was«, sagt Nikki.

Hannah kommt Nikki zuvor. »Ist aber noch nicht hundert Prozent sicher.«

Hannah sind genau zwanzig Dollar übrig geblieben. Die zehn von gestern Abend und noch zehn, die sie in ihrem Kulturbeutel für echte Notfälle zurückgelegt hat. Außerdem steht Nikki bei ihr mit drei Tagen in der Kreide. »Bis die Scheißkreditkarte wieder funktioniert.«

Sie brauchen unbedingt einen Job. Und zwar jetzt. Das ist Fakt.

»Hast du was für uns?«

»He, Hannah«, wendet Nikki ein.

»Ihr seid euch noch nicht einig, was? Was ist das denn für ein Job?«

Nikki lächelt Devon auf ihre einzigartige Weise an, die jeden, *einfach jeden* in den Bann zieht.

»Wir haben da ein Angebot – auf einer Insel.«

»Insel! Klingt romantisch! Oder müsst ihr da alten, fetten Kerlen die weißen Bäuche mit Sonnenöl eincremen? Hiiiiih, hiiiiih!« Er lacht laut und schnappt nach Luft. »Hiiiiih!«

Nikki zupft an ihrem Top und sagt dann vollkommen cool mit einem unschuldigen Augenaufschlag: »Wir müssen ihnen eher ihre Sandwiches in den Hintern stecken!«

Devon prustet und wiehert und kriegt sich gar nicht mehr ein. Nikki wirft Hannah einen Siehst-du-wie-leicht-es-geht-Blick zu.

Schließlich schlägt er sich mit der Hand auf die Brust. »Der war gut!« Er wischt sich theatralisch die Tränen aus den Augen.

»Aber, Mädels, sorry, ihr müsst mir trotzdem sagen, ob ihr auszieht.«

»Klar!« Nikki setzt ihr schmelzendes Lächeln auf, das sie

neben dem strahlenden in ihrem Repertoire hat. »Wir geben dir nachher Bescheid, okay?«

»Nachher ... Okay, Darling.« Devon nickt. »Jetzt um die Jahreszeit ist ziemlich viel los und ich hab ein paar Anfragen.«

»Schon verstanden, Devon«, wiederholt Hannah und dabei fällt ihr Blick ein weiteres Mal auf die Fotos, die hinter dem Tresen an der Wand hängen. Die Chronik des *Blue Horizon*. Die hat sie noch in London im Internet recherchiert. Einst das Haus portugiesischer Einwanderer – Fischer, oder? –, wurde es über die Jahre vergrößert, bis es schließlich in den Neunzigern von einem jungen englischen Paar gekauft und zum Bed and Breakfast umfunktioniert worden war. Jedes Mal saugt sich Hannahs Blick an diesem Foto fest. Er und sie in bunten Klamotten, stolz vor dem Eingang unter dem Schild mit dem breiten Schriftzug *Monsoon* – Aries und Susan. Und dann wandert ihr Blick weiter zu dem aktuellen Foto. Dasselbe Haus heißt jetzt *Blue Horizon* und unter dem Guest-House-Schild stehen Aries und Devon. Aries – älter und dicker – nach seinem Coming-out ...

»Ach, Devon, wer wohnt eigentlich in der Neun?«, hört Hannah Nikki fragen.

»In der Neun, hmm.« Er überlegt kurz, während sein rechtes Auge flink zwischen Hannah und Nikki hin und her huscht, das linke aber starr bleibt. »Grazyna!«, sagt er dann. »Sie kommt aus ... wartet mal ... richtig, Bratislava. Liegt in der Slowakei. Ist sie zu laut?«

»Sie ... sie hat wohl Albträume«, sagt Nikki.

»Schreit sie euch etwa aus dem Schlaf? Hiiiih!« Devon krönt sein wieherndes Lachen mit einem anzüglichen Augenzwinkern.

»Nein, sie flüstert eher«, sagt Nikki, »oder, Hannah?«

Hannah nickt. Sie hat versucht, nicht mehr an letzte Nacht zu denken, aber jetzt ist alles wieder da.

»Sie ist ein bisschen seltsam.« Selbst Devon kann nicht anders, als in Nikkis Ausschnitt zu starren. »Hat vielleicht ein Drogenproblem – meint Aries.«

»Ein Drogenproblem?«, fragt Nikki neugierig und stachelt damit den geschwätzigen Devon weiter an.

»Na ja«, meint Devon und wirft einen verstohlenen Blick zum Eingang, »sie ist ein bisschen ... wie soll ich sagen? ... durch den Wind. Fühlt sich ständig verfolgt, überall beobachtet und so.«

»Und warum geht sie dann nicht zur Polizei?«, fragt Hannah.

Devon hebt wissend die Augenbrauen in seinem Pferdegesicht. »Vielleicht erzählt sie es euch, wenn ihr nett fragt? Hiiiiih!«

»Bestimmt!« Nikki hat es plötzlich eilig und zieht Hannah durch das kleine stickige Foyer auf die Straße.

»Wer weiß«, sagt Nikki draußen, »was mit der los ist. Irgendwann kommt sie vielleicht nachts in unser Zimmer und schlitzt uns die Kehle auf! Diesen verfluchten Junkies ist alles zuzutrauen.«

Hannah versucht, die Bemerkung zu überhören – *Nikki kann es nicht wissen, entspann dich!* –, und sagt: »Komm, wir trinken einen Iced Coffee, wir haben noch zwei Stunden.«

Nikki bleibt stehen. »Du kommst also mit?«, fragt sie strahlend. Und wischt damit auch Hannahs letzte Bedenken beiseite.

Vergiss das Buch, Hannah! Vergiss es. Dein Leben fängt hier an. Hier in Sydney. Genau jetzt, in diesem Augenblick!

»Klar«, sagt Hannah. »Wir brauchen doch einen Job, oder? Und Trauminsel klingt wirklich nicht übel. He, und das mit den Sandwiches war echt ein cooler Spruch!«

Nikki kichert. »Aber eins musst du mir versprechen.« Sie wird ernst.

»Ja?«

»Keine negativen Gedanken mehr, okay? Wir genießen das Leben, solange wir können!«

»Klingt nach einem Prinzip.«

»Ist es auch. Also?«

»Versprochen.«

»Wiederhol es!«

»Keine negativen Gedanken mehr und wir genießen das Leben, solange wir können.«

»Cool.« Nikki lächelt zufrieden und schießt ein Foto von ihnen beiden. *Hannah und ich* tippt sie und postet es auf ihrer Facebookseite. »Mindy wird schon nicht eifersüchtig werden!« Sie lacht und hängt sich bei Hannah ein.

»Wie ging das noch mal«, fragt Hannah, »das mit der *Isla Bonita?«*

Nikki lacht. *»Tropical the island breeze. All of nature wild and free. This is where I long to be …«* Und Hannah stimmt mit ein: *»La isla bonita.«*

ICED COFFEE

Drinnen im *Cowbell 808,* ihrem Stammfrühstückscafé, schräg gegenüber vom *Blue Horizon,* hat außer der Bar mit Kaffeemaschine und Kühltheke nur noch ein Tisch mit zwei Stühlen Platz. Kleiner als mein Kleiderschrank in Houston, hat Nikki beim ersten Besuch zu dem Typen an der Bar gesagt und ihren Busen rausgestreckt. Draußen auf dem Bürgersteig stehen sechs Tische. Das deutsche Pärchen aus der Fünfzehn winkt ihnen zu. Hannah hält Ausschau nach Nora, einer Französin, die auch jeden Tag um dieselbe Zeit hierherkommt, kann sie aber nirgends entdecken. Ist vielleicht schon abgereist.

»Kannst du mir einen ausgeben?« Nikki steuert auf einen Tisch zu, der gerade frei geworden ist. »Ich geb's dir zurück, sobald mein Dad die Kohle rübergeschoben hat.« Sie wirft die Haare zurück. Irgendwie hat die Bewegung etwas Ordinäres, Trashiges, findet Hannah. Aber irgendwie mag sie es auch an Nikki – und überhaupt, wer sagt eigentlich, dass trashig schlecht ist? Und was ist *ordinär* überhaupt für ein bescheuertes Wort? *Hannah, findest du diesen Rock nicht ein bisschen zu ordinär?* O-Ton Eileen ...

»Ist schon okay.« Hannah bestellt zwei Iced Coffee, als ihr Handy piepst und eine Textnachricht anzeigt – von Finn.

»BN?«, fragt Nikki und Hannah nickt.

»VBN.« Very Bad News.

»So schlimm?«

Hannah schnauft. »Finn kommt.«

»WAS?! So was müsste einer mal für mich machen, um die ganze Welt fliegen!« Nikki saugt an ihrem Strohhalm.

»Er macht es nicht für mich, Nikki.«

»Nein?« Sie lässt den Strohhalm zwischen den Lippen herausploppen. »Für wen dann?«

»Zufällig finden hier ab nächster Woche die pazifischen Rugby-Meisterschaften statt, Finn ist ein absoluter Rugby-Fan.«

»Du meinst, er kommt nicht nur wegen dir?«

»Genau das meine ich.« Hannah tippt entschieden los: *IIO – IT IS OVER. OVER. OVER.*

Und dann muss sie doch zurückdenken.

Wie einsam sie sich gefühlt hat, als ihre Eltern, Eileen und Richard, sie zum Flughafen brachten. Kaum ein Wort hatte sie im Auto mit ihnen gesprochen. So vieles war ihr durch den Kopf gegangen und dann hatten sich alle Gedanken und Gefühle zu einem festen, wirren Knoten verheddert, den sie immer noch mit sich herumträgt.

Finn war nicht gekommen. Klar, warum auch? Sie hatten ja schon Schluss gemacht. Aber insgeheim hatte sie trotzdem gehofft, er würde ihr Auf Wiedersehen sagen. Im Flugzeug wurde das Gefühl dann ganz schlimm. Mutterseelenallein auf der Welt ...

Doch nach vier Monaten ist sie darüber hinweg. Hat sie zumindest gedacht. Und jetzt so was!

Zuerst hatte sie sich gut gefühlt, mit einem wie Finn zusammen zu sein. Blond, groß, ein Schrank von einem Typ, Rugby-Spieler eben – und natürlich der Schwarm aller Mädchen an der St. Anthony's. Sie hat seinen Körper gemocht. Gemocht? Sie war ganz verrückt nach ihm. Und anfangs hat das Körperliche auch gereicht zwischen ihnen.

Sie war zwar ebenfalls nicht unbeliebt in der Schule, aber Finn war der mit den zahllosen Freunden und Kumpels. Und wenn sie mal wieder über etwas grübelte, beugte er sich zu ihr, gab ihr einen Kuss in den Nacken, machte eine Bemerkung, wie verdammt sexy sie aussehe, und schon war das Problem, über dem sie brütete, in den Hintergrund getreten. Seltsamerweise fand sich dann meistens eine Lösung, viel leichter sogar, als wenn sie sich weiter den Kopf zerbrochen hätte. Er hat ihr Leben verändert, ja, aber dann hat er sie an einem Abend stehen lassen, hat sie, so kommt es ihr vor, einfach zurückgelassen in einem anderen Leben ... Und sie weiß bis heute nicht, warum. Als wäre sie ihm auf einmal langweilig geworden.

Plötzlich fühlt sich Hannah wie in einer Sackgasse. Finn kommt nach Sydney, sie hat keine Kohle mehr, keinen Job und auch keine Ahnung, wie es weitergehen soll. Sie hat bloß, ganz tief unten in ihrem Rucksack, dieses verfluchte, *verfluchte, verfluchte* schwarze Notizbuch mit den roten Ecken ... wie einen Kompass, den sie allerdings nicht lesen kann.

Hannah blinzelt in die Sonne, die den Bürgersteig und die Straße in lichtgrelle und schattendunkle Streifen teilt. Nikki sprüht sich Sonnenmilch auf die nackten goldbraunen Arme. Hin und wieder fährt ein Auto am Café vorbei.

»Huhu«, macht Nikki und wedelt vor Hannahs Augen herum. »Du hast was versprochen!«

»Versprochen?«

»Sag bloß, du bist schon alzheimermäßig unterwegs ...«

Da fällt es ihr ein. »Keine negativen Gedanken mehr und wir genießen das Leben, solange wir können.«

»Okay.«

»Cool! Willst du auch noch einen Iced Coffee?«

Statt einer Antwort saugt Nikki gurgelnd den letzten Schaum durch den Strohhalm.

Und wie sie da sitzen, draußen vor dem Café mit Blick auf die Straße, auf den gegenüberliegenden Klamottenladen und den Apothekeneingang, und wie Hannah den Becher an die Lippen hebt und Nikki mit ihrer Sonnenbrille spielt und wie die Sonne von einem erbarmungslos blauen Himmel brennt und an den anderen Tischen geredet und gelacht wird, wie die Bedienung, eine quirlige Asiatin, ein Tablett mit Kuchen herausträgt – in diesem Augenblick kommt eine große Rothaarige aus der Tür des *Blue Horizon* und Nikki sagt: »Schau mal, da ist Grazyna!« Das Mädchen mit den roten Haaren macht einen Schritt auf die Straße.

In dem Augenblick rast ein Auto heran, plötzlich ist es da, schneller als ein Schatten, es rast vorbei und verschwindet hinter der nächsten Biegung. Erst dann, um Lichtjahre verzögert, dringt der Schall heran, der dumpfe Schlag, kaum mehr als ein *Plopp*. Und zurück bleibt etwas auf der Straße, etwas wie ein bunter Kleiderhaufen ...

Hannah regt sich erst wieder, als Nikki schon losgestürzt ist. Allmählich erkennen die Leute auf der Straße und im Café, was passiert ist. Und schließlich erwacht auch Hannah aus ihrem Schock und geht wie in Trance auf die Straße.

Grazyna liegt mit dem Gesicht nach unten auf dem Asphalt, um ihren Kopf breitet sich eine dunkle Lache aus, fast so, als würde die Farbe aus ihren roten Haaren auslaufen. Hannah schaut entsetzt auf den reglosen Körper mit dem grünen T-Shirt und dem kurzen Rock. Die helle Haut an den Beinen ist über und über mit Sommersprossen gesprenkelt. Ein regenbogenbuntes Tuch um Grazynas Hals hebt und senkt sich im Wind, als würde es atmen.

Stille hat sich über die Straße gesenkt, hat die Szene wie in ein Vakuum eingeschlossen.

PAST LIFE

Es war ein Sonntag – Hannahs achtzehnter Geburtstag – und kurz nach zwölf. Ein trüber Apriltag. An der Scheibe hing ein Regenschleier, es nieselte wie schon am Abend davor. Sie war mit Finn und ihren Freunden ausgegangen, sie waren im *Koko* gewesen und sie hatte dort um fünf nach zwölf ganz legal Cosmopolitan bestellt.

Zwei Cosmopolitan und drei Irgendwas später war ihr kotzübel und sie wollte nur noch nach Hause und sterben. Wenn sie sich recht erinnerte, stritt sie sich mit Finn, der sich den Abend anders vorgestellt hatte. Sie auch. Um halb vier lag sie im Bett. Allein – und mit einem fiesen Brennen im Magen.

Ihr war immer noch übel, als sie schließlich gegen Mittag aus dem Bett kroch, duschte und hinunter ins Wohnzimmer ging. Mehr aus Anstand, weil sie wusste, dass dort ihre Eltern auf sie warteten. Eileen und Richard saßen am üppig gedeckten Frühstückstisch, bei dessen Anblick sie sich am liebsten gleich noch mal übergeben hätte. Eier, Speck, Tomaten und ein Geburtstagskuchen mit achtzehn brennenden Kerzen.

Die beiden lächelten, aber zugleich war da noch etwas anderes in ihrem Ausdruck – Ernst? Anspannung? –, das Hannah zwar bemerkt, aber nicht weiter beachtet hatte.

Sie sangen *Happy Birthday* und umarmten sie. Eileen liebevoll und Richard mit der üblichen Zurückhaltung, als hätte er ständig Angst, ihr zu nahe zu treten. Die beiden hatten etwas Rührendes. Sie liebten sie, das war ganz offensichtlich.

Minuten später, nachdem Hannah zwei Geschenke ausgepackt hatte, überreichten sie ihr mit besonderem Ernst einen großen Umschlag. Zuerst dachte Hannah, es wäre der Fahrzeugschein für den Roller, den sie sich so gewünscht hatte – und gegen den die beiden tausend Einwände hatten. Dann jedoch, als sie deren sorgenvollen, ernsthaften Blick auffing, dachte sie, es wäre eher was Finanzielles, eine Lebensversicherung vielleicht – ihre Eltern fanden so etwas extrem wichtig. Dass Eileen auf einmal ganz blass war und Richard nervös wirkte, machte sie nicht wirklich stutzig.

Sie öffnete also den Umschlag. Die Bögen waren dick und mit Stempeln versehen. Und da standen die Namen Eileen und Richard Goulding und ihr Name stand auch da – und noch ein anderer. Janice Katherine Stafford. Und dann erst las Hannah das Wort Adoption.

Sie brauchte hundert Millionen Stunden, bis sie wieder etwas herausbrachte.

»Warum habt ihr mir das nicht früher gesagt?«

Die beiden sahen sich an, während Hannah das Gefühl hatte, jemand habe sie in einen Fluss geworfen und nun musste sie gegen die Strudel ankämpfen, die sie herumwirbelten und auf den Grund ziehen wollten.

»Wir hatten es so vereinbart, mit der Agentur und ... mit deiner Mutter ...« Eileens Stimme brach erstickt ab und sie suchte bei Richard Unterstützung.

»Du solltest es erst an deinem achtzehnten Geburtstag erfahren«, erklärte Richard, »damit du selbst entscheiden kannst, ob du ...« Er räusperte sich.

»Ob du sie kennenlernen willst«, half ihm Eileen.

In Hannahs Ohren hatte sich ein Brausen erhoben und von überall her drang das Echo der Worte heran. Irgendwann hörte sie sich sagen: »Lebt sie in London?«

Richard nickte.

Die Vorstellung, dass ihre Mutter all die Jahre in derselben Stadt gewohnt hatte, schockierte sie noch mehr.

»Und wo?«

Wieder ein Räuspern, diesmal von beiden.

»Sie wird doch irgendwo wohnen! Oder ist sie ... tot?«

»Nein«, antwortete Richard zögernd, »aber die Sache ist etwas schwierig. Sie ist ... sie hat ...«

»Sie ist im Gefängnis«, sagte Eileen und Hannah beobachtete sich selbst, wie sie im Wohnzimmer des Reihenhauses in der Randolph Avenue stand – eine Achtzehnjährige, die gerade in ein schwarzes Loch gesogen wurde.

AUGENZEUGEN

Hannah hockt mit geschlossenen Augen auf dem Bordstein und presst die Stirn an ihre Knie. Vor ihr läuft der Film ab, der aber kein Film ist – sondern die nüchterne Realität. *Gerade redest du noch über jemanden und dann wird er vor deinen Augen überfahren!* Sie kämpft das aufsteigende Grauen nieder.

»Miss?« Hannah sieht auf. Eine massige Gestalt verdunkelt die Sonne. Der Polizist hat die Hände unter den Gürtel geschoben, an dem ein Schlagstock, Handschellen und eine Pistole hängen.

»Haben Sie gesehen, was passiert ist?«

Bevor sie die Sprache wiederfindet, verlangt der Polizist ihre Papiere.

»Die hab ich im *Blue Horizon.*« Und plötzlich fällt ihr wieder ein, dass sie Kevin T. Strokers roten Mustang mit einem fiesen Kratzer verschönert hat. Und dass Kevin T. Stroker schon andere wegen Kleinigkeiten angezeigt hat und dass er ein gemeiner Typ mit viel Geld und Einfluss ist, und dass sie verflucht noch mal keinen Stress mit der Einwanderungsbehörde haben will.

Nikki hingegen kann den eingetroffenen Polizisten und Sanitätern gar nicht oft genug erzählen, was sie in den zwei Sekunden – oder den dreieinhalb – gesehen hat, als sie mit ihrer Freundin Hannah bei einem Iced Coffee im Café saß.

»Ja, der Wagen war dunkel, so ein dunkler Kleinwagen, nichts Besonderes.« – »Die Marke? Nein, keine Ahnung, ging ja alles so schnell, so wahnsinnig schnell! *Knall, peng* – und schon war er um die Ecke gebogen!« – »Irgendwas hat da drin aufgeblitzt, keine Ahnung, was.« – »Nein, das Opfer kenne ich nicht, aber sie hat gleich da drüben gewohnt, im *Blue Horizon.*«

Hannah nimmt Nikkis Schilderungen nur aus der Ferne wahr. Ihr ist kotzübel. Sie konnte noch nie Blut sehen. Und dann geschieht etwas ganz Merkwürdiges. Hannah kauert immer noch auf dem Bordstein, die Leiche ist abtransportiert, die Umrisse des Körpers sind mit Kreide auf den Teer gemalt, genauso wie im Film, das gelb-schwarz gestreifte Absperrband weht im Wind, Fotografen machen Aufnahmen, ebenso Passanten mit ihren Handys, Polizisten in enger Uniform stehen da und schauen ernst. Als wäre das alles nur ein unscharfer Vordergrund, wird Hannahs Blick auf ein Gesicht im Schatten gelenkt, dort beim Café, wo sie vorhin mit Nikki gesessen hat. Sie glaubt, es zu kennen, es irgendwo schon einmal gesehen zu haben. Brennende Augen fixieren sie. Sie steht auf, hypnotisiert, überquert die Straße, als hätte ihr jemand den Befehl dazu gegeben – doch da ist das Gesicht in der Menge der Schaulustigen verschwunden.

Nikki taucht neben ihr auf, ebenso der Polizist, der ihr nachgelaufen ist. Doch zum Glück wendet er sich Nikki zu, aus der ohne Aufforderung erneut alles hervorsprudelt, was sie beobachtet hat. Und ihren Pass hat sie Gott sei Dank auch dabei. Gerettet. Der Polizist hat das Interesse an Hannah verloren.

»Oh Gott!« Nikkis Stimme überschlägt sich fast, als sie wenig später wieder zu ihr tritt. »Das Auto ist einfach auf sie zugerast!«

»Komm, wir hauen ab«, sagt Hannah erschauernd und Nikki widerspricht nicht. Schnell schieben sie sich zwischen den Polizisten und den Schaulustigen hindurch und eilen über die Straße ins *Blue Horizon.*

Hektisch reißt Nikki ihren Rucksack aus dem Schrank. »Noch zwölf Minuten, Hannah, zwölf Minuten bis zwölf. Ich will diesen Job, ich will ihn unbedingt! Und ich will hier weg.« Hastig stopft Nikki ihre Kleider hinein. »Was ist los mit dir?«

Hannah fühlt sich immer noch wie gelähmt. Ja, als wäre sie selbst gar nicht wirklich da, als würde sie fernsehen und einem Mädchen zusehen, das so ähnlich ist wie sie.

»Ich ...«, fängt sie an, aber sie weiß nicht weiter. »Woher weißt du, dass dieser ... dieser ...«

»Luke!« Nikki wirft ihre Kosmetiksachen in den Rucksack. »Er heißt Luke!«

»... dass dieser Luke das überhaupt ernst gemeint hat? Vielleicht wollte er sich nur wichtigmachen.«

Nikki hält mitten in der Bewegung inne.

»Nikki, wir kennen ihn doch überhaupt nicht!«

»Es gibt auch so was wie ein Bauchgefühl, okay? Der Typ ist in Ordnung.«

Hannah hat sich kraftlos aufs Bett fallen lassen. »Weißt du, wie viele Menschen jedes Jahr in Australien verschwinden?«

»Nope, ich weiß nur, dass ich dazugehöre. Ich verschwinde von hier!«

»Dreißigtausend.«

»Die werden schon ihre Gründe haben!«

»Da gab es diesen Typen, der Backpacker mitgenommen und dann grausam –«

»Kannst du nicht einfach die Klappe halten und deine Sachen packen, Hannah?« Nikki wirft ihre Jimmy Choos in den Rucksack. »Ich geh jedenfalls auf diese Insel. Ich will diesen Job. Und ich will Spaß! Geh doch zurück zu Mommy und Daddy, wenn du so Schiss hast.«

Das ist so gemein, denkt Hannah, ich bin doch ihre Freundin. Trotzdem, sie kann nicht anders, sie sitzt einfach weiter da und sieht Nikki zu, wie sie ihre Chucks anzieht.

»Weißt du, was, Hannah?« Nikki hält inne. »Ich habe letzte Nacht von einer Lawine geträumt. Ich hab's kommen sehen, verstehst du, ich habe diesen Unfall kommen sehen, das war Grazynas Schicksal.« Entschlossen schnürt sie ihren Rucksack zu.

»Nikki, das ist doch Quatsch –« Abrupt bricht Hannah ab.

Schnelle Schritte. Quietschende Gummisohlen auf dem Flur. Jemand bleibt direkt vor ihrer Tür stehen. Hannah hält den Atem an und Nikki starrt versteinert zur Tür.

Leise, schabende Geräusche. Ein Schritt. Etwas knirscht. Eine Tür quietscht.

Jemand ist in Grazynas Zimmer.

»Was ist?«, zischt Nikki. »Willst du warten, bis sie zu uns

kommen und nach deinen Personalien fragen?« Nikki schultert ihren Rucksack.

Acht Minuten vor zwölf. Bis zum *Funkhouse* brauchen sie bestimmt fünf.

»Und überhaupt, was ist mit unserem Prinzip?«

Keine negativen Gedanken mehr. Wir genießen das Leben, solange wir können.

Endlich erwacht Hannah aus ihrer Benommenheit. »Okay!« Sie braucht nicht länger als zwei Minuten, um ihren Rucksack zu packen, dann schleichen sie hinaus auf den düsteren Flur. Die Tür zur Neun ist nur angelehnt. Hannah zögert.

»Komm!« Nikki will sie weiterziehen, doch Hannah kann nicht anders. Sie stößt die Tür mit einem Finger ein bisschen weiter auf. Vor dem matten rötlichen Licht der zugezogenen Vorhänge zeichnet sich eine Silhouette ab, die gerade die Matratze hochhebt. Auf dem Boden liegt ein Haufen Bettwäsche und an der Wand ... an der Wand sieht Hannah Wörter ...

»Scheiße!« Nikkis Stimme ist nicht mehr als ein Wispern. Auch sie hat den Kopf durch den Spalt gesteckt und starrt auf die rot schimmernde Schrift an der Wand über dem Bett. »Ist das ... Blut?«

In dem Augenblick hält die Gestalt inne und ist im Begriff, die Matratze sinken zu lassen. Gerade noch rechtzeitig zieht Hannah Nikki weg.

Sie rennen den Flur hinunter, durch das Foyer hinaus auf den Hof und dann auf die Straße, an den Polizisten vorbei, die gerade dabei sind, die Unfallstelle wieder freizugeben. Grazynas Umrisse als Kreidezeichnung auf dem heißen Asphalt ... das Bild nimmt Hannah noch wahr, aber erst hinter dem *Cowbell 808* bleiben sie stehen. Nikki lehnt sich nach Luft schnappend an die Hauswand.

»Oh Gott, Hannah!«, japst sie, »Grazyna war doch total durchgeknallt! Hast du diese komischen Wörter an der Wand gesehen?«

Hannah legt den Kopf in den Nacken und sieht in den Himmel, der sich unbeteiligt blassblau zeigt.

Der Himmel, die Sonne, der Wind, das Meer – alles vielleicht nur eine Täuschung von Frieden und Licht. Mete bab ou alatranp.

»Was? Nein, hab ich nicht gesehen.«

GIRLS, GIRLS, GIRLS

Die Sonnenstrahlen blitzen in seiner verspiegelten Aviator. Lässig lehnt Luke in Jeans, die Arme vor der breiten Brust mit dem karierten Hemd verschränkt, an einem Auto. Als er sie entdeckt, stößt er sich mit dem Fuß vom Reifen ab und kommt mit seinem Farmersohn-Lächeln auf sie zu. Er beugt sich zu Nikki und gibt ihr einen Kuss auf die Wange, die sie ihm hinhält. »He, Girls!«

Hannah zögert, als er auch ihr einen Kuss geben will, doch dann fängt in ihrem Kopf Nikki an, den *Isla-Bonita*-Song zu singen. Sein Kuss ist flüchtig und freundschaftlich und sie denkt einmal mehr, wie uncool sie ist.

»Sorry«, meint Nikki lachend, »wir haben schon gedacht, wir wären zu spät.«

»Seid ihr auch.« Ohne die Sonnenbrille abzunehmen, sieht Luke auf die auffällige Armbanduhr an seinem kräftigen Handgelenk und legt die Stirn in Falten.

»Was?« Nikkis Stimme überschlägt sich aufgeregt. »Was soll das heißen? Wir sind –«

»Kein Problem«, versichert er breit grinsend. »Wir schaffen's noch.« Ganz selbstverständlich und als wären sie nicht schwerer als Luft, nimmt Luke die beiden Rucksäcke und will losmarschieren, doch Hannah – die dreißigtausend Vermissten im Kopf – sagt: »Wo ist das eigentlich?«

»Genau«, pflichtet Nikki ihr bei, »du wolltest uns doch noch den Prospekt und die Adresse –«

»Ist alles im Auto«, entgegnet Luke. »Los, Girls, wir müssen uns beeilen!«

Sie versuchen, mit Luke Schritt zu halten, und Hannah denkt, noch könnte sie umkehren, noch könnte sie eine andere Lösung finden, einen anderen neuen Job. Aber dann denkt sie an die Kreideumrisse auf dem Asphalt und sie folgt Nikki und Luke bereitwillig eine Straße weiter zu einem weißen Kombi mit Dachgepäckträger und Surfboard. Nikki dreht sich zu Hannah um und zwinkert ihr vielsagend zu.

Die Schlösser springen auf. Luke verstaut die Rucksäcke im Kofferraum und Hannah überlegt, ob sie vorn einsteigen soll, doch auf dem Vordersitz liegt ein Aktenkoffer und so rutscht sie neben Nikki auf die Rückbank, die schmatzend auf ihrem Kaugummi herumkaut und in kurzer Folge kleine Blasen macht und sie platzen lässt.

»Das ist so cool, Hannah!«, sagt sie, ballt die Hände zu Fäusten, kneift die Augen zusammen und schüttelt sich, »so, so cool!« Dann legt sie eine Hand auf Hannahs Arm und fügt ernst hinzu: »Und ich bin so froh, dass du mitkommst.«

Und in diesem Augenblick durchflutet Hannah ein ganz warmes und glückliches Gefühl.

Luke macht draußen einen kurzen Telefonanruf, bevor er sich hinters Steuer gleiten lässt. Gut gelaunt dreht er sich zu ihnen um, schiebt die Sonnenbrille hoch und hält ihnen einen Prospekt entgegen.

»Das erwartet euch!«

Tiefblaues Meer, das sich an eine sichelförmige Bucht mit Palmen schmiegt – und das alles auf Hochglanzpapier.

»Wow«, machen Nikki und Hannah gleichzeitig.

»Joder, wirklich!« Nikki blättert weiter.

Muscheln und Perlen in Werbefotoqualität.

FIND THE OCEAN'S MOST BEAUTIFUL SECRET HERE.

TOUCH A PEARL AND YOU WILL FIND THE ANSWER.

PEARLS OF GOD

»Und wo ist das Ganze?« Nikki hat sich nach vorn gebeugt. »Du weißt schon«, sagt sie im Flirtton Stufe eins, »wir trauen nicht jedem.«

Luke grinst amüsiert und Hannahs Handy meldet eine SMS.

ILY! Warte auf mich!!! Finn

»Vanuatu«, sagt Luke mit einem Blick in den Rückspiegel. »Ihr habt doch hoffentlich eure Pässe dabei, oder?«

»Vanu... was?« Nikki dreht sich zu Hannah und hebt fragend die Augenbrauen.

»Vanuatu«, wiederholt Hannah monoton. Noch immer sind

Finns Worte auf dem Display eingebrannt. Eingebrannt für immer. Sie könnte jetzt einfach aussteigen. Einfach aus diesem Auto aussteigen, auf Finn warten und das Buch vergessen und ihre Mutter vergessen und ...

Aber sie bleibt sitzen und sagt automatisch: »Vanuatu. Ein Inselstaat vor Australien.«

Luke wirft Hannah einen überraschten Blick zu.

»Okay, cool. Ein Staat sogar!« Nikkis Kaugummiblase wird größer und größer, bis sie schließlich knallend zerplatzt. »Und haben die Perlen dort auch Straße, Hausnummer, Telefon?«

»Die genaue Lage wird aus Sicherheitsgründen nicht bekannt gegeben.« Mit einem geheimnisvollen Unterton fügt Luke hinzu: »Wisst ihr, wie viel eine solche Perle wert ist? So groß?« Daumen und Zeigefinger bilden einen nicht sonderlich großen Kreis. Nikki zuckt mit den Schultern.

»Fünftausend Dollar. Kann auch mehr sein. Viel, viel mehr, und dort gibt's Tausende davon. Aber ich kann euch beruhigen, die Firma ist weltbekannt, könnt ihr googeln – und die Behörden wissen natürlich, wo die Insel ist.« Sein Lächeln lässt jeden Zweifel schmelzen wie Eis in der Sonne. »Aber wenn es ein Problem gibt, könnt ihr auch wieder aussteigen.« Er dreht sich über die Schulter zu ihnen um. »Ihr müsst es nur sagen.«

Behaupten kann man viel, denkt Hannah – selbst so ein australischer Farmersohn mit einem Surfboard auf dem Dach und mit diesem verdammt süßen Grinsen – und gibt in ihrem Smartphone *Pearls of God* ein. Und als Vanuatu erscheint und eine Internetadresse und die Namen von Schmuckläden, die diese Perlen verkaufen, fällt ihr ein Stein vom Herzen, nein, kein Stein, ein ganzer Felsen. Grinsend hält sie Nikki das Display vor die Nase.

»Wir müssen also nicht irgendwelchen alten Kerlen Sandwiches schmieren?«

Luke lacht. »Wie kommst du darauf?«

Nikki macht eine wegwerfende Handbewegung. »Aber wieso hast du uns das mit der Perlenfarm nicht gleich erzählt?«

»Dann hättest du es vielleicht weitererzählt. Es ist ein Resort«, erklärt Luke gut gelaunt. »Auf einer Insel. Mit verschiedenen Jobs. Aber die kriegt nicht jeder!«

Nikki reißt die Augen auf.

»Ihr seid nicht wie die meisten Mädels. Immer nur auf Typen und auf Kohle aus, unzuverlässig, unehrlich ... Immerhin ist das nicht irgendein Job.«

Hannah denkt an die hübsche Wellenlinie im Lack von Kevin T. Strokers Auto. »Und woher willst du wissen, dass wir nicht so sind?«

Er sieht ihr bedeutungsvoll in die Augen. »Ich weiß Bescheid, okay? Also, was ist jetzt? Seid ihr startklar?«

Hannah tauscht mit Nikki einen Blick. Sie weiß, dass auch Nikki an den Unfall denkt, aber Nikki weiß nichts von dem Buch, weiß nicht, dass Hannah einerseits Angst hat und andererseits ... andererseits ...

»Keine negativen Gedanken mehr«, flüstert sie Nikki ins Ohr, »wir genießen das Leben, solange wir können.«

Und Nikki strahlt übers ganze Gesicht. »Okay, Luke, drück aufs Gas!«

»Gute Entscheidung, Girls!« Er lässt den Motor an. »Nur damit ihr Bescheid wisst: Zuerst geht's mit dem Flieger nach Port Vila, zur Hauptinsel, und von da weiter mit dem Wasserflugzeug.« Luke hat eine Lücke im vorbeifließenden Verkehr gesichtet und schießt auf die Straße.

»Ich hab auch noch von einer Insel geträumt«, raunt Nikki Hannah zu. »Weißt du, was *Insel* bedeutet?«

Hannah hat nicht die geringste Ahnung von Traumdeutung.

»Einsamkeit«, sagt Nikki plötzlich düster und wendet sich ab, sieht zum Seitenfenster hinaus und fügt dann hinzu: »Und dass man sich selbst erforschen muss – im Alleingang.«

»Aber ich komm doch mit!«, entgegnet Hannah.

»Ja«, sagt Nikki und tätschelt Hannah den Arm, »ja, das ist gut.«

Ein paar Minuten später tippt Hannah ein entschlossenes *Too late,* macht ein Foto von sich und Nikki und postet an ihre Freunde: *Unterwegs mit Luke zu einer geheimen Insel ...*

FLYING THROUGH THE CLOUDS

Am Flughafen in Sydney dann die Überraschung – Luke stellt ihre Rucksäcke am Schalter ab und drückt ihnen ein Ticket in die Hand. »Gute Reise, Girls, und viel Spaß auf der Insel!«

»Wir fliegen ohne dich?« Nikki starrt ihn an und in Hannahs Kopf fangen all die Zweifel wieder an zu rumoren. »Das war aber nicht abgemacht«, protestiert Nikki.

»Entspannt euch!« Luke macht eine beschwichtigende Handbewegung. »Es ist alles organisiert. Ihr werdet am Flughafen in Port Vila von Bo abgeholt.«

»Bo? Und wie erkennen wir den?«

»Ich hab ihm ein Foto von euch geschickt.« Er deutet auf die Uhr über der Anzeigetafel. »Ihr müsst los!«

Er gibt ihnen einen Abschiedskuss und winkt ihnen nach, bis sie durch die Sicherheitskontrolle sind.

In diesem Augenblick knäult sich etwas in Hannahs Magen zusammen, wird größer und fester und heiß. Sie weiß, was gleich kommt: Der Knoten platzt, etwas Heißes schießt die Speiseröhre hinauf, setzt sich in ihrer Kehle fest, sodass sie kaum schlucken kann, dann erfasst es ihr Herz, bringt es zum Rasen, jagt weiter in ihren Kopf und macht sie schwindlig. Sie schluckt an gegen das Würgen, sie muss weiteratmen, ganz ruhig weiteratmen, so wie an ihrem achtzehnten Geburtstag, genau so.

»Hannah?«, dringt Nikkis Stimme gedämpft an ihr Ohr, »Hannah?«

»Ja ...«

»Ganz locker, entspann dich.«

Wie durch Nebel schweben Nikkis Augen ganz nah vor ihr. *Weiteratmen, Hannah, weiteratmen.* Die Stimme ist so vertraut und doch so fremd. Sie ist in London und da sind ihre Eltern und sie sehen sie an mit diesen fremden Augen. *Hannah, wir müssen dir etwas sagen ...*

Hannah atmet, atmet, atmet und endlich, mit jedem Atemzug, löst sich der Nebel ein bisschen mehr auf, die Dinge um sie herum nehmen wieder Gestalt an. Auch das Ticket, das sie in der Hand hält. Auf einmal kann sie die Buchstaben und Ziffern wieder lesen.

»Alles klar?«, fragt Nikki.

»Jaja, war nur ... ach, egal.« Hannah winkt ab und fegt all ihre Bedenken mit dieser Bewegung beiseite. »Ich bin einfach total aufgeregt!«

»Ich auch«, sagt Nikki mit einem glücklichen Strahlen.

Um sie herum grölen und lachen die Leute, die Stimmung lässt den Bordraum des Fliegers förmlich vibrieren.

»Eine Hochzeitsgesellschaft«, hat ihnen die Stewardess mit einem leichten Augenrollen erklärt.

»Ich hoffe, mein Daddy hat das mit der Kreditkarte endlich geregelt.« Nikki kaut auf ihrer Unterlippe herum.

»Auf der Insel brauchst du bestimmt keine Kreditkarte«, sagt Hannah. »Außerdem haben wir einen Job, schon vergessen?«

Ohne zu antworten, sieht Nikki aus dem Fenster. Hannah hat ihr den Platz überlassen. Manchmal hat Nikki etwas von einem kleinen Kind und der Fensterplatz war ihr wichtig. *Weißt du, ich schau so gern in die Wolken, die sehen aus wie Zuckerwatte ... am liebsten würde ich reinbeißen!*

Die Sache mit der Kreditkarte scheint sie zu beschäftigen. Sie fängt immer wieder damit an.

»Warum hast du deinen Dad nicht angerufen?«, fragt Hannah nicht zum ersten Mal. »Vielleicht hat er es einfach vergessen?«

»Das vergisst er nicht!«, fährt Nikki sie an. »Das bestimmt nicht!«

In Nikkis Ausdruck ist auf einmal etwas, was Hannah befremdet, etwas Undurchdringliches, Wütendes.

»Schon gut«, beschwichtigt sie rasch und blickt durch das Fenster auf der gegenüberliegenden Seite des Gangs.

Zehntausend Meter unter ihnen erstreckt sich der Ozean. Hannah schließt die Augen. Sie haben den Tag hinter sich gelassen und fliegen der Nacht entgegen, dringen immer tiefer vor in die Dunkelheit, in der nur hin und wieder winzige Lichter aufblitzen.

Eine Insel ... warum ausgerechnet auf eine Insel?

Es ist einfach Zufall, denkt Hannah, Hunderttausende, Millionen Menschen fliegen über den Pazifik auf Tausende verschiedene Inseln ...

HOLLOWAY

Janice Katherine Stafford also. Hannah hatte sich davor gedrückt. Natürlich hatte sie schon Gefängnisse gesehen. Aber nur im Film. Richard hatte sie in die Parkhurst Road nach Islington gefahren. Vorbei an heruntergekommenen Wohnblocks und Ladenzeilen mit leer stehenden Geschäften, vor denen sich die Müllsäcke türmten, bis hin zu dem mächtigen, abweisenden Gebäude aus bräunlich gelben Steinquadern, bei dessen Anblick Hannah nichts anderes einfiel als die Worte *ewig* und *Strafe*.

Sie hatte Angst. Und etwas sagte ihr, sie sollte einfach wieder umkehren und dieser Aufseherin mit dem Pfannkuchengesicht und dem hennaroten kurzen Haar jetzt sagen: Sorry, ich hab es mir anders überlegt.

Aber ihre Lippen waren wie zugenäht und ihre Gedanken kreisten wie eine altmodische, hängen gebliebene Schallplatte.

Was würde sie gleich empfinden, wenn sie dieser Frau im Besucherraum gegenübersaß? Und worüber sollte sie überhaupt mit ihr reden? Tausendmal hatte sie die Szene schon durchgespielt. *Hallo* – und dann kam der Blackout.

Sie hatte ihre Tasche abgeben müssen und wurde nun abgetastet; wie am Flughafen bei der Sicherheitskontrolle, redete sie sich ein. Aber dort gab es keine vergitterten Fenster und es roch auch nicht nach billigem Fett und scharfem Putzmittel. Richard wartete draußen im Auto auf dem Parkplatz und auf einmal wäre sie am liebsten losgerannt und ihm um den Hals gefallen und hätte gesagt: Ich will sie überhaupt nicht kennenlernen!

Er und Eileen waren immer für sie da gewesen. Richard hatte sie jeden Morgen in den Kindergarten gebracht und Eileen hatte sie abgeholt, Richard hatte ihr Radfahren beigebracht und war mit ihr in den Park zum Drachensteigen gegangen, Eileen hatte sie zum Klavierunterricht gefahren und zweimal die Woche zum Tennis. Richard und Eileen hatten sich um alles gekümmert. Einmal hatte Eileen sogar eine Zigarette mit ihr geraucht, damals, als alle in ihrer Klasse heimlich anfingen zu rauchen. Eileen mit der Zigarette zwischen den abgespreizten Fingern – sie kann sich immer noch an das absurde Bild erinnern.

Ja, sie hatte die beiden als selbstverständlich genommen. Sollte sie nicht einfach wieder gehen? Sollte sie Eileen und Richard nicht einfach sagen: He, ist mir egal, wer meine biologischen Eltern sind, ihr seid meine richtigen Eltern?

Stattdessen quälte sie sich mit den immer gleichen blöden Fragen herum: Tut mir leid, dass ich nicht schon früher gekommen bin, aber ich wusste bis vor Kurzem nicht, dass Eileen und Richard mich adoptiert haben! Warum haben Sie ... – *Äh, wie soll ich sie überhaupt anreden? Man duzt seine Mutter doch, oder nicht?* – ... warum hast du mich schon Wochen vor der Geburt zur Adoption freigegeben? Wie kann eine Mutter so etwas tun? Und wer ist eigentlich mein Vater?

»Miss Goulding?« Eine Stimme ließ sie herumfahren. Die Aufseherin zog ihre Handschuhe aus und nickte ihr zu. »Sie können jetzt mitkommen.«

ZWISCHENSTOPP

»Hannah? Nikki?«

»Der da!« Nikki hat ihn schon in der Gruppe hinter der Absperrung am Ausgang entdeckt. Ein sonnengebräunter, sehniger Typ mit halblangen Haaren und einem offenen, freundlichen Gesicht kommt auf sie zu. Er trägt ein verwaschenes Hemd über karierten Bermudashorts und sieht aus, als hätte er nur kurz sein Surfboard vor dem Eingang abgestellt. *Flip, flip, flip* machen seine Flipflops, als er auf sie zukommt.

»Na bitte«, sagt Nikki leise zu Hannah und kichert, »hier sind also die rattenscharfen Typen! Wenn die dort alle so gut aussehen, gehör ich auch zu den dreißigtausend, die nie wieder auftauchen.« Nikki lässt eine Kaugummiblase platzen und hebt die Hand. »Hier!«

Eine Sekunde später steht der Typ grinsend vor ihnen. An seinem Hals baumelt eine Muschel an einem Lederband. »Hi, ich bin Bo!«, sagt er und sein Blick ruht ein wenig länger auf Hannahs Augen, zumindest kommt es ihr so vor. »Willkommen auf Vanuatu! Hattet ihr einen guten Flug?«

»Mit 'ner grölenden Hochzeitsgesellschaft ...«, stöhnt Nikki und lässt einen dramatischen Augenaufschlag folgen.

»Ja, die Leute buchen hier oft ihre Party und ihren Honeymoon.« Bo bückt sich nach ihren Rucksäcken. »Ist nicht weit.«

»Ich denke, wir fliegen von hier aus weiter«, sagt Hannah.

»Ja, morgen.« Bo wirft sich die Tragegurte über die Schultern und geht weiter. *Flip, flip, flip.*

»Morgen?« Hannah bleibt stehen.

»Ja, klar, es ist jetzt schon zu dunkel. Das Wasserflugzeug fliegt auf Sicht.« Er hat sich kurz zu ihr umgedreht und lächelt ihr ins Gesicht.

»Stimmt, mein Dad fliegt auch immer auf Sicht mit seiner Beechcraft«, sagt Nikki im Plauderton und schüttelt ihre Haare. »Ich bin oft mit ihm nach ...«

Hannah hört nicht mehr hin. Nikki und ihr Dad, das ist wohl eine eigene Geschichte.

Die Luft außerhalb des kleinen Flughafengebäudes ist warm und voller Blütenduft – vermischt mit Autoabgasen. Touristen steigen in ihre vorbestellten Mietwagen oder in ihre Reisebusse und Hannah bleibt einfach stehen und sieht in den Himmel, an dem Millionen Sterne schimmern. Finn, ihre Eltern, ihr achtzehnter Geburtstag – und Janice Stafford ... alles ist mit einem Mal so unendlich weit weg. Ihr ist, als gehörte das alles zu einem anderen, längst vergangenen Leben. Dem Leben der Hannah Goulding – die nur achtzehn Jahre alt wurde.

»Hannah!«, hört sie Nikki rufen. »Komm schon.« Nikki schwingt sich auf den Beifahrersitz eines silbernen Jeeps mit offenem Verdeck.

»Schnallt euch lieber an!« Bo startet den Motor. »Die Straßen sind nicht so das Wahre hier.«

Hannah schiebt sich neben die Rucksäcke, die Bo auf der Rückbank verstaut hat.

»Hast du auch noch coole Musik?« Nikki fummelt am Radio herum.

Und unter den peitschenden Bässen der Mountain Goats steuert Bo den Jeep durch eine Straße, in der sich Büros von Mietwagenfirmen, Travel Agencys, Telefonläden und andere kleine Shops aneinanderreihen, die Schaufenster in der Dunkelheit neonhell leuchtend. Bunte Kleider, T-Shirts,

Kappen, der übliche Kram eben, hängt an Ständern vor den Läden, weht im Wind; Touristen in Shorts stolpern grölend aus einer Bar, Mofas rasen knatternd und stinkend an ihnen vorbei.

Hannah atmet tief ein, als könnte sie das ganze Leben um sie herum damit einfangen. Der Jeep röhrt, die Musik spielt, die Mofas knattern, T-Shirts und Schals wehen im Wind und immer wieder ein Schal, ein bunter Schal – ein regenbogenbunter Schal ... Hannah stutzt. Spürt, wie sich ihr Herzschlag beschleunigt. *Solche Schals gibt es doch überall, wirklich überall, Hannah.*

Als Bo nach nur ein paar Minuten Fahrt vor einem flachen schuhkartonartigen Gebäude mit einem gelben Neonschild anhält, springt Nikki lachend als Erste aus dem Auto, das Haar vom Wind zerzaust – und macht ein Foto. »Das war megageil!«

»Wir treffen uns morgen früh um sechs hier«, sagt Bo an der Rezeption, wo er dem dunkelhäutigen älteren Mann das Zimmer bezahlt. »Die Maschine geht um sieben. Pünktlich.« Er gibt ihnen einen Zimmerschlüssel und behält einen anderen selbst. »Wir sehen uns.«

Nikki schaltet in ihren Cheerleader-Modus und lässt den Zimmerschlüssel vor seinen Augen hin und her schwingen.

Bo grinst wieder und sagt dann ganz artig: »Gute Nacht.«

Flip, flip, flip. Bo geht. Nikki sieht ihm nach. »Sag mal, ist der schwul oder was?«

Hannah verdreht die Augen. Jeder Kommentar erübrigt sich. Nikki ist einfach ... Nikki.

Ihr Zimmer: zwei Einzelbetten, ein kleiner Tisch, ein Stuhl und ein Schrank. Und alles ziemlich hässlich und billig.

»Nicht gerade das Hilton«, seufzt Nikki und schiebt sich einen Kaugummi in den Mund.

»Wir sind ja auch nur arme Arbeitssklaven«, sagt Hannah und reißt das Fenster auf. Doch es kommt nur warme, feuchte Luft herein und sie macht es schnell wieder zu.

»Ja, stimmt, hab ich glatt vergessen.« Nikki wirft sich aufs Bett unter dem Fenster. »Aber dieses Teil da«, sie zeigt über die Tür, »sieht aus wie 'ne Klimaanlage, was meinst du?«

Hannah findet die Fernbedienung und tatsächlich springt das Gerät laut ratternd an und bläst ihnen kalte, wunderbar kalte Luft ins Gesicht.

»Ich bin schon so gespannt auf die Insel«, sagt Nikki gähnend, nachdem sie das Licht gelöscht haben. »Wer weiß, wie viele von diesen Abercrombie&Fitch-Typen da noch rumlaufen!«

Hast du den Schal gesehen?, will Hannah noch fragen, doch dann lässt sie es sein. Soll Nikki ruhig ihren Abercrombie&Fitch-Traum träumen. Und irgendwann ist auch sie selbst so müde, dass alle beunruhigenden Gedanken in der Dunkelheit versickern.

ANKUNFT

Gegen das ohrenbetäubende Dröhnen der Propeller hat ihnen der Pilot Ohrstöpsel gegeben, die Hannah immer wieder herausfallen, bis sie es schließlich aufgibt und die Schaumstoffteile in ihre Tasche stopft.

Die kleine Maschine hat sechzehn Plätze, nur sechs davon sind besetzt, mit Hannah, Nikki und Bo; drei dunkelhäutige Männer nehmen die anderen Sitze ein. Ni-Vanuatu, wie die Ureinwohner Vanuatus heißen. Das hat Hannah noch schnell im Internet gecheckt. Einer hat einen blonden Afrolook, was ziemlich schräg aussieht. Er trägt ein buntes Hawaiihemd, und als durch eine Bewegung ein Ärmel hochrutscht, bemerkt Hannah auf seinem Oberarm eine Tätowierung. Mit der verspiegelten Sonnenbrille und seinem lässigen Gehabe wirkt er total stoned, wie Johnny Depp in diesem Drogenfilm. Er sitzt zwei Reihen vor ihnen und dreht sich immer wieder nach Nikki um, doch Nikki kaut mit provozierender Langsamkeit Kaugummi, betrachtet ihre Fingernägel und gähnt.

Jetzt wirkt sie wieder völlig relaxt, ganz anders als noch beim Einsteigen in die zweimotorige »Seifenkiste«, wie Nikki aufstöhnend festgestellt hat, als sie in Port Vila übers Flugfeld marschiert sind. »Mit so einer ist mein Dad mal beinahe abgestürzt«, hat sie dann auch noch hinzugefügt.

»Danke für den Hinweis, Nikki«, hat Hannah geantwortet. »Dein Dad scheint ja Superman zu sein.« Worauf Nikki knallrot angelaufen ist und dann eine ganze Weile nicht mehr mit ihr gesprochen hat.

Bo sieht bei Tageslicht noch besser aus als am letzten Abend. Seine Augen leuchten so intensiv wie das Meer unter ihnen und seine sonnengebleichten Haare erscheinen so weich, dass Hannah sich dabei ertappt hat, wie sie sie berühren wollte.

Nikki hat recht. Er sieht wirklich verdammt sexy aus ...

Jetzt sitzt er schräg vor Hannah auf einem Einzelsitz wie sie alle. Er hat die Augen geschlossen, den Kopf an die Lehne gelegt und döst. Nikki lächelt ihr zu und Hannah merkt, wie die

Anspannung, die sie die ganze Reise über in Atem gehalten hat, allmählich von ihr abfällt.

Warum sie zu dieser Reise aufgebrochen ist, darüber will sie nicht mehr nachdenken. Und selbst wenn es das Buch war ... na und, das spielt keine Rolle mehr. Manchmal braucht man eben irgendein Hilfsmittel, einen Anlass, damit man sich endlich auf den Weg in sein eigenes Leben macht. So einfach ist das.

Sie hat es von London bis nach Vanuatu geschafft, sie hat sich durch die miesesten Jobs geschlagen. Und jetzt ist sie hier. In diesem Flieger auf dem Weg zu einer Perlenfarm! Das Leben kann so aufregend sein! Voller Überraschungen! So sollte sie es sehen – und nicht wie ... die Erfüllung eines Schicksals, nicht wie eine Bestimmung. Es gibt keine Bestimmung, es gibt nur den Moment und die eigene freie Entscheidung, Ja oder Nein zu sagen. Mehr nicht.

Hannah fühlt sich gut, so gut wie schon lange nicht mehr, und sie genießt den Blick aus dem Fenster in die sonnenbestrahlten Wolken und auf das tiefblaue Meer.

»Schau mal!«, ruft Nikki in dem Moment zu ihr herüber und deutet zum Fenster hinaus.

Aus dem grünblau leuchtenden Ozean erhebt sich eine Insel, dicht bewaldet, in der Mitte ein Berg. *»La isla bonita!«*, singt Nikki fingerschnippend und Hannah macht schnell ein Foto.

Die Maschine sackt tiefer, dreht eine Schleife. Von hier oben sieht die Insel fast ganz rund aus. Dunkelgrüner Dschungel überzieht die Insel bis zu dem silbrig schimmernden Berg. Und dann, direkt vor ihnen, die Lagune! Kleine Boote, eher Kähne, schwimmen in der Bucht. Unter den hochgewachsenen Palmen kann sie jetzt Bambushütten erkennen. Wie in einem Luxusferienprospekt! Die Maschine sackt weiter nach unten. Nikki kreischt, während Hannah laut auflacht.

Die Erschütterung, als die Kufen auf der Wasseroberfläche aufsetzen, rüttelt alles gehörig durch, dann folgt ein sanfteres Gleiten und schließlich stoppen die Motoren und das Flugzeug schaukelt auf dem Wasser.

Die Ausstiegsluke wird geöffnet und gleißendes, warmes Licht flutet herein. Sekundenlang ist Hannah geblendet, spürt nur das Schwanken unter ihren Füßen. Erst allmählich dringen Farben durch die Helligkeit und dann bleibt ihr die Luft weg. Direkt vor ihr erstreckt sich der spiegelnde Ozean.

»Wow!« Nikki schließt die Augen und breitet die Arme aus. »Hallo, Paradies, wir kommen!«

Hannah nimmt die Hand, die Bo ihr entgegenstreckt, und macht einen großen Schritt auf das Motorboot unterhalb der Tragfläche. Und wie sie so mit ihrem Rucksack im Boot steht und Bo fröhlich sagt: »Willkommen auf der Insel«, da weiß sie, dass jetzt ein neues Leben anfängt. Ihr wirkliches, ihr eigenes Leben. Und sie atmet tief, ganz tief den Duft des Ozeans ein und blinzelt in die Sonne, bis ihr die Augen wehtun.

Sie setzen sich auf die Holzbänke des Außenborders, den ein dunkelhäutiger, schweigsamer Typ steuert. Bo hat ihn mit einem kurzen Nicken begrüßt. Wahrscheinlich ein Einheimischer, denkt Hannah und nickt ihm ebenfalls zu, doch er sieht einfach durch sie hindurch, als wäre sie gar nicht da.

Das Motorboot tuckert los und hinter ihnen lässt der Pilot die Maschine wieder an. Die Propeller beginnen sich zu drehen, Wind erhebt sich, kräuselt die tiefblaue Wasseroberfläche, das Dröhnen schwillt an, dann setzt sich der Flieger wieder in Bewegung, jagt übers Wasser, hüpft über die Wellen und schwingt sich schließlich in die Luft.

Nikkis Gesicht glüht vor Aufregung, als sie sich zu Hannah umdreht. Sie sehen dem silberfarbenen Flugzeug nach, wie es höher steigt, über ihnen eine Schleife dreht und dann zu einem silbrigen Punkt in der Ferne wird, bis auch der verschwindet und das Brummen im trägen Rauschen des Ozeans untergegangen ist.

»Wow! Ich muss sofort schwimmen gehen«, ruft Nikki und springt auf.

»Lieber nicht.« Bo zeigt auf eine Stelle im Wasser.

Nikki zuckt zurück.

Kaum sechs Meter von ihnen entfernt, ganz dicht unter der Oberfläche, treiben träge zwei, nein, drei silbergraue Haie.

Es sind große Exemplare – nicht dass Hannah mit Haien Erfahrung hätte, sie kennt sie nur aus dem Fernsehen –, aber die sehen wirklich nicht gerade klein aus. Die mächtigen Rückenflossen zerschneiden die Wasseroberfläche und Hannah mag sich gar nicht vorstellen, wie die Tiere auf ihre Beute zuschießen – auf einen Schwimmer zum Beispiel ...

»Normalerweise kriegen sie erst nachmittags Hunger, aber so ganz würde ich denen nicht trauen.«

»Heißt das, man kann überhaupt nicht ins Wasser?« Nikkis Heliumstimme ist noch mal eine Oktave höher geworden.

»Doch«, erklärt Bo, »an bestimmten Stellen, zu bestimmten Zeiten – und wenn jemand Wache hält.«

Hannah sieht den Haien nach, die sie jetzt hinter sich gelassen haben.

»Ich bleib dann doch lieber am Strand!«, sagt Nikki erschauernd.

Bo lacht. »In Ufernähe ist es ungefährlich.«

»Von wegen! Ich hab mal einen Film über Orcas gesehen, die sind aus dem Wasser an den Strand geschossen und haben diese total süßen Robbenbabys gefressen, eins nach dem anderen, happ, happ, happ!«

»Das sind keine Orcas, Nikki! Auch keine weißen Haie, das sind Riffhaie.«

»Ist mir egal.« Nikki schüttelt den Kopf. »Haie sind Haie.«

»Seht ihr die Kähne dahinten?« Bo zeigt auf ein paar dunkle Silhouetten auf dem stillen Wasser der Bucht. »Dort arbeitet ihr.«

»Von mir aus«, sagt Nikki, »solang ich da nicht hinschwimmen muss ...«

Ein Foto mit den Haien käme sicher gut, denkt Hannah und drückt ab. Keine Verbindung, meldet ihr Handy, als sie es mit einem besonderen Gruß an Jessica posten will.

Ein Ruck geht durchs Boot, Bo springt ins Wasser und zieht das Boot an den Strand. Nikki springt als Erste an Land und wirft mit einem lauten Cheerleader-Schrei ihren Rucksack von sich.

Hannah zieht die Schuhe aus und blickt auf den Sand. Und in dem Augenblick fällt alles von ihr ab.

Sie bückt sich, greift in den Sand.

»Der Sand ... ist schwarz.«

»Ja, klar«, erwidert Bo, »ist ja auch 'ne Vulkaninsel.« Oben, am Ende des Strands, ducken sich Bambushütten unter hohen, gebogenen Palmen, den Vorboten eines dichten dunkelgrünen Urwalds, über dem ein Dunstschleier schwebt und aus dem kreischende Vogellaute dringen. Und jenseits des Dunstschleiers, tief im Innern der Insel, erhebt sich majestätisch ein metallisch blitzender Berg.

Hannah kann sich gar nicht sattsehen an dem warmen schwarzen Sand in ihren Händen.

»Alles klar mit dir?«, fragt Bo stirnrunzelnd.

»Ja! Alles okay«, lacht sie erleichtert, »alles okay!« Und sie läuft Nikki nach, die »Juhu« und »Yippie« schreiend den Strand hinaufrennt.

Heute Morgen kommt Dave aus dem Monsoon doch tatsächlich mit dem Job an. Auf einer Insel mit Palmen und einem Sandstrand, so weiß wie Schnee.

Und auch Hannah hat das Gefühl, sie könnte die ganze Welt umarmen! Sie hat doch tatsächlich eine Zeit lang gedacht, eine geheime Verschwörung hätte sie hierher auf diese Insel gebracht ...

PRISON

Hannahs Herz hämmerte, ihre Hände und Füße waren kalt und schweißig und ihre Kehle wurde immer trockener. Ein ums andere Mal hatte sie sich die Fragen zurechtgelegt, die sie ihr stellen wollte. Und als sie ihr dann endlich in diesem bewachten Besucherraum gegenüberstand, brachte sie keinen Ton heraus. Dabei flogen die Worte nur so in ihrem Kopf herum wie aufgescheuchte Fledermäuse ...

In dem Raum standen etwa zehn quadratische Tische mit

zwei oder drei Stühlen, drei Tische waren besetzt. Die Wände waren in diesem speziellen altmodischen Psychiatriegrün gestrichen, bei dem man gleich an Elektroschocks und Lobotomien denken musste – nicht jeder vielleicht, aber Hannah musste daran denken.

Die Fenster waren vergittert und an den beiden Türen war jeweils eine weibliche – kräftige – Wache postiert. Als würden die Frauen hier gleich Randale machen, ging es Hannah durch den Kopf, und sie sah wieder die Frau an, die sie in diesem Moment anlächelte. Janice Stafford. Sie war klein, viel kleiner als Hannah, und dünn, fast schon knochig, sie wirkte alt, dabei war sie erst achtunddreißig. Ihre Haare, obwohl sie gewaschen aussahen, wirkten farblos und stumpf, genauso wie ihr Gesicht mit der grauen, großporigen Haut. Sie war ungeschminkt, kein Lippenstift, nichts. Hannah suchte nach etwas Vertrauten in diesem fremden, abgespannten Gesicht mit den tief liegenden braunen Augen. Etwas, was sie von ihrem Spiegelbild her kannte. Aber da war nichts – außer vielleicht den harmonischen Proportionen von Nase, Augen, Mund und Kinnpartie.

Hannah fühlte sich wie gelähmt, völlig außerstande, irgendetwas zu sagen oder zu tun. Die Frau lächelte sie an, aus diesem Gesicht mit den vielen Augenfältchen und den zwei tieferen Furchen um den Mund. Es war ein bemühtes, vielleicht tagelang vor dem Spiegel geübtes Lächeln und, verflucht, es trieb ihr die Tränen in die Augen!

»Hallo, Hannah«, sagte die Frau mit rauer Stimme. Und dann sagte sie noch etwas, aber Hannah beamte sich weg, ins *Koko,* in den Sommerurlaub ... Sie würde gerade überall lieber sein als da, wo sie gerade war, im Holloway Prison.

»Hi«, hörte Hannah sich sagen und beobachtete sich selbst dabei, wie sie sich auf den festgeschraubten Stuhl setzte.

Dann passierte eine Weile nichts und Hannah kam es vor wie Stunden, dass sie an diesem billigen Tisch saß, in der Nase den Geruch von Kohl und billigem Parfüm – hatte die Frau sich etwa extra für Hannah parfümiert? Das rührte sie irgendwie, aber das durfte sie nicht zulassen, sonst würde sie gleich anfangen zu heulen. Und außerdem fühlte sie sich schuldig, weil sie dieser Frau gegenüber nicht so herzlich und nett sein konnte. Es ging einfach nicht. Da war nur eine ganz, ganz dicke Panzerglasschicht.

»Du erinnerst mich an meine Mutter«, sagte die Frau schließlich mit einem wehmütigen Lächeln, worauf Hannah gar nichts einfiel. Sie spürte, wie sie rot wurde.

»Aber die Nase und die Augen, die hast du von mir.« Die Frau – Hannah bemerkte, dass sie sie immer noch so nannte – lächelte in sich hinein.

Hannah wollte sich nicht in diesem verbrauchten Gesicht sehen, sie wollte überhaupt nicht da sein, ihr Körper fühlte sich immer lebloser und kälter an.

»Und was machst du so?«, fragte die Frau weiter und zupfte dabei an ihren Fingern mit der eingerissenen Nagelhaut herum. »Ich meine, hast du einen Freund? Und willst du an die Uni oder ...« Sie lächelte unsicher und ihr linkes Auge zuckte. »Wie bist du so in der Schule?«

Hannah schluckte und dann antwortete sie automatisch: »Ganz gut.«

»Und was sind deine Lieblingsfächer?«

»Geschichte, Literatur ...«

Die Frau, also Janice, sagte Hannah sich jetzt, lächelte. »Das waren auch meine damals.«

Schweigen. Janice zupfte wieder an ihren Fingern herum und Hannah sah verstohlen auf die Uhr.

»Möchtest du etwas trinken?« Janice fing an, in ihrer Kitteltasche zu kramen. »Da drüben am Eingang ist ein Automat.«

»Ich kann uns was holen«, sagte Hannah hastig. Sie erschrak über ihre laute Stimme und stand schnell auf. Sie wusste ja, dass die Frauen im Gefängnis für ein paar Pence die Stunde arbeiteten; für eine Cola hatte Janice vielleicht einen ganzen Tag Tüten geklebt oder was man da so machte. Sie wollte es gar nicht so genau wissen, es war so ... beschämend.

Janice lächelte und die Fältchen gruben sich tiefer in ihr Gesicht. »Eine Cola wäre prima.«

Hannah atmete auf, als sie sich umdrehte und zu dem nur wenige Meter entfernt an der Wand angebrachten Automaten ging. Schnell warf sie wieder einen Blick auf die Uhr. Gerade mal vier ihrer dreißig Minuten Besuchszeit waren um! Wie, verdammt, sollte sie nur den Rest überstehen?

Sei ein bisschen netter, sagte sie sich. Mal ganz ehrlich: Hätte sie mit *dieser* Mutter leben wollen?

Gleich musste sie zurück an den Tisch, mit zwei Plastikbechern Cola – wahrscheinlich gab es aus Sicherheitsgründen keine Dosen oder Flaschen ... Und dann? Würde sie dann endlich die Fragen stellen, die sie seit ihrem Geburtstag nicht mehr in Ruhe ließen?

Hannah atmete tief ein, drehte sich um und steuerte auf Janice zu, die so klein und verloren aussah.

»Ich habe dich weggegeben«, fing Janice an, noch bevor Hannah die Becher abgestellt hatte, »weil ich wusste, dass ich dich nicht allein großziehen konnte. Es ist irgendwie alles schiefgelaufen, ich habe mich mit den falschen Leuten eingelassen ... Ich wollte dir ein gutes Leben bieten, ein wirklich gutes Leben, ein besseres, als ich es hatte – doch das hätte ich dir nie bieten können. Und dann bin ich auf diese Agentur gestoßen und Eileen und Richard hatten damals schon seit Jahren auf ein Kind gewartet. Aber das weißt du ja bestimmt schon. Also haben wir uns kennengelernt und ich hatte das Gefühl, bei ihnen hättest du es gut. Sie konnten dir ein schönes Zuhause geben, eine gute Ausbildung und eine bessere Chance im Leben und –«

»Aber das ist doch alles nur materieller Mist! Wie kann eine Mutter ihr Kind einfach fremden Menschen geben?« Hannahs Becher war umgekippt, als sie mit der flachen Hand auf die Tischplatte geschlagen hatte, und nun ergoss sich die klebrige braune Flüssigkeit über den Tisch – und über ihre Jeans. Doch Janice blieb vollkommen ruhig.

»Ja, ich weiß, aber ich war immer unterwegs, da war kein Platz, keine Sicherheit ... Ich meine, ich hab dir einfach nichts bieten können ...« Ihre Mutter sah sie hilflos an.

Hannah waren die Worte ausgegangen und ihre Emotionen schwankten zwischen Wut, Verachtung und Mitleid.

»Ich habe mich wirklich sehr auf unser Treffen gefreut«, fuhr ihre Mutter leise fort, »und mich gleichzeitig davor gefürchtet.«

Und dann, dann konnte sie sich nicht mehr beherrschen. »Warum hast du mich überhaupt gekriegt, wenn alles so unmöglich war? Und was ist mit meinem Vater? Glaubst du, das ist toll, wenn man so was an seinem achtzehnten Geburtstag erfährt?«

»Nein«, sagte Janice leise, »das ist bestimmt nicht toll.«

Dieses schlichte Eingeständnis ließ Hannah erst mal verstummen.

»Ich ...«, sagte ihre Mutter nach einer Pause, »ich wollte dich bekommen, aber dein Vater wollte es nicht und –«

»Verstehe und irgendwann war es zu spät für eine Abtreibung.« Hannah versuchte gar nicht erst, ihre Bitterkeit zu verbergen.

Als ihre Mutter nichts erwiderte, wusste Hannah, dass es genau so gewesen war. Sie, Hannah, wäre eigentlich tot ... abgesaugt ... im Mülleimer für OP-Abfall gelandet ...

Der Raum vor ihr verschwamm, der Tisch, der Stuhl verloren ihre Umrisse. Dann hatte sie sich wieder im Griff. »Ist mein Vater auch so ein Freak wie du?« Sie erschrak selbst über ihre harten Worte.

Damit hatte sie ihre Mutter getroffen. Die Genugtuung, die sie darüber empfand, dauerte nur wenige Sekunden. Was darauf folgte, war eine so tiefe Verzweiflung, dass sie alles aufbieten musste, um nicht in Tränen auszubrechen.

Das Lächeln, das bisschen Glanz auf dem Gesicht ihrer Mutter war verschwunden. Jetzt sah sie nur noch bitter und verbraucht aus. »Dein Vater ... es hätte nicht funktioniert mit uns. Er war einfach nicht mein Seelenverwandter und ich hätte das allein nicht geschafft.« Ihre Mutter griff zum ersten Mal nach ihrer Cola, trank dann aber doch nicht und Hannah bemerkte, dass ihre Hand zitterte. »Ich musste ihm versprechen, seinen Namen nicht zu nennen.«

Selbst jetzt noch nahm sie ihn in Schutz! Hannah konnte es einfach nicht fassen.

»Glaub mir, ich weiß, ich hab sehr viel falsch gemacht«, sagte ihre Mutter leise. »Ich war noch so jung und hatte keine Ahnung ...« Ihre Finger spielten nervös mit dem Becher.

Hannah konnte den Drang, aufzustehen und endlich zu gehen, kaum noch unterdrücken. Aber es gab noch so vieles, was sie wissen wollte. »Warum sitzt du?«

»Haben Eileen und Richard dir das nicht gesagt?«

Hannah wartete, nein, sie wollte nichts empfinden, kein

Mitleid, keinen Schmerz über ihr Leben oder das ihrer Mutter, das ihr so ... so total verpfuscht vorkam.

»Ich habe«, fing ihre Mutter stockend an, »einen Laden überfallen ... mehrere Läden ...«

»Überfallen?«

»Ja. Ich brauchte das Geld für Koks, später für Heroin.« Ihre Mutter sah auf den Tisch.

»Du sitzt also wegen Diebstahl?«

Janice Stafford, so nannte Hannah sie jetzt insgeheim, was sich besser anfühlte als Mutter oder Mom, zögerte, nippte an ihrer Cola und stellte den Becher wieder ab. »Und Totschlag.«

Hannahs Magen hob sich. Das war alles noch viel schlimmer, als sie es sich vorgestellt hatte.

»Du hast jemanden –«

»Es war ein Unfall, Hannah!«, fuhr Janice mit Verzweiflung in der Stimme auf. »Sie ist ausgerutscht und mit dem Hinterkopf auf –«

Hannah sprang auf.

»Ich muss los. Richard wartet draußen.« Sie wollte nur noch weg. Sie war die Tochter eines ... eines Junkies und einer ... sie konnte das Wort nicht aussprechen.

»Ich bin seit einem Jahr clean«, die Stimme ihrer Mutter zitterte und in ihren Augen glitzerten Tränen, »nein, seit vierzehn Monaten und –«

Hannah konnte diesen flehenden Blick nicht länger ertragen und wandte sich hastig ab.

»Kommst du ... kommst du wieder?«, rief ihre Mutter ihr hinterher.

»Ich weiß nicht«, murmelte Hannah und beeilte sich, zur Tür hinauszukommen.

»Hannah! Haben sie dir das Kästchen gegeben? Hannah? Mach es nicht auf, hörst du? Wirf es einfach weg!«

Doch Hannah drehte sich nicht mehr um. Ihr ganzes Leben, ihr ganzes Selbstverständnis war in diesen wenigen Minuten im Gefängnis in sich zusammengestürzt.

»Alles okay?«, fragte Richard, als sie zu ihm ins Auto stieg. Und sie fiel ihm um den Hals und konnte die Tränen nicht zurückhalten. »Ach, Dad!«

»So schlimm, mein Schatz?« Er drückte sie und es tat ihr so gut. Er war ihr wirklicher Dad!

»Ich ...«, schluchzte sie, »ich will nach Hause.«

»Klar, Darling, was hältst du von der Brick Lane heute Abend, nur wir drei?« Er lächelte sie an, sodass sie gleich weiterheulen musste. Sie nahm das Taschentuch, das er ihr gab.

»Okay«, brachte sie mit tränenerstickter Stimme hervor, »aber von meinem Vindaloo kriegt ihr diesmal nichts ab!«

»Einverstanden.«

Auf der Fahrt sah Hannah in den Regen, der wie ein dichtes Netz über die Welt fiel, und als ihr die Tränen ausgegangen waren, fragte sie: »Was ist das für ein Kästchen, von dem Janice gesprochen hat?«

THIS IS PARADISE

Sie teilen sich eine Bambushütte am Ende einer Reihe mit acht weiteren Hütten. Über den Betten hängen Moskitonetze und auf dem Boden liegt ein bunter Flickenteppich. Die Hütte hat keine Tür, nur einen Vorhang aus weißen Muscheln, die im sanften Wind leise klimpern. »Direkt am Strand, direkt am Meer! Mit direktem Blick auf ...« Nikki teilt den Vorhang und Hannah sagt: »... auf einen sexy Typen!«

Bo läuft gerade über den Strand zurück zum Boot. Seine nackten Beine, sein gebräunter Rücken ...

»Das war die beste Entscheidung unseres Lebens, Hannah!« Nikki wirft sich auf die Matratze. »Es wird bestimmt alles gut.« Sie dreht sich zur Seite, stützt sich mit einem Arm auf und sieht Hannah beschwörend in die Augen. »Ich weiß, dass er überweisen wird.«

»Jetzt vergiss doch endlich mal diese bescheuerte Kreditkarte!«, sagt Hannah. »Hier brauchst du keine. Oder hast du schon mal gehört, dass man im Paradies bezahlen muss?«

Nikki steht unvermittelt auf. »Was meinst du, ob dieses Teil funktioniert?« Sie zieht an der Schnur, die vom Deckenventilator baumelt. *Klick. Klick. Klick.* Nichts.

»Was soll's.« Sie zuckt mit den Schultern, wirft sich wieder auf die Matratze und sagt mit einem bedeutungsvollen Blick: »Wer weiß, vielleicht haben wir ja gar keine Zeit zum Schlafen ...?«

Hannah schnürt ihren Rucksack auf. Viel hat sie nicht mit nach Australien genommen. Die Sommersachen hat sie alle in Sydney gekauft, nur ihren MP3-Player und ihr Smartphone hat sie aus London mitgebracht, das Notizbuch und ihre New Balance, doch meistens trägt sie die Flipflops aus dem Surfshop. Sie räumt ihre Sachen auf die eine Seite des roh gezimmerten Regals, das die hintere Wand einnimmt. Als sie noch einmal in den Rucksack greift, stoßen ihre Finger gegen das Notizbuch. Warum schleppt sie es eigentlich immer noch mit sich herum? Warum befreit sie sich nicht einfach davon und wirft es weg? Unschlüssig zieht sie es heraus und hält es in den Händen.

»Hast du hier Empfang?« Nikki tippt auf ihrem Smartphone herum.

Hannah will das Buch gerade zurück in den Rucksack stecken, da fällt etwas heraus, segelt durch die Luft und landet direkt vor Nikkis Füßen.

»Uups.« Nikki hat sich gebückt.

»Gib her!« Hannah versucht, Nikki das Papier aus der Hand zu nehmen, doch Nikki ist schneller und dreht sich weg.

»Platz 21 A? Da hast du aber nicht gesessen.«

»Gib das her!«

»Und wohin bist du da geflogen?« Nikki sieht sie neugierig an. »Eine Erinnerung?« Sie dreht das Ticket hin und her und zwinkert anzüglich.

»Jetzt gib schon her. Das ist nicht von mir.«

Schulterzuckend gibt Nikki ihr das Stück Papier zurück. »Wenn du einen Tick hast, musst du ihn vor mir nicht geheim halten! Hab ich dir mal erzählt, dass ich eine Zeit lang«, sie senkt die Stimme, »Fingernägel gestohlen habe?«

»Was?«

Nikki lacht, während Hannah das Buch in ihrem Rucksack verschwinden lässt. »Ja, Plastikfingernägel in der Kosmetikabteilung! Ich hatte eine ziemliche Sammlung und meine Freundinnen kamen immer zum Aussuchen ... bis meine Mutter uns dabei erwischt hat.« Nikki verdreht theatralisch die Augen.

Hannah schnürt mit Nachdruck den Rucksack zu.

»Na ja«, Nikki probiert wieder ihr Telefon, »ich hoffe doch, dass es hier auf der Insel irgendwo eine Stelle gibt, wo's funktioniert. Sonst beschwer ich mich bei Bo.«

»Kommt ihr?« Als hätte sie ihn herbeigerufen, steht er plötzlich hinter dem Muschelvorhang. Mit nacktem Oberkörper und einem Sixpack wie bei den Models auf den Einkaufstüten von Abercrombie & Fitch.

Nikki zwinkert Hannah vielsagend zu. »Aber klar doch«, flötet sie und schlüpft durch den Vorhang.

Hannah verstaut den Rucksack tief zwischen Regal und Hüttenwand. *Du bist hier an diesem Paradiesstrand und hier sind keine düsteren Erinnerungen erlaubt, Hannah. Also, hab Spaß!*

ERIN

Der schwarze Sand ist warm unter ihren Füßen, er quillt zwischen ihren Zehen hindurch und kitzelt, er knirscht, wenn sie geht – es fühlt sich einfach gut an, so verdammt gut! Vor ihr glänzt das Meer und hinter ihr rauschen die Palmen im Wind. Urlaubsfeeling pur! Wie hat sie nur einen Moment zögern können, Lukes Angebot anzunehmen?

Sie trägt ihr grünes Sommerkleid mit den schmalen Trägern, gekauft unten am Hafen in Syndey, als sie zum ersten Mal mit Nikki losging. Eigentlich wird dort nur billiger Touristenkram verkauft, aber Nikki zog sie plötzlich zu einem Kleiderständer. »He, das Kleid ist ja der Hammer! Hat die gleiche Farbe wie deine Augen!«

Finn hatte manchmal so was gesagt. »Du musst es kaufen, es hat die gleiche Farbe wie deine Augen!« Ja, in dem Moment hat sie sich an all die schönen Augenblicke mit ihm erinnert, wie sie im Morgengrauen an der Themse entlang spazieren gegangen sind, wie sie im *Koko* getanzt haben ... *Hör auf*, hatte sie sich gesagt, *was vorbei ist, ist vorbei.*

Bo mustert sie von Kopf bis Fuß. Sag nichts, denkt Hannah, sag jetzt bitte nichts, vor allem nicht *wow* oder *cool*. In dem Moment öffnet er den Mund und sagt: »Kommt, Erin wartet nicht gern.« Er zeigt auf eine größere Hütte, die zwischen zwei wie mächtige Säulen in den Himmel ragenden Palmen steht.

»Erin?« Nikki streicht sich die Haare aus der Stirn.

»Unsere Managerin.«

»Aha. Dann also mal los zum Vorstellungsgespräch!« Nikki macht einen echten Cheerleader-Hüftschwung, der Hannah augenblicklich zum Lachen bringt.

Bo teilt den Vorhang aus Muscheln. »Erin, die beiden von Luke sind da.«

Hannah tauscht mit Nikki einen Blick, der so viel sagt wie: Was meint er mit *die beiden von Luke?*, dann gibt sie sich einen Ruck und betritt als Erste die Hütte. Sofort hüllt der Duft von Räucherstäbchen sie ein und von irgendwoher dringt das leise *Kling, Klong, Kling* von Windspielen an ihr Ohr.

Zuerst sieht Hannah nichts als eine Art Lichtsäule mitten im Raum. Sie blickt nach oben. Durch eine runde Öffnung im Dach fällt das Sonnenlicht in die ansonsten dunkle Hütte. Allmählich, während sich ihre Augen an die Lichtverhältnisse gewöhnen, tauchen zwei lange, niedrige Tische mit Sitzkissen am Boden aus der Dunkelheit auf.

»Willkommen bei *Pearls of God*«, sagt eine dunkle Frauenstimme mit schottischem Akzent und eine schmale Gestalt tritt in die Lichtsäule. Das Licht umhüllt sie, als würde sie leuchten. Unwillkürlich zuckt Hannah zurück.

Die Gestalt macht einen Schritt nach vorn, sodass Hannah nun ihr Gesicht sehen kann. Die Frau ist etwa Mitte dreißig, vielleicht auch schon älter, groß, ja, größer als Hannah, sehr schlank und ihr helles, gelocktes Haar – die Farbe ist bei diesen Lichtverhältnissen nicht genau zu erkennen – fällt ihr bis über die Schultern. Sie trägt ein weißes Neckholdertop, das ihren durchtrainierten Oberkörper betont, und knappe Shorts, die ihre langen, muskulösen Beine perfekt zur Geltung bringen. Unwillkürlich muss Hannah an Chris aus ihrer Londoner Nachbarschaft denken. Von ihrem Zimmer aus konnte Hannah die drahtige junge Frau bei ihren morgendlichen Yogaübungen beobachten. Ganze zwanzig Minuten stand die oft auf dem Kopf ... Hannah ist sich sicher, dass Erin das auch schaffen würde.

»Hi, ich bin Erin.« Ihre Stimme ist klar und deutlich und scheint keinen Widerspruch zu dulden. Mit einer Handbewegung fordert Erin sie auf, sich auf die am Boden liegenden Sitzkissen zu setzen.

»Hi«, sagt Nikki, während sie sich demonstrativ umsieht. »Flashy ... wirklich, echt flashy!«, sagt sie in ihrem typisch texanischen Akzent.

»Freut mich, dass es dir gefällt.«

Es klingt ein bisschen spöttisch, findet Hannah und sie fragt sich, ob Erin stehen bleiben und auf sie heruntersehen wird. Aber da setzt Erin sich auch schon auf ein Kissen ihnen gegenüber, überkreuzt die Beine und lächelt auf einmal.

»Wer von euch ist Hannah?« Plötzlich klingt ihre Stimme warm und herzlich und Hannah fragt sich, ob sie einen völlig falschen Eindruck von Erin bekommen hat.

»Sie«, sagt Nikki, die Erin direkt gegenübersitzt, »und ich bin Nikki.«

»Schön, euch hier zu haben.« Die Eindringlichkeit, mit der Erin sie mustert, macht Hannah nervös. Sie versucht, den Blick nicht abzuwenden.

Die Sonne hat ihre Spuren in Erins Gesicht hinterlassen. Selbst in dem matten Licht kann Hannah die Falten um Mund, Augen und auf der Stirn erkennen. Die Nase ist etwas zu groß für das schmale, längliche Gesicht, wie auch der Mund und die Augen zu vorherrschend wirken. Es ist kein hässliches Gesicht, und wenn Erin lächelt, wirkt es fast weich – aber irgendetwas sagt Hannah, dass sie lieber vorsichtig sein sollte. Vielleicht liegt es an der Stimme, die so schnell von streng auf herzlich umschalten kann.

»Ich erkläre euch jetzt, wie das hier läuft«, sagt Erin und faltet die großen schlanken Hände auf dem Tisch. Ein paar bunte Armbänder schmücken ihre Handgelenke und ein Ring mit einer – *wow!* – ziemlich großen weiß schimmernden Perle.

»Habt ihr schon mal auf einer Perlenfarm gearbeitet?«

Hannah und Nikki schütteln den Kopf.

Erin sitzt völlig aufrecht da, sodass auch Hannah unwillkürlich den Rücken strafft.

»Die Details wird euch Bo später noch erklären. Nur so viel: Ihr arbeitet vier Stunden auf den Muschelbooten und vier Stunden hier bei den Hütten. Dazu gehört Kochen, Putzen, Gartenarbeit. Gezahlt werden neunzehn Dollar die Stunde; Kosten für Wohnen und Essen sind bereits abgezogen. Ihr habt einen Tag die Woche frei.«

»Und wann kriegen wir unser Geld?«, will Nikki gleich wissen.

»Alle zwei Wochen. Das heißt«, fügt Erin hinzu, »wir ziehen zuerst die Flugkosten ab.«

Nikki scheint damit weniger zufrieden, aber sie sagt nichts, sondern wirft Hannah nur einen kurzen Blick zu. Das ist okay, denkt Hannah, sonst hätten sie den Flug ja bezahlen müssen.

»Wenn alles klar ist, dann unterschreibt hier – und da tragt ihr bitte für Notfälle Mailadresse und Telefonnummer eurer Eltern ein.«

Hannah setzt als Erste ihren Namen unter den knapp gehaltenen Arbeitsvertrag. Als auch Nikki fertig ist, nimmt Erin die Formulare wieder an sich.

»Schön. Ach, und übrigens, es gibt ein paar Regeln. Zu eurer eigenen Sicherheit. Erstens: schwimmen. Das Wasser um die Inseln herum ist extrem sauber, daher wurde die Perlenfarm auch hier errichtet. Perlen brauchen sauberes Wasser. Genauso wie Korallen und bestimmte Fische. Und Haie schätzen die reichen Fischgründe. Also: Geht nie allein ins Wasser – und nie nachmittags oder nachts. Verstanden?«

Nikki ist etwas blass geworden, bemerkt Hannah mit einem Seitenblick.

»Ja, absolut«, antwortet Hannah mit einem – wenn auch kaum hörbaren – Zittern in der Stimme.

Erin lächelt kurz. »Zweitens: Geht nie allein in den Dschungel. Es gibt eine ganze Menge giftige und gefährliche Tiere, wie Spinnen oder Schlangen, aber auch einige Pflanzen sind giftig. Selbst kleinste Verletzungen können sich schnell entzünden. Der nächste Arzt ist auf der Hauptinsel und wir haben nicht immer ein Wasserflugzeug zur Verfügung.« Ihr Blick wandert von Nikki zu Hannah und wieder zurück. Hannah kann Nikkis Unbehagen förmlich spüren. »Also, bleibt immer am Strand, okay?«

Erin hat Autorität und Hannah mag sich nicht vorstellen,

was passiert, wenn man ihr widerspricht. Hannah denkt an die Ananasfarm und an Kevin T. Stroker ...

»Sonst noch Fragen?« Erin hat nun die Arme vor der Brust verschränkt.

Hannah überlegt, aber sie hat so viele Fragen, dass sie sich nicht für eine entscheiden kann.

»Äh, gibt's hier Shops, ein Café? Internet ...?«, kommt Nikki ihr zuvor.

Erin lässt Nikkis Frage sekundenlang im Raum hängen, bis sie Hannah – und wahrscheinlich auch Nikki – völlig absurd vorkommt. »Hier gibt es nichts«, sagt Erin schließlich, »außer den Hütten und der Perlenfarm. Nach der Arbeit werdet ihr so müde sein, dass ihr nur noch schlafen wollt. Am Abend gibt es hier was zu essen und am Strand könnt ihr Party machen. Wenn ihr am Morgen wieder fit zur Arbeit kommt, könnt ihr feiern, so lange ihr wollt.« Erin wirft einen demonstrativen Blick auf ihre Uhr und steht auf. »Wenn ihr noch Fragen habt, dann wendet euch an Bo.«

»Das mit dem Internet –«, fängt Nikki noch mal an, doch Erin fällt ihr ins Wort.

»Ich sagte doch, hier gibt es nur Hütten und die Perlenfarm. Wichtige Nachrichten können wir über ein Satellitentelefon versenden.« Erin bedenkt sie noch mit einem schmalen Lächeln. »Bo zeigt euch alles. Wir sehen uns dann heute Abend.«

Sie geht zur Tür hinüber, doch bevor sie die Hütte verlässt, dreht sie sich noch einmal um. »Ach, noch eins: Auf der Insel leben ein paar Eingeborene. Ihr solltet besser nicht in ihre Nähe kommen.« Ihr Lächeln ist auf einmal eisig.

»Wieso? Sind das Menschenfresser?«, platzt Nikki heraus und schneidet eine alberne Grimasse dazu.

Erin mustert sie geringschätzig. »Wer weiß?«, sagt sie mit einem seltsamen Unterton.

Als Erin gegangen ist, verdreht Nikki die Augen.

»Ach, noch eins«, äfft Hannah Erins Haltung und Akzent nach, »auf der Insel leben ein paar Eingeborene. Ihr solltet besser nicht in ihre Nähe kommen!« Nikki schüttelt ihre Haare. »Ich hab bestimmt keine Lust, im Urwald herumzustapfen. Strandurlaub hab ich mir schon so lang gewünscht! Mann, Hannah, das haben wir uns echt verdient, nach diesen miesen, abgefuckten Jobs!«

»Ich hoffe bloß, die Arbeit ist nicht so trocken wie Erin«, sagt Hannah. In ihrer Vorstellung sieht sie sich bereits endlos lange Stunden in sengender Hitze Muscheln schrubben.

»Ach was. Wir haben jeden Tag Party, Sonne und Strand – und sexy Typen! Was kratzt uns da so eine wie Erin?«

»Bis jetzt haben wir nur einen Typen gesehen, Nikki. Einen einzigen.« Hannah tritt durch den Vorhang auf den Strand und murmelt: »Ich nehme alles zurück ...«

WORK

Dort, wo der Außenborder im Wasser liegt, stehen sechs Leute am Strand. Mehr als die Hälfte gehört der männlichen Spezies an. Auf Nikkis Gesicht breitet sich schlagartig ein Lächeln aus.

»Hi!«, ruft Bo zu ihnen herüber und hält etwas in der Hand, mit dem er herumwedelt. Als sie bei der kleinen

Gruppe ankommen, erkennt Hannah, dass es Armbänder sind.

»Ihr gehört doch ab jetzt auch dazu«, sagt Bo, während er ihnen die Armbänder um das Handgelenk legt und den Magnetverschluss mit einem satten *Schnapp* einrasten lässt.

Nikki gibt ein gedehntes »Coooool!« von sich und auch Hannah bewundert das Band. Es ist weiß und aus einem festen Kunststoffmaterial, auf das Muscheln und Perlen gedruckt sind. »Erin hat sich das ausgedacht, als Zeichen, dass ihr zur Insel-Community gehört«, erklärt Bo. »Alle auf der Insel tragen so ein Armband.«

»Weiß kommt besonders gut«, meint Nikki mit einem weiteren bewundernden Blick auf ihr Handgelenk.

»Die Farbe war meine Idee.« Bo reicht ihr die Hand, um ihr zu den anderen ins Boot zu helfen.

Hannah kann sich die Namen kaum merken. Da sind die elfengleiche Veronika aus Prag, Sébastien, ein rundlicher Franzose mit Strohhut und mit einem spöttischen Grinsen, ein stiller, schlaksiger Norweger mit Nerd-Brille und braunem Wuschelkopf, dessen Namen sie gleich wieder vergessen hat, eine zickig wirkende, langbeinige, dünne Deutsche mit miniminikurzem orangefarbenem Rock und ihr italienischer Machofreund in knallroter Bermuda, mit kahl geschorenem Schädel und glatt rasierter Brust, und Ruben, ein Costa Ricaner mit Bandana-Stirnband. Zum Schluss kommt noch eine Dreiergruppe über den Strand gelaufen. Zwei hochgewachsene Holländer in weiten Surfklamotten – einer von ihnen hat kurze blonde Dreadlocks – und eine kleine drahtige Asiatin, Fumiko, deren Namen Hannah sofort behält.

Als sie losfahren, schließt Hannah die Augen und atmet den

Geruch von Ozean und Sonne ein. *An diesen Moment will ich mich immer erinnern. Mein ganzes Leben lang.*

Nikki plappert gleich drauflos, wie immer.

»Wie haltet ihr das bloß aus, ohne Internet?«

Allgemeines Stöhnen.

»Ja, das ist echt retro«, meint einer der Holländer. »Wobei – ab und zu gibt es ein schwaches Signal.«

Ruben winkt ab. *»Es la vida!* So lernst du, dass es auch ein Leben ohne Smartphone gibt«, sagt er mit starkem spanischem Akzent an Nikki gewandt. Ruben ist stämmig und nicht besonders groß und bändigt seine schwarzen, gelockten Haare mit einem Stirnband. Seine kräftigen gebräunten Arme sind dicht behaart und Hannah musste im ersten Moment an einen Bären denken.

Nikki gibt ein gelangweiltes *Mhmmmm* von sich.

»Was Ruben euch damit sagen will«, meldet Sébastien sich zu Wort und sieht von seinem Taschenbuch auf, das er gleich beim Einsteigen aus dem kleinen Rucksack genommen hat, »ob mit oder ohne Smartphone – sie dreht sich doch, die Welt! Galileo Galilei.«

»Du meinst wohl: Und sie bewegt sich doch«, kann Hannah sich nicht verkneifen zu bemerken.

»Oh, Miss Oberschlau, was?«

»Ich habe gedacht, *du* wärst eher der Oberschlaue – wenn du schon Baudrillard liest …«

»Kannst du nichts mit ihm anfangen?«, fragt Sébastien angriffslustig.

»Nö«, Hannah zuckt mit den Schultern, »ist nur eleganter Unsinn.« An diese Aussage seiner Kritiker kann sie sich immer noch erinnern, die fand sie einfach cool.

»Eins zu null für unsere Neue! Sébastien, du solltest wohl

besser mal die Klappe halten!«, höhnt der schlanke, braun gebrannte Italiener mit dem rasierten Schädel und der schwarzen Oakley-Sonnenbrille. Besitzergreifend legt er den Arm um seine Freundin Judith. Die stößt einen genervten Seufzer aus und dreht sich weg.

»He, Judith«, wendet sich Sébastien an die Deutsche, die Hannah an eine arrogante Turnierreiterin erinnert, »warum arbeitest du nicht mal auf meinem Boot?«

Nicht nur Hannah – alle sehen jetzt zu ihm, gespannt auf die nächste Provokation.

»Muss doch langweilig sein, immer mit Matteo, Tag und Nacht. Hast du ihn noch nicht satt?«

Da ist Matteo auch schon aufgesprungen und stürzt auf Sébastien zu. Doch Ruben ist schneller, er packt den Italiener mit einem harten Griff und stößt ihn auf seinen Platz zurück. »Nicht auf dem Boot! *Tontos!* Ihr bringt uns alle in Gefahr!«

Hannah ist beeindruckt. Ruben der Bär ist souverän. Keiner wagt zu widersprechen. Sébastien zieht bloß sein T-Shirt glatt, bevor er wieder nach seinem Buch greift. Matteo schnaubt, fügt sich nach einem strengen Blick von Bo aber schließlich auch. Am Ende der Bank sitzt der Norweger – wie heißt er gleich noch mal? Jesper, richtig. Jesper schüttelt den Kopf mit den wirren braunen Locken und summt vor sich hin, als ginge ihn das alles gar nichts an – womit er ja recht hat. Ist er stoned?, fragt sich Hannah, oder einfach nur in seiner eigenen Welt unterwegs?

Und was macht Nikki? Hannah sieht staunend zu, wie Nikki den Rücken strafft, die Brust rausstreckt, sich die Haare zurückstreicht und sich mit einem Lächeln an niemand anders wendet als an Ruben, den *Helden.*

»Puh, ist das heiß hier!« Nikki zeigt auf Rubens Stirnband. »Echt praktisch. Hast du noch so eins?«

Ruben fasst sich an den Kopf. *»No.«* Er lächelt leicht, worauf Nikki bedauernd »Wie schaaaaade« sagt, Ruben sich verlegen an die Nase greift und Nikki ihm ein weiteres strahlendes Lächeln schenkt.

Jaja, Nikki, denkt Hannah, du hast es echt drauf ...

Vor ihnen auf dem spiegelglatten Wasser liegt der erste Kahn. Er hat ein Verdeck aus Segeltuch, darunter erkennt Hannah im Schatten drei Leute, die jetzt abgelöst werden. Sie wirken ziemlich fertig, total verschwitzt und erledigt.

Als Bo »Hi!« ruft, heben sie nur müde die Hand. Nikki hat es auch bemerkt und wirft Hannah den Fuck-worauf-haben-wir-uns-da-eingelassen-Blick zu, auf den Hannah nur mit einem Wir-sind-eben-pleite-und-es-wird-schon-nicht-so-schlimm-werden-Blick antworten kann.

Die Austern befinden sich in Metallgittern, die an einem Seil senkrecht im Wasser hängen, hat ihnen Bo unterwegs erklärt. Diese Gitter werden regelmäßig an Bord des Kahns gezogen, dort durch eine Maschine geschoben, um die Austern mit einem Hochdruckreiniger von Algen, Gräsern und kleinen Muscheln, die sich auf den Schalen angesiedelt haben, zu befreien. Anschließend wird jede einzelne Muschel noch einmal per Hand mit einer Spachtel von den letzten Algenspuren und Muschelresten gesäubert. Das ist wichtig, damit die heranwachsende Perle nicht von Bakterien zerstört wird, hat Bo erklärt. Ein Team besteht aus jeweils drei Leuten. Einer bedient die Hochdruckmaschine, die anderen beiden kratzen die Muscheln sauber.

»Und mit wem arbeiten wir?«, will Hannah kurz vor dem

Anlegen wissen. Hoffentlich nicht mit diesem pseudointellektuellen Sébastien oder diesem Macho-Italiener. *Nein, stimmt, der arbeitet ja mit seiner Freundin.*

»Ihr seid mit Ruben zusammen«, sagt Bo.

DAS KÄSTCHEN

»Du solltest es erst zu deinem achtzehnten Geburtstag bekommen. Außerdem wollten wir abwarten, wie das mit ... mit Janice und dir läuft«, erklärte Eileen, als sie nach dem Gefängnisbesuch daheim angekommen waren. Sie arbeitete oft abends in ihrem Zimmer, im Grunde arbeitete sie die ganze Zeit. Wenn nicht in der Apotheke, dann zu Hause.

Eileen und Richard sahen sich an, so wie sie sich manchmal ansahen, wenn es um sie, um Hannah, ging.

Auf der Rückfahrt vom Gefängnis hatte Hannah so gut wie nichts mehr gesprochen. Dumpf hatte sie aus dem Fenster geschaut, als hätte sie sich da draußen irgendwo verloren.

»Na ja«, fing Richard an, »ihr habt euch jetzt kennengelernt und sie hat dir vielleicht ein paar ... äh ... Fragen beantwortet, oder? Und, Darling, ihre Situation ist ja auch nicht ganz leicht ...«

»Ich hätte sie überhaupt nicht treffen sollen«, sagte Hannah. »Sie ist total fertig. Und außerdem seid *ihr* meine Eltern!« Sie umarmte Eileen von hinten und drückte sich fest an sie, wie sie es als Kind oft getan hatte. So fest, bis es wehgetan hatte. »So lieb hab ich dich«, hatte sie früher immer gesagt.

»Darling, das sind wir doch auch«, sagte Eileen und Hannah kämpfte mit den Tränen, die dann doch hervorschossen, als Richard sie beide umarmte.

»Ich will nicht, dass das meine Mutter ist!«, schluchzte Hannah. Sie wollte einfach nicht die Tochter dieser drogenabhängigen Kriminellen mit dem hageren blassen Gesicht und den stumpfen Haaren sein!

»Hannah«, sagte Eileen leise, »wir bleiben doch deine Eltern.«

»Versprochen?«

»Versprochen, egal, was passiert«, sagten Richard und Eileen gleichzeitig und Richard räusperte sich und blinzelte heftig, bevor er sich ein Taschentuch nahm.

»Okay.« Hannah nickte.

»Das Kästchen«, sagte Eileen dann und sah Richard an. »Holst du es?«

Es war nicht größer als eine Zigarrenkiste aus Holz, mit Perlmuttverzierungen und einem goldfarbenen Schloss. Der Schlüssel hing an einem feinen Lederband, und als Richard ihn ihr in die Handfläche legte, wusste sie, dass ihre Mutter ihn um den Hals getragen hatte.

»Sie hat es uns gegeben, als sie die Adoptionsunterlagen unterschrieben hat«, sagte Eileen. Ihre Stimme klang belegt und hinter den Brillengläsern konnte Hannah die Tränen in ihren Augen sehen. Sonst wirkte sie immer so beherrscht, so kühl und distanziert.

»›Eine Erinnerung an ihre Mutter‹, hat sie damals gesagt. Die Entscheidung ist ihr nicht leichtgefallen, Hannah. Sie hat dich in meine Arme gelegt, hat dir noch einmal über den Kopf gestrichen und ist dann schnell aus dem Raum gegangen ...«

»Sie hat furchtbar geweint«, fügte Richard noch hinzu.

»Soll ich sie jetzt auch noch bemitleiden?«, sagte Hannah schroff und wusste, dass sie genau das tat.

Später, in ihrem Zimmer, stellte Hannah das Kästchen in ihr Bücherregal. Wollte sie überhaupt etwas von dieser Frau wissen, die zufällig ihre Mutter war? War sie nicht an einem Punkt, an dem sie völlig frei sein konnte? Frei von Vergangenheit?

War das nicht sogar die beste Voraussetzung, um den eigenen Weg zu finden?

Eine Weile betrachtete sie den Schlüssel in ihrer Hand, dann legte sie ihn in die Nachttischschublade. Es war ihre Entscheidung, ob sie ihn benutzte oder nicht. Es war allein ihre Entscheidung, wie viel sie von der Vergangenheit wissen wollte.

Nur ... warum hatte Janice gesagt, sie solle das Kästchen wegwerfen?

SEVEN TO SEVEN

»Fuck«, flucht Nikki und kratzt genervt an der Muschelschale herum. »Kannst du das?«

»Nicht wirklich.« Hannah steht an dem Tisch unter dem Sonnensegel gegenüber und müht sich mit einer hartnäckigen Alge ab, die sich einfach nicht von der rauen Muschelschale lösen will. Ihre Hände stecken in robusten Handschuhen, die man beim Austernöffnen trägt.

»Tranquilo, tranquilo, warte!« Ruben nimmt Hannah die Spachtel aus der Hand. »So musst du sie aufsetzen.« Gekonnt schabt er ein paar Algenreste, die auf der großen Schale der Auster zu wachsen begonnen haben, herunter. »Ohne Kraft, dann ist es ganz einfach.« Er gibt Hannah die Spachtel wieder zurück.

»Zeigst du es mir auch mal?« Nikki streicht sich die verklebten Haare aus der Stirn.

Ruben nimmt ihre Spachtel. »So, und ganz vorsichtig.«

Ihr Tanktop ist dunkel von Schweiß. Dabei haben sie erst vor einer halben Stunde angefangen. Es liegen also noch dreieinhalb Stunden Arbeit vor ihnen, überschlägt Hannah. Nikki hat wohl gerade dasselbe gedacht, denn Hannah fängt in dem Moment ihren Blick auf.

»Kaum zu glauben, dass in diesen hässlichen Dingern eine Perle sein soll.« Nikki schneidet eine Grimasse, als sie die grobe graue Muschel mit den Algenresten betrachtet.

»Im Moment wachsen sie ja noch«, erklärt Ruben. »Tag für Tag wächst ein bisschen mehr Perlmutt um den Kern, den man ihnen implantiert hat.«

»Klingt ja ganz schön spooky.« Nikki schüttelt sich.

»Und nach zwei Jahren wird eine Perle rausoperiert«, redet Ruben weiter, während er das nächste Gitter in die Maschine schiebt.

»Das arme Ding da ist also so was wie eine ... Leihmutter?« Nikki seufzt theatralisch und alle lachen.

»Wie viel ist so eine Perle wert, was hat Luke gesagt? Dreitausend, fünftausend Dollar ...? Ist echt abgefahren! Und wir schuften uns hier in der Hitze ab. Man müsste ja nur ein paar reife Muscheln einstecken, oder?«

»Vergiss es. Die kontrollieren hier alles.« Rubens Worte werden fast übertönt vom Zischen des Hochdruckreinigers.

»Aber daran denkt doch wohl jeder.« Nikki stochert weiterhin unbeholfen mit der Spachtel herum. »Die ganze Zeit denkt man, da drin liegen ein paar tausend Dollar und ich rubbel mir die Finger wund, oder?« Ruben sieht Nikki von der Seite an, sagt aber nichts. »Na ja, das Leben ist kein Picknick.« Nikki wischt sich wieder den Schweiß von der Stirn.

»Vor allem«, bemerkt Hannah, »wenn man einen Dad hat, der einem eine goldene Kreditkarte schenkt!« Hannah beißt sich auf die Zunge. *Großartig! Warum musstest du das jetzt sagen?*

Da legt sich auch schon Nikkis Stirn in Falten.

»Sorry«, sagt Hannah rasch, »war nicht so gemeint.«

Nikkis Mund zuckt und Hannah ist sich sicher, dass sie hinter den dunklen Sonnenbrillengläsern Tränen in den Augen hat.

Durch die Arbeit sind Rubens Muskeln und Adern angeschwollen und seine Haut ist dunkelbraun. Nur ganz kurz hat Hannah seine Augen gesehen, als er die Sonnenbrille hochgeschoben hat, um sich den Schweiß aus dem Gesicht zu wischen. Sein Blick hatte nichts Unangenehmes, eher so, als hätte er in den wenigen Sekunden ergründen wollen, ob man ihr trauen kann.

»Das ist ja wie im Knast«, mault Nikki, während sie sich weiter mit den Algen auf der Schale abmüht.

»Im Gefängnis gibt's keine Strandpartys«, bemerkt Ruben trocken.

Super, denkt Hannah, jetzt haben wir bald auch noch miese Stimmung. Wie soll sie das die nächsten Stunden aushalten? »Die Strandparty wird sicher cool«, versucht sie, ein Gespräch in Gang zu bringen.

»Ich weiß nicht«, stöhnt Nikki, »ob ich die noch erlebe ... Wie lange machst du das hier schon, Ruben?«

»Seit vier Wochen.«

Es ist wahnsinnig heiß, der Schweiß läuft Hannah in die Augen und hinterlässt ein unangenehmes Brennen.

»Und woher hast du den Tipp?«, fragt Nikki.

»Tipp?« Ruben schiebt sich sein schweißnasses Stirnband zurecht. »Ich wusste, dass man auf 'ner Perlenfarm ganz gut Geld verdienen kann, und hab mich einfach beworben.«

»Beworben?«

»Ja, direkt bei *POG. Pearls Of God.*«

»Es war also kein ... kein Geheimtipp?« Nikki hört sich enttäuscht an.

Ruben lacht ein lautes, tiefes Lachen. *»No, chica.«*

»Luke hat uns wohl ziemlich verarscht«, sagt Nikki und sieht Hannah an.

»Na ja«, Hannah zuckt mit den Schultern, »wahrscheinlich wollte er sich ein bisschen wichtigmachen ... ist doch außerdem jetzt egal.«

»Genau, entspannt euch, irgendwann vergisst man die Zeit und alles, genauso wie in ...« Ruben zieht ein neues Gitter voll mit Austern aus dem Wasser und schiebt es in die Hochdruckreinigungsmaschine.

Hannah wartet darauf, dass er weiterredet, doch die Maschine zischt und entlässt ein weiteres Muschelgitter. Sie und Nikki machen sich daran, den Rest, den die Maschine nicht geschafft hat, abzukratzen. Muschel für Muschel. Noch drei endlose Stunden, denkt Hannah, als Nikki plötzlich aufkreischt, zurückspringt und die Spachtel auf den Tisch fallen lässt.

»Qué pasa, chica?«

Nikki starrt auf ihr Handgelenk. »Ich ... ich ... ich hab gedacht, da wäre eine Spinne an meinem Arm!« Sie schüttelt sich angeekelt. »Ich raste bei Spinnen total aus! Echt, total!«

Ruben hat ihre Hand genommen. »Immer mit der Ruhe, Cowgirl! Da ist keine Spinne, noch nicht mal ein Moskito. *Nada*. Da ist gar nichts ... ganz locker bleiben.«

Aber Nikki ist noch nicht überzeugt. »Ich hab es genau gespürt, das Kribbeln, genau da.« Sie fasst an ihr weißes Armband.

»Ach das«, sagt Ruben und lässt ihre Hand los. »Das kommt manchmal, auch wenn man zum Beispiel in den Dschungel geht. Keine Ahnung, hat vielleicht mit der Feuchtigkeit zu tun oder mit dem Schweiß. Wenn das Wasser auf der Haut unter dem Armband trocknet, dann kitzelt es *un poco.«*

»Hm«, macht Nikki und nimmt ihre Spachtel wieder in die Hand.

»Du warst im Dschungel?«, fragt Hannah neugierig. »Erin hat uns gesagt, dass –«

Ruben grinst. »Dass da die bösen Eingeborenen hinter jedem Busch lauern, um euch zu entführen?«

»Um uns zu fressen«, sagt Nikki trocken.

Ruben lacht.

»Und wie war's so im Dschungel?«, fragt Hannah.

»Wie's war? Wie's in einem Dschungel halt so ist.« Er zuckt mit den massigen Schultern. *»Aburrido,* heiß und feucht und grün. Ach ja, und da war kein einziger Eingeborener.«

Nikki untersucht noch einmal ihr Armband. »Und das da war eben wirklich keine Spinne?«

»No«, sagt Ruben und grinst, »das war nur die Verdunstung von deinem Schweiß.«

Hannah hat es auch schon gemerkt. Das Kribbeln. Aber ... da war ihr Handgelenk nicht nass gewesen.

PARTY ZONE

Nach der Arbeit auf dem Boot helfen sie in der Haupthütte, das Abendessen vorzubereiten, brechen Kokosnüsse auf, schneiden Bananen, Mangos, Ananas und Gemüse, belegen Sandwiches, richten Salate und Smoothies her.

»Was machen Erin und Bo eigentlich den ganzen Tag?«, fragt Hannah die Asiatin, die neben ihr mit einem großen Messer *zack, zack, zack, zack* wie ein Sushi-Koch Gemüse hackt.

»Interessiert mich nicht«, antwortet Fumiko gleichgültig und schneidet das Gemüse in Windeseile, ganz so, als wäre Hannahs Frage das Überflüssigste, Uninteressanteste, was sie seit Langem gehört hat.

»Warst du schon mal im Dschungel oder hast du dir die Insel angesehen?«, fragt Hannah weiter, worauf Fumiko einen Moment mit dem Schnippeln aufhört.

»Schon okay«, Hannah winkt ab, »cool, wie du das so schneidest.«

»Ja«, sagt Fumiko und schnippelt weiter, *zack, zack, zack.*

Nikki hat die »Konversation« mitbekommen und schneidet hinter dem Rücken von Fumiko eine Grimasse, worauf Hannah kichern muss.

Wie verzaubert ist der Strand, als es dunkel geworden ist.

In den Palmen und zwischen den Hütten hängen überall bunte Lampions. Rote wie untergehende Sonnen, gelbe wie Monde und Sterne, es duftet nach exotischen Gewürzen und gebackenen Bananen. Jesper spielt Gitarre – ja, es ist wirklich Jesper und er spielt ziemlich gut und singen kann er auch, es klingt so ähnlich wie Kings of Convenience. Und dann sind da noch die Geräusche des Urwalds, das Zirpen und Flattern, und das Rauschen des Ozeans ...

Es ist wie im Traum, denkt Hannah, im schönsten, allerschönsten Traum!

»Also echt, ich kann die dreißigtausend verstehen«, sagt Nikki kichernd. Sie trägt ein orangefarbenes, durchsichtiges Etwas. *»Schwups«,* ihre Armreifen klimpern, »einfach auf 'ne Insel verschwinden. Und hey«, sie sieht an Hannah hinunter, »du hast ja endlich mal die coolen Shorts an!«

Ja, Hannah fühlt sich richtig gut.

Nikki hakt sich bei ihr unter und legt den Kopf in den Nacken. »Dieser Sternenhimmel ist sooo geil! Ach, Hannah, wir haben die coolste Entscheidung unseres Lebens getroffen.«

Der Mond sieht aus wie ein weiterer Lampion und die Sterne sprühen wie winzige Funken. Hannah spürt den warmen Sand unter ihren nackten Füßen. *Ich bin hier ... ich habe es bis hierher geschafft! Das ist Millionen Mal besser, als in einer Apotheke zu stehen ... So fühlt sich Glück an.*

»Komm mit!« Nikki lässt ihren Arm los. »Ich will mal sehen, ob ich unseren Bo-Boy zum Tanzen abschleppen kann ...«

»Ich guck noch ein bisschen in den Himmel, vielleicht seh ich ja eine Sternschnuppe.«

»Coole Idee, wünsch dir für mich was mit, okay?«

»Geht das denn?«

»Klar geht das.«

»Und was soll ich mir für dich wünschen?«

Nikki atmet tief ein und schließt kurz die Augen. »Ewiges Glück.«

»Hm, soll nicht alles Ewige irgendwie langweilig sein?«

»Wer behauptet denn so ’nen Bullshit? Na ja, okay, dann wünsch mir –«

»Wie wär’s mit ’nem coolen Typen?«

Nikki strahlt. »Genau, einen coolen Typen!«

»Wird gemacht!«, ruft Hannah hinter ihr her und sieht ihr nach, wie sie armreifklimpernd mit wiegenden Hüften und ihrem kurzen durchsichtigen Strandkleid barfuß über den Sand zu den bunten Lampions läuft.

»Na, schon Blasen an den zarten Händchen?«

Hannah fährt herum. Sébastien steht hinter ihr, einen bunten Drink in der Hand. Sie hat ihn gar nicht kommen hören.

»Ich hab’s mir schlimmer vorgestellt.«

Sébastien grinst breit. »Du bist eine von der trockenen Sorte, ja?«

»Warum musst du immer provozieren? Brauchst du das?«

»Oh«, höhnt er, »spricht da etwa die Psychologin?«

Einen Augenblick lang ist sie versucht, ein längeres Statement abzugeben, dann aber sagt sie ganz ruhig: »Weißt du was, Sébastien? Leck mich!«, dreht sich um und geht ein paar Schritte den Strand hinunter, beeindruckt von sich selbst, wie sie Sébastien abgefertigt hat. Er, das sieht sie in den Augenwinkeln, nein, sie spürt es förmlich, er steht da und starrt ihr nach. Damit hat er bestimmt nicht gerechnet.

Es tut gut, einmal ganz für sich zu sein, die Stimmung in sich aufzunehmen ... das alles hier ist einfach absoluter Wahnsinn! Dieser märchenhaft leuchtende Strand, die Palmen, in denen der Wind raschelt, die Papageien, die sie heute Nachmittag über den Urwald hat fliegen sehen, und dieser mächtige Krater. Jetzt, in der Dunkelheit, schimmert der Gipfel im Mondlicht. Was ist das für eine Farbe? Silber? Ein silberner Vulkan am Ende der Welt, mitten in einem Pazifik, der voller Perlen ist ...

Hannah breitet die Arme aus, atmet tief ein. *Das alles will ich nie, nie, nie vergessen. Das alles gehört zu meinem neuen Leben! Das hier ist die neue Wirklichkeit!*

Sie schlendert weiter am Strand entlang. Am Wasser bleibt sie stehen und wartet auf die nächste Welle, sieht zu, wie sich der weiße Schaum über ihren Zehen kräuselt und die Schaumbläschen leise zischend zerplatzen. Sie legt den Kopf in den Nacken. Über ihr funkeln Millionen von Sternen. Fehlt bloß noch eine Sternschnuppe ...!

»Hi«, sagt plötzlich leise eine Stimme hinter ihr. Überrascht dreht sich Hanna um. Eine sanfte Brise weht ihm die langen schwarzen Haare in die Augen, seine Haut schimmert in der Dunkelheit bronzefarben.

Nein, denkt Hannah, das ist jetzt nicht real!

Er ist größer als die anderen, stärker, schöner ... überirdisch. Hannah schluckt. Wo kommt er her? Sie hat ihn den ganzen Abend noch nicht gesehen. Vom Himmel gefallen ...?

»Du bist neu hier«, sagt er und es ist eine Feststellung, keine Frage und die Stimme erinnert sie an Samt, an weichen dunkelblauen Samt.

»Ja«, bringt sie hervor.

Seine weißen Shorts und sein offenes weißes Hemd leuchten hell im Mondlicht. Gleißend weiß, rein, überirdisch ... *Hannah, was ist nur los mit dir?*

Er gibt ihr die Hand. Sie ist warm und fest und trocken und Hannah spürt, wie etwas durch sie hindurchläuft, als sie seinen Händedruck erwidert. Ein Feuer, ein Blitz, etwas ... etwas Unaussprechliches. Es muss an dieser Stimmung hier liegen oder am Meer und den Lampions und den Papageien und den Palmen.

»Willkommen auf der Insel«, unterbricht er ihren Gedankenstrudel und sie spürt den Samt über ihre Haut streichen. »Schön, dass du hier bist.«

Schön, dass du hier bist – das kommt ihr irgendwie vertraut vor, wie eine Formel ... eine Zauberformel, mit der ihr bisheriges Leben immer tiefer in die Vergangenheit zurücksinkt.

Seine glänzenden dunklen Augen lassen sie nicht los, ihr Herz hämmert und sie spürt, wie ihr die Hitze in den Kopf schießt.

»Ich bin Aiden und du bist Hannah, oder?«

»Ja, ich ...«, fängt sie an zu stammeln. *Mein Gott, Hannah!, wie er deinen Namen ausspricht – so hat ihn noch nie jemand ausgesprochen.* Sie stammelt weiter: »... ich hab dich noch gar nicht gesehen. Bist du in ... in der anderen Schicht?«

Etwas geht von ihm aus, das ihre Sinne verwirrt, und obwohl sie auf eine Antwort wartet, ist sie nicht sicher, ob sie nicht einfach ein paar Sekunden lang irgendwie weggebeamt war und seine Antwort verpasst hat. Sie hört ihn sagen: »Das ist für dich. Unser Willkommenstrunk.«

Erst jetzt sieht sie die Muschelschale in seiner anderen Hand. Eine Flüssigkeit schimmert darin, in der sich der Mond spiegelt.

»Dann gehörst du zu Erin ... und Bo?« Schließlich hat er *wir* gesagt und *unser* Willkommenstrunk.

»Ich gehöre zur Insel.«

Irgendetwas verbietet ihr weiterzufragen, sie will diesen Zauber nicht kaputt machen.

Dennoch zögert sie, als sie die Muschelschale an die Lippen hebt. Da lächelt er sanft und seine wunderbar weiche Stimme sagt: »Das ist das traditionelle Getränk der Eingeborenen. Die meisten hier«, er macht eine ausholende Bewegung hinüber zu den Hütten, wo Silhouetten im Licht der Lampions tanzen, »lieben es. Warte!«

Er beugt sich zu ihr, berührt ihre Hände und führt die Schale an seinen Mund – und seine Lippen sind auf einmal nah an ihren, *ganz, ganz, ganz* nah. Hannahs Knie werden weich und der Sand unter ihren Füßen gibt nach ... sie scheint zu versinken ... Da führt sie die Schale an den Mund und seine Augen bleiben ganz nah bei ihr, als ihre Lippen vorsichtig in die Flüssigkeit tauchen. Ein Geschmack von Kokos und Ananas und frischer Minze breitet sich auf ihrer Zunge aus. Ein Zaubertrunk, ein Liebestrunk, was auch immer. In dem Augenblick ist es das Köstlichste, was sie jemals getrunken hat, und sie trinkt alles aus.

»Schmeckt es dir?«, fragt er leise und sieht sie immer noch so an, so intensiv, so tief, so ...

Ein Nicken ist alles, was sie zustande bringt, als sie ihm die leere Schale reicht.

Mit gekreuzten Beinen lässt er sich im Sand nieder, und ohne darüber nachzudenken, setzt sie sich neben ihn – als wäre es das Selbstverständlichste auf der Welt.

Ein sanfter Wind weht eine Strähne seiner langen schwarzen Haare über ihre Schulter und jagt ihr erneut einen wunderbaren Schauer durch den ganzen Körper. Sie betrachtet seine dunkel schimmernde Haut, seine Haare, seine Lippen.

»Wie lange«, ihre Stimme ist ganz rau, »bist du schon hier?«

»Sehr lange«, glaubt sie, aus seinem Mund zu hören. »Schon immer.« Er sieht sie an mit Augen so schwarz und feucht und glitzernd wie das Meer, das sich vor ihr ausbreitet, so weit, so unendlich, so tief, so geheimnisvoll ...

Die Musik ist auf einmal weit weg, ganz weit oben im Himmel, und das Meeresrauschen klingt wie ein Schleier aus Regentropfen, wenn der Wind hindurchweht. Ihr Körper wird heiß und ganz leicht ... und er schwebt ... und sie fühlt sich auf magische Weise angezogen von diesem hellen weißen Mond und zugleich spürt sie Aidens Körper ganz dicht neben ihrem. Und alles um sie herum löst sich auf, nichts, gar nichts hält sie mehr fest ... Sie wird eins mit dem Meer, dem Wind ...

Irgendwann, sie weiß nicht, wie viel Zeit vergangen ist, knallt sie auf etwas Kaltes und fährt hoch. Nein, sie ist nicht am Mond zerschmettert.

Sie liegt am Strand und hinter ihr brennen die Lampions und spielt die Musik. Alles ist wie zuvor. Es war nur ein kurzer Traum ... Aiden steht ein paar Schritte neben ihr und lächelt auf sie herab.

Hat er überhaupt neben ihr gesessen? Haben sie sich geküsst? Oder hat sie das nur geträumt?

»Schön, dass du hier bist«, sagt er. Seine Stimme klingt genauso sanft wie vorher und sie klingt vollkommen real.

»Bist du morgen auch wieder hier?«, fragt sie.

»Ich bin immer hier«, antwortet er, bevor er sich zu ihr herabbeugt und sich mit einem Kuss auf ihre Wange verabschiedet. Regungslos bleibt sie sitzen, bis er hinter den Hütten im Schatten des Urwalds verschwunden ist.

Ich heiße Aiden ... ich bin immer hier ...

Benommen richtet Hannah sich auf und klopft den Sand von ihren nackten Beinen. Die Lampions brennen noch immer, die Musik spielt und die Leute tanzen – genauso wie vorhin.

Auf einmal ist sie unendlich müde und will sich nur noch auf ihrer Matratze ausstrecken und träumen – von ihm.

Verzaubert, kommt es ihr in den Sinn. Ich muss verzaubert worden sein ...

KEINE LOCKE

Jeden Morgen beim Aufwachen fiel ihr Blick von ihrem Bett auf das Kästchen mit den Perlmuttverzierungen und dem goldenen Schloss in ihrem Regal, es war wie ein Zwang, gegen den sie machtlos war. Drei Tage lang kämpfte sie gegen den Drang, das Lederband mit dem Schlüssel aus dem Nachttisch zu nehmen und das Schloss aufzuschließen. Am vierten Tag reichte es ihr. *Entweder schmeißt du es jetzt in den Müll oder du machst es auf!*

Sie nahm das Kästchen, stellte es auf ihren Schreibtisch und betrachtete es genau. Wahrscheinlich hatte ihre Mutter es bei einer ihrer Weltreisen auf einem Markt gekauft. Hannah sah einen afrikanischen Basar vor sich und einen asiatischen Markt, indische Händler, die ihre Waren anboten ... *Riecht das Kästchen nicht nach Sandelholz ... oder nach Zimt?*

Wirf es endlich weg, Hannah!

Was konnte da schon drin sein? Eine Locke von ihrem Haar? Fotos ihrer Mutter aus jungen Jahren? Wollte sie die überhaupt sehen? Sollte sie Janice Katherine Stafford nicht einfach vergessen?

Von draußen drangen die morgendlichen Straßengeräusche

herein. Hannah trat ans Fenster und beobachtete Chris bei ihren Yogaübungen.

Du musst endlich mit deinem eigenen Leben anfangen, sagte eine Stimme in ihr, und dich nicht mit der Vergangenheit anderer Menschen beschäftigen.

Doch dann zog sie entschlossen die Schublade auf, nahm den Schlüssel heraus und drehte ihn im Schloss. Der Deckel sprang auf. Getrocknete Blumen fielen ihr zuerst ins Auge.

Darunter lagen billige Halsketten und Ringe, wie man sie überall finden konnte, ein paar glänzende Steine – Kieselsteine? –, Zettelchen, Visitenkarten von Guest Houses, mehrere abgerissene Boardingpässe, Fotos und – ganz unten – ein schwarzes Notizbuch mit roten Ecken.

MORGENDÄMMERUNG

Hannah fühlt sich wie hypnotisiert, als das graue Morgenlicht durch den Muschelvorhang sickert und das an- und abschwellende Rauschen des Ozeans zu ihr dringt wie das Atmen des Universums. Dann kitzelt ihr Armband und erst dann erinnert sie sich an die vergangene Nacht ...

Aiden tritt aus dem Dunkel hervor, Aiden mit langen schwarzen Haaren, mit der bronzeleuchtenden Haut und den strahlend weißen Shorts. Ihr Erinnerungsblick zoomt auf die Muschelschale in seinen Händen und gleitet hinauf zu seinen Augen, tiefen dunklen Seen, in denen der Mond schwimmt ... Ein Aufkreischen stört ihren Traum, in den sie sich gerade wieder fallen lassen will. Hastig setzt sie sich auf. Papageien. Oder Möwen. Durch den Muschelvorhang sieht sie gerade noch deren Schatten über den Strand fliegen. Nikki schläft mit offenem Mund auf dem Rücken und schnarcht leise. Hannah schlüpft in ihre Sachen von gestern und geht aus der Hütte.

Ahhh, was für ein tolles Gefühl! Der feuchte schwarze Sand unter ihren nackten Füßen ... und wie weich der Wellenschaum ist, als sie die Zehen ins Wasser streckt! Noch scheint der Mond am dunkelgrauen Himmel und auch ein paar Sterne blitzen, aber weiter links schimmert es schon dunkelviolett. Noch nie hat Hannah diesen Moment so tief empfunden, wenn die Sonne der Nacht die Herrschaft entreißt.

Aiden ... Aiden ... Aiden ... Sein Name klingt wie eine geheimnisvolle Melodie in ihren Ohren. *Ich bin schon immer hier.*

Trotzdem, irgendetwas ist ihr unheimlich – so schnell kann man sich doch gar nicht verlieben!

Kaum merklich ist es heller geworden. Dort, am Horizont, wo gerade eben nicht mehr als ein violetter Schimmer war, brennt jetzt ein gewaltiges rotes Feuer.

Hannah breitet die Arme aus, atmet tief ein. Und plötzlich erhebt sich ein lautes Kreischen und ein Schwarm Möwen fliegt heran, fliegt kreischend über sie hinweg, über den Strand, über die Hütten und verschwindet stumm im mächtigen Schatten des Regenwalds.

Über den Hütten liegt jetzt ein heller Schimmer und dampfender Nebel schwebt über dem Dickicht des wispernden Dschungels, in den sich vorsichtig erste Sonnenstrahlen tasten.

Geht nie in den Dschungel! Hannah erschaudert.

JANICE STAFFORDS GEHEIMNIS

Hannah hatte ihre Zimmertür abgeschlossen – obwohl Eileen und Richard bestimmt mindestens noch zwei Stunden in der Apotheke sein würden –, sich einen Tee gemacht und eine Kerze auf dem kleinen Tisch vor ihrer Couch angezündet. Dort lag das schwarze Notizbuch mit den roten Ecken.

»Wirf es weg«, hatte Janice ihr hinterhergerufen. Und damit hatte sie sicher nicht die getrockneten Blumen gemeint.

Sie könnte das Buch immer noch in den Papierkorb werfen. Er stand gleich da, unter ihrem Schreibtisch, nur drei Schritte von ihr entfernt.

Aber es war zu spät. Jetzt wollte sie wissen, wer Janice Stafford war und ob sie, Hannah Goulding, irgendetwas gemein hatte mit dieser Frau, die ihre Mutter war.

Sie holte Luft – und schlug den Buchdeckel auf.

In geschwungener Handschrift stand da mit schwarzer Tinte geschrieben:

Tagebuch von Janice Stafford
Man kann nicht einfach zu Hause bleiben, nur weil man Angst hat vor dem, was draußen ist …

Und dann fing Hannah an zu lesen.

Wenn du dich selbst nicht kennst, wie sollst du dann andere kennen?

Also, lass dich auf das Abenteuer ein. Was kannst du schon verlieren, wenn du noch nichts gefunden hast?

Auf der nächsten Seite stand:

Ich muss ihn einfach vergessen!
Ich muss weg, weit, weit weg, so weit wie möglich, muss mich von allem trennen, sodass ich nur noch Essenz bin, reine Essenz. Dann endlich werde ich wissen, wer ich bin, woher ich komme und wofür ich bestimmt bin.

Hannah blätterte ein paar Seiten weiter.

Ich bin nur ein winziges Teilchen in diesem riesigen Universum ...
Spielt es überhaupt eine Rolle, ob ich lebe? Was passiert mit uns, wenn wir sterben? Gibt es ein Schicksal? Gibt es eine Bestimmung? Gibt es ein Leben danach?

Ist das die philosophische Seite dieser grauen blassen, drogenabhängigen Frau, der sie im Gefängnis gegenübergesessen hatte?, fragte sich Hannah und schämte sich sofort dafür. *Es ist immerhin deine Mutter ...*

Flug gebucht.
Ich werde mindestens ein Jahr wegbleiben. Vielleicht werde ich auch nie wiederkommen.

Ihre Mutter hatte sich also auf die Reise gemacht, um einen Typen zu vergessen und um ihre Bestimmung zu finden. War vor zwanzig Jahren in London Heathrow in eine British-Airways-Maschine nach Bangkok gestiegen. Das abgerissene Ticket fiel ihr aus den Seiten entgegen. Platz 21 A.

Fensterplatz, dachte sie.

Thailand, 3. Februar

Bangkok ist laut, dreckig und voller Menschen. Überall diese undurchdringlichen asiatischen Gesichter. Ich habe mir ein Zimmer bei einer Chinesin in der Khao San Road genommen. Sie nimmt nicht jeden, nur wenn die Schwingung stimmt, hat man mir erzählt. Wenn das T. wüsste ...

5. Februar

Immer noch Bangkok

Habe gestern im Greenhouse Rod aus Kalifornien kennengelernt.
Super Typ. Und ziemlich gut im Bett ...
Hat mich gefragt, ob ich mit auf die Inseln komme.
Wenn mir nichts Besseres einfällt, hab ich gesagt.

Ob das mein Vater ist?, überlegte Hannah an der Stelle und blätterte rasch weiter. Ein paar nachlässig gezeichnete Hütten waren auf der nächsten Seite zu sehen, ein Fisch und ein Bus. Jetzt wusste sie, wer an ihrer schlechten Note in Kunst Schuld hatte.

28. Februar

Soooo lange nichts geschrieben ... war einfach viel zu beschäftigt!

Aber jetzt hab ich genug von Beachlife und Abhängen. Obwohl es hier auf Ko Tao wirklich schön ist. Bald geht es nach Indien. Ich bin schon ziemlich gespannt. Gestern, bei der Vollmondparty, meinte Greg, dass ich bloß nicht nach Kalkutta gehen soll. Das sei das größte Scheißhaus der Welt. Vielleicht sollte ich gerade deswegen nach Kalkutta gehen. Greg ... ist übrigens süß ...

Darunter klebte ein Foto aus einem Automaten. Ein braun gebranntes, lachendes Gesicht mit blonden Dreadlocks und daneben ... Hannah schluckte. Die Ähnlichkeit schockierte sie, im Gefängnis war sie ihr nicht so aufgefallen.

Das war sie selbst, Hannah – nur mit einer Frisur, die sie nie hatte.

Sie blätterte weiter, es folgten Einträge aus Indien und Nepal. Hannah überflog sie. Meist waren es kurze Notizen über die Unterkunft und Janice' neue Freunde – oder vielmehr Liebhaber. Dann kam ein Satz. Auf einer ansonsten leeren Seite stand:

Manchmal braucht man nur einen Menschen, den man liebt, und man ist gerettet ...

Was für eine Romantikerin ihre Mutter war!

Irgendwann veränderte sich die Schrift. War sie vorher breit und bestimmt und leicht nach rechts geneigt gewesen, war sie jetzt zittrig, unregelmäßig und die Buchstaben fielen nach links. Als wäre Janice Stafford – ihre Mutter – plötzlich ... *plötzlich jemand anders geworden.*

Hannah blätterte zu der Stelle zurück, an der sie noch ganz normal war.

6. Mai
Gestern mit Amy und Joey durch die Oxford gezogen, gegen die Musik kommt selbst Amy mit ihrem Gequassel nicht an! Danach im Monsoon noch mit Pete und ein paar anderen einen Megajoint geraucht.
Ich brauch einen neuen Job, brauch unbedingt Kohle. Sydney ist nicht gerade billig.
Und heute Morgen kommt Dave aus dem Monsoon doch tatsächlich mit dem Job an. Auf einer Insel mit Palmen und mit einem Sandstrand, so weiß wie Schnee.

Darunter hatte ihre Mutter – wohl in ihrer Euphorie – eine runde Insel mit einer einzigen Palme gezeichnet.

8. Mai
Im Flieger
Hunderte von Inseln liegen verstreut im Meer. Die meisten sind Vulkaninseln. Der ganze Meeresboden zwischen Neuseeland und Hawaii steht unter Spannung. Überall brodelt es und dann platzt die Kruste auf und Lava quillt hervor, läuft die Kraterwände runter und vergrößert die Insel.
Und hat es nicht auch was Spannendes, auf einer Vulkaninsel zu leben? Mit all der bebenden Energie unter deinen Füßen?

In dem Augenblick zischte die Kerze auf dem Tisch. Erschrocken sah Hannah auf, aber da war natürlich nichts und so las sie schnell weiter.

Der Strand ist schon mal perfekt, weißer Sand, Palmen und davor das türkisblaue Meer. Die Leute hier sind okay und gut drauf. Backpacker und Traveller. Unser Job? Hütten bauen für ein Resort. Das ist doch echt mal was anderes! Haha!
Die Eingeborenen, die die Bäume fällen und die harte Arbeit machen, sprechen dauernd von einem Gott, der hier hin und wieder vorbeikommt. Bin gespannt …

Das war der letzte Eintrag in normaler Schrift. Danach musste Hannah sich anstrengen, um die Schrift einigermaßen entziffern zu können.

Nach 26.000 Jahren geht für unser Sonnensystem die Zentralsonne auf. Diese Strahlen bestehen aus Plasma. Plasma dringt in unsere Atmosphäre. Wir – und alle Lebewesen – atmen Plasma! Wir ernähren uns hier von Plasma! Ist das nicht wundervoll?

So einen esoterischen Schwachsinn konnte ihre Mutter doch wohl kaum ernst gemeint haben. Und dann hier:

Wir sind Teil des Experiments.
Natürlich hat es zuvor schon unzählige Kriege der Planeten gegeben …

Die folgenden Zeilen konnte Hannah nicht lesen, dann stieß sie wieder auf einen leserlichen Absatz.

So etwas hat es noch nie zuvor gegeben. Anstatt ihre Armeen gegeneinander in den Krieg zu schicken, sollen stellvertretend Repräsentanten der Licht- und der Schattenplaneten gegeneinander kämpfen.

Wieder unlesbare Stellen. Verwirrt überflog Hannah die Eintragungen in dem Notizbuch, auf die sie sich einfach keinen Reim machen konnte.

… eine Insel mitten im Ozean. Mit der Ankunft der Repräsentanten wurde ihre gesamte Erinnerung an ihre Herkunft gelöscht …
Wird es den Lichtwesen gelingen, sich aus dem Dunkel zu befreien, sich an ihre Herkunft zu erinnern – und werden sie die dunklen Mächte besiegen?
Als alle eingetroffen sind, kann das Experiment beginnen.
Wir sind da …

Was war das für ein idiotischer Kram? Auf welchen Trip war ihre Mutter denn da geraten? Die nächsten Seiten waren ebenfalls vollgeschrieben mit langen, kaum lesbaren Abschnitten. Der letzte Satz allerdings war der rätselhafteste:

Die Formel: Mete bab ou alatranp

Danach waren alle Seiten leer.

DAILY LIFE

»Nach dem Job hab ich bestimmt Hände wie ein Bauarbeiter!« Nikki betrachtet ihre Handflächen.

»Aber dann hast du genug verdient, um dir eine Luxusmaniküre leisten zu können.« Hannah drückt ihr den Kaffeebecher und die Sandwichtüte in die Hand. »Gab heute nur Sandwiches.«

»Egal!« Nikki nimmt einen kräftigen Schluck Kaffee. »Ahhh, du bist ein Schatz!«

Die Duschen funktionieren nur bei den ersten sieben oder acht Leuten. Danach kommt nur noch ein Rinnsal aus den Duschköpfen und man steht da, in der zum Himmel offenen Kabine aus schwarzer Plastikfolie, und flucht. »Oder man duscht abends«, wie Bo mit einem lächelnden Achselzucken auf Nikkis Beschwerde hin gleich am ersten Morgen erklärt hat. Hannah duscht abends – und morgens ist sie die Erste. Danach geht sie ins Haupthaus frühstücken – Obst, Müsli und Orangensaft. Nikki aber will unbedingt ihren Bagel.

Hannah gehörte schon immer zu den Frühaufstehern, was – sie weiß es – eigentlich uncool ist.

Bisher hat sie beim Frühstück nur Jesper getroffen. »Du spielst richtig gut«, hat sie gesagt und er ist rot geworden. Mit seinem braunen Lockenkopf und der Brille hat er was von einem Nerd, aber eigentlich hat sie gar nichts gegen Nerds. Sie findet Jesper irgendwie süß in seiner Schüchternheit. Matteo, selbstherrlich und eitel – und damit so ziemlich das Gegenteil von Jesper –, hat ihr gestern auf dem Boot zugeraunt: »Sprich den Typen bloß nicht an, sonst kriegt er einen epileptischen Anfall.«

»Waren die Holländer mit ihrer kleinen Asiatin wieder da?«, fragt Nikki mit vollem Mund.

»Wieso?«

»Also entweder«, Nikki schluckt den letzten Bissen ihres Sandwichs runter, »sind die schwul – oder sie haben eine ... wie heißt das?«

»Was?«

»Na, du weißt schon, zwei Typen und ein Mädchen ...«

»Ménage à trois?«

»Genau.« Nikki leckt sich die Finger ab und betrachtet sich mit kritischem Blick in dem kleinen blindfleckigen Spiegel, den sie an den Nagel neben ihrem Bett gehängt hat. »Aber ich krieg das schon noch raus. Schließlich wohnen die nicht nur zusammen, sondern arbeiten auch immer zusammen. Und mit anderen reden sie nicht. Das ist doch echt schräg.«

»Kann dir doch egal sein«, gibt Hannah zurück und cremt sich mit Sonnenmilch ein.

»Stimmt ... aber«, Nikki macht ein bedeutungsvolles Gesicht, »man wird doch mal ein bisschen neugierig sein dürfen!«

Spätestens jetzt will sie Nikki alles vom letzten Abend erzählen.

Du, ich hab einen Wahnsinnstypen getroffen ... So? Will sie es so sagen? Oder: *Willst du wissen, mit wem ich am Strand gesessen habe?* Und Nikki würde die Brauen hochziehen und fragen: *Aiden? Wer zum Teufel ist das?*

Hannah würde vielsagend schweigen und Nikki zappeln lassen und ihn dann vor ihrem geistigen Auge auferstehen lassen, um ihn Nikki ganz genau zu beschreiben, aber dann sagt sie möglichst beiläufig: »Hast du auch diesen«, sie macht eine wegwerfende Handbewegung, als hätte es wirklich keine Bedeutung, »Willkommenstrunk getrunken?«

Nikki verdreht die Augen. »Bo hat ein wahnsinniges Tamtam darum gemacht, dabei war es nichts anderes als Pfefferminztee mit Kokos. Und ein bisschen von diesem Kava-Kava-Scheiß.«

»Kava was?«

»Irgend so eine Urwaldwurzel.« Nikki verzieht das Gesicht. »Ich hab mich auch echt ein bisschen daneben gefühlt. Sag mal, meinst du, Bo hat was mit Erin?«

»Hm«, macht Hannah, das ist ihr gerade ziemlich egal.

»Ich war allein mit ihm«, erzählt Nikki schwärmerisch, »nur er und ich und der Mond und die Sterne – es war die perfekte Nacht. Und dann hat er sich einfach aus dem Staub gemacht!«

Nichts reizt Nikki mehr – das hat Hannah schon in Syndey begriffen – als die Jagd auf Typen. Wenn sie sich jemanden in den Kopf gesetzt hat, schreckt sie vor nichts zurück. Rennt wie ein Bluthund hinter der Beute her, will ihn haben, ihn wem auch immer entreißen, sich mit ihm schmücken wie mit einer Trophäe. Und wenn sie einen anderen sieht, der ihr Interesse weckt, lässt sie ihn fallen. Das hat Nikki selbst zugegeben. »Meine Beziehungen«, hat sie gesagt, »haben immer höchstens zwei Monate gehalten. Dann langweilen sie mich. Ich meine, was interessiert mich seine Familie oder was interessieren mich seine bescheuerten Probleme? Das Leben ist echt zu kurz, um sich auch noch mit den Problemen von anderen zu beschäftigen.«

»Hannah?«

»Was?«

»Wo warst du denn gerade?«

»Ach nichts ... am Träumen.«

Nikki sieht sie prüfend an. »Von was?«

»Von nichts.«

»Ach komm!« Nikki macht ihren typischen Cheerleader-Bettelschmollmund. »Ich verrate dir doch auch alles!«

»Es ist wirklich nichts.«

Nikki schneidet eine Grimasse. »Das glaub ich dir nicht!«

Hannah sieht zwischen dem Muschelvorhang hindurch zum Strand, wo Bo und ein paar andere schon am Boot warten.

»Komm, wir müssen los!«

»Du bist so gemein.« Nikki stößt einen dramatischen Seufzer aus, wirft dabei noch einmal einen Blick in den kleinen Spiegel und zupft ihr enges hellblaues Top zurecht, das sie gestern schon anhatte.

»Puh, ich hab bestimmt zugenommen.« Sie seufzt und kichert dann. »Na ja, aber Bo wirkt irgendwie so süß hilflos, wenn ich das Top hier anhabe.« Nikki schüttelt ihre Haare. »Der Arme! Wie findest du eigentlich Matteo?« Nikkis Blick, nein, ihre ganze Haltung bekommt wieder so etwas Angriffslustiges.

»Erst Bo, dann Matteo. Mann, Nikki, kannst du dich nicht mal entscheiden?«

Nikkis Augenklimpern ist perfekt. »Ach, Hannah, ich liebe nun mal die Abwechslung! Also, wir waren bei Matteo.«

»Was willst du denn von *dem?«*

»Hast du seinen Oberkörper gesehen?« Nikki schüttelt sich, als hätte sie in die Steckdose gefasst. *»Grrrrr, he's hot!«*

»Er ist eher eingebildet.«

»Er lässt sich den ganzen Körper enthaaren.«

»Woher weißt du denn das?«

Nikki kriegt wieder diesen bestimmten Gesichtsausdruck, wie neulich bei Luke ...

»Vergiss es, Nikki, der hat doch nur Augen für Judith.«

»Wenn du dich da mal nicht täuschst, Hannah ...« Über Nikkis Gesicht huscht ein vielsagendes Lächeln. »Wetten?«

WATER LIFE

»Was ist denn mit *den* beiden los?« Nikki hat Hannah einen Knuff versetzt. »Tja, die Wette hast du wohl schon verloren, Süße«, raunt sie.

Judith sitzt ganz hinten im Boot und Matteo rechts vorn. Sozusagen – gemessen an den Möglichkeiten auf einem kleinen Außenborder – unendlich weit voneinander entfernt. Und ihre Blicke weichen sich aus, als wären es zwei sich abstoßende Magneten. Judith, die noch dünner und blasser wirkt als sonst, hat eine Mütze tief ins Gesicht gezogen und starrt auf die Wasserstrudel, die das Boot hinter sich herzieht. Und Matteo unterhält sich mit einem der Holländer über irgendwas, was genau, kann Hannah nicht hören.

Nikki zwinkert Hannah zu und geht nach vorn zum Bug zu Matteo. Hannah setzt sich auf den freien Platz neben Judith und sieht Nikkis Auftritt zu.

Augenaufschlag, Haareschütteln, Nikkis übliche Choreografie. »Hat da gerade jemand *Rom* gesagt?«, gurrt sie hüftwiegend, »das soll ja eine Wahnsinnsstadt sein, mit den coolen Ruinen und den unterirdischen Gängen, diesen ... diesen ...«

»Katakomben«, sagt Matteo und hat den Holländer schon vollkommen vergessen.

»Genau! Wow, da liegen doch überall Skelette rum, warst du da schon mal?« Cheerleader-Augenaufreißen, Mundspitzen, Haareschütteln, Busenrausstrecken, Hinternwackeln, Blinzeln, *klimper, klimper, klimper.*

Hannah sieht amüsiert zu. Mädchen wie Nikki kriegen anscheinend immer, was sie wollen. Das scheint ein ungeschriebenes Gesetz zu sein.

»Logisch!« Matteo lässt wie beiläufig seinen Bizeps anschwellen. Er trägt nur ein Muskelshirt. »Rom ist die Ewige Stadt, du musst sie mindestens einmal im Leben gesehen haben.«

»Huch!« Ein Ruck im Boot und Nikki fällt fast auf Matteo, der sie mit einem »Hoppla« und einem Lächeln auffängt. »Stell dir vor, ich wär über Bord gegangen, wo doch diese schrecklichen Biester überall lauern.« Sie hält sich immer noch mit den Händen an seinen nackten Oberarmen fest.

»Bist du aber nicht«, sagt Matteo und rückt ein Stück. »Setz dich lieber, sonst muss ich dich wirklich retten.«

Lachen, Haareschütteln und dann quetscht Nikki ihren süßen Hintern zwischen Matteo und den Holländer auf die Bank und wirft Hannah einen triumphierenden Blick zu. Hannah reckt unauffällig den Daumen hoch. Okay, verloren ...

»Warst du schon mal am Ende der Bucht?« Judith dreht sich zu ihr. »Ich meine, da an den Felsen.« Sie hat die Sonnenbrille abgesetzt und sieht mit zusammengekniffenen Augen zum Ufer zurück.

Ihr scheinen Matteo und Nikki gerade völlig egal zu sein oder vielleicht hat sie es auch gar nicht mitbekommen.

»Nein«, sagt Hannah und versucht, irgendwas Auffälliges zu erkennen. Aber sie sieht nur die Hütten im Hintergrund, den Dschungel – und diese grausilbrigen, vom Wasser rund geschliffenen Felsen, die am Ende der Bucht ins Meer hineinragen. »Was soll da sein?«

Judith zieht mit gekrauster Nase die Luft ein und blickt zu der Bucht. »Wie seid ihr eigentlich hierhergekommen?«

»Luke – ich meine, jemand hat uns einen Job angeboten, in Sydney, in einer Bar.«

Judiths rechter Mundwinkel verzieht sich spöttisch. »Im *Love Tilly Devine*, was?«

»Äh ... wie ...«

»Und das hat euch Devon vom *Blue Horizon* empfohlen, stimmt's?«

»Woher –«

»War bei uns genauso.«

»Du und Matteo ... ihr wart vorher auch in Sydney im *Blue Horizon* und im *Love Tilly* ...« Hannah versucht zu begreifen, was sie da gerade hört.

»Ja. Nur der Typ hieß Tony.«

»Aber das ist doch –«

»Sehr seltsam«, Judith lächelt auf ihre Ich-weiß-ich-bin-was-Besseres-Art, »richtig«.

Hannah wirft einen Blick zu Bo, der schräg hinter ihnen am Außenbordmotor steht und das Boot über das Wasser steuert.

Sie hat das Gefühl, dass er sie und Judith die ganze Zeit durch die dunklen Gläser seiner Sonnenbrille beobachtet.

»Glaub mir«, Judith flüstert auf einmal, »irgendwas stimmt hier nicht.«

Mit einem Schlag ist Hannahs gute Stimmung dahin.

NACHMITTAG

Das Motorboot tuckert träge Richtung Strand.

Wenn sie am Nachmittag zurückkommen, sind sie immer völlig erledigt. Auf dem Boot redet fast niemand mehr. Selbst Sébastien gähnt und hat seinen Baudrillard im Rucksack gelassen.

Auch die Bucht scheint noch stiller geworden zu sein. Ruhig und friedlich liegt sie in der Nachmittagssonne. Den ganzen Tag über hat Hannah immer wieder an das Gespräch mit Judith gedacht.

Beim Arbeiten hat sie Ruben und Nikki davon erzählt, woraufhin Nikki Judith als neurotische Zicke bezeichnet hat und Ruben sein Stirnband hochschob, sich den Schweiß aus dem Gesicht wischte und meinte: »Vielleicht will Bo auf der Insel einfach ein paar hübsche *chicas* haben!«

Nikki hat ihn laut lachend gegen den Oberarm geboxt und Hannah konnte schließlich auch nicht anders und fiel in das Lachen ein.

Jetzt starrt Hannah auf die spiegelnde Oberfläche, als sie plötzlich etwas im Wasser schwimmen sieht. Einen toten Fisch?

»Leute, schaut mal da!« Sie zeigt auf das graue Etwas.

Bo stellt den Motor ab und schiebt die Sonnenbrille hoch auf die Stirn. »Nicht alle auf eine Seite gehen!«, ruft er, als alle neugierig aufstehen. Ruben hat schon eine lange Stange in der Hand und angelt nach dem schlaffen grauen Ding, das in den Wellen schaukelt, und zieht ein Stück Stoff aus dem Wasser. Matteo greift danach – und hält ein zerrissenes T-Shirt hoch.

Einen rosa Flamingo kann Hannah erkennen und der Schriftzug MIAMI ist noch darauf zu lesen. In rosa Buchstaben. Einen Augenblick lang sagt niemand was, bis Judith aufschreit: »Das gehörte Susan! Aber wie kann das sein? Sie ist doch abgereist!«

In Bos Gesicht verändert sich etwas. Hannah kann nicht genau sagen, was – ob die Augen schmaler werden oder seine Lippen, ob sich seine Stirn kaum merklich in Falten legt ... Nein, es ist etwas anderes, als hätten sich plötzlich alle Gesichtsmuskeln verhärtet. Und genauso schnell, wie dieser Ausdruck aufgetaucht ist, ist er auch wieder verschwunden. »Ja«, sagt er leichthin, »Susan musste wegen ihrer kranken Mutter nach Hause. Das hab ich euch doch erzählt.«

Judith hat ihre Sonnenbrille abgesetzt und sieht ihm argwöhnisch in die Augen. Die sonnengebleichten Haare fallen strähnig unter ihrer Schirmmütze hervor. Irgendwie hat sie was Schräges, denkt Hannah in dem Moment.

»Aber wieso treibt ihr T-Shirt im Wasser?«, hakt Judith nach.

Bo schneidet ihr mit einer Handbewegung das Wort ab. »He, Judith, jetzt mach hier mal keine Stimmung!« Auf einmal schwingt etwas Drohendes in seiner Stimme mit.

»He, langsam, Bo, okay!« Matteo hat sich zu seiner vollen Größe aufgerichtet.

Nein, denkt Hannah, nicht schon wieder ...

»Tranquilo, Leute! *Tranquilo«,* sagt Ruben in dem Moment auch schon.

Bo nickt ihm zu. »Susan hat es wahrscheinlich verloren. Kommt ja ab und zu mal vor, dass Sachen ins Wasser fallen.«

Er setzt noch ein Lächeln obendrauf, schiebt die Sonnenbrille zurück auf seine Nase und gibt wieder Gas.

Matteo setzt sich und auch Judith geht schweigend auf ihren Platz zurück, wirft Hannah aber einen bedeutungsvollen Ich-hab-dir-ja-gesagt-hier-stimmt-was-nicht-Blick zu, während sich Nikki an die Stirn tippt.

Trotzdem, das T-Shirt da auf dem Boden des Bootes neben Bos Füßen hat etwas Gruseliges.

Das Meer ist jetzt glatt wie ein Spiegel, auf dem die Nachmittagssonne blendend grell glitzert. Hannah denkt an flüssiges heißes Metall, und da! Dieser Schatten im Wasser!

»Ist denn schon mal jemand von Haien ...«

Alle sehen zuerst sie an und dann Bo.

»He, Leute!« Bo lacht. »Was ist denn mit euch los? Ich kann euch versichern: Susan war völlig gesund, als sie abgereist ist.«

NACHT

Endlich Nacht! Der Strand hat sich wieder in den zauberhaften Märchenstrand verwandelt und Hannah hat die kurze Störung auf dem Boot schon so gut wie vergessen.

Dinge fallen halt mal ins Wasser. Haie haben eben einfach diesen Gruselfaktor. Die Gefahr durch Haie wird stark übertrieben, das hat sie mal gelesen. Haie greifen an, weil sie einen vielleicht für eine Robbe halten. Und Menschen gelten nicht als bevorzugte Beute – wenn Haie genug zu fressen haben ...

Jetzt, jetzt ist ihre Aufmerksamkeit nämlich auf etwas ganz anderes gerichtet. Ihr Herz hämmert in aufgeregter Erwartung und ihr ist schon ganz heiß, obwohl vom Meer her eine angenehm kühle Brise weht. Die Lampions brennen, Musik, Lachen und Gesprächsfetzen schweben über den Strand. Nikki hat sich mit einer knusprigen Frühlingsrolle und einem »Ich misch mal die Holländer ein bisschen auf« gut gelaunt verabschiedet – und sie, Hannah, geht am Wasser auf und ab und hält Ausschau nach *ihm* ... *seeehr intensiv* Ausschau.

Bis jetzt hat sie Nikki noch immer nichts von Aiden erzählt. Ein paarmal war Hannah versucht, ganz naiv zu fragen: Sag mal, hast du eigentlich diesen Aiden auch schon gesehen?, aber sie hat es nicht getan. Weil ihre Gefühle für Aiden einfach so was wie ... heilig sind. *Und weil ich ihn für mich haben will!*

Selbst als Bo ihr etwas zu trinken bringt – Ananas mit Kokosnussmilch und ... Rum? – und sein Blick ihre Augen sucht, da denkt sie, nein, da *sehnt* sie sich danach, dass aus dem Dunkel der Hütten und des Waldes endlich Aiden auftauchen möge.

Die Nacht wird dunkler und die Stimme in ihr lauter, die sich über sie lustig macht. Aber da, da löst sich eine Gestalt aus dem Schatten der Bucht, schlendert auf sie zu. Doch es ist nicht Aiden, der da über den Strand auf sie zukommt. Derjenige hat einen rasierten Schädel, einen nackten Oberkörper und trägt eine lange dunkle Hose.

»Na, Heimweh?« Matteo klatscht mit der flachen Hand auf seinen Bizeps. »Diese verdammten Moskitos!«

»Wie kommst du darauf?«, entgegnet Hannah nicht gerade freundlich. Sie ist so enttäuscht, *enttäuscht, enttäuscht!*

»Du siehst so aus.« Er fährt sich mit der Hand über den rasierten Schädel, den Nikki ja *so sexy* findet, wie sie Hannah erst vorhin wieder gesagt hat, und stellt sich breitbeinig neben sie.

»Ich habe kein Heimweh.« Sie hört sich genervt an, aber egal, sie mag Matteo nicht besonders, und je früher er wieder geht, umso besser.

»Ziemlich einsam hier.« Er blickt aufs Meer.

»Findest du?«, entgegnet sie ruppig.

»Nach zwei Monaten wird alles ein bisschen ... eng.« Er dreht sich wieder zu ihr und sieht dann zum Buffet hinüber, das vor der Haupthütte mit den Kerzen und den Lampions aufgebaut ist. Die fröhliche Musik strömt zu ihnen herüber, genauso wie der Duft des Currys, von dem Hannah vorhin in ihrer Aufregung gleich zwei Riesenportionen verschlungen hat.

»Da wird man schnell ein bisschen ...«, er macht mit beiden Zeigefingern an seinen Schläfen kreisende Bewegungen, »paranoid.«

»Paranoid?« Was will er von ihr? Jammern? Vorher hat er doch auch nicht mit ihr geredet.

Er nippt an seinem Drink. Er scheint abzuwägen, was er jetzt sagen soll. »Du musst wissen, Judith ist da ein bisschen vorbelastet. Ich meine, ihre Eltern sind Ethnologen und sie war als Kind lange in Afrika, am Amazonas und in Papua-Neuguinea, überall eben, wo noch ... du weißt schon ...« Er macht große theatralische Gesten, rollt die Augen und stößt wilde Laute aus, bis Hannah wegsieht, weil es peinlich ist. »... nackte, menschenfressende Eingeborene leben. Das hat sie echt geprägt. Wir hätten nicht herkommen sollen. Das war ein Fehler, ein großer Fehler.« Jetzt sieht er sie mit seinen dunklen Augen an. »Wir sind hier nicht allein, glaubt Judith.« Sein Blick schweift zum Regenwald.

»Und wer soll hier noch leben?«, fragt Hannah. »Ich hab niemanden gesehen.«

»Ich auch nicht, aber ... aber Judith.«

Ihr muss etwas einfallen, wie sie das hier so schnell wie möglich beenden kann. Matteo braucht doch bloß jemanden, den er volllabern kann, und sie will etwas ganz anderes, als mit ihm hier herumzustehen.

»Also, Matteo«, sie stemmt die Hände in die Hüften, »warum erzählst du mir das eigentlich? Ich bin weder mit dir noch mit Judith befreundet und ich kann mich auch nicht erinnern, dass du, seit ich hier bin, auch nur ein einziges Wort mit mir geredet hättest.«

Sein Grinsen wird schief. Zum ersten Mal zeigt er so etwas wie Unsicherheit.

»Wollte bloß mal mit jemandem reden, der noch nicht den Inselkoller hat.« Er beugt sich ein Stück weiter zu ihr. »Ehrlich gesagt«, sagt er gedämpft, »weiß ich nicht, wem ich hier trauen kann. Mir kommt es so vor, als hätten Bo und Erin ihre Augen und Ohren überall.«

Allmählich fragt Hannah sich, ob nicht Matteo paranoid ist. »Wieso?«

»Findest du es nicht merkwürdig, dass Bo immer plötzlich wie aus dem Nichts auftaucht?«

»Diese Perlen hier sind immerhin ein Vermögen wert. Die trauen eben keinem.«

Er nickt. »Aber Judith hat Angst. Und das mit dem T-Shirt heute hat ihr den Rest gegeben. Hannah«, sagt er wieder leiser und sieht sich noch einmal um, aber weit und breit ist niemand zu sehen. Alle stehen am Buffet und unterhalten sich oder tanzen. Ihr Lachen ist bis an den Strand zu hören. »Sie ist davon überzeugt«, sagt er ganz, ganz leise, »dass Susan nicht abgereist ist. Und weißt du, warum?«

»Nein, sag schon«, sagt Hannah ungeduldig, aber das scheint er gar nicht zu bemerken.

»Weil sie befreundet waren und Susan Judith sicher vorher Bescheid gesagt hätte, oder?«

»Vielleicht waren sie ja doch nicht so eng befreundet oder sie hatten Streit ...« Sie klingt gelangweilt, aber auch das merkt er nicht – oder es ist ihm völlig egal.

»Hm.« Matteo nickt nachdenklich. »Du meinst also auch, dass ... dass Judith ein bisschen paranoid sein könnte?«

»Ich meine gar nichts, Matteo!«

Er wirft ihr einen bösen Blick zu und setzt dann rasch ein Lächeln auf. Die ein, zwei – oder vielleicht auch drei – Sekunden des Schweigens scheinen die Luft zwischen ihnen gefrieren zu lassen, bis er schließlich sagt: »Ich geh dann mal wieder rüber.«

Endlich! Erleichtert sieht Hannah ihm nach, als ihr auf einmal etwas einfällt, etwas ganz Wichtiges. So wichtig, dass sie ihm sogar ein paar Schritte barfuß über den schwarzen Sand nachläuft. »He, warte! Warte, Matteo!« Erst beim vierten oder fünften Mal dreht er sich zu ihr um. Und jetzt ist es ihr egal, ob er sie mit diesem Machoblick von oben herab ansieht, völlig egal. »Kennst du ...«, bringt sie hervor, »Aiden?«

»Aiden?«

»Ja.« In ihrer Stimme schwingt Hoffnung mit, und wenn Matteo nicht völlig von sich eingenommen ist, denkt sie, durchschaut er sie.

»Noch nie gehört. Wer soll das sein?«, sagt er völlig gleichgültig.

Hannah merkt, wie sie ihn anstarrt. »Schon gut!« Dann läuft sie davon, weg, weg, weg, so weit, wie man in einer Inselbucht weglaufen kann.

Schließlich gibt sie es auf, Aiden zu suchen, und kehrt schlecht gelaunt in ihre Hütte zurück. Nikki ist noch nicht da. Trinkt sicher noch ein paar Zaubertrünke – mit weiß Gott wem.

VERONIKA

Hannah ist auf einmal hellwach. Auf den Leuchtziffern ihrer Uhr ist es halb drei Uhr nachts. Halb drei! Sie ist doch erst vor zwei Stunden ins Bett.

»Hast du das auch gespürt?«

»Was?«, murmelt Nikki schlaftrunken.

Hannah hat gar nicht bemerkt, dass sie in die Hütte gekommen ist. Sie hat wirres, wildes Zeug geträumt, in dem natürlich Aiden vorkam. Alles war so intensiv und real, dass sie ein paar Sekunden braucht, um aus ihrer Traumwelt zurückzukommen.

Aber sie kann es ganz deutlich spüren. »Das Vibrieren!«

Nikki hat sich aufgerichtet, ihr Schatten zeichnet sich gegen das fahle Licht ab, das durch den Muschelvorhang dringt. »Was meinst du?« Sie gähnt laut.

»Na, das Zittern!« Hannah springt auf und läuft in ihrem Schlaf-T-Shirt hinaus auf den Strand. Griechenland letztes Jahr – genauso hat es sich dort auch angefühlt: das Zittern des Fußbodens im Hotel ... »Du musst dich in den Türrahmen stellen«, hat Finn gesagt, »und Ruhe bewahren.«

Über ihr scheint der Mond als bleiche, nicht ganz runde Scheibe. Sterne stecken wie Nadeln am dunklen Himmel. Unter ihr erstreckt sich der schwarze Sand wie ein tiefer Abgrund und vor ihr breitet sich ölig der Ozean aus, auf den heranrollenden Wellen weißer Schaum wie spitze Zähne.

Griechenland mit Finn – ein echter Flop. Noch nicht mal das Wetter war gut. Er hing die meiste Zeit nur schweigend und schlecht gelaunt herum und starrte auf sein Smartphone. Nur ein einziges Mal hat sie ihn zu einem Ausflug überreden können – der dann natürlich prompt danebenging.

»Das ist ja total gruselig!« Nikki ist hinter ihr hergelaufen. Die Hütten sind fast nicht zu erkennen, als hätte die übermächtige Dunkelheit des Dschungels sie verschluckt. Dahinter, in der Ferne, ragt steil und gewaltig der Vulkankrater auf. In einer der Hütten regt sich etwas. Licht wird angeknipst. Jemand kommt herausgelaufen. Jemand in einem wehenden Kleid oder Tuch.

Es ist das Mädchen aus Prag. Mit ihr hat Hannah bisher noch nicht viel zu tun gehabt. Sie wirkt ein bisschen seltsam und ist meistens für sich.

Hannah versucht, sich an ihren Namen zu erinnern. Vera?

»Veronika!«, ruft Nikki, »hast du das auch gespürt?«

Veronika ist jetzt bei ihnen angekommen. Sie hat sich in ein buntes Tuch gehüllt und die blonden Haare wehen ihr ins Gesicht.

»So fängt es immer an.« Ihr Blick geht in die Ferne, als würde sie Hannah und Nikki gar nicht wahrnehmen.

»Was fängt immer so an?«, fragt Hannah.

Veronika schlingt die Arme um ihren Oberkörper. »Und keiner merkt es«, flüstert sie. »Die sind alle so zugedröhnt von dem ganzen Zeug.«

Nikki wirft Hannah einen bedeutungsvollen Mein-Gott-was-ist-das-denn-für-'ne-Durchgeknallte-Blick zu.

»Das Zeug«, redet Veronika mit starkem Akzent weiter, »das nach Kokos schmeckt, ist eine Droge.«

»Was soll's, wen kümmert's?« Nikki zuckt lässig mit den Schultern.

Langsam, irgendwie schlafwandlerisch, wendet sich Veronika Nikki zu und Hannah fragt sich, ob Veronika ganz wach ist.

»Warum«, sagt Veronika und in ihren Augen spiegelt sich der Mond, »glaubt ihr, geben die es uns?«

»Wer sind *die?«,* fragt Nikki ungeduldig.

»Erin und ihre Leute«, raunt Veronika verschwörerisch.

»Erin und Bo?«, hakt Nikki nach.

Und Aiden?, schießt es Hannah in dem Augenblick durch den Kopf.

»Sie wollen nicht, dass wir bestimmte Dinge mitkriegen.« Veronikas Blick ist auf die Hütten gerichtet, in denen sich nichts rührt. Alle schlafen.

Hannah lauscht in die dunkle Nacht hinein, drückt ihre Fußsohlen fest in den Sand. Hat das Zittern unter ihren Füßen nicht aufgehört? Nur der Ozean rauscht und aus dem Regenwald kommt leises Krächzen und Zwitschern. Alles wirkt wieder so friedlich und ihre Aufregung scheint ziemlich übertrieben.

»He, Veronika, kannst du mal Klartext reden?«, fragt Nikki genervt. Doch Veronika ist irgendwo weit, weit weg.

Eine Weile stehen sie so da und warten, ob noch etwas passiert. Aber es bleibt ruhig.

»Es ist vorbei.« Veronika blickt sich um und will wieder gehen.

»Warte!« Hannah fasst sie am Arm. Veronikas Augen wirken unnatürlich hell, selbst jetzt in der Nacht. »Was fängt immer so an?«

Veronika streicht sich die im Mondlicht weiß schimmernden Haare aus dem Gesicht.

Nikki kommt langsam näher. »Dein Tuch ... Wo hast du das her?« Als Hannah den Blick von Veronikas Gesicht abwendet, begreift Hannah, was Nikki meint. Mit zitternden Fingern fasst sie eine Spitze des regenbogenfarbenen Schleiers an, in den sich Veronika gehüllt hat.

»Hab ich hier am Flughafen gekauft, total billig. Warum?«

»Du kennst nicht zufällig Grazyna?«, fragt Hannah unbehaglich.

»Grazyna?« Veronika flüstert plötzlich wieder. »Woher kennst du ...«

Nikki wirft Hannah einen Blick zu.

»Ihr habt ... ihr habt Grazyna getroffen? Aber wie ...« Veronika bricht ab. Ihre hellen Augen wirken unnatürlich groß. »Wo ist sie?«

»Sie ist ...« Hannah presst die Lippen aufeinander. Einen Augenblick fehlen ihr die Worte. *Gut gemacht, Hannah! Was willst du ihr jetzt erzählen?*

Veronika sieht von einer zu anderen. »Sagt schon!«

Hannah gibt sich einen Ruck. »Sie hatte einen Verkehrsunfall, in Sydney.«

»Sie wurde vor unseren Augen überfahren«, bricht es aus Nikki heraus. »Wir saßen im Café und da kam dieses Auto und Grazyna wollte gerade über die Straße gehen und dann ...«

Veronika steht da wie versteinert und Hannah ist darauf gefasst, dass sie sie gleich auffangen muss. Aber dann schlägt Veronika einfach nur die Hände vors Gesicht und fängt lautlos an zu weinen.

In der aufkommenden Brise flattert das Tuch an ihrem Hals auf und Hannah sieht wieder Grazyna vor sich, auf der Straße in Sydney, vor dem *Cowbell 808*, sie hat den Geschmack von Iced Coffee im Mund – und da weht das Tuch auf dem Asphalt, der Wind spielt damit, es hebt und senkt sich, als würde es anstelle von Grazyna noch atmen.

»Es tut mir so leid.« Nikki ist die Erste, die die Sprache wiedergefunden hat. »Es muss schrecklich für dich sein.«

Veronika schluchzt. »Sie ist ganz plötzlich abgereist, wollte so schnell wie möglich nach Hause, nach Bratislava, weil ihr Freund –«

»Nein«, fällt Nikki ihr ins Wort, »sie wollte ein paar Tage ins Outback und dann zum Ayers Rock.«

»Was?« Hannah ist überrascht.

»Hat Devon mir verraten.« Nikki verzieht den Mund zu einem kleinen Lächeln.

Veronika antwortet nicht, sondern sieht lange aufs Meer hinaus, bis sie sich zu ihnen umdreht. Sie sieht panisch und verwirrt aus. »Und wann ist das passiert?«

»Zwei Tage, bevor wir hier angekommen sind, also …«, Hannah muss nachrechnen.

»Vor drei Wochen«, kommt Nikki ihr zuvor. »Ja, vor einundzwanzig oder zweiundzwanzig Tagen.«

»Merkwürdig«, murmelt Veronika. »Grazyna ist schon vor zweieinhalb Monaten abgereist. Wo war sie während der sechs Wochen?«

Hannah wirft Nikki einen Meinst-du-sie-ist-durchgeknallt-

Blick zu, den Nikki mit einem Ich-weiß-auch-nicht-recht-Schulterzucken beantwortet.

»Jeder Ort hat seinen Spirit.« Veronika hat sich abgewandt und scheint eher mit sich selbst zu sprechen. »Und hier herrscht ein böser ...«

»Was für ein Spirit?«, will Hannah wissen, aber Veronika steht einfach da und lässt sich das Haar ins Gesicht wehen.

»Grazyna wollte immer in den Urwald, aber ich nicht.« Ihr Mund sieht aus wie ein schmaler Strich, als würde sie sich gerade verbieten, mehr zu erzählen, denkt Hannah und fragt: »Warum nicht?«

»Warum nicht?« Veronikas Stimme wird lauter, und als sie ihr in die Augen sieht, entdeckt Hannah darin ein panisches Flackern.

»Wir sollen nicht in den Regenwald, hat Erin gesagt«, schaltet sich Nikki ein.

»Erin ...«, sagt Veronika wieder leise, »Erin gehört auch zu ihnen.« Ihr Blick ist so seltsam, dass Hannah ebenfalls flüstert: »Zu wem?«

Veronika blickt in den Regenwald, der sich hinter den Hütten wölbt wie ein dunkles Schild. »Psst!« Plötzlich legt sie den Zeigefinger an die Lippen.

Hannah strengt sich an, etwas zu hören, aber da sind nur das Rauschen des Ozeans und das leise Klirren wie von winzigen Glasscherben, wenn die Wellen auf dem Sand auslaufen.

»Da ist es wieder«, wispert Veronika und starrt in den Urwald, als würde sie dort nach irgendetwas suchen.

Nikki drängt sich dichter an Hannah und Hannah sieht die Gänsehaut auf Nikkis Armen.

Veronika zieht das Tuch fester um sich, als müsste sie sich

schützen. *»Bumm, bumm, bumdudumm«*, macht sie und ihre Stimme klingt unheimlich, *»bumm, bumm, bumdudumm ...«*

Jetzt glaubt auch Hannah, etwas zu hören. Trommeln?

»Spürt ihr sie nicht, die Schatten, wenn ihr nachts in eurer Hütte liegt? Sie versuchen ...«, Veronika legt die Hand an ihren Hals, »... uns umzubringen.«

Hannah und Nikki werfen sich einen beklommenen Blick zu.

»Mete bab ou alatranp«, raunt Veronika mit unheimlicher, kehliger Stimme. Und in diesem Augenblick zieht es Hannah den Boden unter den Füßen weg.

Das kann nicht sein. Das muss ... ein Irrtum sein! Sie ist doch auf einer anderen Insel. Einer mit schwarzem Sand ...

»Was sagst du da?« Sie packt Veronika am Arm.

»Grazyna hat das auch geflüstert«, sagt Nikki aufgeregt.

»Veronika, sag schon! Was heißt dieses bab ... alatra...?«

Veronika blickt sich ängstlich um.

»Grazyna?« Veronikas Stimme klingt schrill. »Ich weiß es nicht. Ich weiß es wirklich nicht. Sie ist eines Morgens zurückgekommen und hat es vor sich hin gemurmelt.«

»Woher zurückgekommen?«, will Hannah wissen.

»Aus dem Dschungel.«

»Aus diesem Dschungel?«, fragt Nikki überflüssigerweise.

»Lasst mich in Ruhe!« Veronika schüttelt Hannahs Hand ab. »Ich will nicht mehr darüber reden.«

»Du hast schließlich mit dem Zeug angefangen«, erinnert Nikki sie.

»Ich hab doch nicht gewusst, dass Grazyna es vor ihrem Tod ...« Veronika verstummt und sagt dann nachdenklich: »Es ist vielleicht eine Formel.«

»Eine Formel?«, fährt Hannah sie an. »Gegen böse Geister

oder was?« Sie will cool klingen, aber ihr Lachen hat plötzlich was Hysterisches.

»Gegen die Schatten.« Veronika lässt die Schultern hängen, dreht sich um und geht langsam wie eine Schlafwandlerin, die dem geheimnisvollen Ruf des Mondes folgt, über den schwarzen Sand in Richtung Hütten davon. Selbst im fahlen Mondlicht erkennt Hannah die Angst in Nikkis Augen. Und dann zittert ganz, ganz sachte die Erde.

IM DSCHUNGEL

Fast jeden Morgen in den fast dreieinhalb Wochen, die sie nun schon auf der Insel sind, wacht Hannah immer um dieselbe Uhrzeit auf. Kurz nach sechs. Als gäbe es eine geheime Übereinkunft zwischen ihr und – ja, wem? – oder was? Vielleicht sind es die Vögel, die immer zur selben Zeit loskreischen, die Möwen, die vom Meer heranfliegen und die klingen, als würden sie über sie lachen: *Aaach, aaach ... hach haaaa ...* Aber da sind noch andere Geräusche, *knack, knack, krk, tttt, zirp, ttt, sch, sch, knack ...*

Manchmal wacht sie nachts auf, dann hört sie wieder die Trommeln und dann überfällt sie eine wahnsinnige Angst, bis sie zwischen den Dschungellauten Nikkis beruhigendes Schnarchen wahrnimmt, das regelmäßige Rauschen des Meeres und das helle *Sching, Kling, Sching, Kling* des Muschelvorhangs, mit dem der Wind spielt.

Jetzt ist Hannah auf dem Weg zur großen Hütte, um sich

dort einen Tee zu machen. Die Hütte, in der Erin sie in dieser – *Himmel, was für ein Effekt!* – Lichtsäule empfangen hat. Erin hat sich seitdem nur ein Mal kurz blicken lassen. Und Hannah fragt sich, was sie eigentlich den ganzen Tag macht. So ganz traut Hannah ihr nicht. Auch Ruben hat gestern auf dem Boot zugegeben, dass er Erin lieber aus dem Weg geht. O-Ton: »Sie ist giftig wie eine Klapperschlange.«

Erin erinnert sie immer mehr an Chris, die Yogalehrerin, die zwar ihre homöopathischen Pillen und Tropfen und Unmengen Kräutertee in der Apotheke ihrer Eltern gekauft, aber Hannah meistens übersehen hat, weil sie wohl mit bedeutungsvolleren Dingen beschäftigt war.

Hannah bückt sich und nimmt ihre Flipflops in die Hand.

Der schwarze Sand unter ihren nackten Füßen fühlt sich angenehm kühl und feucht an, als hätte er in der Nacht im Meer geschlafen. Aus der Hütte, an der sie gerade vorbeigeht, dringt lautes Schnarchen und vermischt sich mit den Urwaldlauten – *rrrrch chrrrrrrr – rrrrrch zirp – zirp tschiwit – rrrch knack chrrrrr.* Wohnen da nicht Judith und Matteo?

Gestern vor der Arbeit hat Bo ihnen eine Perle gezeigt und jeder durfte sie in die Hand nehmen. »Damit ihr alle wisst, warum ihr die Schalen ordentlich schrubben müsst«, hat Bo ihnen erklärt. »Denn wenn Bakterien oder andere Fremdkörper in die Muschel eindringen, können sie das Wachstum der Perle empfindlich stören.«

Wunderbar glatt und rund hat sie sich in Hannahs Handfläche angefühlt, kühl und irgendwie ... magisch. FIND THE OCEAN'S MOST BEAUTIFUL SECRET HERE. TOUCH A PEARL AND YOU WILL FIND THE ANSWER – der Slogan kam Hannah wieder in den Sinn. Antworten ... nicht nur Janice hat danach gesucht.

Judith hat posiert und sich die Perle an den Hals gehalten. Sie erschien wieder völlig normal und Matteo hat ihr ein Kompliment gemacht. Er hatte wohl recht, dass Judith ein bisschen paranoid ist, dachte sie in dem Moment. Sébastien hat natürlich fragen müssen: »Und, kriegen wir zum Abschied auch so eine Perle?«

»Wenn du uns dafür drei Riesen hinblätterst«, hat Bo schlagfertig geantwortet.

Jetzt wandert Hannahs Blick zum Dschungel. Wie ein fein gewobenes Netz liegt der Nebel über dem Regenwald, als müsste er ihn schützen, denkt Hannah. Oder – und bei dem Gedanken wird ihr für Sekundenbruchteile ganz kalt – als wäre der Nebel eine Grenzschicht zwischen ... zwischen irgendwas.

Hannah macht eine paar Schritte auf den Dschungel zu. Aus der Nähe sieht er nicht mehr aus wie eine dunkelgrüne Mauer, die sich unvermittelt aus dem schwarzen Sandstrand heraus erhebt, sondern hier am Rand wirkt er eher luftig, mit kleinen Trampelpfaden – vielleicht von Tieren –, die zwischen Farnen und niedrigen Palmen hindurch in das allmählich dichter und höher werdende Dickicht führen. Auch die Tierstimmen *knack, knack, krk, tttt, zirp, ttt, sch, sch, knack* kommen ihr jetzt nicht mehr unheimlich vor.

Im Dschungel ist Leben – und nicht nur Kampf. Erin will wahrscheinlich bloß nicht, dass sich jemand verirrt oder von Moskitos gestochen wird und sich eine Tropenkrankheit einfängt. Deshalb macht sie den Leuten Angst vor dem Dschungel, denkt Hannah und geht weiter.

Aber dann bleibt sie doch wieder stehen. Wann hat man schon mal einen echten Dschungel vor der Nase?

Ich werde schon nicht gerade mordlüsternen Gorillas über den Weg laufen oder auf eine giftige Spinne treten!

Sie zieht ihre Flipflops wieder an, wirft einen verstohlenen Blick zur Haupthütte hinüber und geht schließlich den schmalen Pfad entlang, der ein Stück weiter vorn im Dickicht zwischen stachligen Palmen und alten morschen Baumstümpfen verschwindet.

Plötzlich – *tschhhhhhhhh* – zerschneidet ein lautes Zischen wie von einem Pfeil die Luft und Hannah duckt sich unwillkürlich, wartet auf ein *Plopp* oder einen Schrei. Sie hält den Atem an, lauscht – *krk, zirp, zirp, tttt, tscht, knack* – sonst nichts. Wahrscheinlich war es nur ein Vogellaut, denkt sie – als sie ein Vibrieren spürt an ihrem Handgelenk. Oder ist es nur ein Kitzeln von einem Insekt? Hannah bleibt stehen und starrt auf ihr Armband. Nein, da ist nichts, kein Vibrieren mehr.

Sie atmet tief durch und schüttelt über sich selbst den Kopf. *Jetzt seh ich wohl überall Gespenster ...*

Genau das denkt sie gerade, als sie Gemurmel hört. Menschliches Gemurmel, das eindeutig nicht aus Richtung der Hütten, sondern aus dem Dschungel kommt – und das sie sich nicht einbildet. *Murmlemulmurlehmm ... mhmhmlulm ...* Das Gemurmel reißt ab und Hannah will sich einreden, dass es gar kein Gemurmel ist, sondern – wie auch das Zischen – eine Sinnestäuschung, ein Vogel oder ein ... Da fängt das Gemurmel von Neuem an. *Murmlemulmurlehmm – knack, krk, zirp, zirp.*

Vielleicht treffen sich ja die anderen dort irgendwo hinter den Bäumen. Matteo und Jesper und Sébastien, der sich sowieso an keine Regel hält – oder die Holländer mit Fumiko? Warum sollten sie sich auch alle von Erins Warnung einschüchtern lassen?

Schnell schließen sich die Büsche und Farne und Gräser um

sie herum, der Trampelpfad wird schmaler, so schmal, dass Hannah nur einen Fuß vor den anderen setzen kann. Die Erde ist schwarz wie der Strand, aber schlammig und ihre Flipflops bleiben immer wieder kleben, *schmapf, schmapf, schmapf,* sodass sie sie manchmal fast verliert. Barfuß will sie allerdings auf keinen Fall gehen – der Käfer da zum Beispiel, der sieht doch giftig aus, oder?

Hannah bleibt stehen und lauscht. *Rsch, rsch – zirp – tschiwitt.* Weiter vorn, da, hinter dem mächtigen Stamm, fällt Licht durch das dichte Blätterdach. Ist dort eine Lichtung? Und kommt nicht von dort auch das Gemurmel? Das Gehen wird immer mühsamer, der dunkle Morast klebt an den Sohlen und Hannah kann kaum die Füße heben, ohne die Flipflops zu verlieren. *Ziiiischhhhh,* der Schatten eines Vogels fliegt über sie hinweg, kreischt, verschwindet tiefer im Urwald.

Hannah schwitzt. Die Luft hat sich verändert, ist schwer und warm, dampfig. Das Top klebt ihr am Körper. Üppige Farne greifen nach ihr wie Finger, dickblättrige Büsche versperren den Pfad und überall hängen Luftwurzeln wie Fangnetze ... Warum, verflucht, kehrt sie nicht um? Wollte sie nicht bloß einen Tee trinken? Stattdessen stapft sie in diesem matschigen Dschungel herum!

Schmapf, schmapf – rsch – mete bab ou – rsch – zirp – tschiwitt.

Hannah erstarrt. *Mete bab ou?* Nein, das ist völliger Unsinn. Die Dschungelgeräusche verwirren ihr die Sinne. Mit klopfendem Herzen bleibt sie dicht am Stamm einer Palme stehen, deren Wedel weiter oben im Nebel verschwinden. Der Morast klebt unangenehm an ihren Füßen, spitze Farnblätter piksen ihr in die Beine, eine Luftwurzel baumelt vor ihrem Gesicht herunter wie eine Schlange, hinter sich hört sie ein Schlängeln und Zischen ... und überhaupt kommen ihr alle Geräusche immer lauter und unheimlicher vor. Eine Kakofonie von Lauten fällt über sie her wie eine feindliche Armee!

Super und dafür hab ich mich durch den Schlamm gequält! Hannah schüttelt zum zweiten Mal an diesem Morgen den Kopf über sich selbst und wendet sich um. Da, im Busch, hinter den hohen fedrigen Farnen ist ... eine Gestalt!

Hannah duckt sich – wie die Gestalt auch, sodass Hannah sie nun nicht mehr sehen kann. Ein Eingeborener, schießt es ihr zuerst durch den Kopf, doch eine Sekunde später erkennt sie, dass das Gesicht nicht schwarz war, ganz sicher nicht, es war hell, so hell wie ihres. Und die Augen, waren die nicht grün? Aber sie kommt nicht dazu, weiter darüber nachzudenken, denn da tauchen plötzlich zwei Männer auf, weiße Männer!

Sie sprechen murmelnd miteinander – und Hannah hört auf zu atmen, zu denken, ihr Herz hört auf zu schlagen. Über ihren Schultern tragen die beiden ein Gewehr! Und zwar kein Jagdgewehr, das erkennt sogar sie, obwohl sie Gewehre nur aus dem Fernsehen kennt. Nein, das sind Maschinengewehre, so was wie Kalaschnikows ... Aber die Männer tragen keine Uniform. In Hannahs Kopf spult sich eine Checkliste ab: keine Regierungssoldaten, keine Jäger – also Rebellen? Hat sie schon mal irgendwas von Rebellen auf Vanuatu gehört?

Sie wagt kaum zu atmen. Will sich nicht vorstellen, was passieren würde, wenn die Männer sie entdeckten. Sie macht sich hinter dem Baumstamm so klein wie möglich, duckt sich in den klebrig-morastigen Boden und späht durch die Blätter und Zweige zu den beiden Bewaffneten, die etwa zwanzig Meter von ihr entfernt sind. Einer hat einen rasierten Schädel, einen wulstigen Nacken und ist ziemlich kräftig. Das olivgrüne Hemd spannt über seinem Körper, seine Beine kann sie nicht sehen. Der andere trägt ein schwarzes Netzshirt und hat die Haare im Nacken zu einem Pferdeschwanz zusammengebunden. Er ist ein bisschen größer und nicht so kräftig wie der andere. Sie reden leise miteinander und sehen ständig auf die Uhr.

Hannah wagt kaum zu schlucken, aus Angst, sie könnten es hören, als sie plötzlich aufhören zu sprechen und in ihre Richtung sehen. Ihr Herz schlägt so heftig, dass sie sicher ist, sie hören es. Der mit dem Pferdeschwanz nimmt das Gewehr und macht einen Schritt in ihre Richtung ...

Nein, nein, bitte nicht, fleht Hannah und sucht fieberhaft nach einem Ausweg. Sie könnte langsam aufstehen und ihnen sagen, wer sie ist und dass sie sich nur mal umsehen wollte. Aber jetzt kommt auch noch der andere hinter seinem Kumpel her, das Gewehr im Anschlag. Nur noch sechs, höchstens sieben Meter sind sie von ihr entfernt und Hannah macht sich immer kleiner, kriecht fast in die Büsche, in die Erde, als ein lautes *Ziiischhhh* durch die Luft schwirrt und mit einem harten trockenen *Plopp* endet.

Die Männer haben sich blitzschnell umgedreht und starren, genau wie sie, auf den zitternden Pfeil, der kaum einen Meter von dem stiernackigen Glatzkopf in einem Baum steckt. Und jetzt denkt Hannah nicht länger nach, sie springt auf und läuft davon, erst langsam, dann immer, immer schneller, so schnell, dass es sich anfühlt, als würde sie fliegen. Der Pfeil – die Gestalt hinter dem Farn muss ihn abgeschossen haben ...

ERTAPPT

Hannahs Herz schlägt hart gegen die Rippen, sie ist klatschnass und ihr Kopf ist so heiß, dass er gleich zu platzen droht. Warum haben weder Erin noch Bo etwas von Wachposten gesagt?

Die Farnfinger kratzen, Luftwurzeln peitschen ihr ins Gesicht, Dornen zerreißen ihr den Rock, das T-Shirt, bald überlässt sie dem klebrigen Morast ihre Flipflops, stolpert barfuß über Äste und Wurzeln, versinkt im schleimigen Schlamm und läuft, läuft, läuft, bis der Pfad breiter und das Licht heller wird. Gleich, gleich hat sie es geschafft, sie läuft immer weiter, hat den Dschungel, die grüne Hölle – *knack, krk, zirp, knack* – gleich hinter sich gelassen, schon schießt das Licht vor ihr gleißend durch die Blätter. Sie wirft einen kurzen Blick über die Schulter, übersieht die Wurzel, stolpert ... und landet direkt vor seinen Füßen.

»He, ist der Teufel hinter dir her?« Bo blickt zu ihr herunter.

»Gott sei Dank bist du da«, japst sie und nimmt seine Hand, die er ihr hinstreckt, und rappelt sich auf. »Da ...«, sie zeigt in den Wald, »... da sind Leute im Wald, mit Gewehren!« Atemlos hat sie die Worte hervorgestoßen, ihr ist ganz mulmig.

Bo murmelt etwas Unverständliches und blickt an ihr hinunter. Ja, sie sieht fürchterlich aus. Ihr T-Shirt ist zerrissen, ihre Hände und Arme sind zerkratzt und schlammverschmiert, von ihren Füßen gar nicht zu reden. Und selbst im Mund hat sie diesen schlammigen, fauligen Urwaldgeschmack.

»Zwei Typen mit Kalaschnikows ...« Sie wischt sich übers Gesicht, was ihren Anblick sicher nicht besser macht.

»Hannah, easy. Es ist alles okay.« Bos Ausdruck entspannt sich. »Die Perlen in den Muscheln sind Millionen wert. Die Firma hat ein paar Wachleute hier abgestellt, um uns vor Übergriffen und Dieben zu schützen. Wir hängen das nicht an die große Glocke, damit keiner in Panik gerät.«

»Du meinst, ich ... ich hab mich *umsonst* so erschreckt?«

»Hm.« Wie er so lächelnd nickt, kocht etwas in ihr über, ja, genauso fühlt es sich an. Es steigt in ihr auf, presst sich in ihrem Hals zusammen und dann – dann bricht es aus ihr heraus.

»Mann, ich hatte Todesangst! Ich hab gedacht, die Typen ballern sofort los, sobald sich irgendwas bewegt!« Ihre Halsschlagader fühlt sich bis zum Äußersten geschwollen an, ihre Schläfen pochen.

»Hannah, jetzt mal langsam.« Ihr Ausbruch hat ihn sichtlich überrascht, er will sie festhalten, aber sie stößt seine Hand weg.

»Vor ein paar Jahren«, fängt er an, »gab's mal einen Überfall, Perlen im Wert von mehreren Hunderttausend Dollar wurden gestohlen. Daraufhin hat *POG* beschlossen, die Insel bewachen zu lassen.« Sein Blick fällt auf ihre zerkratzten Arme. »Das tut bestimmt weh. Komm mit ins Haupthaus, ich gebe dir eine antibiotische Salbe. So was kann sich hier leicht entzünden.«

Die ganze Zeit hat sie nichts gespürt, aber jetzt überfällt Hannah der Schmerz umso stärker. Ihre Arme und ihre Beine, ihre Hände und ihre Fußsohlen brennen wie Feuer. Bestimmt hat sie sich ein paar Dornen eingetreten! Wieder lächelt Bo auf seine sanfte Art ... und ihre Aufregung legt sich langsam.

»Okay.« Hannah folgt ihm benommen, bis er an der Schwelle der Haupthütte stehen bleibt.

»Es wäre übrigens besser, du würdest den anderen nichts davon sagen; die kriegen sonst noch die Panik, das hatten wir alles schon mal.«

»Hat Erin deswegen gesagt, wir sollen nicht in den Dschungel?«, fragt sie stattdessen. »Damit wir keine Angst haben?«

»Ja.«

»Aber warum macht ihr so ein Geheimnis daraus? Es wäre doch ganz einfach zu sagen, hey Leute, wir haben im Dschungel zur Sicherheit Wachposten aufgestellt, ihr solltet lieber nicht dorthin gehen, sonst knallen die euch vielleicht aus Versehen ab.«

»Du kannst Erin ja mal den Vorschlag machen ...«

Hannah winkt ab. »Ich bin froh, wenn ich nichts mit ihr zu tun habe.«

Drinnen in der Hütte ist es dunkel, noch steht die Sonne zu niedrig, um durch das Loch im Dach hereinzufallen und diesen *wahnsinnigen* Lichteffekt zu erzeugen. Hannah bleibt zwischen den langen Tischen stehen, während sie Bo hinter der Theke herumkramen hört.

»Du musst die Wunden gut mit Wasser reinigen.« Er kommt wieder hinter der Theke hervor. »Und dann tust du das hier drauf.« Er hält ihr eine Tube hin.

»Kennst du eigentlich ... Aiden?«

»Aiden?« Bo zwingt sich zu einem Lächeln. »Du hast dich hoffentlich nicht zu sehr von ihm beeindrucken lassen.«

»Arbeitet er hier?«

»Ja, er hat so eine Art ... Managerposten ... ohne dass er etwas dafür tut.«

»Du scheinst ihn nicht sonderlich zu mögen.«

»Aiden«, er blickt ihr dabei in die Augen, »hat es gut drauf, alle Mädchen zu beeindrucken. Und ...«, Bo zögert kurz, »er kann jede haben und danach lässt er sie einfach fallen. Das finde ich nicht okay.« Er drückt ihr die Tube in die Hand. »Also, denk dran«, sagt er und ist schon fast an der Tür, »erst die Wunden reinigen und dann dünn auftragen.« Und schon ist er weg und lässt sie völlig verdreckt und zerschrammt in der dunklen Hütte zurück.

Erst jetzt denkt sie wieder an das Gesicht und an den Pfeil. Eure Wachposten haben offenbar Feinde, hätte sie sagen sollen. Aber irgendetwas hat sie davon abgehalten.

UNDERWORLD

Ein seltsamer Zauber zieht Hannah am nächsten Morgen erneut in den Dschungel, als müsste sie hinter all den Moosen, Flechten, Palmen und uralten Bäumen endlich die Ursache für dieses Trommeln finden, das sie nachts so oft hört. Ein Geheimnis, eine Wahrheit, irgendetwas, was für sie bestimmt ist. Vor den Wachposten hat sie keine Angst mehr; wenn sie ihnen wieder begegnen sollte, wird sie einfach winken und Hallo rufen.

So viele fremdartige Pflanzen hat sie schon entdeckt. Eileen und Richard hätten ihre Freude daran – der Urwald ist die größte Apotheke, hat Richard immer gesagt. Fedrigblättrige, fette, spitze, zarte, haarige, fleischige Büsche ... Und wie viele verschiedene Grüntöne es gibt! Schwarzgrün, Braungrün,

Dunkelgrün, Schlammgrün, Hellgrün ... Hannah fühlt sich in einem wahren Dschungelgrün, als sie den Pfad entlangstapft, diesmal mit Sneakers an den Füßen. Nie ist sie auf der Insel allein. Nur auf diesen morgendlichen Spaziergängen, wenn die anderen noch schlafen, hat sie das Gefühl, ganz für sich zu sein. Immer mit denselben Leuten rumzuhängen, ist auf die Dauer anstrengend und sie ist ein Mensch, der ab und zu ganz gern allein ist. Warum lässt sich Aiden eigentlich nicht mehr blicken? Allmählich glaubt sie, dass sie ihn sich nur eingebildet hat.

Über ihr dringen die Morgensonnenstrahlen als dunstiger Schimmer durch das Blätterdach, vom Boden steigt Dampf auf und Hannah hat auf einmal das Gefühl, als wäre sie Millionen Jahre zurückversetzt, als die Erde noch von Dschungel bedeckt war und das Leben aus diesem Schlamm hervorkroch, als Insekten und Reptilien den Planeten bevölkerten und – ein lautes Krächzen, ganz nah, lässt sie innehalten. Und dann sieht sie es ...

Ein paar Meter vor ihr hat sich eine Echse aufgebaut. Eine ziemlich große Echse, mit grüner Schuppenhaut und züngelnder, gespaltener Zunge. Den Kopf bekränzt ein grüner Stachelkamm und der Hals bläht sich auf, pulsiert ... sie sieht verflucht gefährlich und angriffslustig aus. Aber Echsen sind doch harmlos, oder?

Und wenn nicht?

Dieses Exemplar scheint auf jeden Fall nicht gerade ungefährlich zu sein. Die Echse steht Hannah direkt im Weg und rührt sich nicht vom Fleck. Ihre ganze Haltung, das Giftgrün ihrer Schuppen, die gelben, starren, stechenden Augen ...

Hannah macht ganz langsam einen Schritt rückwärts, ohne die Echse aus den Augen zu lassen, die jetzt den Oberkörper weiter aufrichtet, heftiger züngelt – und eine schnelle Bewegung nach vorn macht.

»Weg!«, schreit Hannah und fuchtelt mit den Händen herum. »Hau ab, verschwinde!« Doch die Echse rührt sich nicht, züngelt nur noch mehr und ihre Hautlappen am Hals blähen sich immer schneller auf.

»Wo sind denn die Scheißwachen?«, ruft sie dann, nun nicht mehr ganz so laut. Nichts passiert.

»Okay, andere Strategie«, murmelt sie schließlich. »Ich lass dich in Ruhe, ich will nichts von dir, okay? Ich verziehe mich einfach wieder durchs Gebüsch, klar?« Sie spricht leise und sanft auf das Ungeheuer ein und macht eine beschwichtigende Handbewegung.

Hannah hat sich für die linke Seite entschieden; dort kommt ihr das Unterholz etwas lichter vor. Vorsichtig setzt sie einen Fuß zurück ins Gebüsch. Die Echse bleibt unbeweglich stehen. Aber die flinke gespaltene Zunge züngelt heftig in ihre Richtung. Riecht sie Hannahs Angst?

Hannah, los, lauf!

Und dann sprintet Hannah los, zwischen Farnen und Baumstümpfen hindurch, über Wurzeln und Schlammlöcher, sie muss ja bloß einen Bogen laufen, dann kann sie wieder auf den Weg zurück ... die Echse wird ihr sicher nicht über den Trampelpfad folgen. So clever ist die nicht, sie hat doch bloß ein winziges Gehirn!

Was für eine bescheuerte Idee, im Dschungel spazieren zu gehen! Warum ist sie nicht am Strand entlanggegangen? Eine Palme mit seltsamen Auswüchsen versperrt ihr auf einmal den Weg und sie muss einen weiteren Bogen machen. Egal. Sie hat ja die Richtung im Kopf, das ist kein Problem für sie. Sogar Finn hat ihren Orientierungssinn immer bewundert – und er bewunderte kaum etwas anderes als sich selbst ...

Sie macht also einen Bogen und stolpert über etwas Moosiges, einen moosbewachsenen Baumstumpf, der vor ihr aus dem Boden ragt. Sie kann sich gerade noch fangen, sonst wäre sie glatt hingefallen, in den Morast, denn mit jedem Meter, den sie weiter in den Dschungel vordringt, scheint es noch feuchter zu werden, feuchter und heißer. Ihre Sneakers saugen sich bei jedem Schritt mit Schlamm voll und werden immer schwerer, sie schwitzt entsetzlich, als löste sich ihr Körper allmählich in Dampf auf. Und ihre Beine, ihre Arme, ihr Gesicht – sie fühlt es – sind voller roter Striemen und Flecken. Blut rinnt an ihren Schienbeinen herunter und auch im Mund hat sie diesen Geschmack nach Eisen.

Ich muss hier raus, raus, rauuuuus!

Aber da ist überall nur Grün – Dunkelgrün, Moosgrün, Echsengrün, Krötengrün, Schlangengrün –, es lebt und es rückt immer näher. Aus welcher Richtung ist sie überhaupt gekommen? Sie muss sofort zurück! Einfach zurückgehen! Diese verfluchte Echse wird wohl kaum dort auf dem Weg auf sie warten, denkt sie gerade – als sich vor ihr das Gebüsch bewegt ... und irgendetwas zwischen den dickfleischigen Blättern hervorkriecht. Hannah schreit und rennt weiter. Die Gedanken rasen immer schneller in ihrem Kopf wie in einer Zentrifuge. Sie läuft schneller, die Dornen und Äste und Schlingpflanzen spürt sie nicht mehr, dann bleibt ihr Fuß an einer Wurzel hängen ...

HOPELESSLY LOST

Als sie wieder zu sich kommt, weiß sie nicht, ob sie nur Sekunden weg gewesen ist oder Stunden. Sie liegt am Boden, im klebrigen Morast, und damit stirbt ihre blitzartig aufgekommene Hoffnung, dass sie alles nur geträumt hat. Es zirpt und krächzt und raschelt und ihr Blick sucht in den Baumwipfeln das Licht. Die gleißenden Strahlen lassen die Blätter aussehen wie auf einem Röntgenbild, Blätterskelette beugen sich über sie ... als läge sie in einem toten Wald ...

Der Geruch nach Moder und Verwesung setzt sich in ihrer Nase fest und nimmt ihr den Atem. *Aufstehen, Hannah! Steh endlich auf!* Sie stützt sich ab, greift in zähen Morast und sieht auf ihre Beine. Einen Augenblick lang ist sie sicher, ganz sicher, dass das nicht *ihre* Beine sein können. Sie unterdrückt das Würgen in ihrer Kehle. Auf ihren Schienbeinen winden sich – sie zählt, drei, vier, fünf – fünf schwarzbraune fette Würmer!

Hannah springt schreiend auf. Sie will sie mit der Hand wegschlagen, aber sie kleben fest, haben sich festgesaugt! Der Ekel wühlt in ihrem Magen, steigt in ihr hoch, drückt ihr die Kehle zu. Blutegel! Sie stampft auf, damit sie abfallen, immer wilder springt sie herum, doch sie saugen und saugen und werden immer dicker. Es ist soooo ekelhaft!

Reiß dich zusammen, Hannah! Denk nach! Denk verflucht noch mal nach! Einmal hat sie Eileen zu ihrem chinesischen Arzt begleitet, weil sie unbedingt eine Blutegelbehandlung sehen wollte. Seitdem weiß sie, dass man sie einfach anfasst und abnimmt. *Also, fass sie an! Fass sie verdammt noch mal an, Hannah!*

Endlich ... endlich kann sie sich überwinden. Sie spreizt Daumen und Zeigefinger und greift den ersten glitschigen schwarzen Körper. Sie muss kurz die Augen schließen, so sehr ekelt es sie, dann zieht sie ihn ab, ganz vorsichtig – *ist das widerlich* –, und schleudert ihn so weit weg, wie sie kann. Sie beißt die Zähne zusammen, unterdrückt den Würgereiz und nimmt auch die restlichen vier ab, einen nach dem anderen, und wirft sie weg. Danach schüttelt sie sich und atmet tief durch. *Geschafft!*

Jetzt muss sie nur noch den verfluchten Weg zurück zur Bucht finden. Weit kann sie sich nicht davon entfernt haben. Sie lauscht. Vielleicht kann sie aus einer Richtung das Meeresrauschen hören ... aber da sind nur die lauten, kreischenden Vogelstimmen, das Zirpen und Wispern und Krächzen. An der Sonne kann sie sich auch nicht orientieren, das Blätterdach ist viel zu dicht. Vielleicht, das ist auf einmal ihre Hoffnung, stößt sie ja auf die Wachen.

Aber waren die gestern nicht auf der anderen Seite des Weges?

Eine Weile bleibt sie unschlüssig stehen. Sie muss sich für eine Richtung entscheiden. Hinter ihr sieht es düsterer aus, dort wird der Dschungel noch dichter, rechts ... nein, da ist sie sicher nicht hergekommen. Links? Ist da drüben nicht ein abgebrochener Farnzweig? Und weiter hinten, sind da nicht zertretene Blätter? *Von mir zertretene Blätter ...?*

Hannah setzt sich in Bewegung, und je weiter sie geht, umso klarer wir ihr, dass sie den falschen Weg genommen hat. Nirgendwo sind mehr zertretene Blätter oder abgebrochene Zweige zu sehen, nirgendwo irgendwelche Spuren zu erkennen. Ihre Füße versinken immer tiefer im Morast, als wollte er sie verschlingen. *Verirrt ... ich habe mich verirrt. Im Dschungel verirrt!*

Sie spürt, wie ihr der Angstschweiß den Rücken hinunterläuft. Sie reißt einen Ast ab und schlägt auf den Dschungel ein, immer und immer wieder, aber er scheint nur noch näher an sie heranzurücken – die dunklen Stämme, die spitzen Farne, die Luftwurzeln –, um sie nie, nie mehr entkommen zu lassen und um sie bei lebendigem Leib zu verschlingen. Wie von Sinnen drischt sie auf die Farne ein, zerfetzt sie – als sie ein paar Meter vor sich zwischen den Stämmen in ein Augenpaar blickt. Schwarze Augen in einem schwarzen Gesicht. Sie schreit, schreit, so laut sie kann, und schlägt mit dem Stock um sich ... bis die Augen verschwunden sind.

Das ist alles nur ein Albtraum!, will ihr eine Stimme einreden, aber da sticht sie etwas auf dem Handrücken, ein Moskito, ein fetter Moskito. Nein, das ist die Wirklichkeit. Die grausame Wirklichkeit!

Hannah dreht sich um, das hier war der falsche Weg! Sie muss zurück – aber wo sind ihre Spuren? Gerade eben ist sie doch hier entlanggegangen. Es kann nicht sein, dass alles schon wieder zugewachsen ist! Da, diese Stelle kennt sie. Das ist der Farn mit dem abgebrochenen Zweig! Nie hätte sie gedacht, dass sie sich über eine solche Entdeckung so freuen könnte. Jetzt wird sie zurückfinden, sie darf nicht aufgeben, nur nicht aufgeben. Die Hütten, der Strand, das Meer – die verdammte Bucht muss doch ganz in der Nähe sein! Wahrscheinlich öffnet sich der Dschungel gleich und auf einmal steht sie wieder vor den Hütten. Genau, so wird es sein! Sie fängt an zu lachen, *hahaha!* Aber es klingt schauerlich und sie verstummt entsetzt.

In diesem Augenblick bemerkt Hannah ein dunkelgrünes Ding vor sich, das sich etwa zweieinhalb Meter zwischen Bäumen und Büschen aus der Erde erhebt.

Was ist das? Ein Felsen? Ein runder, vollkommen mit dunkelgrünem Moos bewachsener Felsen! Seltsam, sie hat noch keinen einzigen Stein hier im Dschungel bemerkt. Neugierig geht sie näher heran. Der Felsen ist von Büschen mit dicken Blättern umwachsen und ganz bemoost und erinnert Hannah an ein riesiges Ei, das zu zwei Dritteln in der Erde steckt. Von einer seltsamen Faszination erfasst, berührt sie das Moos. Es ist feucht und dicht wie ein Pelz. Sie zuckt zurück. Und das da, der Spalt, dieser senkrechte Riss – ist das ein ... Türspalt?

VERLASSEN

Hannah steht vor diesem seltsamen Ding, dem Ei aus Moos, und kann sich nicht bewegen.

War da nicht ein Geräusch? Ein Knacken? Schritte? Sofort denkt sie an das Gesicht, an die dunklen Augen. Aber da ist nichts. Vielleicht sind es wilde Tiere oder aber – mein Gott, die Wachen? Vielleicht sind es die Wachen! Die werden sie retten und zurück an den Strand bringen!

»Hallo?«, ruft sie laut. »Ist da jemand?«

»Hannah?«

»Was machst du denn hier?«, japst sie, während Jesper durch das Gebüsch auf sie zukommt. Sie muss übergeschnappt wirken, völlig neben der Spur.

»Ich hab gedacht, ich muss hier sterben!«, stößt sie hervor.

Jesper grinst lässig. »Es gibt schlimmere Plätze, schätze ich mal. Obwohl das hier«, er fährt sich durch die Wuschelhaare und zieht die Stirn in Falten, »schon ein bisschen an ein Mausoleum erinnert – und du hast, ehrlich gesagt, auch schon mal besser ausgesehen.«

»Oh Gott, ja! Ich hab mich verlaufen und da war auf einmal eine Echse, die sich mir in den Weg gestellt hat, und –« Ihre eigenen Worte hören sich auf einmal vollkommen idiotisch an. »Na ja ...« Sie macht eine wegwerfende Handbewegung und versucht, sich ihre Aufregung nicht anmerken zu lassen. »Ich bin ausgerutscht, das ist alles. Aber was machst du eigentlich hier?«

»Ich bin ein bisschen spazieren gegangen. Dieses Muschelschrubben macht einen ja blöd.«

Jetzt fällt ihr die Eisenstange in seiner Hand auf.

»Und was hast du damit vor?«

Er macht eine Kopfbewegung zu der Stelle mit dem Spalt hin. »Ich hab keinen Schlüssel dabei.«

»Warte, warte! Weißt du etwa, was da drin ist?«

»Eben nicht! That's the funny part!« Er fängt an, das dichte Moos um den Spalt herum fetzenweise herunterzureißen.

»Aber wenn das was –« Gefährliches ist, will sie sagen, aber sie beißt sich gerade noch auf die Zunge.

»Was haben wir denn da ...?« Jesper tritt einen Schritt zurück, wischt sich die schmutzigen Hände an seinen Bermudas ab und betrachtet das Gebilde, das er freigelegt hat. »Beton. Könnte ein Bunker sein.«

»Wozu braucht man auf einer Paradiesinsel einen Bunker?«

»Jedes Paradies hat seinen verbotenen Baum ...« Er wischt sich den Schweiß von der Stirn. »Die Amis haben die Inseln im Zweiten Weltkrieg als Stützpunkte im Pazifik genutzt. Du weißt schon, die Sache mit Pearl Harbour und so.«

Hannah legt den Kopf in den Nacken und sieht hinauf ins Blätterdach. »Aber mitten im Dschungel?«

»Vielleicht war hier ein ganzes Lager oder eine Landebahn, wer weiß. Siebzig Jahre sind lang genug für einen Dschungel, dass alles wieder zuwächst.« Jesper schiebt die Eisenstange in den Spalt.

Hannah hält seinen Arm fest. »Sei vorsichtig.«

»Keine Sorge. Es ist relativ unwahrscheinlich, dass uns da drin was Gefährliches erwartet. Ein paar Betten vielleicht, uralter Proviant, so was in der Richtung.«

»Und was ist mit ... Leichen?«

Er lacht auf und macht eine ausholende Armbewegung. »Glaubst du, hier ist eine Bombe eingeschlagen? Wenn, dann wäre der Bunker auch beschädigt.« Da fängt er schon an, die Tür aufzuhebeln. »Normalerweise kriegt man so eine Schutztür nicht so leicht auf. Vielleicht ist es ja kein richtiger Bunker.« Er stemmt sich mit seinem ganzen Körper gegen die Stange.

»Was denn dann? Was soll dieses Ding mitten im Dschungel denn sonst sein?«

»Vielleicht ein Raumschiff von Außerirdischen ...«

In dem Augenblick kracht es, die Tür geht knarzend auf und Hannah springt erschrocken ein Stück zurück.

»Wow!«

DER BUNKER

Jesper zieht eine kleine Taschenlampe aus seiner Hosentasche. Trotzdem, auch wenn wahrscheinlich keine Skelette oder Mumien hier liegen, bleibt Hannah einen Schritt hinter ihm. Der Lichtkegel des MagicLite wandert tastend an den Wänden entlang.

»Ganz schön alter Kasten«, sagt Jesper und seine Stimme klingt dumpf, als würde sie von der stickigen Luft aufgesaugt.

Hannah wagt kaum zu atmen. Es riecht nach Schimmel und Moder und sie erinnert sich an Eileens panische Reaktion, als sie einmal in dem alten Keller ihrer Großmutter waren – wollten sie dort nicht etwas lagern? *»Die Schimmelsporen setzen sich in der Lunge fest, Darling, geh sofort hier raus!«* Da war sie acht. Oder neun? Tagelang hat sie danach Angst gehabt, sie müsse ersticken – und jetzt hat sie genau dasselbe Gefühl.

Sie schluckt dagegen an, aber die Enge in ihrer Kehle wird immer schlimmer ... und da sind sie plötzlich wieder, die Bilder, die Bilder aus ihrem Kindheitsalbtraum: Sie ist gefangen in dieser Kugel, diesem Ei, und überall ist es dunkel und da sind diese Stimmen, dumpf und weit weg, und sonst nur dieses Rauschen und Pochen, aber niemand kann sie hören ...

»He, Hannah, du kannst auch draußen warten«, sagt Jesper und in dem flackernden Licht sieht sein Gesicht aus wie eine schaurige Fratze.

»Nein, nein, ist schon okay.« *Und jetzt reiß dich verdammt noch mal zusammen, Hannah!*

Das blasse Licht der Taschenlampe versickert im Dunkel,

bis es wieder auf eine Wand trifft. Grober Beton, fleckig von Schimmel und Flechten. »Nicht besonders stylish«, bemerkt Jesper und tritt näher an die Wand. Dabei rempelt er mit dem Bein gegen etwas und stößt einen leisen Fluch aus.

Der kleine runde Kegel des MagicLite entreißt der Dunkelheit eine abgestoßene Metallplatte, einen Schreibtisch mit Schubladen und einen altmodischen ...

Da nimmt Jesper schon den Hörer eines klobigen schwarzen Telefons in die Hand. »Ja, Mister President«, sagt er mit Fistelstimme, »es ist alles ruhig hier. Selbstverständlich, Mister President. Die Atombombe? Ja, Sir, zu Befehl, wir werfen sie ab.« Er legt den Hörer auf die Gabel zurück und grinst amüsiert. »Wir sind ja hier in Sicherheit, oder?«

»Find ich überhaupt nicht lustig.«

»Ich wusste gar nicht, dass du so uncool bist.«

Entschieden nimmt Hannah ihm die Taschenlampe aus der Hand und schickt das Licht durch den Raum. Etwas reflektiert. Ein Metalltisch ... und darauf eine Kerze.

»Du hast doch sicher auch ein Feuerzeug dabei, oder?«

»Leider nein, ich rauche nur nachts. Aber ich kann gern einen Feuerstein für dich suchen.«

»Mensch, Jesper, du bist echt gaga!«

»Sind wir nicht alle ein bisschen gaga?«

Sie leuchtet ihm ins Gesicht und er macht eine Grimasse, sodass sie lachen muss.

»Ich meine«, sagt er, »welches vernünftige Individuum schrubbt schon freiwillig den ganzen Tag Muschelschalen?«

Er strubbelt sich wieder durch die eh schon wirren Haare. »Na ja, hin und wieder ist es auch ganz nützlich, wenn die Leute einen für nicht ganz zurechnungsfähig halten. Dann unterschätzen sie einen nämlich.«

Jesper zündet die Kerze mit einem Streichholz an.

»Wo hast du denn das her?«

»Aus meinem Zauberhut.«

»Ist da auch was zu essen drin?«

»Ich glaub schon, aber ich hab das Zauberwort dafür vergessen ...«

»Ach, Jesper«, stöhnt sie. »Du bist echt ein Idiot!«

Die Kerzenflamme wirft ein wild züngelndes Licht an die Wände. Zusammen mit dem Schein der Taschenlampe können sie so, wenn auch nicht besonders deutlich, den Raum doch einigermaßen überschauen.

Außer dem Schreibtisch und einem altmodischen Drehstuhl mit aufgeplatztem rötlichem Lederbezug befinden sich in dem Raum ein Schrank mit Glasvitrine – was Hannah sofort an eine alte Apotheke erinnert –, ein weiterer Schrank aus weißem Metall mit Türen, ein kleiner Tisch mit zwei Metallstühlen, eine Stellwand, bespannt mit einem faltigen, vergilbten Vorhang, und davor blitzt ... Metall. Ist das da drüben etwa ein Behandlungstisch? Die Lampe darüber ähnelt jedenfalls einer OP-Lampe aus alten Filmen.

»Was ist das hier? Klinik unter Palmen?«, sagt Jesper auf einmal mit gesenkter Stimme.

Hannah betrachtet die Flaschen und Behälter hinter der Vitrine. Lateinische Namen in gestochen scharfer Schrift stehen auf den säuberlich aufgeklebten Etiketten und Hannah versucht, einzelne Wörter oder Silben zu entziffern. Sie öffnet eine Glastür und nimmt eine Flasche in die Hand. Aber die Schrift ist größtenteils verblasst.

»Huhu!«

Sie dreht sich um und zuckt erschrocken zusammen. Jesper hat sich einen Helm übergestülpt, von dem Drähte abstehen wie wirre Haare.

»Antike Gehirnforschung!«, witzelt er und setzt den Helm wieder ab.

»Erinnert mich eher an Gehirnwäsche«, meint Hannah unbehaglich. Was war das hier? Wirklich nur ein Bunker, ein Schutzraum gegen Bomben? Da ruft Jesper schon: »So was hat mein Großvater gehabt!« Er zeigt zur hinteren Wand. »Man bräuchte nur Strom.«

Hannah geht zu Jesper hinüber und betrachtet den schweren koffergroßen Kasten mit den beiden Spulen.

»Das war vor iPod und MP3, Darling! Ein echtes Tonbandgerät mit analogen – nicht digitalen – Magnettonbändern ...« Mit Begeisterung fängt Jesper an, daran herumzufummeln. »Mein Großvater hat damit Musik aus dem Radio mitgeschnitten und das Babygequake von mir und meinem Bruder aufgenommen.«

»Du hast gequakt?« Hannah gibt sich Mühe, ein bisschen locker zu klingen.

»Das hättest du nicht gedacht, hm?« Er steckt Kabel zusammen, bückt sich, sucht nach ... Steckdosen? »Es muss hier irgendwo einen Generator geben, mit dem man Strom erzeugen kann.«

»Ja, und bestimmt funktioniert der auch noch nach ... dem Atomschlag!«, wendet Hannah ein und fügt hinzu: »Außerdem hätte den sicher schon jemand mitgenommen.« Eben noch wollte sie so schnell wie möglich weg – und jetzt ist sie auf einmal von einer eigentümlichen Faszination gefangen.

»Verdammt, es muss doch irgendwie möglich sein, dieses Tonband ...« Jespers Stimme holt sie zurück.

»Hast du keine Steckdose an deinem Gürtel – oder in deiner Hosentasche?«

»Natürlich! Aber ich hab die letzte Stromrechnung nicht bezahlt!«

Dann sagt er noch etwas, aber das hört Hannah kaum. Sie starrt auf ... Zuerst glaubt sie, sie bilde es sich ein. Die Dunkelheit, der schimmlige Geruch, ihr Irrweg im Dschungel, die Echse, die Blutegel – das war zu viel. Und deshalb ist es durchaus möglich, ja sogar sehr *wahrscheinlich,* dass sie noch immer in einer Art Schockzustand ist. Aber steht es da nicht ganz deutlich an der Wand, dort, direkt über dem Schreibtisch? Im flackernden Kerzenlicht scheinen sich die eingeritzten Buchstaben zu bewegen und zu Wörtern zusammenzusetzen.

Mete bab ... ou ... – nein, das kann nicht sein!

Etwas in ihr weigert sich weiterzulesen, die Worte verschwimmen vor ihren Augen, alles wankt, ihre Kehle wird eng, ganz, ganz eng ... als plötzlich ein gewaltiges Dröhnen die Luft zerreißt.

Hannah duckt sich, doch nichts geschieht. Keine Blitze, keine Trümmer, nichts fliegt in die Luft. Es ist nur ein Motor, der da polternd und ratternd angesprungen ist.

»Ich hab gewusst, dass es klappt!«, schreit Jesper begeistert gegen den Lärm an und schließt eine Klappe im hinteren Teil des Bunkers. Das Geräusch dringt jetzt nur noch gedämpft herein. »Der Generator hat echt noch Stoff gehabt! Pass auf, jetzt kommt gleich der Jazz hier raus!« Jesper grinst und drückt eine Taste am Tonband. Die beiden Spulen quietschen und rucken – und fangen tatsächlich an, sich zu drehen! Es knistert, rauscht.

Gebannt starrt Hannah auf das Tonband, als würde gleich ein Film starten.

Auf einmal erhebt sich aus dem Knistern und Rauschen eine Stimme, sie spricht schleppend, als wäre der Sprecher betäubt oder im Schlaf. Hannah kann nur einzelne Wortfetzten ausmachen, in einer Sprache, die sie nicht versteht.

»... babaren azobato ... soufle ... kimoun ki di sa ...« Ein langes Seufzen, dann *»mete ... ou ...«* Hannah schluckt gegen das Würgen an, das in ihrer Kehle aufsteigt. Was passiert hier gerade? Diese Sprache, die kommt ihr irgendwie bekannt vor, aber ... aber sie versteht kein einziges Wort. Ein unheimliches Gefühl packt sie im Nacken.

»Nicht dass ich davon eine Ahnung hätte«, meint Jesper, »aber klingt das nicht zufällig so ähnlich, wie die Leute auf der Hauptinsel reden?«

»Hm«, macht Hannah, während die Stimme vom Tonband in der fremdartigen Sprache weiterspricht, langsam und beschwörend, als wäre derjenige selbst in einem Traum gefangen – und plötzlich verstummt die Stimme, bricht ab, als wäre der Sprecher aus seinem Traum aufgewacht.

Das Rauschen und Knistern bleiben als die einzigen Geräusche zurück, als auf einmal eine klare, wenn auch etwas scharrende und aufgeregte Stimme ertönt.

»Der Proband«, sagt die männliche Stimme auf Englisch, »klagt mittlerweile über starke Kopfschmerzen. Offenbar sind die Zwischenräume in den Gittern zu groß geworden.«

Jesper wirft Hannah einen Kapierst-du-davon-auch-nur irgendwas-Blick zu, den Hannah mit einem Achselzucken beantwortet.

»Das operative System des Probanden ist völlig zusammengebrochen. Die Pole haben sich komplett vertauscht, offenbar ist das eine Folge der nächtlichen Besuche der schwarzen Schatten, über die der Proband berichtet hat. In diesem Zustand ist der Proband extrem labil und manipulierbar.«

Es folgt wieder das tranceartige Sprechen in der unbekannten Sprache bis zu einer Pause, in die der englische Sprecher einwirft: »Der Proband ist sicher, dass durch seine häufigen Reeeeeiiiiiisen ...«, die Stimme wird schleppend, eiert, und – *klack* – das Tonband stoppt.

»Shit!« Jesper springt auf. »Der Generator ist aus!«

»Der Proband ...«, sagt Hannah mit einem Schaudern, »hört sich an wie ein Experiment, oder?«

»Immer wenn es spannend wird, kommt die Scheißwerbepause!« Jesper schlägt mit der flachen Hand auf den Kasten. »Nächstes Mal bringen wir Diesel für den Motor mit.«

»Nächstes Mal?«

»Ja, klar. Oder willst du die Fortsetzung nicht hören?«

Der Gedanke, wieder in den Dschungel und an diesen Ort zurückzukehren, fühlt sich nicht sonderlich angenehm an. Hannahs Blick wandert zu den Buchstaben an der Wand. Nein, ganz und gar nicht ...

»Und woher willst du den Diesel bekommen?« Ihr Einwand klingt schwach.

»Wo ein Wille ist, ist auch ein Weg!« Jesper schiebt entschlossen das Kinn vor. »Ich komme jedenfalls morgen wieder.«

Beim Hinausgehen zeigt Hannah auf die Schrift über dem Schreibtisch. Sie kann kaum sprechen. Jesper rückt seine Brille zurecht. »Hm ... könnte ’ne Formel sein.«

Als sie aus dem Bunker ins Freie treten, hat sich Nebel

herabgesenkt und sich mit dem Dampf vermischt, der aus dem Morast aufsteigt. Hannah will gerade aufatmen, denn alles ist besser, als da drin zu sein, mit dieser Formel, diesem seltsamen Helm und den gruseligen Tonbandaufnahmen, als sich aus dem Dunst zwischen den Baumstämmen, kaum fünf, sechs Meter von ihnen entfernt, plötzlich eine dunkle Gestalt materialisiert.

Hannah erstarrt und fasst nach Jespers Arm.

Nein, es ist keine Einbildung. Da, vor ihnen, halb verdeckt von den Büschen und fingerartigen Blättern, steht ein Mensch mit dunkler Haut und blonden – *blonden!* – gekräuselten Haaren. Auf seinen Wangen leuchten je zwei weiße parallele Streifen – Kriegsbemalung, schießt es Hannah durch den Kopf – und durch seine Nase ist ein Pflock getrieben.

»Haben wir eine hundertprozentige Garantie, dass es keine Menschenfresser mehr gibt?«, murmelt Jesper und zieht sie zurück zum Bunker.

Sie will nicht daran denken, sich in dem Bunker zu verbarrikadieren, nicht in dieser schimmligen Dunkelheit mit den unheimlichen Wörtern an der Wand. Nein, sie will nicht zurück in ihren eigenen Albtraum! Ein Fluch, fällt ihr in dem Augenblick ein, und wenn es ein Fluch ist? Das Tagebuch – ein Fluch? Vielleicht so was wie schwarze Magie? Voodoo? Werden sie gerade verflucht? *Mete bab ou alatranp ...*

Doch da, so blitzartig, wie sie aufgetaucht ist, verschwindet die Gestalt im Dunkel des Dschungels – als wäre sie niemals da gewesen.

Jesper stößt hörbar die Luft aus. »Ich hab schon das heiße Wasser in ihren Kesseln brodeln hören.« In seinem Gesicht ist keine Spur mehr von einem Grinsen. »Ich glaub, die verarschen uns hier total, Hannah.«

»Wer? Erin?«

»Und ihr Lakai Bo.«

»Aber ... warum?«

Sein Blick geht zurück zu dem moosbewachsenen eiförmigen Bunker, und als er sie wieder ansieht, hat sich sein Blick verändert. »Warum bist du eigentlich auf die Insel gekommen, Hannah?«

»Wie meinst du das?«

»Ich meine«, fängt er an, »ich hab dich beobachtet, im Bunker, und ...«

»Was *und?«*

»Ich hab mich gefragt, wovor du solche Angst hast.«

Sie starrt ihn an.

Es gibt Momente, in denen die Wahrheit herausbrechen will, aus dieser Kapsel, in die Hannah sie gesperrt hat, und jetzt ist so ein Moment.

Alles ist wieder da, die Formel an der Wand, die Stimme vom Tonband, das Blitzen des Metalltischs, das Tagebuch ... Es ist, als fügte sich ein Mosaikstein zum anderen, doch noch kann sie das Bild nicht sehen, das ganze Bild.

»Du interpretierst zu viel in mich rein«, sagt sie knapp. »Besser, wir gehen jetzt, sonst kommen wir noch zu spät zu unserem Sklavenjob.«

Jesper wirkt irritiert, aber er sagt nichts mehr und eine halbe Stunde später sind sie am Anfang des Pfades angelangt. Dort, wenige Meter von den ersten Hütten entfernt, bleibt Jesper unvermittelt stehen.

»Ich hab keine Ahnung, was das mit dem Bunker zu bedeuten hat. Aber dass wir dort waren, das bleibt erst mal unter uns, okay?«

VERBOTEN

»Da bist du ja endlich!«, wird sie von Nikki, die noch im Bett liegt, begrüßt. »Ich wollte schon eine Vermisstenanzeige aufgeben! Sag mal, wo hast du dich denn rumgetrieben?«

Hannah sieht an sich hinunter; in der Aufregung hat sie schon ganz vergessen, was für einen Anblick sie bietet. Völlig verschwitzt und schlammverschmiert! So gern würde sie Nikki jetzt alles erzählen, die Sache mit den Wachen und das mit dem Bunker und mit dieser ... dieser verfluchten Formel oder was auch immer dieser Satz bedeuten mag, aber sie hat Jesper ihr Wort gegeben – und außerdem müsste sie dann alles erzählen, oder? Alles, inklusive einer Janice Katherine Stafford im Gefängnis.

»Ich bin im Dschungel spazieren gegangen und hab mich ein bisschen verirrt.«

»Im Dschungel? Spazieren gegangen?« Nikki richtet sich auf und lässt ihre Heliumstimme noch schriller klingen. »Wo die Menschenfresser sind? Warum gehst du nicht am Strand entlang, da ist das Meer auf dem Hinweg immer rechts und auf dem Rückweg links – oder umgekehrt.«

»Gute Idee«, sagt Hannah und will lächeln, aber es gelingt ihr nicht.

Nikki steht ächzend auf. »Ich sollte wohl mal am Strand joggen. Ich muss unbedingt was tun.«

»Wieso? Du siehst doch super aus.«

»Süß von dir, Hannah!« Nikki setzt einen schmerzerfüllten

Blick auf. »Ich bin total fett geworden!« Nikki zwickt sich in den Bauch. »Sieh dir das mal an!«

Hannah kann gar nicht verstehen, warum Nikki dauernd glaubt, sie habe kiloweise zugenommen. Sie sieht immer noch genauso aus wie vor Wochen, als sie sich in Sydney kennengelernt haben: sportlich mit weiblichen Rundungen. »Wie kommst du eigentlich auf die Idee, dass du zu dick bist?«

Aber Nikki wendet sich kommentarlos ab.

»Nikki?«

»Was denn?«, blafft Nikki.

»Schon gut«, beschwichtigt Hannah, »ich hab dich nur was gefragt.«

»Und? Wer sagt, dass ich dir jede Frage beantworten muss?«

»Ich geh dann mal duschen«, murmelt Hannah, nimmt ihr Handtuch und beeilt sich, aus der Hütte zu kommen.

Mist, denkt sie, Mist, ich wollte ihr doch von dem Bunker erzählen. Ich hätte nicht mit ihrer Figur anfangen sollen.

Sie hat Glück und bekommt tatsächlich noch ein bisschen Wasser aus der Dusche, sodass sie sich den Schlamm aus den Haaren und von der Haut waschen kann und – *igitt!* – die Blutkrusten von den Beinen.

Wenn sie an den Bunker denkt, überkommt sie ein seltsames Gefühl. Vielleicht ist es Zufall, dass er sie an ihren Albtraum erinnert. Das ist doch möglich, oder nicht? Aber der ganze Weg, die Echse, ihre Panik, wie sie sich erst verläuft und dann plötzlich vor diesem moosbewachsenen Ding steht – hat das alles nicht auch etwas von einem Plan, von einer geplanten Abfolge?

Es hängt mit dem Tagebuch zusammen. Obwohl sie schon lange nicht mehr darin gelesen hat, lässt es sie einfach nicht los ... und dieser Satz hat alles noch schlimmer gemacht.

Mete bab ou alatranp. Sie kann es immer noch nicht fassen, dass das wirklich da in dem Bunker an der Wand geschrieben stand. Warum im Bunker? Und warum hat ihn Grazyna in Sydney an die Wand geschrieben? Und warum – *warum, warum, warum* steht er im Tagebuch ihrer Mutter?

Eigentlich sträubt sich alles in ihr, zum Bunker und zu diesen Tonbändern zurückzukehren, doch da ist noch etwas Stärkeres, etwas außerhalb von ihr, etwas, was nach ihr zu rufen scheint. Es ist verrückt, aber seit sie hier auf dieser Paradiesinsel ist, werden ihre Albträume häufiger und ihr ist, ja sie fühlt sich, als ... als würde sie irgendwohin zurückkehren. Was natürlich Schwachsinn ist, denn sie war noch niemals hier. Niemals. Sie war bloß in England und in Irland und in Griechenland und in Rom und Paris und Berlin. Noch nicht mal in Prag, dabei sind doch so viele aus ihrer Schule dorthin geflogen. Egal, noch nicht mal in Prag – jedenfalls nicht in Australien und erst recht nicht auf dieser Insel hier. Und ihre Mutter war auch nicht hier. Auf ihrer Insel war der Strand weiß und sie haben ein Resort gebaut. Da stand nichts von Perlen, gar nichts!

»Heute bist du aber spät dran!«, sagt eine Stimme hinter der Holzwand, und als sie aus der Kabine – oder besser, dem Verschlag – kommt, eingehüllt in ein Handtuch, steht Matteo da, das Handtuch locker um die Hüften geschlungen.

»Hör mal«, er kommt näher und grinst, »ich hab dich und Jesper aus dem Dschungel kommen sehen ... Kann es sein, dass ihr da ...«

»Dass wir da was?«

Immer noch grinsend sieht er sich um und sagt leise: »Gras angebaut habt?«

DAS ARMBAND

Auf dem Boot lässt sich Hannah nicht anmerken, was sie am Morgen mit Jesper erlebt hat. Und Jesper zwinkert ihr noch nicht einmal zu. Dabei ist Hannah sicher, dass auch er an nichts anderes denken kann als an den Bunker. *Das operative System des Probanden ist zusammengebrochen ... nächtliche Besuche der schwarzen Schatten* – das ist doch total abgefahren! Während das Boot langsam über das stille Wasser tuckert, grübelt Hannah über zwei Dinge nach. Erstens: Soll sie Bo nach dem Bunker fragen? Seit sie zum ersten Mal im Dschungel gewesen ist, sieht er sie anders an. Irgendwie misstrauisch.

Und zweitens: Wo ist Aiden? Warum lässt er sich überhaupt nicht mehr blicken?

Sie fängt einen Blick von Judith auf, die sie wohl beim Nachdenken beobachtet hat.

Das Meer ist wie flüssiges Erz und die Geräusche des Dschungels schweben wie eine unsichtbare Wolke über dem Wasser. Immer wieder muss Hannah zurück zum Ufer sehen. Und plötzlich kommt es ihr vor, als ginge diese seltsame Macht von dem Vulkan aus, dem in der Sonne metallisch blitzenden Krater, dem eigentlichen Herrscher über die Insel ...

Die Arbeitsstunden auf dem Boot ziehen sich quälend langsam hin wie zähflüssiges Karamell. Jedes Mal, wenn Hannah auf ihre Uhr sieht, glaubt sie, die sei stehen geblieben. Aber dann muss sie doch feststellen, dass fünf oder gar zehn Minuten vergangen sind. Ruben und Nikki reden die ganze Zeit.

Eigentlich ist es Nikki, die redet, und Ruben gibt hin und wieder einen kurzen Kommentar, ein Auflachen oder Nicken von sich.

»Ich ertrag diese Sklavenarbeit sonst nicht«, hat Nikki ihr ihre Plauderlaune erklärt.

Eigentlich ist Hannah darüber ganz froh, denn dann muss sie nichts sagen und die Zeit vergeht ein kleines bisschen schneller.

»Ich hab das Gefühl, dass irgendwas mit diesem Armband nicht stimmt«, hört sie Nikki sagen. »Es vibriert und das hat nichts mit Wasser oder Verdunstung oder so was zu tun. Habt ihr das noch nicht gemerkt?«

Ruben, der gerade mit dem Muschelschaben dran ist, lässt die Spachtel sinken und betrachtet sein weißes Armband.

»Wozu sollte es vibrieren?«

»Das frag ich ja gerade.«

»Das Einzige, was hier vibriert, bist du, Nikki.«

Nikki lacht laut. »Ach, Ruben, du kannst so süüüß sein!«

Hannah sagt nichts. Als sie unter der Dusche stand, hat sie versucht, das Armband abzulegen, aber der Verschluss ließ sich nicht öffnen. »Habt ihr schon mal versucht, es abzumachen?«, fragt sie also. »Funktioniert nämlich nicht.«

Beide sehen sie durch ihre dunklen Brillengläser an.

Nikki fängt an, an ihrem Armband zu nesteln. »Fuck! Geht tatsächlich nicht auf! Was soll der Scheiß?«

Ruben hat ihr zugesehen und hält ihre Hand fest. *»Relájate!* Hör auf damit! Freundschaftsbänder kann man auch nicht aufknoten, oder? Nur durchschneiden.« Er greift in seine Hosentasche und holt ein Klappmesser heraus.

»Nein!« Nikki zieht den Arm weg. »Nein ... ist schon okay. Es bleibt dran.«

»Sicher?«

»Logisch.« Nikki betrachtet das Armband mit schief gelegtem Kopf. »Es ist zu schön. Mit der Muschel und der Perle. Oder, Hannah?«

»Ja«, Hannah nickt, »es ist zu schön.« Dass Ruben es so einfach durchgeschnitten hätte, hat sie irgendwie beruhigt. Manchmal ist sie wirklich hysterisch.

»Hach«, Nikki kichert, »Ruben, du solltest Veronika dein Messer mal anbieten. Ihr ist das Armband auch unheimlich.«

»Ich weiß nicht, aber Veronika«, fängt Hannah an, »ist schon ein bisschen, na ja ... komisch, oder?«

»Jeder hier«, brummt Ruben, »hat irgendeine Macke.«

»Wirklich?«, säuselt Nikki, »und was für eine hast du, Ruben?«

DIE GRENZE

Ganz sachte hat es angefangen, als Hannah aufgewacht ist. Es hat sich angehört, als würde feiner Sand auf die Blätter und die Hütte rieseln. Regen.

Eine graue Folie hat sich über alles gelegt. Und die sonst so glatte Oberfläche des Meeres ist gekräuselt und rau.

Wie sie so auf dem nassen Sand vor der Hütte steht, überlegt sie, ob der Regen nicht eine willkommene Entschuldigung wäre, nicht in den Dschungel zu gehen, aber dann schüttelt sie über sich selbst den Kopf. Natürlich wird sie gehen. Jesper wartet auf sie.

Die kühlen Regentropfen fühlen sich erfrischend an auf ihrem Gesicht und ihrer Haut. Der Himmel ist wässrig grau, als würde die Farbe auslaufen, und die Blätter, nein, der ganze Dschungel glänzt, als wäre er glasiert.

Noch bevor Hannah den Pfad erreicht, sind ihre Kleider durchweicht und von den Haaren tropft ihr das Wasser in die Augen, sodass sie immer wieder darüberwischen muss.

»Da haben wir uns wenigstens die Dusche gespart, was?« Jesper taucht hinter der letzten Hütte auf und kommt mit langen Schritten auf sie zu. Er hat die Schultern hochgezogen, als würde er so weniger nass.

»Bist du sicher, dass wir den Weg wiederfinden?«, fragt Hannah, worauf er ihr bloß einen Blick zuwirft, der alle Zweifel ausradiert.

Überall rinnt und tropft es, als wäre der Dschungel eine einzige Kaskade, Dampf steigt auf und stellenweise ist es so neblig, dass man kaum weiter sehen kann als bis zu seiner ausgestreckten Hand.

»Ob das irgendwann mal wieder aufhört?«, meint Hannah und fährt sich mit dem nassen Arm über die Augen, in die der Regen rinnt.

An manchen Stellen neben ihrem Weg haben sich kleine Sturzbäche gebildet, verzweigte Rinnsale, die sich tief in den Morast graben wie lange Finger, und Hannah stellt sich vor, wie der Regen den Vulkankrater füllt und die Insel immer tiefer sinkt, bis das Meer über sie hinwegschwappt ... was natürlich Quatsch ist.

Immer wieder, während sie mal hinter, mal neben Jesper durchs Dickicht stapft, dreht sie sich um und hält Ausschau nach der Echse. Aber die lässt sich nicht blicken. Echsen sind wahrscheinlich wasserscheu.

Der Regen ist stärker geworden und immer noch haben sie den Bunker nicht erreicht. Gerade denkt Hannah, dass sie sich garantiert verlaufen haben, als ein lautes »Stehen bleiben!« zu ihnen dringt. Hannah wäre beinahe in Jesper hineingelaufen.

Die Männer mit den Kalaschnikows! Plötzlich treten sie hinter einem mächtigen Urwaldbaum hervor.

»Fuck!«, murmelt Jesper.

Es sind dieselben, die Hannah drei Tage zuvor gesehen hat. Der massige Stiernackige mit dem kahl geschorenen Schädel und der Dünnere mit dem Pferdeschwanz, der vom Regen so dünn geworden ist wie ein Rattenschwanz.

Und jetzt?, denkt Hannah und überlegt noch, was sie diesen Typen erzählen sollen, als Jesper ein Grinsen aufsetzt.

»He, Leute, was macht ihr denn bei dem verdammt beschissenen Wetter hier draußen?«

Mit undurchdringlichem Gesicht starren die beiden sie an, das Gewehr weiter auf sie gerichtet.

»Also«, quasselt Jesper weiter, »ich hab gedacht, hier scheint immer die Sonne. Ich werde mich beim Reiseveranstalter beschweren und mein Geld zurückverlangen. Würde ich euch übrigens auch raten ...«

Keine Reaktion. Hannah beschleicht das unangenehme Gefühl, dass Jesper mit seiner lockeren Art die Typen nur noch mehr reizt.

»Wir gehören zu der Crew an der Bucht«, schaltet sie sich rasch ein, »toll, dass ihr hier Wache haltet.«

Der mit dem kahl geschorenen Schädel und dem Stiernacken macht einen Schritt auf Jesper zu, die Kalaschnikow im Anschlag. Noch nie hat Hannah so ein Ding in echt – und auch noch aus dieser Nähe! – gesehen.

»Hehehe! Macht mal langsam, Jungs!« Jesper hebt die Hand

und bringt sogar ein kurzes Lachen zustande. »Wie wäre es, wenn ihr Bo anruft oder Erin und –«

»Halt die Klappe und geh zurück!«, blafft der Typ mit dem Rattenschwanz. Der Stiernackige macht eine Kinnbewegung, die unmissverständlich ausdrückt: Verpisst euch gefälligst!

»Ah, die Herrschaften verstehen keinen Spaß«, sagt Jesper mit einem provozierenden Grinsen. »Wir können melden, dass ihr uns mit der Waffe bedroht habt. Das scheint euch wohl nicht ganz klar zu sein, oder? Bestimmt verliert ihr dann euren Job.« Jesper blickt sich übertrieben suchend um. »Aber ist sicher ganz einfach, hier einen neuen zu kriegen. Oh, vielleicht könnt ihr Eis verkaufen oder ... äh ... Bademeister spielen? Was meinst du, Hannah?«

Blitzschnell holt der Stiernackige aus und rammt Jesper den Gewehrlauf in den Magen. Der krümmt sich und sackt stöhnend auf die Knie. Hannah steht da wie gelähmt. Dabei hat sie es kommen sehen, oder? Natürlich, die beiden Typen sind doch total aggressiv!

»Halt endlich die Schnauze! Und jetzt verschwindet, bevor wir es uns anders überlegen«, fährt der Dünne sie beide an. Der Stiernackige versetzt Jesper noch einen Tritt.

»Hört auf! Das könnt ihr doch nicht machen!«, schreit Hannah und kniet sich neben Jesper, der sich mit schmerzverzerrtem Gesicht am Boden krümmt. »Er hat euch doch gar nichts getan!« Die beiden könnten sie einfach erschießen oder misshandeln oder vergewaltigen ... das kleinste Wort könnte ihnen dazu Anlass geben, der leiseste Protest. Und ehe sie darüber nachdenken kann, was sie jetzt tun soll, brüllt sie einfach los: »Verschwindet und lasst ihn in Ruhe! Looooos, haut schon aaaaab! Verschwiiiiiindet!«

Sie kniet immer noch am Boden und sie kann die Tränen

der Wut kaum zurückhalten, Wut auf diese Willkür, auf diese rohe Gewalt.

Die Zeit steht still – oder rast oder ist geronnen zu diesem einen Moment. Sie und Jesper und die beiden Typen mit ihren Gewehren auf einer verdammten Vulkaninsel mitten im Pazifik ... Alles ist jetzt möglich, oder? Zwei Schüsse und sie und Jesper würden aufhören zu existieren. Und jetzt schreit sie noch einmal, schreit, so laut sie kann, sie muss es einfach tun, es ist das einzige Mittel, das ihr zur Verfügung steht: die ganze Macht ihrer Stimme.

»Haut aaaaaaaaab! Haut endlich aaaaaaaaab!«

Noch nie hat sie so laut gebrüllt, nein, noch nie, nie, nie niemals!

Und da ... wirklich ... die Männer wenden sich ab und setzen sich in Bewegung!

Hannah kann es kaum fassen und ihr stockt der Atem, als der mit dem Rattenschwanz sich noch einmal umdreht. Ein fieses Grinsen liegt auf seinem hageren, schmalen Gesicht.

»Das hier ist Sperrzone. Und das eben war nur ein kleiner Vorgeschmack für euch. Beim nächsten Mal ...« Er macht eine Bewegung mit seinem bescheuerten Gewehr.

Dann stapfen sie davon und Hannah starrt ihnen nach, bis das tropfende grüne Dickicht sie verschluckt hat.

»Elende Schweine«, keucht Jesper und richtet sich, auf Hannah gestützt, mühsam auf. »Wir hätten die Tonbänder gleich beim ersten Mal mitnehmen sollen.«

»Geht's wieder?«, fragt Hannah besorgt. »Die haben ganz schön zugeschlagen.«

»Schweine!« Er hält sich den Magen. »Ich bin mal gespannt, was Bo dazu zu sagen hat. Und ich frag mich, was die mit Sperrzone meinen ...«

Erst jetzt merkt Hannah, dass sie am ganzen Körper zittert. Ihre Zähne klappern aufeinander und daran ist nicht der Regen schuld.

»Pah«, macht Jesper verächtlich, »die spielen sich doch bloß auf! Gib einem Arschloch ein Gewehr in die Hand und schon glaubt er, er wär der King!«

»Warte!« Hannah hat etwas gespürt, in diesem Augenblick. »Hat dein Armband auch vibriert?«

Jesper blickt auf seinen Arm. »Gerade eben?«

»Ja.« Hannah starrt auf das weiße Armband, das ganz, ganz leicht auf ihrer Haut kitzelt.

Jesper nickt. »Als wäre es ein Empfänger«, sagt er nachdenklich, »oder ...«

»... ein Sender.«

Ein Kreischen ertönt über ihnen und sie ziehen die Köpfe ein, als ein großer schwarzer Vogel direkt über sie hinwegflattert.

»Komm, wir verschwinden von hier«, sagt Hannah.

Kaum sind sie am Ende des Pfades angekommen und haben den tropfenden Dschungel hinter sich gelassen, kommt Bo zwischen den Hütten auf sie zu, als hätte er sie schon erwartet.

»Jetzt bin ich aber mal gespannt auf deine Erklärung«, fängt Jesper schon von Weitem an. »Deine idiotischen Rambos haben uns angegriffen! Wachpersonal? Was soll der Bullshit?«

Bo hat die Hände in den Taschen seiner Shorts vergraben. Er wirkt nicht im Mindesten überrascht. Natürlich nicht, denkt Hannah, er wusste, dass wir im Dschungel waren.

»Ihr sollt nicht in den Urwald, okay?«, sagt Bo. »Die Wachleute wissen, dass dort keiner was zu suchen hat. Ihr seid hier zum Arbeiten. Dafür werdet ihr bezahlt – und zwar nicht schlecht. Also könnt ihr euch ja wohl an die paar Regeln halten.« So autoritär hat Bo noch nie geklungen und Hannah beschleicht ein unangenehmes Gefühl. Ist das sein wahres Gesicht? Hat er die ganze Zeit bloß so freundlich getan?

»Überall habt ihr Grenzen gezogen«, sagt Jesper, »die gut bewacht werden. Im Meer von den Haien, auf der Insel von diesen bewaffneten Vollidioten. Warum? Und was sind das für Armbänder, hä? Warum hast du eigentlich keins?«

Erst jetzt fällt Hannah auf, dass Bo tatsächlich keins mehr trägt.

»Na, was ist? Hab ich dich etwa sprachlos gemacht, Bo? Geht das so schnell bei dir? Soll ich das mal den anderen erzählen? Was, glaubst du, wäre dann los?«

Bo macht einen schnellen Schritt auf ihn zu und sieht ihm direkt in die Augen. »Pass auf, Jesper, was du sagst ...«

»Soll das eine Drohung sein?« Jesper lacht verächtlich. In Bos Blick verdunkelt sich etwas.

»Ich finde auch, dass du uns eine Erklärung schuldig bist, Bo«, sagt Hannah, so ruhig sie kann, aber sie sieht, wie sich Bos Hände in den Hosentaschen zu Fäusten ballen.

»Ich hab es euch doch schon erklärt. Wir müssen die Perlenfarm absichern. Und wenn ihr das jetzt groß rumposaunt, dann haben die Leute hier plötzlich Angst vor Piraten oder so was. Das hatten wir alles schon mal ...« Sein Blick wandert von Hannah zu Jesper und wieder zurück. »Und was die Armbänder angeht: Ich bin allergisch gegen das Material.«

Allergisch ... Hannah kommt sich plötzlich furchtbar albern vor.

»Dann ist da kein ... äh ... Sender drin?«

»Ein was?« Bo lacht und schüttelt den Kopf. »Hannah, ich glaube, du hast zu viele James-Bond-Filme gesehen! Aber, warte, ich mach's dir ab.« Er zieht ein Taschenmesser heraus. »Die alten Verschlüsse sind im Wasser immer aufgegangen, da haben wir diese neuen ausprobiert.«

»Nein, schon okay!« Hannah zieht den Arm zurück.

Er lässt das Taschenmesser sinken. »Ja, ich fänd's auch schade, sieht echt schön aus auf deiner Haut.«

»Ich frag mich aber trotzdem, Bo«, Jesper mustert ihn mit schief gelegtem Kopf, »warum du uns hier schon erwartet hast?«

»Jetzt reicht's, Jesper! Pass auf: Wenn's dir hier nicht mehr gefällt, kannst du jederzeit abreisen. Wirklich, ich kann gleich mit Erin reden, damit du beim nächsten Flug dabei bist. Echt, ist überhaupt kein Problem.« Bo lächelt freundlich. »Es gibt jede Menge Leute, die alles dafür tun würden, deinen Job zu kriegen. Überleg's dir. Und jetzt beeilt euch, die anderen warten schon.« Er dreht sich um und geht zwischen den Hütten hindurch Richtung Strand davon. *Flip, flop, flip, flop ...*

»So ein aalglatter Wichser! Ich krieg schon noch raus, was hier gespielt wird«, sagt Jesper wütend.

»Wo wart ihr denn?«, ruft eine Stimme hinter ihnen. Judith.

»Schwimmen«, sagt Jesper trocken und hebt die Hand zu einem militärischen Gruß, woraufhin sich Judith bloß von ihm abwendet und Hannah fragt: »Und, habt ihr den Opferplatz schon entdeckt?«

DAS IMPERIUM

Jesper und Hannah sind die Letzten am Boot, und gerade als sie einsteigen wollen, kommt Erin über den Strand herangelaufen. Die offenen Haare wehen hinter ihr her wie ein Schweif.

»Jesper! Ich will mit dir reden!«

Hannah fängt Jespers Siehst-du-ich-hab-dir-ja-gesagt-da-ist-was-faul-Blick auf und wartet darauf, dass Erin auch sie sprechen will. Doch Erin bleibt am Strand stehen und sieht zu Jesper hinüber, der zurück an Land geht. Nicht ohne Hannah noch zuzuraunen: »Jetzt bin ich aber mal gespannt ...«

Die anderen im Boot sehen sich fragend an und ein paar Sekunden lang ist es ganz still, bis Bo den Motor anlässt und mit dem Blubbern und Brummen die üblichen Plaudereien anfangen. Fumiko beklagt sich über die Moskitos und Judith rät ihr, einfach mal Moskitospray zu nehmen – woraufhin Fumiko den Mund verzieht und sich abwendet.

Hannah beobachtet, wie Jesper Erin zu den Hütten folgt, und fragt sich, warum Erin nicht auch mit ihr sprechen wollte. Bo wechselt kein Wort mit ihr.

Das ist offensichtlich sogar Nikki aufgefallen, denn als sie auf ihrem Kahn die Spachtel in die Hand nimmt, fragt sie: »Sag mal, was ist denn mit Bo los? Hattest du Stress mit ihm?«

»Wir hatten einen kleinen Zusammenstoß«, fängt Hannah an und würde Ruben und Nikki am liebsten jetzt sofort alles erzählen. Doch sie weiß genau, dass Nikki den Mund nicht halten könnte, und spätestens am Abend würde jeder in der Bucht Bescheid wissen. Das findet sie Jesper gegenüber nicht fair. Zuerst will sie hören, was Erin von ihm wollte. Und so winkt sie ab. »Nicht so wichtig ...«

Die Stunden auf dem Boot vergehen an diesem Tag überhaupt nicht. Immer wieder spielt sich vor Hannahs innerem Auge die Szene mit den beiden Kalaschnikow-Typen ab. Aber irgendwann – es ist gegen Mittag, die Hitze ist drückend, das Meer spiegelglatt und ohne die geringste Bewegung, alles erscheint wie erstarrt, in Harz gegossen, selbst die Vögel fliegen nicht mehr und kein Fisch kommt an die Oberfläche, um nach Luft zu schnappen –, da hält Hannah es nicht mehr aus. »Sag mal, Ruben, ist dir im Dschungel mal was aufgefallen?«

Ruben sieht von seinem Schaber auf, mit dem er gerade eine hartnäckige Alge von einer Austernschale entfernt.

»Como?«

Nikki schiebt sich das Stirnband zurecht, das sie sich von Ruben erbettelt hat. *»Was* soll ihm aufgefallen sein, Hannah? Mir jedenfalls ist aufgefallen, dass du ausgesehen hast, als wärst du beim Survivaltraining gewesen.«

»Na ja, ich meine, ein Opferplatz oder –«

»Ein Opferplatz?« Nikki lässt das Gitternetz mit den Muscheln auf den Tisch knallen.

»Judith hat –«, fängt Hannah an, aber Ruben winkt ab.

»Qué va! Judith! Die sieht doch überall«, er fuchtelt wild mit der Hand vor seinen Augen herum, »Geister.«

»Huuuuh«, Nikki schüttelt sich, »das wird ja immer gruseliger! Ich liebe solche Storys! Jetzt erzähl doch mal von dem Opferplatz, Hannah. Sind da so Pfähle mit Blut und –«

Ruben verdreht die Augen. *»Chicas,* los, macht mit der Arbeit weiter!«

»Nein, bitte, bitte, bitte, Hannah, es ist gerade so schöööön schaurig! Dann gibt's bestimmt auch ein Dorf mit Wilden und Schrumpfköpfen, oder, Hannah?«

»Auf jeden Fall gibt es Wachposten«, sagt Hannah trocken. Ruben und Nikki starren Hannah an – oder vielmehr, sie starren in ihre Richtung mit ihren schwarzen Sonnenbrillen. *Okay, Hannah, wer A sagt ...*

»Jesper und ich«, fängt sie also an, »sind ihnen heute Morgen im Dschungel in die Arme gelaufen und Jesper konnte die Klappe nicht halten und da haben sie ihm den Gewehrkolben –«

»Die haben«, Nikki schluckt, »Gewehre?«

»Kalaschnikows oder so was. Bo sagt, sie schützen die Insel vor Dieben, die es auf die Perlen abgesehen haben.«

»Aber ... he, Moment mal, dann ...«, Nikki hat sich auf die Reling sinken lassen, »dann können wir ja überfallen und als Geiseln von irgendwelchen Piraten und Perlenräubern genommen werden! Mein Gott! Ich weiß nicht ... Die USA zahlen doch kein Lösegeld an Terroristen, oder? Und Costa Rica? Und England? Scheiße! Das ist ja echt richtig –«

»Sie haben uns nichts davon gesagt, damit wir keine Panik bekommen«, unterbricht Hannah Nikkis Redefluss.

»Ist mir egal!« Nikki springt auf. »Wir müssen hier weg!«

»Nikki!«, versucht Hannah, sie zu beruhigen, »das ist bestimmt keine große Sache. Komm schon, hier verdienen wir doch endlich mal Geld.«

»Dios mio!« Ruben klatscht in seine kräftigen Pranken. »Jetzt hört schon auf mit dem Quatsch! Kommt, wir haben noch ein paar Muschelgitter vor uns!«

»Ach, Ruben«, seufzt Nikki, nimmt dann aber wieder ihre Spachtel und arbeitet weiter.

Danke, Ruben!, denkt Hannah.

Später, als sie sich ein paar Minuten Pause gönnen, fragt Nikki: »Glaubt ihr wirklich, hier leben Eingeborene?«

Soll sie Nikki jetzt sagen, dass sie schon welche gesehen hat? Na ja, immerhin einen – oder vielleicht auch zwei. Aber müsste sie dann nicht auch die ganze Geschichte erzählen, die Sache mit der Echse, dem Bunker und den Tonbändern – und dem Tagebuch ...?

»Chica«, Ruben packt gemächlich sein Sandwich aus, *»POG* ist ein großer Konzern, mit einem Jahresumsatz von über einhundert Millionen Dollar.« Er nimmt einen großen Bissen und spricht kauend weiter. »Die kümmern sich schon darum, dass ihre Perlenfarm auf der Insel in Sicherheit ist. Also, Eingeborene hin, Eingeborene her.«

»Hm«, macht Nikki, »aber irgendwie gruselig ist es schon, wenn man nicht weiß, was da im Dschungel ist, oder, Hannah?«

Hannah wischt sich den Schweiß von der Stirn und nickt schwach. Ihr Blick gleitet über die wie Quecksilber spiegelnde Wasseroberfläche hinüber zur Insel, zum Strand mit dem schwarzen Sand, zu der schmalen Linie der Hütten, weiter über das tiefgrüne Dickicht des Dschungels bis zum steil aufragenden Krater des Vulkans.

Nikki hat sich zur Reling gedreht und hält die Hand schützend über die Augen. Trotz Sonnenbrille blendet die Sonne durch die tausendfache Reflexion auf dem Wasser.

Hannahs Gedanken fangen an, sich zu wiederholen. Die Wachen, der Bunker – hat Grazyna das alles auf ihren Spaziergängen durch den Dschungel auch gesehen? Aber die

Bunkertür war doch geschlossen. Also woher hat sie dann diese Worte? *Mete bab ou alatranp ...*

Hannahs Gedanken drehen sich im Kreis. Sollte sie Nikki und Ruben nicht doch endlich alles erzählen?

JA ODER NEIN

Als sie am Nachmittag vom Boot kommen, geht Hannah sofort zu Jespers Hütte, die er allein bewohnt. Nachdem sie ein paarmal seinen Namen gerufen und keine Antwort bekommen hat, schiebt sie vorsichtig den Muschelvorhang beiseite. Nein, so was tut sie sonst nicht – *aber das ist ein Notfall, oder?*

Seine Sachen sind weg.

»Hannah!« Erins Stimme dringt durch den Muschelvorhang und Hannah steht da wie ertappt.

»Was machst du denn hier?« Erin trägt beigefarbene Shorts, unter der ihre langen durchtrainierten Beine zum Vorschein kommen. Die Haare hat sie hochgesteckt und ihre Augen sind hinter einer Sonnenbrille verborgen. Wie sie so den Kopf mit dem langen Hals vorstreckt, erinnert sie Hannah an einen angriffslustigen Vogel Strauß.

»Äh ... hi, Erin. Wo ist Jesper, seine Sachen sind –«

»Jesper ist abgereist.« Erin sieht auf sie herunter. »Ich soll dir und den anderen Grüße von ihm bestellen.«

»Was?«

»Ja«, Erin nickt kurz, »bei unserer Unterredung hat sich herausgestellt, dass er uns, also *POG,* beschuldigt, euch unter Vorspiegelung falscher Tatsachen hierher gelockt zu haben.« Ihr Lächeln drückt aus, wie absurd sie das findet. »Das ist natürlich nicht hinnehmbar für ein Unternehmen, das größten Wert auf seinen Ruf und auf das Vertrauen der Kunden legt.« Erin wirft einen kurzen Blick auf ihre Armbanduhr. *Auch sie trägt kein weißes Armband!* »Er müsste jetzt schon auf dem Weg nach Sydney sein.«

»So schnell?«

Erin lächelt dünn.

»Hat er etwas hinterlassen?«

»Was meinst du, Hannah?«

»Eine Nachricht für mich vielleicht?« Hannah schluckt.

»Nein, nichts, tut mir leid.«

Tut dir überhaupt nicht leid, denkt Hannah wütend.

»Wenn du also ebenfalls abreisen willst, Hannah«, *Erin ist aalglatt, so verdammt aalglatt,* »musst du es nur sagen.«

»Nein, äh …«, stottert Hannah völlig überrumpelt, »ich –«

»Wenn du dich allerdings dafür entscheidest hierzubleiben«, fährt Erin in ihrem sperrigen Englisch fort, »dann erklärst du dich auch damit einverstanden, die Regeln einzuhalten. Dazu gehört: Du gehst nicht mehr in den Dschungel und du verbreitest nicht die Sache mit den Wachposten. Die sind für ihr Verhalten Jesper gegenüber bereits verwarnt worden.« Erin macht eine kurze Pause.

Hannah hat das Gefühl, als wollte Erin ihre Gedanken lesen.

»Also? Hast du dich entschieden?« Erin setzt ihr einfach die Pistole auf die Brust.

»Kann ich es mir bis morgen überlegen?«

»Nein.«

Oh, wie sie diese Erin hasst.

»Ich will, dass du dich jetzt entscheidest.«

In Hannahs Kopf überschlagen sich die Gedanken. Nach Sydney zurückfliegen? Und was dann? Den nächsten miesen – und schlecht bezahlten – Job annehmen? Allein, ohne Nikki vielleicht? Und ... wahrscheinlich gibt es überhaupt nichts *wirklich* Mysteriöses hier. Der Bunker stammt aus dem Zweiten Weltkrieg, auf der Insel leben noch ein paar übrig gebliebene Eingeborene, die hin und wieder trommeln, und die Wachen sind zum Schutz der Perlenfarm da. *Und der Satz, Hannah? Was ist mit dieser Formel?* Himmel, so was sagen die Eingeborenen eben hier auf den Inseln, ist wahrscheinlich so was wie *Gott schütze dich,* das steht bei uns doch auch über jeder alten Bauernhaustür ...

Hannah räuspert sich. »Ich ... ich bleibe.«

An dieses Gespräch muss Hannah wieder denken, als sie jetzt mit Nikki am Strand steht. Sie hat Nikki aber nichts davon erzählt. Denn dann hätte sie ihr auch die Vorgeschichte dazu erzählen müssen. Und die anderen würden noch früh genug erfahren, dass Jesper nicht mehr da war. Sollten doch Erin oder Bo ihnen erklären, weshalb Jesper so plötzlich abgereist ist.

»Ich hab von einer Insel geträumt«, hat Nikki im Auto von Luke gesagt. »Weißt du, was *Insel* bedeutet? Einsamkeit und dass man sich selbst erforschen muss – im Alleingang.«

»Na, wieder negative Gedanken?«, fragt Nikki in dem Augenblick.

Hannahs Blick wandert zu dem Vulkan, der sich dunkel und massig vor dem nachtblauen Himmel abzeichnet. *Hör endlich auf zu grübeln, Hannah.*

»Nein«, sie lächelt Nikki schnell an, »alles okay. Wie war die Frühlingsrolle?«

Nikki leckt sich die Finger ab. »Super.«

»Ich hol mir auch was. Kommst du mit?«

Nikki fasst sich an den Bauch. »Puh, ich hab genug für heute. Aber«, sie vollführt einen energischen Hüftschwung, »ich geh lieber ein bisschen abtanzen! Komm doch mit!«

»Nein, ich ...« *Jetzt, sag es jetzt, sag ihr, dass du seit Tagen darauf wartest, ihn endlich wiederzusehen, diesen Traumtypen, Aiden, der dich ... ja ... verzaubert hat.* »Ich bleib noch ein bisschen am Strand.« Sie holt tief Atem.

»Ach, da hast du jetzt schon so oft allein rumgehangen.« Nikki fuchtelt mit den Armen und wiegt die Hüften im Rhythmus der Bässe, die bis zu ihnen dringen. »Komm schon!« Nikki ist wieder bester Laune.

»Später«, sagt Hannah, »ich komm nach, versprochen!«

»Okay«, seufzt Nikki und grinst, »aber verlauf dich nicht wieder.«

»Das Meer ist vor mir und die Hütten hinter mir, oder?«, fragt Hannah mit Kleinmädchenstimme.

Nikki lacht und Hannah sieht ihr nach, wie sie mit wehenden Haaren barfuß über den dunklen Sand läuft.

Am Strand leuchten die Lampions und die Kerzen und die Sterne und der halbe Mond erhellen die Nacht. Warum kommt Aiden nicht mehr? Wo ist er überhaupt? Wo lebt er? Sie setzt sich in den warmen Sand und lässt ihn durch die Finger rieseln. Eine Stelle aus dem Tagebuch fällt ihr ein.

Freunde sind wie Perlen:
Sie werden als Sandkorn geboren,
festigen sich mit der Zeit
und werden dann zum Schatz.

Ob Janice auch so in der Nacht an einem Strand gesessen hat?, überlegt Hannah. Und mit wem?

»Wirf es einfach weg!« – warum hat Janice das eigentlich gesagt? Die Sprüche in dem Tagebuch, das in dem Kästchen war, sind doch gar nicht so schlecht. Okay, abgesehen von diesem Sci-Fi-Kram mit den Planeten.

Hannah ist froh, dass sie das Tagebuch nicht weggeworfen hat. Sonst wäre sie doch nie, nie, nie hier gelandet! Und hätte Nikki nie kennengelernt!

Sie wirft einen Blick über die Schulter zum Buffet und zu den Hütten im bunten Lampionschein, wo schon ein paar Leute tanzen. Und Nikki ist ganz sicher dabei und hat ihren Spaß. Ihr Blick geht weiter zu dem finsteren Dschungel. Ob die Wachen auch nachts dort patrouillieren? Und warum patrouillieren sie eigentlich nicht auf dem Meer? Wäre das nicht logischer? Woher sonst, wenn nicht übers Meer, sollten die Diebe denn kommen?

Und dann denkt sie wieder an Jesper. Er ist einfach abgereist, ohne sich von ihr zu verabschieden.

Na ja, ist vielleicht ganz gut so. *Vergiss einfach alles, den Dschungel, die Wachen, den Bunker, die Tonbänder, diesen dämlichen Satz, Hannah! Und Aiden ... Vergiss Aiden und genieß endlich das Leben!*

In dem Moment gibt ihr Magen ein lautes Knurren von sich und so steht Hannah auf, klopft sich den Sand von den Beinen und geht mit festen, entschlossenen Schritten über den Strand in den warmen Lampionschein hinüber.

Am Buffet stehen die Holländer mit Fumiko und plaudern lachend miteinander, als bräuchten sie niemand anders auf der Welt. Hannah schiebt sich an ihnen vorbei und nimmt sich Ananasscheiben, Mangostückchen und zwei von diesen Frühlingsrollen, die Nikki hatte.

»Na?«

Hannah fährt herum und blickt Judith in die Augen. Die hat schon wieder ein neues Kleid an, das Hannah bisher noch nicht gesehen hat. Selbst hier ist sie perfekt gestylt, wie nur Mädchen von ihrer Sorte es fertigbringen.

»Was habt ihr denn im Dschungel entdeckt, dass Jesper gleich mit dem Major mitkommen musste?« Sie klingt irgendwie belustigt.

»Major?«

»Erin.« Judith grinst.

»Ach, nichts«, sagt Hannah und schiebt sich ein Stück Mango in den Mund.

»Nichts? Ach so, und deshalb ist Jesper so Hals über Kopf abgereist?« In ihrer Stimme schwingt ein spöttischer Ton mit. »Komm schon, Hannah, verarsch mich nicht.«

»Nichts. Wir haben nichts entdeckt.« Hannah zuckt mit den Schultern. Okay, nun wussten also alle offiziell Bescheid, dass Jesper nicht mehr auf der Insel war. »Dein Problem, wenn du's nicht glaubst.« Sie steckt sich die Frühlingsrolle auf einmal in den Mund – als könnte das Judith davon abhalten weiterzufragen.

»Eingeborene vielleicht?«, geht es da auch schon weiter. Judith legt dabei den Kopf schief und mustert sie. »Die mit den blonden Krisselhaaren?«

»Hast du denn schon welche gesehen?«, fragt Hannah kauend.

»Psst!«, macht Judith und schiebt Hannah rasch in den Schatten hinter dem Buffet. »Ich vertraue hier keinem«, flüstert Judith, »nur dir.«

»Mir? Wieso mir?« Judith hat schon wieder diesen Blick drauf, diesen irgendwie irren Ausdruck.

»Weil du anders bist«, flüstert Judith, »das hab ich gleich gespürt, schon auf dem Boot.«

Hannah weiß nicht so recht, was sie jetzt sagen soll. Meint Judith das ernst oder ist sie bloß manipulierend und ... berechnend?

»Ich muss dir unbedingt was zeigen. Komm mit.«

»Wohin?«, fragt Hannah unbehaglich.

»Psssst! Nicht so laut.«

»Warum?«

»Es ist«, Judith sieht sich schnell um, »verboten. Wir müssen sehr vorsichtig sein ...«

Hannah zögert kurz. »Wir gehen aber nicht in den Dschungel?«

»Nein, nur zum Felsplateau am Ende der Bucht«, sagt Judith, »ist nicht weit.«

Das schwache Mondlicht macht Judiths Gesicht noch blasser und lässt ihre Augen fast durchsichtig schimmern. Als sie sich ein paar Meter von den Hütten entfernt haben, greift sie in ihre kleine gehäkelte Umhängetasche und holt eine Taschenlampe heraus.

Hannah seufzt. »Hast du da auch ein Kaninchen drin?«

»Hä?«

»Ach«, winkt Hannah ab, »nichts.«

»Schon mal was von Petroglyphen gehört?«, fragt Judith auf dem Weg über den Strand.

»Nein.«

»In Stein und Fels geritzte Zeichen, Symbole ... kommt in vielen Kulturen vor. Auf Hawaii hab ich jede Menge gesehen. Meine Eltern haben dort mal ein ganzes Jahr lang ein Projekt betreut.« Judith wirft ihr einen Blick zu. »Was machen eigentlich deine Eltern?«

Die Frage überrascht Hannah so, dass sie beinahe die Wahrheit gesagt hätte. »Sie sind Pharmazeuten.«

»Interessant.«

So wie Judith das sagt, weiß Hannah nicht, ob sie es ernst meint oder ironisch. Aber eigentlich ist es ihr auch egal. *Nicht mehr grübeln,* hat sie sich doch vorgenommen.

Hannah muss sich anstrengen, um mit Judith Schritt zu halten, zumal das Gehen auf dem Sand nicht so einfach ist.

»Meine Eltern sind Ethnologen und das Spezialgebiet meines Vaters sind Petroglyphen«, redet Judith weiter.

Allmählich beschleicht Hannah das Gefühl, Judith will sich nur wichtigmachen, und sie überlegt, wie sie ihr am schnellsten entkommen kann, aber da stehen sie schon vor den dunklen Felsen am Ende der Bucht.

Die Lampions, die Musik und die Hütten sind ein ganzes Stück entfernt. Vor ihnen rauscht das dunkle Meer und feiner weißer Gischtschaum spritzt an die Felsen, die wie ein abgerundetes, leicht abfallendes Plateau vom Strand ins Meer führen.

»Pass auf, manche Stellen sind glitschig!« Judith ist schon hinaufgestiegen und reicht Hannah die Hand, um sie hinaufzuziehen.

»Von hier sieht alles ganz anders aus«, stellt Hannah fest und lässt den Blick von der Bucht zum Wasser wandern. Bei Sturm wird hier sicher alles überspült, denkt sie, vielleicht wird sogar der halbe Strand weggerissen. Da möchte sie lieber nicht auf der Insel sein.

Judith lässt den Lichtkegel über den Felsen gleiten.

»Da! Schau dir das hier an!«

Hannah bückt sich neben Judith, die mit dem Finger über ein paar Einkerbungen fährt.

Strichmännchen, eines neben dem anderen, mehr erkennt sie nicht. Judith leuchtet auf ein paar weitere Stellen. Erst jetzt sieht Hannah, dass der ganze Felsen über und über mit diesen Strichmännchen bedeckt ist.

»Die folgen alle einem Führer, siehst du!«

Tatsächlich erkennt Hannah allmählich eine Ordnung. Die stilisierten Menschen gehen in einer Reihe hintereinanderher.

»Wieso ist der ganz vorn hier weiß?«

Judith lächelt wissend. »Weil es ein Gott ist.«

Für einen Augenblick hört Hannah auf zu atmen. Das Tagebuch ... die Zeichnungen ...

»Und das hier ist eine Zeitangabe.« Judith deutet auf die Striche und Kreise neben den Figuren.

»Vor genau zweiundzwanzig Jahren ist hier ein Gott angekommen. Stell dir vor, Hannah, vor zweiundzwanzig Jahren haben die immer noch an so was geglaubt!«

»Und wennschon, wir glauben auch immer noch an den Weihnachtsmann und an den Osterhasen«, meint Hannah trocken.

Judith seufzt. »Auch wieder wahr.«

Hannah räuspert sich. »Sag mal, so was ... gibt es doch auf vielen Inseln, oder?«

»Ja«, Judith nickt, »auf Hawaii zum Beispiel, da sind ganze Plateaus voll davon.«

Siehst du, Hannah, nichts Besonderes, kein Grund, schon wieder überall Gespenster zu sehen!

»Und was ist das da?« Hannah deutet auf ein viereckiges Zeichen, das neben dem Gott oder Führer in den Stein geritzt wurde.

»Das?« Judith geht mit der Taschenlampe näher an das Zeichen heran. »Hm, so was Ähnliches habe ich schon mal gesehen. Mein Vater hat herausgefunden, dass damit ein Flugzeug gemeint war. Das glauben übrigens einige Eingeborene hier auf diesen Pazifikinseln.«

»Was? Dass Gott mit dem Flieger kommt?«, witzelt Hannah. Aber Judith reagiert nicht, sondern doziert einfach weiter.

»Als die Amerikaner hier ihre Stützpunkte errichtet haben, sind sie in eine ziemlich primitive Kultur eingebrochen. Wie musste sich das wohl anfühlen? Wenn du im Dschungel aufgewachsen bist und das erste Mal in deinem Leben ein Flugzeug siehst?«

»Oder Technik?«

»Ja, Radios, Funkanlagen –«

»Tonbandgeräte?«

»Genau.«

Auf einmal hat Hannah das Gefühl, dies alles seien Zeichen für etwas Unheimliches, Gefährliches, das schon längst im Gang ist. Dabei weiß sie, dass das Quatsch ist. Das weiß sie doch. Oder ...?

»Ihr wolltet doch hoffentlich nicht baden?«, sagt eine Stimme in dem Augenblick.

ZEICHEN

»Wer bist du?« Judith leuchtet ihm direkt ins Gesicht.

»Das ist –« Hannah ist kurz die Luft weggeblieben. »Wo ... wo warst du die ganze Zeit ... Aiden?«, stammelt sie.

»Ihr kennt euch?«, fragt Judith völlig überrascht.

Aidens Blick scheint Judith zu durchbohren. So hat Hannah ihn nicht erlebt, beim ersten Mal hatte er so etwas Sanftes ... und Judith weicht tatsächlich einen Schritt zurück.

Das alles geschieht innerhalb von Sekunden und schon hat sich sein Gesicht wieder entspannt.

»Das ist Aiden«, sagt Hannah und bemüht sich, locker zu klingen, »und er gehört nicht zu den Menschenfressern.«

»Hä?«, macht Judith.

»Menschenfresser?« Aiden hebt die Brauen in seinem bronzefarbenen, fein geschnittenen Gesicht und um seine Mundwinkel spielt ein amüsiertes Lächeln.

»Ach, das war nur so dahingesagt«, erklärt Hannah und wünscht sich nichts mehr, als dass Judith einfach geht.

»Was macht ihr hier? Es ist ganz schön gefährlich, bei Nacht auf den Felsen herumzuturnen.« Seine weiße Kleidung scheint alles Licht der Umgebung anzuziehen und in tausendfacher Verstärkung abzustrahlen.

»Um diese Zeit werden die Schlangen und die Spinnen aktiv«, Aiden sieht erst Hannah, dann Judith ernst an, »und es gibt hier keinen Arzt auf der Insel.«

Spinnen und Schlangen, das reicht! Hannah wendet sich bereits um, nur Judith steht noch unschlüssig da.

»Judith, komm schon! Es ist doch wirklich viel zu dunkel, um die Petroglyphen zu betrachten!«

»Was wolltet ihr betrachten?« Durch seine langen schwarzen Haare weht der Wind und Hannah ist wieder fasziniert, gefangen, verzaubert ...

Judith funkelt Hannah wütend an, sagt dann aber: »Steinbilder. Sie sind da auf dem Felsen.«

Aiden nickt mit einem Lächeln, das Hannah *leider, leider, leider* nur unwiderstehlich nennen kann.

»Ja, solche Zeichnungen gibt es fast auf allen pazifischen Inseln.«

»Wieso hat Erin eigentlich verboten, dass wir zu den Felsen hier gehen?«, will Hannah wissen.

»Verboten?«, fragt Aiden.

Hannah sieht Judith an. »Das hast du doch gesagt, oder?«

»Na ja«, entgegnet Judith kleinlaut, »wärst du sonst mitgegangen?«

Hannah braucht einen Moment, bis sie begreift, was Judith da gerade gesagt hat. »Heißt das, du hast mich angelogen? Erin hat es gar nicht verboten?«

Zum Glück sagt Aiden in dem Moment: »Gehen wir doch zurück zum Strand.«

Auf dem Weg redet Hannah kein Wort mit Judith. Und Judith trottet hinter ihnen her, bis sie an ihrer und Matteos Hütte vorbeikommen und sie sich mit einem gemurmelten »Wir sehen uns« hastig verabschiedet.

Hannah ist erleichtert. Endlich ist Aiden wieder aufgetaucht! *Endlich, endlich, endlich bin ich allein mit ihm …!*

Was soll sie jetzt sagen? Ihr Wortschatz, nein, ihr gesamtes Sprachzentrum scheint auf eine Handvoll – noch dazu unpassende – Wörter zusammengeschrumpft. Sie sucht immer noch verzweifelt nach einem Anfang, als er sagt: »Komm mit.«

Ja, sie tut nichts lieber als das, obwohl sie sich ihres willenlosen Zustandes bewusst ist – sofern es da überhaupt einen Zustand der Bewusstheit gibt.

Ihr ist, als reichte seine Wärme über seinen Körper hinaus, ja, sie glaubt sogar, ein Leuchten oder eher ein magisches Glimmen um ihn herum zu erkennen. Und es wäre ihr egal, völlig egal, wenn jetzt oben bei den Hütten jemand den Kopf drehen und sehen würde, wie sie neben Aiden hergeht, Aiden mit den langen schwarzen Haaren und den phosphoreszierenden weißen Sachen ...

Mond, Sterne, Strand, Lampions, Meeresrauschen – alles ist da, zuverlässig, als hätte es auf der Checkliste eines Ausstatters für einen Romantikfilm gestanden. Und auch wenn Hannahs Verstand dies gerade denkt, fühlt ihr Körper etwas anderes: Ihre Haut vibriert, als stünde sie unter Strom, und es würde sie nicht wundern, wenn Hunderttausende Funken um sie herumsprühen würden; ihr Herz ist heiß und rot, dunkelrot, liebesrot ... und in ihren Augen brennen plötzlich Tränen, die aus diesem tiefen dunklen Gewässer in ihrem Innern aufgestiegen sind, in das sie ihre ganze Trauer und ihre Enttäuschungen hineingeworfen hat, als könnte sie sie so ertränken.

Sie haben die anderen, Nikki und Ruben und wie sie alle heißen, längst hinter sich gelassen, die Lampions scheinen über den Hütten und dem Strand zu schweben wie Sterne und vor ihnen brandet sanft das Meer – nur für sie beide, für Aiden und Hannah.

Hannah bleibt plötzlich stehen, nimmt ihren ganzen Mut zusammen: »Wo warst du die ganze Zeit?«

»Ich hatte viel zu tun.«

»Zu tun ...? Was?« So leicht will sie sich nicht geschlagen geben.

»Vorbereitungen treffen ...« Er zeigt mit seinem unwiderstehlichen Lächeln auf den Sand. Hannah muss sich zwingen, den Blick von seinem Mund abzuwenden.

Vor ihr auf dem Strand liegt ein ausgebreitetes weißes Tuch, darauf zwei gefüllte Muschelschalen, Obst und ein Windlicht, zu dem sich Aiden hinkniet, um es anzuzünden.

»Er kann jede haben und danach lässt er sie einfach fallen ...« Bos Worte hallen in ihren Ohren wider und unter normalen

Umständen, also in London, zu Hause ... früher, in ihrem alten Leben, da hätte sie eine abfällige Bemerkung gemacht und wäre gegangen, oder nicht? Ja, sie wäre gegangen. Aber jetzt ist sie auf dieser Insel und hier ist alles anders – und überhaupt, was kümmern sie andere Mädchen? Und so sagt sie: »Ein Strandpicknick ...«

Etwas Besseres, Geistvolleres, Lustigeres, Bedeutungsvolleres fällt ihr nicht ein, zumal er in diesem Augenblick den Arm ausstreckt und sie zu sich hinunterzieht. Sein Mund, seine Augen, sein schwarzes, seidiges Haar sind das Einzige, was noch außerhalb der Mond-Sterne-Strand-Lampions-Meeresrauschen-Kulisse existiert.

»Ich habe gedacht ...«, versucht sie zu sagen, während sie völlig in seine dunklen Augen einzutauchen, ja, sich dort aufzulösen scheint – und damit den Faden verliert.

»Was hast du gedacht?« Seine Lippen sind so nah an ihrem Gesicht, dass sie mehr den Lufthauch seiner Worte spürt, als dass sie die Worte wirklich hört. Und das alles verwirrt, ja verzaubert sie so, dass sie beinah vergisst, was sie gedacht hat. »Ich habe gedacht, ich hätte mir dich nur eingebildet ...«

Ein Lächeln gleitet über sein Gesicht und sie hebt die Hand und streicht ihm eine seidige schwarze Strähne aus der Stirn, obwohl sie weiß, der Wind wird sie wieder zurückwehen. Aber dann kann sie das Gleiche ja wieder tun, oder?

Tief in ihr schreit etwas verzweifelt, flehend, ihr ganzes Wollen ist darin zusammengeschmolzen. Und sie wird erst Erlösung von diesem immer unerträglicheren Sehnen finden, wenn sie endlich diese Lippen, diese Haut ...

Er küsst sie ... endlich! Und ihr ist, als hätte sie ihr ganzes Leben lang auf diesen Moment gewartet, ja, als wäre sie überhaupt nur hierher, an diesen Ort, auf diese Insel gekommen, um Aiden zu begegnen. Schicksal? Ja, das ist ihr Schicksal. Das wird ihr jetzt klar, während seine samtigen Lippen die ihren berühren, sein Haar nun über sie beide streicht, seine Hände langsam – *viel, viel, viel zu langsam!* – an ihrem Rücken hinaufstreichen und seine warme Zungenspitze ihre berührt.

Die Sterne drehen sich, der Mond springt mal hierhin, mal dorthin, das Meer überrollt sie, saugt sie ein, entlässt sie, nur um sie erneut in einem Strudel zu erfassen und in die Tiefe, die wunderbare, geheimnisvolle Tiefe zu ziehen.

»Hannah ...«, flüstert er, als sie Atem holt. »Wir mussten uns begegnen.«

»Ja«, haucht sie, »das habe ich auch gerade gedacht.«

»Wir haben uns auch schon früher mal getroffen.«

»Früher?« Sie überlegt tatsächlich – *in diesem Zustand!* –, ob sie ihm in London begegnet sein könnte ... in einem Klub vielleicht?

»In einem früheren Leben.«

Auch wenn sie an so etwas nicht glauben kann – in diesem Augenblick wünscht sie sich, dass er recht hat. »Ja, bestimmt.«

Er hat sich auf den Ellbogen gestützt und sieht sie an.

»Ganz bestimmt.«

»Von mir aus ...« Küss mich noch mal, denkt sie.

»Wir sind Twin Flames«, sagt er und fährt die Umrisse ihres Gesichts nach.

»Was?« Seine Berührung hinterlässt eine kribbelnde Spur auf ihren Wagen, ihrer Stirn, ihrem Kinn ... und entfacht dieses Feuer in ihr, diese immer höher schlagende und wilder brennende Flamme.

»Seelenverwandte ...«

Sein Mund mit den vollen Lippen und den weißen Zähnen

ist hypnotisierend und im selben Augenblick verdrängt sie dieses Wort, das sie gerade hat zusammenzucken lassen. Sie will ihn jetzt wieder küssen, jetzt, jetzt, jetzt, und sie neigt ihren Kopf zu seinem Mund ...

»Wir sind füreinander bestimmt«, sagen seine Lippen.

»Ja«, und sie küsst ihn, bevor er weiterreden kann.

Sie legt sich neben ihn auf die Seite, halb auf das Tuch, halb in den warmen schwarzen Sand, stützt sich mit dem Ellbogen ab, und während des endlosen Kusses – warum sollte er überhaupt jemals enden? – tastet und streichelt ihre Hand über seine breiten Schultern, über die muskulösen Oberarme, unter den seidigen Schleier seines Haars zu seinem warmen schlanken Nacken, ihre Finger schieben sich unter sein T-Shirt, sie erforschen die glatte Haut mit den straffen Rückenmuskeln – und endlich spürt sie auch seine Hand auf ihrer Haut, wie sie langsam von ihrem Dekolleté weiter unter die Träger ihres Tops taucht, so sanft, so quälend langsam, dass sie am liebsten schreien würde. Aber sie könnte gar nicht, denn sein Mund ist auf ihrem Mund und seine Lippen haben den Druck auf die ihren verstärkt und schon verschwimmen die Grenzen zwischen ihm und ihr, zwischen ihren Lippen und seinen, zwischen ihren Händen und seinem Rücken und seinen Händen und ihren Brüsten ...

Nikki schläft schon, als Hannah irgendwann in der Nacht durch den Muschelvorhang schlüpft. Erfüllt und zugleich schon wieder hungrig, müde und trotzdem innerlich vibrierend schließt sie die Augen. Aber sie kann nicht einschlafen.

Sie zieht den Rucksack hinter dem Regal hervor und holt das schwarze Buch heraus. Im Schein der Taschenlampe blättert sie auf der Suche nach einer bestimmten Stelle ...

10. März

Immer noch Indien

Hier versucht einfach jeder, dich abzuzocken. Egal ob du im Tempel bist oder mit der Rikscha irgendwohin willst. Für die Inder sind alle nichtindischen Frauen Schlampen. Gleich habe ich eine Verabredung mit einem Palmblattleser. Was der mir wohl über meine Zukunft sagen wird???

Immer noch 10. März

Der verfluchte Palmblattleser hat doch glatt gesagt: »Für dich geht es in diesem Leben einzig und allein darum, deinen Seelenverwandten zu finden.«

Und wo finde ich den?, habe ich ihn gefragt.

»Auf einer Insel.«

Großartige Antwort – und wie viele Inseln gibt's auf der Welt?

Hannah klappt das Tagebuch zu. Das ist nur Zufall. Alles Zufall – was denn sonst?

LONDON HEATHROW

Sie waren rechtzeitig zum Flughafen gefahren, sie und Eileen und Richard. So früh, dass sie nach dem Einchecken am Qantas-Schalter noch genügend Zeit für einen Kaffee im Starbucks hatten.

Die Stimmung war angespannt. Eileen und Richard versuchten, ihre Sorgen, was diese Reise anging, zu verbergen und Hannah versuchte ihrerseits, darüber hinwegzusehen und außerdem nicht dauernd an Finn zu denken und darüber nachzugrübeln, ob es wirklich richtig war, mit ihm Schluss zu machen.

Sie saßen zu dritt an einem kleinen runden Tisch, jeder einen Pappbecher in der Hand, und hielten krampfhaft eine Unterhaltung in Gang – als sich Eileen plötzlich räusperte und über Hannahs Schulter blickte.

Hannah drehte sich um.

»Ich hab einen Tag Ausgang bekommen.« Janice Stafford sah etwas besser aus als im Gefängnis. Ihre Haare wirkten nicht mehr so stumpf, sie trug sie offen und das gab ihr etwas ... na ja, wenigstens etwas von einem Hippie.

Ihre Hose war zu weit und der Schnitt der Jeansjacke total unmodern. All das nahm Hannah wahr, während sich in ihrem Kopf die Fragen türmten. Woher wusste sie, dass ...

»Eileen und Richard haben mir gesagt, dass du nach Sydney fliegst«, fing Janice an.

Hannah brachte einfach kein Wort heraus.

»Am besten lassen wir euch mal allein.« Richard war schon

aufgestanden. Eileen folgte ihm zu einem anderen Tisch, ganz am anderen Ende des Cafés.

Janice setzte sich auf Eileens Platz. Sie roch nach Rauch.

»Du hast es also nicht weggeworfen«, sagte Janice mit ihrer spröden Stimme.

»Wenn du das Tagebuch meinst, nein.«

»Ich wollte dich unbedingt noch einmal sehen, bevor ... So eine Reise verändert einen. Die Welt, Hannah, ist nicht so, wie sie dir erscheint. Alles, was du hier siehst«, sie machte eine weit ausholende Bewegung, »ist nur *eine* Dimension, verstehst du?«

»Nein.«

»Was ich damit sagen will: Es gibt noch andere Wirklichkeiten, in denen unsere Seelen leben.« Janice lächelte kurz. »Hannah, unterschätz das nicht, das ist gefährlich, viel gefährlicher, als du denkst.«

Janice fasste sie am Arm und beugte sich über den Tisch. Hannah roch ihren Zigarettenatem. »Ich weiß, das klingt vielleicht seltsam, aber es ist so. Es gibt Mächte, die verhindern wollen, dass wir unseren Seelenverwandten, unsere Twin Flame, treffen!«

Hannah sah demonstrativ auf Janice' Hand, die immer noch ihren Arm festhielt.

»Du wirst es schon noch verstehen, Hannah.« Janice ließ endlich ihren Arm los. »Du bist schließlich meine Tochter.«

In ihr Gesicht kehrte dieses traurige Lächeln zurück, das Hannah gegen ihren Willen berührte. »Ich kann verstehen, dass du mich hasst«, sagte Janice, »aber ... ich hab nur versucht, dich zu retten.«

»Zu retten, wovor?« Hannah verstand gar nichts mehr. Am allerwenigsten verstand sie, was ihre Mutter eigentlich von ihr wollte. Sie vor einer Work-and-Travel-Reise warnen?

Hannah sprang auf. »Du bist nicht meine Mutter. *Das* ist meine Mutter.« Sie deutete auf Eileen. »Warum mischst du dich jetzt in mein Leben ein? Achtzehn Jahre nachdem du mich weggegeben hast! Lass mich endlich in Ruhe!«

»Hannah ...?« Eileen war zu ihnen herübergekommen. »Ist alles okay?«

Janice stand langsam auf.

Einen Moment lang standen sie sich gegenüber und Janice sah sie mit diesem eindringlichen Blick an, dem Hannah nicht ausweichen konnte.

»Hannah«, sagte Janice ganz leise, »wirf das Tagebuch weg. Es war ein Fehler, es dir zu geben. Wirf es weg, vergiss es einfach!«

»Das fällt dir ja früh ein.«

»Hannah, es gibt Mächte, die stärker sind als wir. Ich bitte dich, nein, ich flehe dich –«

»Schon gut«, schrie Hannah, »ich werfe es weg!«

ANGRIFF

Mitten in der Nacht dringt ein Schrei von irgendwoher – so deutlich, so schrill – und reißt Hannah aus ihren Träumen.

Auch Nikki ist davon wach geworden.

»Hast du das gehört?«

»Ich hab gedacht, du hast geträumt ...«, bringt Nikki schlaftrunken hervor. Doch da ist Hannah schon aus der Hütte gelaufen.

Unendlich langsam, so kommt es ihr vor, läuft sie über den lockeren schwarzen Sand und mit jedem Schritt sinkt sie tiefer ein, als wäre der Strand ein Sumpf. Da, hinter der Haupthütte, da ist Licht!

Irgendwann, eine gefühlte Ewigkeit später, ist sie endlich bei der Hütte angekommen, wo im Schein einer Lampe ein paar Leute herumstehen. Fumiko und die Holländer, Ruben und ...

Aus Hannahs Kehle löst sich ein Schrei und sie drängt sich an den anderen vorbei. Dort auf dem Boden liegt Jesper, sie erkennt ihn sofort an seinem wirren Lockenkopf, aber ... aber wo ist seine Brille? Judith kniet neben ihm.

»Ich hab ihn schreien hören!«, sagt Judith und sie sagt es immer wieder, »ich hab ihn fallen hören.«

Matteo will sie wegziehen, doch sie wehrt sich. »Holt Erin!«, schreit jemand.

»Was ist denn ...« Hannah bringt nichts mehr hervor, als sie sich zu ihm hinunterbeugt. Seine Kleider sind zerrissen und er hat überall ... *Bisswunden?* Und überall ist Blut!

Vorsichtig berührt Hannah sein Gesicht. Es ist so kalt und das Blut ist klebrig. »Jesper!«, Hannah streichelt sein kaltes Gesicht, »was ist passiert? Bitte sag doch was!«

Sein Blick irrt umher, seine aufgerissenen blutigen Lippen zittern, als er versucht, etwas zu sagen.

»Er war im Wasser«, sagt Ruben, »seine Sachen sind ganz nass.«

Hannah legt das Ohr an seinen Mund. Seine Lippen bewegen sich, aber er bringt kein Wort hervor.

»Mein Gott, wo bleibt denn Erin?«, schreit Hannah. »Holt Bo oder Erin! Er muss zu einem Arzt, sonst stirbt er!«

Nikki ist auf einmal neben ihr und schlägt die Hände vors Gesicht. »Oh mein Gott ...«, flüstert sie tonlos.

Zusammen mit Ruben und Judith versucht Hannah, Jesper hochzuheben. Sie hat ihn gerade am Arm gepackt, als jemand sagt: »Was ist hier los?«

Erin steht plötzlich da, in ein weißes Tuch gehüllt, und wirft einen kurzen Blick auf Jesper. »Bringt ihn sofort in meine Hütte. Beeilt euch!«

Auch Bo ist auf einmal da. Er, Ruben und Matteo heben Jesper hoch und tragen ihn weg, während die anderen ihnen schweigend nachsehen. Da kann Hannah nicht mehr an sich halten.

»Du hast gesagt, er sei nach Syndey geflogen!«

Erin sieht sie nicht einmal an, sondern wendet sich an alle:

»Geht in eure Hütten. Wir tun, was wir können. Und ihr müsst unbedingt Ruhe bewahren.« Und dann fügt sie noch hinzu: »Das ist eine Anordnung.«

Hannah starrt ihr hinterher, wie sie ohne weitere Erklärungen Bo und den anderen eilig folgt. Auch niemand anders erwidert etwas, alle stehen unter Schock.

Hannah kniet immer noch dort, wo Jesper gelegen hat. Sie kann einfach nicht fassen, dass das alles wirklich ist.

Erst als Nikki sich zu ihr beugt und ihr den Arm um die Schulter legt, steht sie auf. Da nimmt sie aus den Augenwinkeln eine weiße Gestalt wahr, die auf dem Dschungelpfad verschwindet. »Aiden?«

»Was?«, fragt Nikki und sieht sich um.

»Da, er ist gerade im Dschungel ...« Hannah nimmt dieses summende, krächzende, schwirrende Dickicht in den Blick, in dem, wie in jeder Nacht, der erbitterte Lebenskampf tobt.

»Hannah, da ist niemand«, sagt Nikki beruhigend. »Komm, ich mach dir einen Tee.«

»Einen Tee?«

»Ja, ihr Engländer macht das doch so bei Katastrophen, oder?«

FRAGEN ÜBER FRAGEN

»Vielleicht ist das Flugzeug abgestürzt.«

»Hat einer irgendwas davon mitgekriegt? Eine Explosion? Wrackteile?«

»Warum sagt Erin nichts dazu?«

»Ich frag mich, wieso er überhaupt so schnell abreisen konnte!«

»Erin wollte was von ihm, sie hat ihn doch extra vom Boot geholt.«

»Was wollte sie denn?«

»Keine Ahnung. Ist aber schon komisch, oder?«

Hannah hockt einfach nur da, über den Becher mit dampfendem Tee gebeugt, den ihr Nikki tatsächlich gebracht hat. Niemand hat sich an Erins Anordnung gehalten, kein Einziger ist in seine Hütte zurückgegangen. Und jetzt sitzen sie alle an dem langen Tisch in der Haupthütte zusammen. Ein paar Kerzen brennen.

Hannah weiß, sie sollte etwas sagen, sollte das mit dem Bunker im Dschungel und den Tonbändern und den Wachposten erzählen, aber ihr ist auch bewusst, was sie damit auslösen würde.

Vielleicht gäbe es einen Aufstand. Vielleicht würde tatsächlich die ganze Crew gegen das Management von *POG* rebellieren. Und davor schreckt sie zurück. Warum?, das fragt sie sich schon die ganze Zeit, seit sie hier sitzt, den Blick auf den Becher gerichtet und die Hände auf dem Tisch. Und sie bekommt darauf immer nur die Antwort, dass sie sich davor fürchtet, was dann geschehen könnte. Doch da ist noch etwas anderes. Vielleicht ... vielleicht hat das, was letzte Nacht passiert ist, ja auch gar nichts mit dem Bunker zu tun? Vielleicht ... *Ach, Hannah, lass es, du suchst nur wieder nach Ausreden und Erklärungen!*

Mitten in diesem stummen Selbstgespräch bemerkt sie auf einmal Judith neben sich. Die sieht fürchterlich aus. Verklebte Haare, blass, zuckende Mundwinkel und große dunkle Pupillen. Man könnte sie glatt für eine Irre halten, schießt es Hannah durch den Kopf, als Judith einen hastigen Blick in die Runde wirft. Hannah sieht, dass Matteo weiter weg sitzt und auf Sébastien einredet.

»Blut, es geht hier um Blut, ihnen allen geht es um das Blut«, flüstert Judith in ihre Richtung.

»Was meinst du damit? Welches Blut?«

Judith sieht sie einen Moment an und Hannah glaubt, ihre Gedanken förmlich zu hören: *Bist du wirklich so blöd oder tust du nur so?*

»Im Blut«, sagt Judith, »sind alle genetischen Informa...«

»Judith!« Matteo steht auf einmal hinter ihr und legt ihr die Hand auf die Schulter. »Wir gehen jetzt besser wieder schlafen.«

Judith lächelt gezwungen. Als sie aufsteht, sucht ihr Blick noch für Sekunden Hannahs Augen und hastig flüstert sie: »Die Habilitationsschrift meines Vaters –«

»Judith«, Matteo schnippt ungeduldig mit den Fingern, als

wollte er Judith aus einer Hypnose holen, »du musst aufhören, an solches Zeug zu denken.« Er wirft Hannah einen Ich-hab-dir-ja-gesagt-sie-ist-paranoid-Blick zu.

»Transkript Sanguinis«, zischt Judith, »Professor Max Berghammer, München. Lies es, Hannah! Du musst es unbedingt –«

Matteo legt den Arm um sie. »Du darfst dich da nicht so reinsteigern, *principessa!«*

»Matteo hat recht«, dringt Nikkis Stimme zu Hannah durch, »wir müssen alle mal runterkommen, wir können jetzt sowieso nichts tun.«

Hannah weiß, dass Nikki genau das ausspricht, was die meisten denken. Sie steht auf und sagt: »Ja, geh schon mal vor, ich sehe noch kurz nach Jesper.«

»Aber es darf doch niemand zu ihm!«, ruft Nikki ihr nach.

»Mir egal!«

Draußen zirpen Grillen und andere Insekten. Es ist ein schrilles Schwirren wie von einer gigantischen elektrischen Spule und es scheint die Luft, nein, einfach alles in seine Frequenz zu zwingen. Hannah rennt fast, um diesem Geräusch zu entkommen, dabei ist es überall ... und dann steht sie vor Erins Hütte. Licht schimmert durch die Ritzen der Bambusrohrwand und sickert unter der Tür hervor. Erins Hütte hat als einzige eine Tür, stellt Hannah fest.

Einen Augenblick lang überlegt sie, einfach reinzugehen, aber dann klopft sie doch.

»Wie geht es ihm?«, platzt sie heraus, als Bo ihr öffnet. Über seine Schulter hinweg versucht sie, einen Blick in den Raum zu werfen, aber sie kann nichts erkennen, nur etwas Licht und ein Stück von einer Matratze.

»Du solltest doch schlafen gehen.«

»Jesper ist schwer verletzt und ich soll einfach ins Bett? Sag mal, wie tickt ihr hier eigentlich?«

Schnelle Schritte hinter ihm. Erin schiebt Bo beiseite. »Hannah, geh wieder ins Bett. Du kannst hier nichts tun. Ein Arzt kümmert sich um ihn.«

»Ein Arzt? Woher –?« Wie sollte so schnell ein Arzt hierherkommen? »Da war doch gar kein Flugzeug ...«

Ein arrogantes Lächeln gleitet über Erins Gesicht. »Hier landen so gut wie nie Flugzeuge. Das Perlenwachstum darf nicht gestört werden. Bo hat ihn mit dem Schnellboot von der Nachbarinsel geholt.«

Hannah nickt. So belehrt zu werden, ist peinlich ... demütigend.

»Jesper hat sehr viel Blut verloren«, fügt Erin in weicherem Ton hinzu. »Aber der Arzt ist zuversichtlich.« Sie lächelt wieder. »Du solltest jetzt wirklich versuchen zu schlafen. Alles kommt wieder in Ordnung, glaub mir.«

Und dann macht Erin einfach die Tür zu und Hannah steht wieder draußen, in diesem elektrischen Schwirren und Surren. Sie presst die Hände auf die Ohren und läuft und läuft und läuft, so schnell sie kann, über den Strand zu ihrer Hütte. Und als Nikki, kaum dass sie durch den Muschelvorhang getreten ist, zu ihr sagt: »Gott, bin ich froh, dass du wieder da bist!«, kann sie nicht anders, als ihr um den Hals zu fallen und loszuheulen.

ROUTINE

Vielleicht ist es besser so. Was hätte sie sonst den ganzen Tag über getan? Darüber nachgedacht. Sich Sorgen gemacht, alles den anderen erzählt und vielleicht ... vielleicht wäre sie sogar allein zum Bunker gegangen.

Heute Morgen am Strand hat Erin eine Ansprache gehalten. Sachlich und knapp, wie es ihre Art ist.

Im Grunde hat sie das wiederholt, was sie in der Nacht schon zu Hannah gesagt hat. Jesper habe zwar viel Blut verloren, aber sein Zustand sei nicht mehr lebensbedrohlich. Heute Abend werde er in eine Klinik auf die Hauptinsel geflogen und dann würde man hoffentlich auch bald von ihm erfahren, was überhaupt passiert sei. Jetzt aber sollten sie alle wie gewohnt zur Arbeit rausfahren. »Ihr könnt im Moment nichts für ihn tun«, fügte sie noch mit einem schnellen Blick in die Runde hinzu. Keiner sagte etwas.

Und später, bei der Arbeit, sagte nicht einmal Nikki etwas. Schweigend zogen sie die Netzgitter aus dem Wasser, schoben sie in den Hochdruckreiniger, kratzten die verbliebenen Algenreste von den Muscheln, ließen die Netzgitter dann wieder ins Wasser und hangelten sich entlang des gespannten Kabels zum nächsten Muschelnetzgitter weiter.

Ab und zu warf Hannah einen Blick zur Insel. Sie wusste nicht, wonach sie suchte. Vielleicht nach irgendeinem Zeichen, dass es Jesper besser ging. Oder nach einem Hinweis auf das, was letzte Nacht passiert war ...

Auch jetzt wieder, als sie zur Insel sieht, liegt der schwarze

Strand als schmaler Saum zwischen Wasser und dem dunkelgrünen Dickicht des Dschungels da, über dem die Dunstschicht – um diese Tageszeit, halb elf – nur noch als weißer Schleier schwebt. Im Hintergrund, als würde er sich aus dem Dunst materialisieren, erhebt sich majestätisch der Krater des Vulkans.

Die Hitze liegt wie eine durchsichtige Folie in der Luft und Hannah hat einmal mehr das Gefühl, als müsste sie darunter ersticken. Und das Meer, dunkelgrün und tief, kommt ihr nicht vor wie Wasser, sondern wie flüssiges Glas, in dem ab und zu die Schatten von Haien auftauchen. Sie umkreisen das Boot, um dann, ohne sich näher zu zeigen, wieder stumm in die Tiefe abzutauchen.

Irgendetwas lauert hier auf der Insel, unter der Oberfläche, genau so fühlt es sich an. Etwas Unheimliches, wie die Sache mit dem Bunker und diesen merkwürdigen Tonbändern. Und ... ist ihre Verliebtheit in Aiden nicht auch irgendwie ... seltsam? So fasziniert, ja, verzaubert, wie sie von ihm ist – ist das überhaupt normal? Oder war sie einfach noch nie richtig verliebt? Ist es das, was sie beunruhigt – die Kontrolle zu verlieren?

Sie sieht zu Ruben hinüber, der stumm vor sich hin arbeitet. Auch Nikki schweigt. Sie denkt an den Moment, als sie und Nikki auf die Insel kamen, wie sie ausgelassen und laut lachend den Strand hinaufgerannt sind, wie sie in den Sternenhimmel gesehen haben.

Alles ist anders geworden.

Und auf einmal setzt sich ein Gedanke immer tiefer fest, sodass sie an nichts anderes mehr denken kann. Sie lässt den Muschelschaber auf den Tisch fallen und sagt: »Ich verschwinde von hier!«

»Was?« Nikki hat ihre dunklen Sonnenbrillengläser auf sie gerichtet – und selbst Ruben hat mitten in der Bewegung innegehalten.

»Hier läuft doch irgendwas schief, merkt ihr das denn nicht? Denk mal an Grazyna, Nikki. Und an die Sache mit dem T-Shirt im Wasser, die Wachen mit ihren Kalaschnikows ... und jetzt Jesper!« Und dann kann sie nicht anders und schreit: »Was soll denn noch alles passieren?«

Sekundenlang sitzt Nikki nur mit offenem Mund da. Dann bricht es aus ihr heraus. »Jetzt mal easy, Hannah. Du hast doch selbst gesagt, dass wir hier endlich mal Geld verdienen. Und überhaupt, was soll ich denn hier ohne dich?«

Nikki knallt ihren Muschelschaber auf den Metalltisch. »Du bist meine Freundin! Ohne dich ...« Sie schluckt heftig. »Wir sind zusammen gekommen und wir stehen das zusammen durch.«

Irgendwie rührt sie Nikkis Aufregung. Wieder eine neue Seite von ihr. Und als Nikki auch noch die Sonnenbrille abnimmt und sich mit dem Handrücken die Tränen aus den Augen wischt, hat Hannah ihre Entscheidung schon wieder zurückgenommen.

»Ich schätze, Jesper wurde von einem Hai angegriffen«, sagt Ruben in dem Moment und schiebt sich die Sonnenbrille auf den Kopf. Mit zusammengekniffenen Augen schaut er auf die Wasseroberfläche. »Ich hab gesehen, wie sie nachts gefüttert werden.« Er deutet mit dem Kinn zum Ende der Bucht, dorthin, wo die geschwungene Strandlinie in die Felsen mit den Petroglyphen übergeht.

»Aber ein Hai hätte ihn doch gleich ganz gefressen!« Nikki ist plötzlich blass.

»*No, no,* ein Hai beißt erst mal kurz zu.« Ruben schüttelt

ungerührt den Kopf. »Dann taucht er ab, bis sein Opfer genug Blut verloren hat und sich nicht mehr richtig wehren kann. Die sind total clever!«

»Oder feige«, sagt Nikki leise.

»Feige? He, *chica,* diese Feiglinge haben immerhin schon dreihundert Millionen Jahre auf diesem Planeten überlebt.« Ruben lässt die Sonnenbrille wieder auf die Nase gleiten. »Ich denk mal, Jesper hatte ziemliches Glück und ist irgendwie entkommen.«

Vor Hannah spielt sich ein Horrorfilm ab. Das Meer, Jesper, der doch nicht ins Flugzeug gestiegen ist, die auf ihre Fütterung wartenden Haie ... Was kriegen die eigentlich? Fleisch? Fische? Und wer füttert sie? Erin? Bo? Oder die Wachen? Als Nächstes sieht sie, wie die Haie mit ihren starren Augen den Schatten von Jesper erkennen, Witterung aufnehmen, auf ihre Beute zuschießen und ihre rasiermesserscharfen Zähne in Jespers Körper graben, Fetzen aus ihm herausreißen ...

»He, Leute«, sagt Nikki in dem Augenblick, »das ist alles total spooky. Ich frag mich schon die ganze Zeit, wie Jesper überhaupt ins Wasser gekommen ist. Er sollte doch im Flieger sitzen, oder?«

Nikki hat sich über die Reling gebeugt und starrt auf die Wasseroberfläche.

Hannah schluckt gegen die beißende Säure an, die ihr plötzlich in die Speiseröhre schießt. Jetzt, sie muss es jetzt sagen, jetzt sofort! Was nutzt es, das alles für sich zu behalten, jetzt, wo Jesper um sein Leben kämpft und sicher nie mehr zum Bunker geht.

»Ich ... ich muss euch was sagen.« Sie redet einfach weiter, sie muss ihnen alles sagen, was sie weiß. »Jesper und ich haben einen Bunker entdeckt, da waren seltsame Dinge drin, so was wie ein OP-Tisch und Tonbänder. Ich glaube, dass Erin deshalb mit ihm reden wollte. Und als ich gestern nach der Schicht in seine Hütte bin, da waren seine Sachen weg und Erin hat mir gesagt, er wäre schon unterwegs nach Sydney.«

Nikki und Ruben sehen sie an, als hätte sie gerade im Fieberwahn halluziniert.

»In dem Bunker wurden irgendwelche Experimente mit Gehirnströmen gemacht –« Hannah bricht ab, das hört sich doch völlig idiotisch an. Kein Wunder, dass die beiden sie ansehen, als wäre sie genauso durchgeknallt oder paranoid wie Judith ... und Veronika ... und vielleicht auch wie Grazyna.

»Experimente?«, fragt Ruben. »Was für Experimente?«

»Keine Ahnung, Hypnose vielleicht.«

»Hört sich echt schräg an«, meint Nikki nachdenklich, »aber vielleicht ist ja auch alles ganz harmlos. Diese Firma hier, *POG* oder wie die heißt, die ist doch bekannt, richtig? Ich meine, da gibt's ein Büro und Angestellte, die zahlen Steuern und ... ach, was weiß ich, das hier ist jedenfalls alles ganz legal, offiziell. Die können es sich gar nicht leisten, in irgendwelche komischen Geschichten verwickelt zu sein. Und Jesper ist doch auch irgendwie ... ein bisschen schräg, oder? Vielleicht wollte er ja wirklich noch mal schwimmen gehen ...« Sie wirft einen Blick auf ihre Uhr. »Nur noch eine halbe Stunde, Leute!«

JESPER

»Ist schon jemand bei Jesper gewesen?«, hat Hannah beim Abendessen gefragt, das wie immer, als wäre nie etwas gewesen, am Strand unter Lampions stattfand, mit gegrilltem Fisch, Salat, Obst – und den bunten Drinks.

»Noch bis gestern hat kaum jemand seinen Namen gewusst«, bemerkte Sébastien bissig, »und heute redet keiner von was anderem.« Hannah sparte sich einen Kommentar und ging weiter.

»Im Moment darf niemand zu ihm«, haben ihr die Holländer erzählt und Fumiko hat hinzugefügt: »Zu große Infektionsgefahr.«

Am Nachmittag, auf der Rückfahrt zum Strand, hatte Hannah Bo nach Jesper gefragt, doch Bo hatte nur eine einsilbige Antwort gegeben. Und gleich nach der Rückkehr war sie zu Erins Hütte gegangen, aber dort hatte niemand geöffnet.

Jetzt hält es Hannah nicht mehr aus, das Nichts-tun-Können und das Abwarten. Entschlossen geht sie zu Erins Hütte.

Diesmal hört sie Schritte, als sie klopft. Sie hat Bo erwartet, aber es ist Erin, die ihr aufmacht. Sie trägt lange Ohrringe und das hochgesteckte Haar lässt sie noch größer und hagerer erscheinen als sonst. Wieder nimmt Hannah einen besonderen Geruch wahr, wie damals, bei Erins Empfang in der Haupthütte. Räucherstäbchen? Ein Parfüm?

»Wie geht es Jesper«, fragt Hannah, ohne Erin zu begrüßen, »kann ich zu ihm?«

»Ich wünsche dir auch einen guten Abend, Hannah. Und

nein. Der Arzt hat gesagt, dass wegen der großen Infektionsgefahr keiner zu ihm darf.«

Es klingt plausibel, auch wenn es ihr nicht gefällt – und es ist dasselbe, was Erin auch den anderen gesagt hat. »Hat er schon irgendetwas ... gesagt?«

Erin hält den Türknauf in der Hand, als wollte sie Hannah jeden Moment die Tür vor der Nase zuschlagen.

»Ich meine, Jesper saß doch schon im Flugzeug, oder?«, bohrt Hannah weiter. »Wie ist er dann ins Wasser gekommen?«

Zwischen Erins Augen vertiefen sich die beiden senkrechten Falten, die Hannah vorher noch nie so deutlich wahrgenommen hat. Aber so schnell gibt sie nicht auf.

»Wir meinen, die Verletzungen könnten von Haien stammen.«

»Wir? Wer ist wir?«, fragt Erin von oben herab.

»Wir ... wir alle. Es gab doch keinen Flugzeugabsturz und außer –«

»Hannah«, schneidet Erin ihr das Wort ab, »es ist unsinnig, Spekulationen anzustellen. Das bringt uns auch nicht weiter. Wir werden alles untersuchen, soweit es möglich ist. Aber im Moment geht es einzig und allein darum, dass Jesper wieder gesund wird, nicht wahr?«

Wieder dieses falsche Lächeln, das Hannah so wütend macht. Trotzdem sagt sie: »Dann wird er also wirklich in die Klinik –«

»Hannah!«, fällt Erin ihr erneut ins Wort, »du kannst sicher sein, wir tun unser Bestes.«

»Und wenn euer Bestes nicht genug ist?«, bricht es aus ihr heraus. »Und überhaupt, was ist das denn für ein Arzt? Es gibt hier doch noch nicht mal genug sauberes Wasser!«

Erin tritt ein Stück zur Seite und Hannah kann im Innern von Erins Hütte ein Zelt aus durchsichtiger Folie sehen, unter dem sie die Umrisse eines Bettes erahnen kann. Außerdem einen Ständer mit Infusionsbeuteln, einen Monitor und ... ist das eine Sauerstoffflasche?

»Ich wusste nicht ...«, stammelt Hannah und fühlt sich mies, klein und naiv.

»Es ist nicht der erste medizinische Notfall, den *POG* zu händeln hat, Hannah«, sagt Erin.

Hannah fällt nichts weiter ein, als zu nicken und den Rückzug anzutreten. »Wenn er aufwacht«, fügt sie dann aber doch noch hinzu, »sag ihm bitte, dass ich da war, ja?«

JANICE' ABSCHIED

Am liebsten hätte sie sich im Toilettenraum des Flughafens eingeschlossen. Immer noch ließ Hannah sich Wasser über die Handgelenke laufen – als würde das helfen!

Sie hatte Ausschau gehalten, obwohl sie doch mit ihm Schluss gemacht hatte. Sie machte die Augen zu und stellte sich vor, dass er in diesem Moment vor der Tür stand und auf sie wartete. *Es tut mir leid, so leid, Hannah, ich war ein Vollidiot! Du bist die Einzige, die mir jemals etwas bedeutet hat ...* Und dann würde er in seine Jackentasche greifen und grinsend ein Ticket herausholen. *Ich kann dich doch nicht allein fliegen lassen!*

Als sie die Augen wieder aufmachte, erschrak sie. Im Spiegel sah sie hinter sich Janice – und bemerkte in dem Moment die Ähnlichkeit ihrer Augen.

Tatsächlich glaubte sie sogar für einen Sekundenbruchteil, dass sie sich Janice nur einbildete, aber dann sagte Janice »Hannah«, und das klang verflucht real.

»Was willst du noch von mir?«, fragte Hannah erschöpft. »Warum gehst du nicht einfach?«

»Man kann sich auf zwei Arten irren«, sagte Janice in ihrer unmodernen Jeans und der verwaschenen Jacke. »Man kann glauben, was nicht wahr ist, oder man kann sich weigern zu glauben, was wahr ist.«

Janice trat neben Hannah ans Waschbecken, doch sie sahen sich weiterhin nur im Spiegel in die Augen.

»Es gibt Dinge, die sind für uns schwer zu begreifen, unser Leben in diesem Universum ...« Janice zog etwas aus ihrer Jeansjacke. Ein Lesezeichen? Himmel, dachte Hannah, ihre Mutter war völlig verrückt!

Auf der schimmernden Oberfläche waren drei Delfine zu sehen, die über eine Welle sprangen, sobald man die Karte hin und her drehte. Hannah war schon als Kind fasziniert gewesen von dieser dreidimensionalen Optik.

Janice hatte plötzlich eine Nagelschere in der Hand und fing an, ein kleines, kaum daumennagelgroßes Stück aus dem Lesezeichen herauszuschneiden. »Und, was siehst du?«

Hannah betrachtete das kleine Stück. Es zeigte genau dasselbe Bild wie das komplette Lesezeichen. Drei Delfine über einer Welle.

Janice zerteilte das kleine Stück noch mal und auch auf diesem war, wenn auch nur winzig, das ganze Bild zu sehen.

»Was ich dir damit sagen will, Hannah: In einem Hologramm spiegelt jeder Teil das Ganze wieder. Und alles ist zur selben Zeit überall. Was einmal zusammen war, bleibt für immer verbunden. Egal, was geschieht.« Janice' Blick bekam etwas Liebevolles und Hannah musste gegen ihre Rührung anschlucken.

»Das gilt jedoch auch für das Dunkle und Böse«, sagte Janice und legte ihr auch den größeren Teil des Lesezeichens in die Hand. Dann strich sie Hannah leicht über die Wange und lächelte sie im Spiegel an. »Ich weiß, ich kann dich von dieser Reise nicht abhalten, aber pass auf dich auf! Wir Menschen sind begehrte Ziele der dunklen Mächte. Lass dich nicht verwirren und vertrau nur deinem Gefühl. Leb wohl, Hannah!«

PLÖTZLICH UND UNERWARTET

Etwas ist anders an diesem Morgen. Nicht das Meer, nicht der Himmel, nicht der Strand, sondern ... diese Stille. Dabei raschelt und zirpt es aus dem Dschungel wie sonst, aber es kommt Hannah vor, als hätte sich etwas Schweres über die Bucht gelegt. Sie steht mit den anderen am Strand, um in Bos Boot einzusteigen, als Erin auf sie zukommt. Abrupt verstummen alle Gespräche.

»Ich muss euch eine sehr traurige Mitteilung machen.« Sie lässt den Blick über jeden Einzelnen gleiten. »Jesper ist heute Morgen gestorben.«

Hannah starrt in die Morgensonne, bis ihr die Augen

brennen, bis alles zu einem grellen, brennenden Fleck verschwimmt.

Erin hatte ihnen den Tag freigegeben, damit eine Gedenkfeier vorbereitet werden kann. Jespers Leichnam würde nach Norwegen ausgeflogen. Seine Eltern wurden informiert und haben den Transport arrangiert. Und so sammeln sie Blüten und besonders schöne Blätter am Rande des Dschungels. Matteo, die Holländer, Sébastien und Ruben bauen unter der Anleitung von Bo ein Floß aus Bambusstämmen und trockenen Büschen.

Am Abend, als die Sonne allmählich sinkt, versammeln sich alle an einem großen lodernden Feuer am Strand. Matteo, Ruben, Sébastien und die Holländer schieben das Floß jetzt ins Wasser. Die Mädchen legen die gesammelten Blüten und Blätter darauf und Bo stellt in die Mitte Jespers Gitarre und ein Foto. Es zeigt einen grinsenden Jesper mit wirrem Haar. Er hat es vielleicht in einem Automaten gemacht, in Sydney oder ... Hannah wird klar, dass sie so gut wie gar nichts von ihm wusste, noch nicht einmal, wieso und von woher er auf die Insel kam. Fumiko streut noch ein paar weiße Blüten auf das Foto und Hannah muss fest schlucken, damit sie nicht anfängt zu weinen. Warum ist Aiden jetzt nicht da? Aiden, der sie in den Armen hält ...

Jemand hat Musik angestellt, leise Klänge, die über den Strand schweben.

Hannah steht mit den anderen in einem Halbkreis um das Floß, das schon im Wasser liegt. Die Sonne, diese lodernde Feuerkugel, verlischt im Meer, während hinter dem Vulkan die kalt leuchtende Mondsichel in die Nacht aufsteigt. Nicht nur für Hannah ist es das erste Mal, dass sie miterlebt, wie jemand in ihrem Alter stirbt, auch die anderen wirken verstört und geschockt und jeder geht damit auf seine Weise um.

Nikki schluchzt laut, dabei hat sie kaum mit Jesper gesprochen. Veronika trägt ihr Tuch wie einen Schleier über dem Gesicht und Fumiko zwischen den beiden Holländern hat ihren undurchdringlichen Ausdruck aufgesetzt. Judith hat trotz der Dunkelheit die Sonnenbrille aufbehalten. Tränen rinnen ihr über die Wangen. Sie starrt aufs Meer und auf das Floß, das noch in Strandnähe im Wasser liegt, während Matteo sich schon mehrmals bekreuzigt hat und Ruben auf Spanisch betet. Und Sébastien trägt ein zerlesenes Taschenbuch mit sich herum und murmelt so etwas wie »Ein Baum ist ein Baum ist ein Baum«.

Bo und Erin stehen mit ernster Miene ein paar Schritte abseits.

Es ist Ruben, der schließlich die Fackel am Feuer entzündet, sich bekreuzigt und in feierlichem Ton zu sprechen anfängt. »Jesper, die meisten von uns haben dich kaum gekannt. Du bist hierhergekommen wie wir alle, um ein bisschen Geld zu verdienen, um eine gute Zeit zu haben. Wir wissen nichts von dir. Aber – du konntest so wunderbar Gitarre spielen. Damit hast du unsere Herzen erreicht. Manchmal braucht es nicht viele Worte ...« Rubens Stimme zittert ein wenig. Und Hannah denkt daran, wie lustig Jesper im Bunker war, wie sehr ihn das Tonbandgerät begeisterte, dass er sich wie ein Kind über den Generator gefreut hat – und mit wie viel Mut er den Wachen entgegengetreten ist und deren Aufmerksamkeit auf sich gelenkt hat. Vielleicht, das wird Hannah erst jetzt klar, vielleicht hätten die Wachen sich sonst an ihr vergriffen ...

»Wo immer du jetzt bist, Jesper«, redet Ruben weiter, »ruhe in Frieden.«

Er hält die Fackel an das trockene Reisig mit den Blüten. Die dürren Zweige fangen sofort Feuer und die Flamme lodert züngelnd auf.

Gemeinsam schieben sie das brennende Floß tiefer ins Wasser. Die Ebbe zieht es nach und nach immer weiter hinaus, sanft schaukeln es die Wellen, und sie stehen am Strand und sehen so lange zu, bis die Nacht hereinbricht und das Floß nur noch ein kleiner flackernder Punkt ist irgendwo weit, weit draußen auf dem Meer – der ganz plötzlich verschwindet.

In diesem Augenblick fasst Hannah ihren endgültigen Entschluss. Und als sie neben Nikki zurück zur Hütte geht – barfuß über den schwarzen Sand, der jetzt in der Nacht kalt geworden ist –, sagt sie: »Nikki, lass uns von hier abhauen.«

Nikki bleibt stehen.

»Wir hätten nie hierherkommen dürfen«, sagt Hannah, das wird ihr in diesem Augenblick klar.

»Aber wieso?«

»Dieses alte Ticket ...«, fängt Hannah an und dann kann sie nicht mehr aufhören; endlich, endlich stürzt diese Mauer, diese hohe, steinerne Mauer ein, »war von meiner Mutter. Ich meine, von meiner biologischen Mutter. Ich bin adoptiert worden. Sie ist damals nach Sydney geflogen und dann auf eine Insel gegangen ... und dort muss etwas passiert sein, was sie völlig aus der Bahn geworfen hat. Sie hat mich noch am Flughafen vor dieser Reise gewarnt. Doch ich wollte ... ich wollte herausfinden, wer ich bin.«

Nikki sieht sie mit offenem Mund an. »Dann hast du also die ganze Zeit ... warum –«

»Es tut mir so leid, Nikki, aber ich konnte es dir nicht erzählen, ich habe mich so geschämt für meine Mutter.«

»Warum denn?« Nikki legt den Arm um sie.

»Sie sitzt im Gefängnis und spritzt sich Heroin, sie hat ein paar Läden überfallen und dabei ist eine Kassiererin gestorben ... Mein Gott, Nikki, ich wollte nicht, dass du ...« Laut ausgesprochen klingt es noch viel schlimmer.

»Schon okay«, sagt Nikki tröstend, »ich hab schon schlimmere Geschichten gehört.«

Hannah schluchzt, es ist einfach furchtbar.

»Und deine Mutter«, fragt Nikki ungläubig, »war auch auf dieser Insel?«

»Ich ... ich weiß es nicht. Aber in dem Bunker, den ich mit Jesper gefunden habe, stand derselbe Satz wie in ihrem Tagebuch. *Mete bab –«*

»Die Worte, die Grazyna an die Wand geschrieben hat ...«

»Ja. Und Grazyna hat den Satz gekannt und ist gestorben. Jesper hat den Satz gelesen und ist jetzt tot. Und ich ...«

Entsetzt sieht Nikki sie an.

»Du meinst, das ist ein ... Fluch?«

Hannah muss wieder weinen. Sie fühlt sich so machtlos, so einsam und verloren. »Ich weiß es nicht, Nikki. Aber wir müssen so schnell wie möglich von hier weg.«

PLANET DER FINSTERNIS

Zurück in der Hütte zieht Hannah hektisch den Rucksack hinter dem Regal hervor.

»Irgendwie hängt alles zusammen, das Tagebuch, dieser Spruch, Jespers Tod ...« Sie blättert. Und dann hat sie es gefunden. Sie beginnt, die Textstelle laut vorzulesen.

Ihr Planet ist zu hundert Prozent von Meeren bedeckt. Und in diesen dunklen Tiefen sind die grausamen Herrscher zu Hause. Daher haben sie auch gleich auf der Erde diesen Lebensraum besetzt: mit Haien. Sie sind die perfekten Kampfmaschinen.
Ihr ganzer Körper gespickt mit Zähnen, die besonders groß und spitz in den Kieferzähnen enden. Zähne, die wieder nachwachsen, sobald sie beschädigt sind. Sie haben Kiefer, die extrem beweglich sind und es mit fast jeder Beute aufnehmen können.
Daher sind sie so gefährlich und kaum zu besiegen!
Sie spüren durch die Sensoren elektrische Felder auf: Herzschläge, Hirnströme, Muskelkontraktionen – und das Magnetfeld der Erde. Einige von ihnen jedoch haben auch menschliche Gestalt angenommen, um ihre Herrschaft weiter auszudehnen.
Haie – ob im Wasser oder in Menschengestalt – wissen in jedem Moment, wo sie sich im Koordinatensystem befinden – und stehen so ständig in Kontakt mit ihrem Planeten!

Ihr Gehör ist so fein entwickelt, dass sie sogar das Zappeln eines Fisches – oder das Atmen eines Menschen – hören und Frequenzen, die von verletzten und kranken Tieren und Menschen erzeugt werden. Ihnen wird nicht die kleinste Verletzung entgehen. Sie können Blut in milliardenfacher Verdünnung wittern.
Daher ist es ratsam, euch zum Schutz in eine weiße, strahlende Kugel zu hüllen. Diese können sie weder durchdringen noch durchbeißen. Merkt euch: Die weiße, strahlende Kugel ist euer einziger Schutz vor den Mächten der Finsternis ...!

»Klingt echt abgefahren«, meint Nikki erschauernd. »Und du meinst, dass das was mit ... mit Jespers Tod zu tun haben könnte?«

»Ich weiß auch nicht, aber warum schreibt meine Mutter so was ins Tagebuch?«

»Hm, ich schätze mal, sie war stoned. Wahrscheinlich megastoned.«

Hannah schlägt das Buch zu. Sie sitzen auf Hannahs Matratze und es ist so wie an dem Abend in Sydney, im *Blue Horizon*, als sie eine ganze Packung Eiscreme gegessen und sich ihre Lebensgeschichte erzählt haben.

»Meine Mutter«, fängt Hannah nachdenklich an, »hat mich vor der Reise gewarnt. Als – ja, als wüsste sie, was passieren würde.«

Nikki sitzt im Schneidersitz neben ihr. »Strange.«

»Ich frage mich, ob sie so was ... so was wie eine ...«

»Vorahnung?«

»Ja, eine Vorahnung gehabt hat.«

»Hm«, macht Nikki und zupft nachdenklich an ihren Haarspitzen. »So was gibt's. Ich hab dir ja auch von meinen Träumen erzählt.«

»›Vertrau nur deinem Gefühl‹, hat sie zu mir beim Abschied gesagt. ›Ich kann dich von der Reise nicht abhalten, aber vertrau nur deinem Gefühl.‹«

»Dann solltest du das tun, Hannah«, sagt Nikki ernst.

»Meinst du wirklich?«

»Unbedingt.«

»Wenn ich gehe, kommst du dann mit?«

Nikki lächelt. »Was denkst du denn?«

ÜBERS MEER

Erin hat nur genickt, als Hannah und Nikki ihr am nächsten Morgen ihr Anliegen mitgeteilt haben. Sie hat sich ein knappes Okay abgerungen, sie etwas unterschreiben lassen und ihnen den noch ausstehenden Lohn ausbezahlt. Dann ist sie grußlos aus der Hütte gegangen und hat Bo hereingeschickt. Auch der war kurz angebunden und verhielt sich äußerst kühl.

»Ich bring euch auf die Nachbarinsel. Von dort geht heute noch ein Flieger. Wir müssen in zehn Minuten los.«

Die wenigen Klamotten sind sofort in den Rucksack gestopft, nein, viel hat sie ja wirklich nicht dabei.

Nikki seufzt, als sie sich vor der Hütte noch einmal umdreht. »Schade, es hat alles so gut angefangen.«

Hannah denkt an den Unfall mit Grazyna und an die Haie, die sie gesehen hat, als sie angekommen sind. Nein, es hat schon nicht gut angefangen. Aber das behält sie lieber für sich.

Auch sie wirft jetzt einen letzten Blick auf ihre Hütte, die fast vier Wochen ihr Zuhause war, hört ein letztes Mal das *Kling Klang Kling,* wenn der Wind den Muschelvorhang bewegt. Und sie denkt ein letztes Mal – ein allerletztes Mal, schwört sie sich – an Aiden. »Leb wohl, Aiden«, flüstert sie und es ist, als zerreiße es ihr das Herz.

Es bleibt keine Zeit, sich von den anderen zu verabschieden. Die meisten schlafen noch und Bo hat es sehr eilig. Vielleicht will er auch nur vermeiden, dass sie den anderen noch Bescheid geben können. Schon bevor sie ins Boot gestiegen sind, wirft er den Motor an.

Das Meer wie Glas, hart und glitzernd, der Himmel stahlblau und still und das Boot fräst eine Spur durchs schäumende Wasser – nicht zu den Muschelkähnen, sondern in die andere Richtung, hinaus aus der Bucht. Dorthin, wo sie mit dem Wasserflugzeug gelandet sind – und dort wartet eine Überraschung auf sie. An einer Boje vertäut liegt ein schnittiges weißes Motorboot mit Aufbau.

Bo legt an und sie klettern an Bord.

»Wahnsinn!« Nikki lässt einen beeindruckten Blick über das strahlend weiße Deck mit den weißen Sitzpolstern entlang der Reling wandern.

»Betrachtet die Fahrt als Abschiedsgeschenk«, sagt Bo und macht sich am Steuer zu schaffen. Sein Ton lädt nicht dazu ein, sich weiter mit ihm zu unterhalten. Hannah sucht sich mit ihrem Rucksack einen Platz auf den weichen weißen Polstern am Heck.

»Mann, kann der sauer sein«, raunt Nikki ihr zu und setzt sich neben sie. Der Motor springt mit tiefem, sattem Blubbern an, das Boot vibriert, Bo schiebt den Hebel nach vorn, ein Ruck geht durch das Boot, die Spitze hebt sich und dann – dann schießt es röhrend los.

Hannah fühlt sich erleichtert. Sie hat die richtige Entscheidung getroffen. Zurück in Sydney wird sie das Tagebuch verbrennen und endlich ihr eigenes Leben führen. Wie ein Fluch hat dieses Tagebuch mit den Bruchstücken von Janice' Leben an ihr gehangen. Sie ist sicher, mit den Aufzeichnungen wird sie auch die düsteren Gedanken und Gefühle los. Janice hat recht gehabt. Sie hätte es gleich wegwerfen sollen.

Bo steht breitbeinig am Steuer des Schnellbootes, den Blick geradeaus auf den Bug gerichtet, der über den Horizont hinaus in den Himmel jagt. Ein feiner Nebel aus Wassertropfen legt sich über Hannahs Gesicht, durch ihre Haare weht der Wind und auf ihren Lippen schmeckt sie das Salz. War in der Bucht die Wasseroberfläche nur vom Wind gekräuselt, rollen hier auf dem offenen Meer viel höhere Wellen unter das Boot.

Jedes Mal wenn der Kiel auf die Wellen kracht, krallt sich Hannah fester an die Reling. Je weiter sie die schützende Bucht hinter sich lassen, umso höher werden die Wellen. Und erinnerten die weißen Gischtkronen eben noch an geklöppelte Spitzenborten, ähneln sie jetzt ein paar Kilometer weiter draußen eher gefletschten Zähnen.

Nikkis Gesichtsfarbe ist undefinierbar geworden, etwas zwischen Grau und Grünlich, und Hannah rechnet jeden Moment damit, dass sie sich übergibt. Auch der Himmel hat sich verfärbt, ist dunkler geworden und wirkt so schwer, als müsste er gleich ins Meer stürzen. Das richtige Wetter zum Abschiednehmen, geht es Hannah durch den Kopf. Der Fahrtwind zerrt und reißt nun an ihren Haaren und ihr wird allmählich auch übel. Sie greift zu der Trinkflasche. »Kann ein bisschen rau werden. Hier – das ist gegen die Übelkeit«, hat Bo gesagt und ihnen kurz nach der Abfahrt die Flasche gegeben. Und tatsächlich, nach vier, fünf Schlucken lässt die Übelkeit nach – und auch die Angst.

Also, Hannah, das ist ein Schnellboot mit einem starken Motor. Und Bo kann damit umgehen.

»Geht's besser?«, fragt sie Nikki, die auch etwas getrunken hat.

»Mhm.« Nikki atmet tief ein und aus und lächelt sogar ein bisschen.

»Man muss einen Punkt in der Ferne fixieren, hab ich mal gelesen«, sagt Hannah und sucht genau danach, nach einem Orientierungspunkt, einer Markierung, die sie ins Auge fassen kann. Und jetzt glaubt sie, eine Insel vor sich zu erkennen – nun, es ist eher ein dunkler Schatten im Dunkelgrau des Meeres.

Ihre Insel liegt inzwischen weit hinter ihnen, und als Hannah zurücksieht, wird alles noch viel schlimmer. Sie erinnert sich genau, wie sich der von der Sonne aufgeheizte schwarze Sand zwischen ihren Zehen anfühlte. Sie erinnert sich an den süßlich herben Geruch des Urwalds, an das Zirpen und Rascheln, an das Kreischen der Papageien und an die Arbeit auf dem Boot, an die rauen Muschelschalen. Sie denkt an Jesper. An Sébastien, Judith und Matteo, an Fumiko und ... immer wieder an Aiden.

Twin Flame, Seelenverwandter ... Sie hat das gefunden, wonach manche ihr Leben lang suchen – und ist einfach gegangen. Und plötzlich schießen ihr Tränen in die Augen. Sie wird ihn nie, *nie* wiedersehen, dabei hat es zwischen ihnen doch noch nicht einmal begonnen ...

Und dann springt sie auf, stürzt an die Reling und brüllt in den Wind.

»Nein! Neiiiiiiin!«

»Hannah!«, schreit Nikki, »was ist los?«

Hannah wischt sich die Tränen ab. »Ich bin so ... so traurig!«

»Ich auch«, sagt Nikki. »Aber es ist am besten so, Hannah. In Sydney finden wir schon was Neues, du und ich, bestimmt.«

Nikki ist so rührend, wie sie, grün im Gesicht, genau wie Hannah, etwas Tröstendes sagt, und Hannah nickt. »Ja. Bestimmt.«

Nikki lächelt tapfer und dann lässt sie die Reling los und breitet die Arme aus.

»Wenn man sich festhält«, schreit sie gegen den Motor und das Klatschen der Wellen an, »wird es nur schlimmer. Du musst dir einfach vorstellen, du bist ein Vogel! Woooohooohooooo!« Sie lacht. »Versuch's mal!«

Hannah schließt auch die Augen und breitet die Arme aus.

»Schneller, Bo«, schreit Nikki, »los, schneller! Noch schneller!«

Und auch Hannah schreit, so laut sie kann: »Wooooohooooo!« Ihre Übelkeit, ihre Angst – alles ist plötzlich wie weggeblasen. Sie fühlt sich so unglaublich leicht, so unbeschwert, ja, sie fühlt sich wie ein Vogel, der über den Ozean fliegt, frei, so frei. Und das Boot rast über das Meer, als wollte es den Horizont einfangen, weiter, weiter, weiter, schneller, schneller, schneller ... und dann – *Boooooaaaaaaffffffff!*

»Hannah!«, brüllt Nikki, als etwas explodiert, da, direkt

vor ihnen. Ein Lichtblitz *blitzt – blitzt – blitzt*, schießt auf – *pschhhhhhhh!* Etwas zieht ihr den Boden unter den Füßen weg und sie stürzt – *aaaaaaaaaahhhhhhh!* – in eine endlose dunkle, stille, ewige Tiefe.

LICHT

CLEAR LIGHT

Ein helles Schimmern ist das Erste, was sie wahrnimmt, als sie aus der Dunkelheit erwacht, dann ein *Kling Klang Kling* und ein sanftes Rauschen von weiter her. Nach und nach wird sie sich eines Körpers bewusst und dessen Lage: ausgestreckt auf dem Rücken. Allmählich spürt sie, wie Wärme diesen Körper durchflutet. Kurz blitzt etwas in ihren Gedanken auf, doch schon ist es wieder weg. Alles fühlt sich leicht an, sooo leicht ...

Sie schlägt die Lider auf. Über ihr kreist langsam und leise ein Ventilator, *schwummmm, schwummm, schwummm, schwummmm*. Helles Licht fällt herein und von dort, wo es in den Raum sickert, kommt auch das *Kling Klang Kling*. Als sich ihre Augen an die Helligkeit gewöhnt haben, erkennt sie einen Vorhang aus Muscheln. *Kling klang kling*. Sie ist in einer Hütte.

Sie versucht, sich aufzurichten. Ihr Kopf ist so leicht, so leicht, als wäre er aus weichen weißen, zuckerwattigen Wolken ... Überhaupt fühlt sich ihr ganzer Körper wunderbar schwerelos an!

Ein leises Geräusch. Da, auf der anderen Seite der Hütte, liegt noch jemand. Einen Augenblick lang glaubt sie, dieses Gesicht zu kennen, aber schon ist es wieder vorbei.

Mühsam richtet sie sich auf. Wie benommen sie ist ... Sie

stellt die Füße auf den Holzboden, einen neben den anderen. Was ist das? Sie trägt ein Kleid – ein weißes Kleid … Sie schafft es irgendwie, aufzustehen und stehen zu bleiben. Gar nicht so einfach.

Vorsichtig macht sie einen Schritt auf den Vorhang zu, auf das von dort hereingleißende Licht. Ihr scheint, als liefe sie durch einen dichten Nebel. Sie fühlt sich ein wenig benommen und doch so leicht, als würde sie schweben. Nein, sie schwebt wirklich! Was für ein wunderbarer Zustand! Sie kann fliegen! Und gleich, gleich fliegt sie … ins Licht und in den Himmel hinauf! Sie streckt den Arm aus, weit, ganz weit – *was für einen langen Arm sie hat!* –, und teilt den Vorhang. Ganz viele Muscheln! Ein Vorhang aus weißen, ganz weißen Muscheln! *Kling klang kling …*

Sie steht im Licht – *was für ein Licht!* Ein himmlisches!, überirdisches!, unbeschreibliches!, göttliches Licht! Und obwohl sie schwebt, spürt sie unter ihren Füßen den warmen Sand, vor ihr, neben ihr, ja, bis zum strahlend blauen Ozean hinaus breitet sich ein blendend weißer Sandstrand aus. Und genau in diesem Augenblick blitzt etwas in ihren Gedanken auf, als hätte sie so etwas Ähnliches schon einmal gesehen – *aber war es nicht anders gewesen?* Und noch während sie darüber nachdenkt, verblasst der Gedanke schon wieder.

In dem Licht, diesem blendend weißen, göttlichen, *außerirdischen* Licht, muss sie die Augen zusammenkneifen und zwischen den Schatten ihrer Wimpern sieht sie, an der Grenze zwischen Strand und Ozean, auf diesem schmalen Grat, eine im Licht oszillierende Gestalt auf sich zukommen … und wieder verschwinden. Sie hat sich einfach aufgelöst, als wäre sie nie da gewesen oder … als wäre sie selbst nichts anderes als Licht.

Sie wendet sich in die Richtung, aus der sie gekommen ist. Vor ihr erstreckt sich eine Reihe mit Hütten, die alle gleich aussehen, bis auf eine größere in der Mitte. Dahinter breitet sich tiefgrüner Regenwald aus, aus dem sich in der Ferne ein Bergkegel erhebt ... ein Krater ... ein Vulkankrater.

Irgendwie kommt ihr das alles bekannt vor, aber sie kann sich nicht richtig erinnern, es ist zu lange her, viele, viele Jahre ... vielleicht in einer anderen Zeit ...

Wer bin ich? Woher komme ich? Wohin gehe ich?, fragt eine Stimme in ihr, aber auch diese Stimme erkennt sie nicht. Das alles ist jetzt nicht mehr wichtig. Sie schwebt, sie fliegt ... fliegt ... fliegt ... *schwummm, schwummmm, schwummmm* ...

CRYSTAL LIGHT

»Es hat schon unzählige Kriege der Planeten gegeben«, dringt eine Stimme zu ihr, eine klare, ruhige Stimme. »Intergalaktische Kämpfe, zwischen dunklen und hellen Mächten, denen Hunderttausende Krieger zum Opfer fielen, bei denen Tausende von Raumschiffen zerschossen wurden, viele Reiche untergingen. Und was war das Resultat? Nur neue Kämpfe, neue Kriege, neue Opfer.«

Die Stimme wiegt sie sanft und sie fühlt sich wunderbar geborgen und getragen.

»Daher beschlossen die Abgesandten der Planeten, ein Experiment zu wagen. Ein unglaubliches, gigantisches Experiment, um endgültig die Frage der Herrschaft zu klären: Wer sind die wahren Herrscher? Die Planeten des Lichts oder die Planeten des Schattens?

Anstatt ihre Armeen gegeneinander in den Krieg zu schicken, sollten stellvertretend Repräsentanten der Lichtplaneten und der Schattenplaneten gegeneinander kämpfen.

Lange und heftig wurde über den Austragungsort gestritten, bis man sich schließlich darauf einigte, dass es ein abgelegener Ort sein sollte, ohne Kontakt zu den Heimatplaneten.

Dieser Ort wurde auf dem Planeten Erde gefunden. Eine Insel, mitten im Ozean. Und noch etwas: Mit der Ankunft der Repräsentanten wurde die gesamte Erinnerung an ihre Herkunft gelöscht, genauso wie sämtliches Wissen, das sie im Laufe ihres Lebens erworben hatten.

Wenn alle eingetroffen sind, kann das Experiment beginnen. Wird die Dunkle Armee die Helle Armee an diesem Ort besiegen? Oder wird es den Lichtwesen gelingen, sich aus dem Dunkel zu befreien, sich an ihre Herkunft zu erinnern – und werden sie die dunklen Mächte besiegen und dann zu ihren Heimatplaneten ins Licht zurückkehren?

Und du, Hannah, bist Teil dieses Experiments. *Mete bab ou alatranp.*«

Hannah taucht langsam an die Oberfläche. Wo war sie? Oder hat sie geträumt? Und wer ist dieses Mädchen vor ihr, dieses Mädchen im weißen Kleid?

»Willkommen, meine Liebe.« Es spricht mit leiser, sanfter Stimme und reicht Hannah eine gefüllte Muschelschale.

»Willkommen?« Hannah begreift nicht. Wenn nur ihr Kopf nicht so schmerzen würde, als steckten tausend Nadeln darin!

»Willkommen im Licht.« Das Mädchen lächelt die ganze Zeit.

Hannah hat solchen Durst, Durst, Durst, Durst und sie will trinken, nur noch trinken. Es schmeckt nach nichts und sie lässt die Schale noch einmal füllen. An irgendetwas erinnert sie die Muschelschale – eine Nacht? Ein Strand? Aber schon taucht alles in einem dichten weißen Nebel unter.

»Siehst du, es ist gar nicht so schlimm, tot zu sein.«

Das Mädchen streicht ihr liebevoll über die Haare und schwebt dann – *kling klang kling* – durch den Muschelvorhang ins strahlende Licht hinaus.

Tot? Hannah tastet über ihre Hand. Sie fühlt sich wirklich an, aber was heißt das schon ... wirklich?

Und ganz plötzlich wird ihr kalt, dabei war ihr eben noch so warm. Eine Woge rollt heran – schlägt über ihr zusammen und begräbt sie unter sich. So ist es also, wenn man tot ist, zuckt es noch durch ihr Gehirn, bevor sich der Nebel über alles Denken senkt.

Irgendwann dringt eine Stimme aus diesem dichten weißen Geflimmer in ihr Bewusstsein.

»Nach eurem Tod in der dritten Dimension, die ihr für das einzig reale Dasein gehalten habt, seid ihr nun in der vierten Dimension angekommen. Diese Dimension ist der Traum und sie ist die Brücke zur fünften Dimension. In der fünften Dimension habt ihr Zugang zum Weltgedächtnis. Ihr werdet somit nicht nur wissen, was war, was ist und was sein wird, ihr werdet auch die Zukunft verändern können.

Und genau das wollen die dunklen Mächte verhindern. Sie wollen euch vernichten, euch, die Lichtwesen.

Mete bab ou alatranp!«

ERWACHEN

Unendlich langsam steigt sie aus der Tiefe an die Oberfläche. Sie kann das Licht wie durch eine blaue Scheibe hereinfallen sehen, sie drängt weiter nach oben wie ein Taucher und dann, dann endlich – *plopp!* – ist sie da!

Ihre Schläfen pochen, ihre Kopfhaut fühlt sich wund an, ihre Muskeln schmerzen, ihr Mund ist staubtrocken und ihre Augen brennen. Aber ist da nicht ein Geruch, ein Duft nach ... Blüten? Süß und fruchtig wie ... wie ... Erdbeereis.

Doch da ist kein Eisbecher. Dort, auf der anderen Seite der Hütte, ist ... ein Engel. Er schläft, den Mund leicht geöffnet. Die blonden Haare, das runde Gesicht, die langen Wimpern kommen ihr bekannt vor. Auf einmal erinnert sie sich an einen Namen – Nikki. Der Engel heißt Nikki. Und Nikki war mit ihr auf einem Boot ... war es ein Boot? Das ist also Nikki und Nikki ist auch ... tot.

Hannah schlägt das dünne Laken zurück und will aufstehen – ach ja, dieses lange weiße Kleid, das trägt sie, weil sie tot ist, oder?

»Nikki?« Ihre eigene Stimme klingt furchtbar und ... so fremd.

»Nikki?«

Keine Antwort.

Vielleicht irrt sie sich und sie kennt dieses Mädchen gar nicht, ist ihm noch nie begegnet ...

»Nikki!«, flüstert sie diesmal.

War da nicht ein Flattern der Augenlider?

»Nikki?«, versucht Hannah es wieder. Und diesmal, diesmal schlägt sie die Augen auf!

»Nikki!«

Verwirrt sieht ihr Gegenüber sie an.

»Erinnerst du dich an mich?«

Langsam dreht sich Nikki zu ihr. Wie blass sie ist!

Sie bewegt die Lippen, brabbelt irgendetwas. Und als Hannah sich bewegt, zuckt sie erschrocken zurück.

Ist das überhaupt Nikki? Gibt es ... nein, gab es überhaupt eine Nikki? Oder hat sie sich das alles nur eingebildet?

»Wo ... bin ich?«

Endlich! Sie spricht. Gott sei Dank!

Verwirrt sieht Nikki sich um.

»Wir ... wir sind ... tot«, sagt Hannah, aber sie fühlt sich nicht mehr verloren; jetzt, wo Nikki bei ihr ist, ist sie nicht mehr allein.

»Wer bist du?« Nikki dreht sich zu ihr.

»Hannah, ich bin Hannah.«

Nikki kneift die Augen zusammen und schüttelt den Kopf. Doch dann scheint irgendetwas in ihrem Gehirn abzulaufen, bis sie schließlich nickt. »Hannah ... ja.«

Hannah fasst sich an den Kopf. Er fühlt sich so wund an, als hätten sie tausend Moskitos gestochen. »Hast du das auch gehört?«

»Was?«

»Da war eine Stimme, sie hat was von einem Experiment gesagt.«

Nikki legt die Stirn in Falten und nickt wieder. »Das war Gott, oder?«

»Gott?«

»Ja, oder? Oder der Teufel?«

»Beruhige dich, gerade war ein Mädchen im weißen Kleid da.«

Nikki sieht sie verwirrt an.

»Überleg doch mal«, Hannah zeigt auf ihr weißes Kleid, »tragen die so was in der Hölle?« Sie muss fast lachen, aber schließlich weiß sie ebenso wenig wie Nikki, was hier mit ihnen passiert – und was es mit diesem Experiment auf sich hat ...

Nachdenklich sieht Nikki erst Hannah an, dann an sich selbst hinunter. Und dann verdrehen sich ihre Augen und sie sackt auf die Matratze zurück.

Hannah will ihr zu Hilfe kommen, aber da gibt der Boden unter ihren Füßen nach – *nein, da ist überhaupt kein Boden!* Sie taumelt und stürzt, stürzt, stürzt ...

Sie brechen aus der Wand heraus, die Schatten. Sie packen sie an den Armen, drücken sie zurück auf die Matratze, von der sie sich gerade erheben und fliehen wollte. Heißer Atem bläst ihr ins Gesicht, sie sind ganz nah und ihre Augen brennen gelb und gefährlich.

»Was wollt ihr?«, bringt Hannah mühsam hervor. »Wer seid ihr?«

»Du weißt genau, wer wir sind. Ich bin Jesper und das ist Finn.« Sein Atem schlägt ihr ins Gesicht.

»Finn?«

»Kennst du Finn nicht mehr?«

»Finn ... nein ...«

»Und deine Eltern kennst du auch nicht mehr!«, sagt jetzt der andere. »Du hast kein Gewissen, weil du eine von uns bist.«

»Was ... wer seid ihr?«

»Du weißt genau, wer wir sind, und wir wissen genau, wer du bist. Und von nun an wirst du auf unserer Seite kämpfen.«

»Was für eine Seite meint ihr?«

Die beiden lachen böse. »Hast du gehört, was sie gefragt hat?«

»Ja. Sie hat keine Ahnung.«

»Nein, hat sie nicht.«

Das Lachen wird lauter und gehässiger, sie will sich die Ohren zuhalten. »Hört auf, lasst mich los! Lasst mich in Ruhe! Geht weg!«

»Nein. Wir haben dich lange genug in Ruhe gelassen. Du wirst jetzt deine Aufgabe erfüllen und kämpfen!«

In diesem Augenblick kommt ihr etwas zu Hilfe. Ein Licht, ein unglaublich helles göttliches, außerirdisches Strahlen ... und die Schatten fliehen, wollen zurück in die Wand, aus der sie gekommen sind. Doch das Licht lässt sie nicht los, zieht sie zurück, immer weiter zurück ins Auge des Strahlens, und dort schließlich, im Zentrum des gleißenden Lichts, verglühen sie zischend.

NEUE WELT

Tausend Nadeln müssen in ihrem Kopf stecken! Vorsichtig tastet sie über ihre Haare, aber nein, da ist nichts ... keine Nadeln. Was war das bloß für ein schrecklicher Traum?

Auf der anderen Seite der Hütte regt sich etwas. Nikki, richtig ...

Hannah wartet, bis Nikki sich zu ihr gedreht hat. Ihre Haare sind zerzaust und strähnig und ihr Gesicht ist verquollen und gerötet, so als hätte sie viel zu viel getrunken.

»Mann, ich hab solche Kopfschmerzen! Und was ich für ein Wahnsinnszeug geträumt habe!« Nikkis Stimme ist heiser.

»Ich auch und es war alles so ... real. Wir sind von einem Planeten hier auf die Erde gekommen –«

»Und die Dunklen Armeen wollten uns besiegen.«

»Ja.« Hannah nickt langsam. »Merkwürdig, ich hab genau dasselbe geträumt.«

Nikki runzelt die Stirn und fasst sich ebenfalls an den Kopf. »Siehst du hier irgendwelche Nadeln?« Nikki tastet immer hektischer über ihre Haare. »Da müssen überall –«

»Nein«, sagt Hannah, »da ist nichts. Ich habe genau dasselbe Gefühl.«

»Oh Gott«, Nikki fummelt immer noch in ihren Haaren herum, »wie grauenhaft das alles ist.«

»Die vierte Dimension«, erinnert sich Hannah auf einmal, »ist der Traum. Wir sind in der vierten Dimension ...«

»Traum? Das heißt, wir sind weder hier noch da?«

»Ich weiß auch nicht.«

»Wir sind also«, überlegt Nikki weiter, »weder richtig tot noch richtig lebendig?«

Hannah schüttelt den Kopf. »Nein, nein, warte, dieses Mädchen hat gesagt, wir sind tot.«

»Welches Mädchen? Ich hab niemanden gesehen.«

»Sie war hier, in der Hütte, aber du warst noch nicht bei dir.«

»Hier?« Nikki lässt den Blick über die nackten Bretterwände wandern, als könnte sich das Mädchen da irgendwo versteckt haben.

»Vielleicht sind wir ja in einer Art ... Zwischenwelt«, grübelt Hannah.

Nikki starrt eine Weile ins Leere. »Wir waren auf dem Wasser ... auf dem Meer ... daran erinnere ich mich noch.«

In Hannahs Kopf tauchen Bilder auf, unscharf, verschwommen ...

»Und dann war da dieser Lichtblitz.«

»Ja«, sagt Nikki und fängt wieder an, über ihren Kopf zu tasten. »Mehr weiß ich auch nicht.«

»Eine Explosion«, erinnert sich Hannah, »ein Knall.«

Nikki lässt den Blick herumwandern. »Diese Hütte ... waren wir nicht schon mal hier?«

»Hier?«

»Ja, vor dem Lichtblitz, vor ... unserem Tod. Hannah, was bedeutet das alles? Das ist alles so unheimlich.«

Hannah versucht aufzustehen. »Wir müssen nachsehen, wo wir sind.«

»Erst muss ich dieses Ding hier ausziehen!« Nikki zupft an ihrem Kleid herum. »Damit kann ich unmöglich unter die Leute!«

»Wenn du was anderes findest ...«, sagt Hannah und sieht sich erneut in der Hütte um. Nichts – nur Bretterwände und die Matratzen, die auf dem Boden liegen.

Sie nimmt ihre ganze Kraft zusammen und steht auf, doch sie muss sich gleich an der Wand festhalten. Ihr ist so schwindlig!

»Puh!«, stöhnt Nikki und fasst sich an die Stirn, »ich kann noch nicht mal aufstehen, vor mir dreht sich alles. Was für ein Hangover!«

»Du darfst dich nur ganz langsam bewegen«, sagt Hannah und kämpft selbst mit dem Schwindel. »Gib mir deine Hand.«

Hannah stützt sich an der Wand ab und schafft es, Nikki von der Matratze hochzuziehen.

»Und jetzt gehen wir hier raus, okay?«

Schritt für Schritt bewegen sie sich auf den Muschelvorhang zu, bis Hannah endlich die Hand ausstreckt und ihn teilt. Die Strahlen der Sonne treffen sie wie eine scharfe Klinge und sie zuckt zurück. Aber dann, ganz allmählich, merkt Hannah, wie ihre Augen sich an die Helligkeit gewöhnen – sie blinzelt in die Sonne ... und hält die Luft an.

Strahlend blau liegt das Meer vor ihnen! Als sie sich umdreht, sind dort die Hütten und der Regenwald und der Vulkan.

»Nikki! Waren wir nicht schon mal hier?« Und doch ist etwas anders, irgendetwas. Sie kommt nur nicht darauf, was, kann es einfach nicht greifen ...

»Nein.« Nikki fällt auf die Knie und greift in den Sand. »Wir waren noch nie hier.« Durch ihre Finger rieselt der Sand.

Der Sand ist weiß ... *so weiß wie Schnee ... Schnee ...*

Zwei junge Frauen laufen über den Strand, beide in langen weißen Gewändern.

»Hey, hallo!«, ruft Nikki mit sich überschlagender Stimme. »He, Leute! Was geht hier eigentlich ab? Wo sind wir hier?«

Die Frauen reagieren nicht, laufen einfach lachend weiter am Strand entlang, traumwandlerisch, entrückt.

Nikki runzelt die Stirn. »Sind wir unsichtbar?«

»Keine Ahnung«, murmelt Hannah und verstummt, denn zwischen den Hütten taucht eine Gestalt auf. Strahlend, phosphoreszierend weiß ...

»Wer ist denn das?«, hört Hannah Nikki noch fragen, aber da ist sie schon losgelaufen, wie im Traum ... verzaubert ...

Lose Gedankenstücke fallen in ihrem Kopf herum wie ein

durcheinandergeratenes Puzzle, während sie auf ihn zugeht, angezogen von dieser geheimnisvollen fremden Macht, gegen die sie sich nicht wehren kann.

»Hannah!«

Ist die Stimme wirklich real? Hat er wirklich gerade ihren Namen gerufen?

»Willkommen, Hannah!«

Du bist tot, das sind nur Halluzinationen, Filmszenen aus deinem Leben …

»Aiden?«, sagt sie leise, ganz leise, damit diese Vision nicht verschwindet.

Ein sanftes Lächeln zieht über sein Gesicht. »Jetzt bist du in Sicherheit.« Er kommt auf sie zu und nimmt ihre Hände. »Ihr seid gerettet.«

Sie begreift nicht, nein, sie versteht gar nichts. Und dennoch, der Blick aus seinen dunklen Augen fühlt sich auf ihrer Haut an wie Samt und ihre Hände in seinen …

»Gerettet?«, fragt sie.

Eine Strähne seiner schwarzen Haare weht ihm übers Gesicht. »Ja. Euer Boot ist mit etwas kollidiert und explodiert.«

Nikki ist herangekommen und blickt Hannah völlig verständnislos an. »Ihr kennt euch?«

Aiden nickt. »Ja, wir sind uns bereits im vorigen Leben begegnet.«

Im vorigen Leben … in Sicherheit … Hannah versucht zu begreifen.

Sein Blick schweift über den Strand und kehrt zu Hannah und Nikki zurück. »Ihr seid bei dem Unfall gestorben – und jetzt seid ihr in einer neuen Dimension.«

»Wir sind also wirklich tot?«, bricht es aus Nikki heraus.

»Nein, euer altes Leben ist zu Ende«, berichtigt Aiden sie,

»eure Seelen sind in eine höhere Dimension aufgestiegen, in eine Dimension tieferer Erleuchtung.«

Hannah fühlt sich vollkommen durcheinander.

»Und was ist mit Bo?«, fragt Nikki skeptisch. »Er war doch mit uns auf dem Boot.«

Bo ... allmählich taucht die Erinnerung an ihn auf. Richtig, denkt Hannah, sie sind mit Bo aufs Meer hinausgefahren.

Aiden senkt den Blick. »Bo haben wir noch nicht gefunden.«

»Bo ist ... ist richtig tot?«, fragt Nikki weiter. »Also *tot* tot?«

»Er ist woanders, er gehört nicht in unsere Seelenfamilie.«

Nikki sieht ihn mit offenem Mund an.

»Wo sind wir hier überhaupt?«, fragt Hannah, »und wieso bist du hier, du warst doch gar nicht auf dem Boot, bist du ... auch tot?«

»Ich?« Aiden macht eine ausladende Geste über den Strand und über das Meer hinweg. »Ich kann mich zwischen den Dimensionen bewegen.« Er winkt ab. »Aber das ist heute zu viel für euch. Ihr müsst euch jetzt ausruhen, es kommt eine intensive Zeit auf euch zu.«

Und tatsächlich merkt Hannah, bevor sie noch seine Worte überdenken kann, wie müde sie ist.

Schweigend folgen sie ihm zu ihrer Hütte.

Nikki bleibt abrupt stehen und blinzelt in die Sonne. »Sind denn meine Eltern verständigt? Weiß mein Dad, dass wir ... dass ich einen Unfall hatte und ... äh ... gestorben bin?«

»Keine Sorge, man hat sich um alles gekümmert«, beruhigt Aiden sie.

»Und werden sie, ich meine, werden sie hierherkommen? Es gibt doch sicher eine Beerdigung?«

Aiden schüttelt langsam den Kopf. »Nein, eure Körper wurden von Haien ...«

»Haie?«, fragt Hannah und blickt ungläubig an sich herunter. Sie ist vollkommen unverletzt. Aiden fängt ihren Blick auf und lächelt wissend.

»Ihr seid in der vierten Dimension, es ist die Brücke – und bald werdet ihr in die fünfte Dimension hinübergehen.«

»Hm, auch wenn ich es noch nicht so ganz begreife, ist es mir so lieber, als, na ja, richtig tot zu sein ...« Nikki schlüpft durch den Vorhang in die Hütte. Hannah ist stehen geblieben und betrachtet Aiden skeptisch.

»Ich weiß, wie du dich fühlst, Hannah.« Sein Blick ist voller Zuneigung. »Es fällt uns schwer, das Ende unseres Lebens zu akzeptieren. Auch wenn wir noch so viel gelitten haben in diesem Leben, bedeutet es uns etwas, weil wir glauben, es wäre das Einzige, das wir haben.«

Sein Gesicht ist ganz nah und der Blick aus seinen dunklen Augen taucht in ihren. Sie streckt die Hand aus und berührt vorsichtig seinen Arm. »Du bist wirklich«, sagt sie erleichtert.

»Ja, ich bin wirklich, Hannah.« Zärtlich zieht er sie in seine Arme. Hannah schließt die Augen.

Sie spürt seine Hand über ihre Haare und ihre Wange streichen und dann seine warmen Lippen auf ihren. Und der Kuss, sie spürt ihn – aber etwas stimmt nicht, etwas fühlt sich nicht richtig an ...

»Du musst dich jetzt ausruhen. Es war alles zu viel.«

Mit diesen Worten lässt er sie langsam los und tatsächlich – sie sieht sich selbst dabei zu – dreht sie sich um ... und geht in die Hütte ... sie kann gar nicht anders.

»Ich habe eigentlich immer gedacht, tot sein fühlt sich anders an.« Auf Nikkis Gesicht leuchten rote Flecken. »Eher so wie ... nichts.«

»Ja«, sagt Hannah verwirrt. »Aber wer weiß das schon? Vielleicht ist tot sein ja genau so.«

Der Nebel hat sie schon wieder erfasst, umhüllt ihren Körper, durchdringt ihn und eine Stimme sickert in ihr Gehirn: »Reset to life point zero. Reset system. Erinnere dich an deine galaktische Abstammung. Reset to life point zero. Reset system, deprogram ...«

Die Stimme durchtränkt ihr Gehirn, weicht es auf.

»Reset system. Erinnere dich an deine galaktische Abstammung. Reset to life point zero. Reset system, deprogram ...«

UNTERRICHT

»Willkommen!«

Das Mädchen, das durch den Muschelvorhang kommt, hat Hannah noch nie gesehen. Sie ist kaum älter als sie selbst und auch sie trägt ein langes weißes Kleid. Ihre hellblonden, lockigen Haare sind schulterlang und Hannah muss an einen Engel denken. Sie ertappt sich sogar dabei, wie sie einen Blick auf den Rücken des Mädchens zu werfen versucht. Wäre sie erleichtert gewesen, wenn sie dort tatsächlich Flügel entdeckt hätte?

»Ich bin Jasmin und bringe euch etwas zu essen.« Das Mädchen lächelt liebenswürdig, als es sich hinkniet und einen großen Teller voller bunter Blüten und Schalen mit Tee zwischen die beiden Matratzen auf den Boden stellt.

»Das?«, fragen Hannah und Nikki gleichzeitig.

»Ja.« Jasmin nickt, immer noch das gleiche Lächeln im Gesicht, und ihre Stimme ist so zart und sanft. »In unserem Sonnensystem ist die Zentralsonne aufgegangen. Ihre Strahlen bestehen aus Plasma. Und dieses Plasma dringt in unsere Atmosphäre. Wir – und auch alle anderen Lebewesen – atmen Plasma und wir ernähren uns von Plasma.«

»Dann sind das ... äh ... also keine Kohlehydrate?« Nikki greift interessiert nach einer violetten Blüte.

»Es ist Lichtnahrung«, erklärt Jasmin ehrfürchtig.

Nikki riecht an der Blüte und steckt sie dann in den Mund.

»Hm, schmeckt ... weich ... und nach Rosen. Habt ihr nicht ein bisschen Eiscreme dazu?«

Jasmin schüttelt nachsichtig lächelnd den Kopf.

»Wurdest du auch ... gerettet?«, fragt Hannah.

»Aber ja, wir wurden alle gerettet.«

»Und wo sind wir hier?«

Jasmins Augen glänzen. »In der vierten und bald in der fünften Dimension.«

»Ja, das haben wir schon gehört, aber was bedeutet das und wo sind wir?«

»Man wird es euch noch genauer erklären. Morgen vielleicht oder übermorgen.« Jasmin geht zum Vorhang.

»Jasmin?«, ruft Hannah ihr nach, »warum erst morgen oder übermorgen, warum nicht jetzt?« Doch Jasmin ist schon gegangen und der Muschelvorhang macht *kling klang kling.*

»Wie mein Dad das wohl aufnimmt? Ich meine, dass ich tot bin.« Nikki steckt sich nachdenklich eine gelbe Blüte in den Mund.

Hannah greift nach einer roten und betrachtet sie argwöhnisch. »Und deine Mom?«

Nikki sortiert die Blüten, die roten in die eine Ecke, die gelben in die andere, die blauen in die Mitte.

»Meine Mom ist vielleicht ganz happy darüber. Und vielleicht ... mein Dad auch.«

»Dass du tot bist?« Hannah schluckt die rote Blüte hinunter. Sie schmeckt ein bisschen nach Parfüm.

Nikki blickt auf und nickt.

»Aber hast du nicht dauernd von deinem ... Dad geredet?« Daran erinnert sie sich plötzlich, Nikkis Dad ...

Nikkis Miene versteinert langsam.

»Nikki?«

»Was?«

»Alles okay?«

»Okay?«, braust Nikki auf. »Nichts ist okay! Oder nennst du es okay, wenn man tot ist?«

»Nein, natürlich nicht.«

Nikki greift nach einer gelben Blüte, betrachtet sie nachdenklich und fängt an, die Blütenblätter herauszureißen.

»Ja«, sagt sie langsam und lässt das Blütenblatt fallen, »mein Dad war ganz verrückt nach mir, so verrückt, dass ich für mein Schweigen eine fette Kreditkarte verlangt habe.« Sie zupft ein weiteres Blatt heraus.

»Dein Schweigen ...?« Hannah versucht zu begreifen.

»Genau«, sagt Nikki und zupft weiter, »eine Goldcard für mein Schweigen.« Von der Blüte ist nur noch der Stängel übrig geblieben. »Und plötzlich ist kein Geld mehr drauf.« Achtlos lässt sie den Stängel fallen und sieht Hannah an. »Na, was heißt das wohl?« Nikki ist ganz rot im Gesicht.

»Ich ...«, stammelt Hannah, »weiß nicht, Nikki, ich habe keine Ahnung.«

»Dann überleg mal!«

»Vielleicht hat er plötzlich kein Geld mehr ... Vielleicht ist er gefeuert worden, hat seinen Job verloren und –«

»Ich sag dir, was das heißt!« Nikki sieht ihr direkt in die Augen. »Er glaubt nicht mehr, dass ich ihn anzeigen werde!«

»Anzeigen?« Hannah versteht noch immer nicht so ganz. »Anzeigen, wegen ... wegen was?«

»Sag mal, kapierst du es immer noch nicht?« Ihre Heliumstimme wird schrill.

»Er hat mich ... mein Gott, Hannah!« Plötzlich laufen Nikki Tränen übers Gesicht. »Und meine Mom hat einfach weggesehen. Jahrelang.«

»Nikki, ich wusste ja nicht ...« Mehr bringt Hannah nicht heraus.

Nikki vergräbt das Gesicht in den Händen und weint.

»Es tut mir leid«, sagt Hannah ganz leise.

»Ach ...« Nikki zieht geräuschvoll die Nase hoch, dann wischt sie sich über die Augen. »Jetzt bin ich ja tot«, sagt sie nach einer Pause entschieden, »und das ist vielleicht ganz gut so.«

EXPERIMENT

Hannah denkt an ihre Eltern. Wie geschockt und traurig werden sie sein, wenn sie von ihrem Tod erfahren?

»Sag mal«, fängt Hannah nachdenklich an, »ich hab immer gedacht, wenn man tot ist, fühlt man nichts mehr. Aber es ist noch alles genauso, wie es vorher war.« Sie nimmt die letzte rote Blüte vom Teller und betrachtet sie. »Man sieht Farben«, sie steckt sie in den Mund, »man schmeckt und riecht«, sie kaut und schluckt, »und hat Hunger und Durst.«

»Stimmt. Aber eigentlich wissen wir doch gar nicht, wie es ist, wenn man tot ist. Oder hast du schon mal jemanden getroffen, der tot war?«

Hannah schüttelt den Kopf und hält Nikki den leeren Becher hin. »Ist noch was von dem Tee da?«

Nikki gießt ihr etwas ein.

Durstig stürzt Hannah den Tee hinunter.

»Merkwürdig«, sagt sie, »ich krieg das alles nicht zusammen, als wäre irgendwas in mir gelöscht.«

»Ja ... stimmt«, sagt Nikki undeutlich.

»Waaas ...«, bringt Hannah mühsam hervor – oder es fühlt sich nur so an, als hätte sie das gesagt?

Hannah will noch mehr sagen, aber bald wirbeln nur noch einzelne Worte und Bilder in ihrem Kopf herum. Nikkis und Jasmins Stimmen, Aidens Gesicht, Jasmin, die von Plasma und Dimensionen spricht, die Mädchen am Strand, die sie nicht beachtet haben ... der Film läuft so lange, bis ihre Gedanken zäh werden wie klebriges Harz und schließlich ganz erstarren.

Später dann, irgendwann, sind da wieder dieses Piksen und das Kribbeln in ihrem Kopf.

Hannah will die Augen öffnen, aber ihre Lider sind so schwer. Sie kann nur durch den Schleier ihrer Wimpern Schatten wahrnehmen, zwei Schatten ... und sie sind ganz dicht bei ihr. Sie spürt etwas an ihrem Kopf und im nächsten Moment kribbelt es noch stärker und sie hört die inzwischen vertraut klingende Stimme.

»Die Dunklen Armeen bedrohen dich, sie wollen dich vernichten, weil du ein Lichtwesen bist – sie wollen dich zu einem der ihren machen. Wenn du dich mir anvertraust, wird dir nichts geschehen. Ich hülle dich in eine weiße Lichtkugel und du bist in Sicherheit.«

Das Kribbeln breitet sich auf ihren ganzen Körper aus, als wäre sie an Strom angeschlossen, und plötzlich sieht sie sich selbst, als wäre sie aus sich herausgetreten. Sie liegt festgeschnallt auf einem Sessel und hat auf dem Kopf eine Gummihaube, in die Kabel führen. Und wieder durchläuft das Kribbeln sie wie eine Welle ...

»Alles, was war, was ist und was jemals sein wird, ist in einem gigantischen Weltgedächtnis enthalten. Zeit und Raum spielen keine Rolle mehr, alles ist jederzeit und überall«, sagt die Stimme.

Vielleicht träumt sie wieder, vielleicht hat sie das auch schon mal gelesen, aber wo? Ihre Erinnerungen sind gelöscht, ihr Gehirn ist wie eine Festplatte, die neu formatiert wird.

»Lektion eins:

Vorstellung erzeugt Wirklichkeit. Dein Bewusstsein erzeugt etwas, was du betrachten kannst. Du kannst somit alles verändern, indem du es dir zuerst vorstellst.

Lektion zwei:

Alles, was du siehst, scheint außerhalb von dir zu sein. Das ist falsch, denn es ist auch in dir.«

Eine Gestalt beugt sich über sie, etwas streicht zart über ihren Körper und ein warmes Gefühl durchströmt sie, macht sie leicht, leicht, leicht ...

»Aiden?«

»Lektion drei:

Lerne zu fühlen. Übe dich darin. Dann werden deine Träume Wirklichkeit.«

»Aiden?«, fragt sie wieder – oder fragt sie zum ersten Mal? –

und gleichzeitig explodieren in ihrem Kopf Bilder, Farben und Töne, während die Stimme monoton weiterspricht:

»Lektion vier:

Du bist in der vierten Dimension, dem Traum, der Brücke zur fünften Dimension, in der du alles verändern kannst.

Lektion fünf:

Sky ist unser Verkünder und Meister.«

Irgendwann ist die Stimme verstummt und verschwommen taucht eine Gestalt vor ihr auf. Hat sie das Mädchen nicht schon einmal gesehen? Hat das Mädchen nicht schon einmal so einen Teller gebracht? Sie hat den Namen vergessen.

»Guten Morgen, Hannah«, sagt sie und lächelt durch den Nebel hindurch. »Ich bring euch das Frühstück.«

Frühstück? Hat sie einen ganzen Tag geschlafen? Vor Hannah blitzen bunte Blüten auf.

»Plasmanahrung«, hört sie das Mädchen sagen, »die Zentralsonne ist aufgegangen.«

Gierig greift Hannah nach der Schale Tee.

»Möchtest du noch mehr?«, fragt das Mädchen und gießt ihr aus einer Kanne nach. »Der Aufstieg in die nächste Dimension macht sehr durstig. Das haben wir alle schon erfahren.«

Hannah will trinken, aber plötzlich hält sie inne. Irgendetwas hält sie zurück. Sie beobachtet, wie Nikki hastig die Schale austrinkt und das Mädchen ihr sofort nachschenkt.

»Wie heißt du?«, fragt Hannah schleppend. Die Worte fühlen sich so schwer an im Mund, als wären sie aus Eisen.

»Jasmin.«

»J-a-s-m-i-n ...« Ja, sie erinnert sich. »Woher kommst du?«

»Meinst du meinen Heimatplaneten?«

»Meinetwegen ...«

Jasmin strahlt über das ganze madonnenhafte Gesicht. »Wir alle kommen aus der Galaxie des Lichts. Und wir werden dorthin zurückkehren, wenn wir die Dunkle Armee besiegt haben.« Jasmin lächelt. »Du musst etwas trinken«, sagt sie und füllt Hannahs Schale nach.

In dem Moment rutscht Nikki die Schale aus der Hand, ein Rest Tee ergießt sich über ihr Laken.

»Oh«, sagt Jasmin, wendet sich ab und hebt die Schale auf.

Nikki ist eingeschlafen.

So schnell, denkt Hannah, merkwürdig.

»Du muss auch etwas trinken«, sagt Jasmin wieder. »Trink schon.«

Tu so, als ob du trinkst, sagt eine Stimme in ihr. Und Hannah hebt die Schale an die Lippen, verdreht die Augen, lässt die Schale los, sinkt auf ihr Kissen zurück und stellt sich schlafend.

»Morgen«, flüstert Jasmin und streicht ihr sanft über die Hand, »ist es so weit. Die große Verkündigung ...« Der Muschelvorhang macht *kling klang kling* und Jasmin ist verschwunden.

Hannah richtet sich auf. »Nikki?«

Sie hört nur ein tiefes Schnarchen.

Nikki, wir dürfen diesen Tee nicht mehr trinken!

ES IST SO WEIT

»Heute Nacht ist es so weit!« Jasmin legt die neuen Kleider zwischen die beiden Matratzen.

Die Sonne scheint durch den Muschelvorhang und Hannah fühlt sich zum ersten Mal, seit sie hier ist ... in diesem neuen Leben ... wach. Wach und klar. Auch ihre Kopfschmerzen sind verschwunden. Trotzdem reibt sie sich jetzt die Augen, als wäre sie gerade erst aufgewacht.

Am liebsten wäre sie heute Morgen am Strand entlanggelaufen und hätte sich den Wind durch die Haare wehen lassen, aber etwas sagte ihr, dass sie vorsichtig sein sollte. *Manchmal ist es gut, wenn die Leute dich unterschätzen* – Jesper ... ja, richtig, Jesper hat so was Ähnliches gesagt, als sie in diesem Bunker waren. In dieser Bucht ... warum war sie in der Bucht gewesen?

Warum nur? Sie versucht, sich zu erinnern, aber es ist, als zündete sie in einem dunklen Raum ein Streichholz an, und bevor sie etwas erkennen kann, ist die Flamme schon wieder erloschen.

»Was ist so weit?«, fragt Hannah und steht auf.

»Ihr werdet den Verkünder sehen!«

»Was?«, kommt es verschlafen von Nikki. »Was ist los?«

»Ihr werdet den Verkünder sehen«, wiederholt Jasmin geduldig. »Unseren Meister.« Mit dem üblichen andächtigen Lächeln dreht Jasmin sich um, aber diesmal ist Hannah schneller und packt sie am Handgelenk.

»Warte!«

Jasmin sieht sie erschrocken an.
»Wie lange bist du schon hier?«
»Ja, sag's uns!« Nikki sieht sie mit glasigen Augen an.
Jasmins Blick kehrt sich nach innen.
»Jasmin!«
»Ich ... ich weiß es nicht mehr«, stammelt Jasmin eingeschüchtert.
»Du weißt es nicht mehr? Kennst du ... Aiden?«
Jasmins Augen weiten sich und ihre Lippen fangen an zu beben.
»Sag schon, wer ist Aiden?«
Jasmin presst die Lippen aufeinander, woraufhin Hannah richtig wütend wird. »Aiden?«, wiederholt Jasmin.
»Ja, Aiden! Wer ist er und was tut er hier?«
Hannah wartet, aber Jasmin bleibt stumm, ihr Blick geht irgendwo ins Nichts.
»Jasmin!« Hannah rüttelt sie an den Schultern, aber Jasmin reagiert nicht, überhaupt nicht, als wäre sie irgendwie hypnotisiert, und so lässt Hannah sie schließlich los und sieht ihr nach, wie sie rasch und wortlos hinausgeht.
»Verdammt!«
Und von einer Sekunde auf die andere packt sie die Verzweiflung. Sie fängt an zu weinen.
»Hannah, was ist denn los?«, fragt Nikki erschrocken.
»Ach.« Hannah wischt sich die Tränen ab. »Ich sehe ihn in diesen Träumen. Er ... experimentiert mit mir ...«
»Aiden?«
Hannah nickt.
»Hm. Das träumst du doch alles nur.« Nikki blickt versonnen von ihren Fingernägeln auf. »Aber wir sind ja tot – kann man da überhaupt träumen?«

»Ich weiß nicht. Alles war so ... so real. Vielleicht«, überlegt Hannah, »gibt es ja wirklich noch andere ... Dimensionen. Die Steinzeitmenschen konnten sich die Erde schließlich auch nicht als Kugel vorstellen. Und die Seefahrer haben geglaubt, sie würden am Horizont hinunterfallen.«

»Mmmmm«, macht Nikki. »Also kann das hier«, sie lässt den Blick durch die Hütte gleiten, »alles wahr sein?«

Hannah stöhnt und reibt sich die Schläfen, als könnte sie so endlich Klarheit gewinnen.

»Egal«, Nikki seufzt, »tot oder nicht tot, ich hab das Gefühl, mein Kopf platzt gleich.«

Nikki nimmt etwas von dem Stapel mit den frischen Sachen. »Mann, ich hab gedacht, wir kriegen mal was Cooleres.«

Unbehaglich betrachtet Hannah das weiße Kleid. Es ist das gleiche, das sie schon die ganze Zeit tragen.

»Also, ich weiß nicht ...« Nikki seufzt wieder und lässt das Kleid sinken. »Irgendwie ist mir das mit den Dimensionen unheimlich.«

Im trüben Grau der Nacht schlägt Hannah die Augen auf. Diesmal kann sie sich an keinen Traum erinnern. Da war bloß dieser zwingende Blick, von dem sie sich beobachtet gefühlt hat.

Und nun sehen sie tatsächlich zwei kleine gelbe Augen an. Da, direkt am Muschelvorhang, sitzt sie wie versteinert, sicher dreißig Zentimeter hoch. Nur ihre Zunge schnellt hin und her – und der zackige Kamm auf dem Kopf vibriert: die Echse.

Nikki schläft tief und fest. Einen Moment lang denkt Hannah daran, sie zu wecken, aber was hätte das für einen Sinn? Was sollte Nikki tun? In dem Augenblick macht die Echse einen Schritt auf sie zu, bevor sie erneut wie versteinert innehält. Hannah bewegt sich nicht, konzentriert sich allein darauf, dass die Echse sich umdreht und wieder verschwindet.

Alles, was du siehst, scheint außerhalb von dir zu sein, doch es ist in dir. Lektion zwei.

Vorstellung erzeugt Wirklichkeit ... Hannah konzentriert sich, so gut sie kann, auf die Echse, die sie anstarrt, als wollte sie sie auf der Stelle mit Haut und Haar verschlingen.

Geh weg ... geh weg ... du bist gar nicht da!

Ein Ruck geht durch den Körper und Hannah hört auf zu atmen.

Verschwinde, verschwinde, verschwinde!

Die Echse züngelt und hebt ein Vorderbein und – dreht ab, schlüpft durch den Muschelvorhang und verschwindet in der Nacht.

War die Echse überhaupt da oder war das nur eine Vorstellung, eine Vision?

Hannah schließt die Augen, und als sie sie wieder öffnet, teilt ein Schatten den Muschelvorhang.

»Es ist so weit, zieht euch schnell an, es geht los.« Jasmin hat ein brennendes Windlicht dabei und leuchtet damit vor sich auf den Boden. Ihre Stimme zittert vor Aufregung. »Der Meister erwartet uns!«

In dem Augenblick beginnen die Trommeln. *Bumm, bumm, bumdudumm ...*

Nikki fährt erschrocken hoch und Hannah horcht auf. Dieses Trommeln ... *bumm, bumm, bumdudumm, bumm, bumm, bumdudumm ...*

Hat sie das nicht schon einmal gehört? Der an- und abschwellende Rhythmus ruft etwas in ihr wach, eine Erinnerung ... an die Bucht ... die andere Bucht. Eines wird ihr immer klarer, während sie in die Nacht lauscht und ihr Herz hart und schnell im Rhythmus der Trommeln schlägt: Sie kann nicht tot sein. Wenn man tot ist ... hat man keine Angst mehr.

DER MEISTER

Strahlend weiß und direkt unter dem Halbmond steht ein großes rundes Zelt am Strand. Im Hintergrund laufen die Wellen am Ufer aus und hinterlassen einen feinen Rand aus weißem Schaum auf dem feuchten Sand. Hannah fühlt sich endlich nicht mehr übermannt von dieser bleiernen Müdigkeit, seit sie den Tee und die Blüten nicht mehr angerührt hat. Als sie das Nikki erzählt hat, hat diese nur mit den Schultern gezuckt und gemeint, sie sei ganz froh, dass sie so zugedröhnt ist, dann sei alles wenigstens nur halb so schlimm.

Dumpf und unheimlich hallen die Trommeln aus dem finsteren Dickicht des Dschungels, während sich eine größere Gruppe von Mädchen in weißen Gewändern – manche in andächtigem Schweigen, andere aufgeregt flüsternd – traumwandlerisch zu dem großen weißen Zelt bewegt.

»Hannah«, flüstert Nikki gähnend, »versprich mir, dass wir zusammenbleiben.«

»Ja, versprochen«, flüstert Hannah zurück und dann folgen sie den Mädchen zum Zelt.

Das geheimnisvolle Licht des Mondes, das sanfte Rauschen der Wellen, das Rascheln der Bäume, die Trommeln und das Getuschel der Mädchen – das alles erzeugt eine ganz besondere Stimmung, von der Hannah nun auch langsam erfasst wird.

»Geh du vor.« Nikki bleibt vor dem Zelteingang stehen. »Mann, bin ich fertig ...« Sie gähnt wieder und reibt sich die Augen. Sonst war Nikki doch immer diejenige, die sie in noch eine weitere Bar gezerrt hat, die in den Klubs als Letzte gegangen ist – das fällt Hannah auf einmal wieder ein. Dann geht sie durch die zurückgeschlagene Zelttür und bleibt wie geblendet stehen.

Silbriges, von irgendwoher einfallendes Licht erfüllt das Innere des Zeltes, alles strahlt, als wäre es aus reinem Licht. Auch die Mädchen, die in ihren weißen Gewändern auf dem Boden sitzen, umgibt dieser besondere Glanz, macht sie zu etwas Besonderem.

»Nikki«, Hannah dreht sich um, »jetzt komm endlich!«

»Oh Gott!« Nikki blinzelt ins Licht.

Die wenigsten nehmen Notiz von ihnen, einige tuscheln miteinander, andere sind völlig entrückt und wiegen sich im Rhythmus der Trommeln. Ein Mädchen mit einem Blütenkranz im Haar meditiert, ein anderes singt leise.

»Sag mal«, flüstert Nikki, während sie sich verwundert umblickt, »was geht hier eigentlich ab? Sind wir hier in einem Kloster gelandet?« Sie lässt sich im Schneidersitz neben Hannah auf dem Boden nieder.

»Hm«, macht Hannah. Weitere Mädchen in weißen Gewändern kommen herein, und als Hannah sich umsieht, stellt sie fest, dass sie keinen einzigen Jungen entdecken kann.

»Ich hab so was schon befürchtet«, stöhnt Nikki, »im Himmel gibt's keinen Sex mehr.«

»Wer sagt, dass wir im Himmel sind, Nikki?«, gibt Hannah genauso leise zurück.

Da dreht sich ein Mädchen zu ihnen um. Sie sieht aus wie auf diesen Madonnenbildern, die man in alten Kirchen findet, so zart, so unschuldig.

Moment ... Hannah stutzt. Hat sie gerade wieder eine Erinnerung an ihr altes Leben gehabt? Das Leben, das sie hatte, bevor sie in diese Bucht gekommen ist ...? Es ist, als hätte ein Programm ihre Erinnerungsfestplatte neu formatiert und dabei – bis auf ein paar wenige Ausnahmen – alle Dateien gelöscht ... Sie muss sie sichern, die Erinnerungen sichern, es muss doch noch mehr nicht gelöschte Dateien geben!

Ohne Erinnerung, das wird ihr in dem Augenblick klar, existiert sie nicht, gibt es sie, Hannah, nicht! Plötzlich ergreift sie die Panik. Erinnere dich, schreit sie stumm, verdammt noch mal, erinnere dich, Hannah!

Das Mädchen lächelt selig.

»Ihr seid neu hier, ja? Es ist so schön, hier zu sein! So wunderbare Seelen zu treffen ...« In ihrem Haar steckt eine weiße Blüte. »Ich bin übrigens Adriana.«

Hannah lächelt zurück. »Ich bin Hannah – und das ist meine Freundin Nikki.«

»Hi«, sagt Nikki, »bist du auch ... gestorben?«

Adriana nickt heftig und die dunklen Augen in ihrem blassen, zarten Gesicht weiten sich. »Es war so schrecklich. Haie haben ...« Sie verstummt. Aber gleich kehrt dieser selige, entrückte Ausdruck in ihr Gesicht zurück. »Doch jetzt, jetzt ist alles gut. Wir sind alle gerettet, wir werden in die fünfte Dimension aufsteigen.«

»Kennst du denn jemanden, der schon aufgestiegen ist?«, fragt Nikki neugierig.

»Aber sicher«, sagt Adriana in ihrer madonnenhaften Sanftheit, »ich werde jede Nacht von ihnen besucht. Sie erzählen mir aus dem Weltgedächtnis.«

Nikki wirft Hannah einen verständnislosen Blick zu.

Adriana beugt sich näher zu ihnen. »Außerdem treffe ich in der fünften Dimension meine Twin Flame! Ich träume sogar von ihm – das heißt, wir haben schon Kontakt miteinander aufgenommen!« Adriana ist ganz entzückt.

»Twin Flame?« Nikki dreht sich zu Hannah um. »Weißt du, was das ist?«

»Ihr werdet es gleich erfahren«, sagt Adriana, »der Meister wird es erklären.« Dann legt sie den Finger auf die Lippen und wispert »Psst, wir müssen uns sammeln«, ehe sie sich wieder nach vorn wendet.

»He, Adriana«, Nikki tippt ihr auf die Schulter, »wo haben sich denn hier die Typen versteckt?«

Doch da erhebt sich ein leises, gleichmäßiges Summen und es fühlt sich an wie ein einziges Vibrieren, mit einem leisen Brummen ...

»War das eben dein Magen?«, flüstert Hannah Nikki ins Ohr.

Nikki fasst sich an den Bauch. »Mann, ich würde glatt sterben für einen Burger – aber ich bin ja schon tot.«

Windspiele lassen ihr helles *Kling Klang Klong* ertönen. Und ganz langsam beginnt auch Hannah, sich in diesem Klang, dem Trommeln, dem Gemurmel und Geraune zu verlieren. »Jetzt bist du in Sicherheit«, hat Aiden gesagt, »ihr seid gerettet, ihr seid in der vierten Dimension.«

Fühlt es sich hier mit all den anderen nicht gut an?

Sie gehört dazu. Sie ist nicht allein, da sind all die anderen Mädchen, und auch Aiden ist da. Und sie erinnert sich wieder, an die Nacht, an den Strand, den Sternenhimmel ... Wie sie ihm die Haare aus dem Gesicht streicht, an seine Hände auf ihrer Haut, an den Wind und den Sand und an das Feuer in ihr. Verzaubert ... genau, sie hat sich verzaubert gefühlt. Und jetzt?

Schlagartig gehen die Lichter aus – ein lauter Trommelwirbel – und alle Köpfe drehen sich zur Bühne.

CONCERT

Aufgeregt fasst Nikki nach Hannahs Arm. Im selben Augenblick gehen helle Lampen an, werfen von oben ihr Licht ins Zelt, direkt auf die Bühne, von woher jetzt ein Lied erklingt.

»In this life with you all I can do is dance« – und dann sieht Hannah, wie sechs singende Mädchen, alle blond und hübsch wie Models, das Zelt betreten und eine riesige, geöffnete Muschel hereintragen.

»So in love with you – you came into my world and into my dancing heart ...«

Und in dieser Muschel sitzt eine Gestalt, eine weiße, vollkommen weiße Gestalt in weißer Kleidung mit kalkweißer Haut und bis auf die Schultern fallendem weißen Haar.

Hannah wagt kaum zu atmen. Einen Moment lang glaubt sie, es sei Aiden – aber dessen Haar ist schwarz und seine Haut hat einen warmen, intensiven Bronzeton. Und dieser Mann dort hat weißes Haar, der Wind – woher kommt er so plötzlich? – weht es ihm aus der Stirn und seine Haut, seine Haut ist genauso weiß wie Kalk wie Porzellan wie ... eine Muschel.

»In this life with you all I can do is dance …« Alle im Zelt stimmen mit ein. *»So in love with you – all I can do is dance – you came into my world and into my dancing heart …«*

Auch Nikki hat angefangen, zu klatschen und zu singen.

»Unser Meister!«, schluchzt das Mädchen neben Hannah, eine kleine Dunkelhaarige mit französischem Akzent. »Sky, der Verkünder! Sky, unser Meister!«

Und jetzt kann sich die Menge nicht mehr halten, alle jubeln und schreien, als wäre der weiße Mann da oben in der Muschel ein Rockstar …

»So in love with you – you came into my world and into my dancing heart – In this life with you all I can do is dance …«

Der finale Trommelwirbel ist ohrenbetäubend.

Die Mädchen setzen die Muscheltrage vorsichtig ab, die Trommeln verstummen. Mit einem Mal ist es ganz still. Nur die Windspiele machen *kling klang klong* und das leise Rauschen des Meeres dringt noch heran.

Eine knisternde Spannung hat das ganze Zelt erfüllt. Mit erhobenen Armen und zum Himmel gerichtetem Blick erhebt sich nun der weiße Mann, der Verkünder, Sky, und tritt vor die Menge.

Hannah spürt das harte Pochen ihres Herzens. Sie kann sich nicht wehren gegen diese alles erfassende Stimmung. Warum auch? Sie hat alles verloren und das hier … das hier ist jetzt ihr neues, ihre einziges Leben. In dem Augenblick greift Nikki nach ihrer Hand und Hannah drückt sie fest. In Nikkis Augen stehen Tränen. »Wir bleiben zusammen, ja? Egal, was passiert«, flüstert Nikki.

»Willkommen!«, erhebt Sky seine Stimme. Sie klingt laut und klar und jung. In einer weit ausholenden Geste streckt er die Arme aus, als wollte er alle umarmen. »Ihr seid auserwählt, in die fünfte Dimension aufzusteigen. In das Energiefeld, das euch mit allem verbindet, was war, was ist und was je sein wird. Ihr wisst, es gibt keinen Zufall, denn alles ist in diesem Energiefeld, dem großen Weltgedächtnis, miteinander verwoben. Nur dort werdet ihr die Antworten auf alle Fragen erhalten.«

Lauter Jubel bricht aus. Ein Mädchen, das neben Adriana sitzt, springt auf.

»Sky hat mein Leben verändert!«, ruft sie. »Er hat mir genau vorhergesagt, wann und wie ich meine Twin Flame finden werde. Ich bin so glücklich wie noch nie! Danke, Sky, du bist mein Meister.«

Wieder lauter Jubel, bis Sky mit einer Handbewegung alle zum Verstummen bringt und in der andächtigen Stille weiterspricht.

»Warum bin ich auf der Welt? Wer bin ich? Wo liegt meine Bestimmung? Und wo wartet meine große Liebe auf mich, der Mensch, der für mich bestimmt ist? Meine Twin Flame. Auf all diese Fragen werdet ihr Antworten finden!«

Wieder lautes Schreien. Über Nikkis Wangen laufen Tränen, stellt Hannah mit einem Seitenblick fest. »Nikki, ist alles okay?«

»Jaja«, gibt Nikki leise zurück, »es ist nur alles so ... so ... ach, wie im Kino.« Sie unterdrückt ein Schluchzen und wischt sich mit dem Handrücken die Tränen ab.

»Bei Vollmond«, spricht Sky weiter, »werden die nächsten Auserwählten über die Brücke durch das Tor gehen, das sie in die fünfte Dimension führen wird.«

Es ist still, unheimlich still, andächtig still, und da vorn leuchtet nur Sky – weiß, ganz und gar weiß, strahlend weiß, überirdisch weiß ...

Wer ist das?, fragt sich Hannah und kann sich gegen die Faszination kaum wehren. Gott? Ist das hier wirklich das Leben nach dem Tod?

»Aber bevor das geschieht«, seine Stimme bekommt einen bedeutungsvollen Klang, »muss euer System deprogrammiert werden!« Er gibt den Mädchen, die ihn hereingetragen haben, ein Zeichen, worauf sie, jede mit einer silbernen Schale, von der Bühne heruntersteigen. »Zu eurer Reinigung werdet ihr jetzt davon trinken!«

Die Trommeln fangen wieder an. Langsam und rhythmisch, *bumm, bumm, bumdudumm, bumm, bumm, bumdudumm ...*

Wie der Herzschlag des Urwalds, denkt Hannah, oder allen Lebens. *»Wir denken, es ist außerhalb von uns, aber es ist in uns, in uns allen, und es verbindet alles mit allem ...«*

Gehorsam nimmt ein Mädchen nach dem anderen die Schale, führt sie an die Lippen, trinkt und reicht die Schale weiter. Niemand spricht, nur das stete Trommeln erfüllt den Raum.

Hannah spürt, wie ihr Herz sich dem Rhythmus der Trommeln anpasst, zuerst wehrt sie sich noch, aus Angst, sich zu verlieren, doch wozu? Sie hat sich doch noch gar nicht gefunden. Und so lässt sie es geschehen, lässt sich tragen von den Trommeln, von der ehrfürchtigen Stimmung im Zelt, der Strahlkraft Skys – und der Gemeinschaft der Versammelten.

Du bist nicht allein, Hannah, hört sie ihre innere Stimme sagen, *endlich nicht mehr allein, endlich nicht mehr ziellos und orientierungslos. Du gehörst dazu, du wirst getragen ...*

Da fängt sie einen Blick auf, ein Mädchen mit braunen Haaren ein paar Reihen vor ihr sieht sie an. Und schüttelt kaum merklich den Kopf. Hannah stutzt.

»Alle Schatten und alles Böse werden aus euch weichen«, verkündet Sky oben auf der Bühne und er strahlt so weiß und rein, dass Hannah kurz geblendet die Augen schließt.

Als sie die Schale von Nikki entgegennimmt, zittern ihre Hände. Hannah spürt erneut den Blick des Mädchens auf sich. Sie sieht wieder zu ihr und diesmal schüttelt sie deutlicher den Kopf und ... formen ihre Lippen nicht ein *No?*

Misstrauisch blickt Hannah in die Schale.

»Das ist ja Wahnsinn, Hannah!« Nikki sieht ganz blass aus und ihre Augen glänzen fiebrig. »Ich spüre schon jetzt, dass aller Schmutz von mir genommen wird ...«

No? Was meint sie damit? Vorsichtig nimmt Hannah einen kleinen Schluck der silbrig schimmernden Flüssigkeit. Wonach schmeckt sie? In ihrem Mund ist nur eine angenehme Kühle, so als würde sie ... den Mond trinken. Rasch reicht sie die Schale weiter.

»Schließt die Augen!«, donnert Skys Stimme durch das Zelt.

Ein elektrisches Zittern läuft durch Hannahs Körper, geradezu unheimlich. Ihre Augen schließen sich von selbst, sie kann sich gar nicht dagegen wehren, selbst wenn sie es gewollt hätte.

»Ihr werdet jetzt alles vergessen, was ihr in eurem Leben erfahren habt«, dringt Skys auf einmal monoton klingende Stimme heran, »ihr werdet eure Eltern, eure Freunde und eure Herkunft vergessen. Alles, was vorher war, wird jetzt für immer gelöscht. Ihr seid leer und rein. Eure Deprogrammierung läuft. Deprogram, reset to point zero. Reset system ...«

Hannah hört Nikki neben sich leise schluchzen, aber dann

taucht sie selbst ein in diesen Strom von Worten, überlässt sich ihm mit all ihren Gedanken, Gefühlen, mit ihrem ganzen Körper ...

»... reset to point zero, reset system ...«

Sie spürt, wie nach und nach alles aus ihrem Innern weicht. Anspannung – Verantwortung – Pflicht – Erinnerung – Gewissen – Schuldgefühle – Schmerz – Trauer – Angst ...

»... deprogram ...«

Sie ist frei von allem, endlich leer, ein leeres Gefäß ...

»Und jetzt erinnert euch an eure wahre Herkunft! Ihr seid Wesen des Lichts.« Die Stimme wird lauter. »Ihr seid stärker als die Dunklen Armeen, die den galaktischen Krieg gegen euch führen! Der Endkampf in dem großen Experiment steht unmittelbar bevor. *Mete bab ou alatranp.* Prepare for what is coming. Ihr seid Wesen des Lichts und ihr werdet als Sieger aus diesem Kampf hervorgehen. Ihr habt die Kraft und die Fähigkeit. Und deswegen werdet ihr das Experiment zugunsten der Wesen des Lichts entscheiden!«

Nur noch ein unverständliches Gemisch von Lauten dringt zu Hannah durch. Gesichter und Lichter, alles dreht sich nun, dreht sich immer schneller, wie von einem Strudel erfasst, und sie, sie wehrt sich noch, bevor auch sie hineingezogen wird, taumelt, bis sie den Widerstand aufgibt und sich dieser fremden Kraft überlässt, die sie in die Tiefe reißt oder in die Höhe – das kann sie nicht mehr unterscheiden.

Als hätte sie aufgehört zu existieren, als hätte eine fremde Macht die Kontrolle über sie übernommen ...

BRIGHT LIGHT

Bo steht breitbeinig am Steuer. Das Boot rast über die Wellen, Salzwasser spritzt ihr ins Gesicht ... ein Knall ... ein Licht ... dann Dunkel. Das Boot fährt langsamer über das ruhige Meer. Vor ihnen ein Strand. Jemand kommt ... Männer? Die Wachposten – mit einem Gewehr über der Schulter – tragen Nikki und sie ans Ufer. In eine Hütte. In die Hütte am weißen Strand ... Männer mit Gewehren ...

Hannah wacht auf. Ihre Zunge fühlt sich dick und geschwollen an, als würde sie den ganzen Mund ausfüllen. Ein Schweißfilm überzieht ihre Haut und hinter ihren Augen pocht es.

Was war das für ein Traum? Es hat sich alles so wirklich angefühlt. Das Boot, die Explosion ...

Sie reibt sich die Schläfen, ihr Kopf droht zu explodieren. Woher kommen bloß diese wahnsinnigen Kopfschmerzen?

Und dann fällt ihr die Nacht im Zelt ein. Das silbrige Licht, Sky, die Trommeln, der Reinigungstrunk ... deprogram ...

Steh auf! Beweg dich! Sie kämpft an gegen die Übelkeit und den Schwindel und tastet sich an der Wand entlang, bis sie endlich steht – und da sieht sie es: Nikkis Bett ist leer!

Das Laken auf ihrer Matratze ist zerwühlt, als hätte sie eben noch dort gelegen.

»Nikki?« Keine Antwort. »Nikki? Nikkiiiiii!«

Und dann wird es wieder dunkel.

Irgendwann schlägt Hannah die Augen erneut auf. Die Nacht ist vorbei, helles Sonnenlicht fällt in die Hütte. Bevor sie richtig bei sich ist, sagt eine Stimme: »Ich war bei Sky.«

»Nikki?« Hannah dreht sich auf die Seite.

»Sky hat mich letzte Nacht bei dem Reinigungsritual deprogrammiert! Er hat alles von mir genommen, allen Schmutz, alle Lügen ... alles, was mir widerfahren ist. «

Hannah versucht zu begreifen, was Nikki meint, doch ihr Verstand verweigert sich. Ist es ... ist es, weil sie auch deprogrammiert worden ist?

»Meine wahren Eltern«, redet Nikki mit einer merkwürdigen, neuen, sanftmütigen Stimme weiter, »hat er später gesagt, als ich allein bei ihm war, sind auf einem Planeten der Lichtgalaxie. Da gibt es ein gigantisches Shoppingcenter mit allen möglichen Läden. Viel größer, als man sich vorstellen kann! Dort gibt es alles, wirklich alles. Leckerste Süßigkeiten und coole Klamotten, Cafés, Musikshops, Kinos, Klubs, einen wahnsinnigen künstlichen Strand ... Man merkt gar nicht, dass das alles in einem Shoppingcenter ist, und alle Bewohner dieses Planeten sind easy drauf! Und ... und das Beste: Jeder hat bei der Geburt eine Platin-Kreditkarte gekriegt.«

»Nikki!« Fassungslos starrt Hannah ihre Freundin an. Ist Nikki im Fieberwahn?

»Es gibt nur schöne Menschen und –«

»Nikki! Hör auf!« Hannah hat sich halb aufgesetzt, sinkt aber gleich wieder auf die Matratze zurück. Ihr ist schwindlig und so übel, dabei hat sie nur einen kleinen Schluck aus der Schale genommen – nicht wie Nikki ...

»Man kann dort alles kaufen, was man will.«

Ist Nikki jetzt vollkommen ... durchgedreht?

»Nikki! Wach auf! Ich weiß jetzt, was passiert ist. Wir sind nicht tot! Bo hat uns auf dem Boot auch was zu trinken gegeben, irgendwas ... was uns total benebelt hat. Erinnerst du dich? Und dann haben ein paar Männer uns an Land gebracht, hierher! Nikki, das hier, das ist ... eine Kulisse! Irgendwas Erfundenes!«

Nikki schüttelt energisch den Kopf. »Nein! Nein! Du kapierst das nicht! Alles davor, das war erfunden. Houston, Texas, die Frau, der Mann, bei denen ich gelebt habe, der Mann, der mich nachts ... Nein! Nein! Das war alles nur falsch programmiert in mir. Das waren die dunklen Mächte. Die dunklen Mächte haben mir diese Erinnerung einprogrammiert. Sky hat mich deprogrammiert, er hat mich erlöst, Hannah! Ich bin ein Lichtwesen und dazu auserwählt –«

»Hör endlich auf mit dem Mist!«, schreit Hannah, und obwohl sie sich immer noch schwindlig fühlt, schießt sie hoch, stürzt sich auf Nikki und schüttelt sie. »Schluss, Nikki! Schluss mit dem Quatsch!«

Nikki starrt sie ausdruckslos an.

»Nikki, bitte«, fleht Hannah, »bitte hör auf, so was zu glauben!«

Aber Nikki blickt einfach durch sie hindurch. »Sky hat mich gerettet«, sagt sie mit dieser fremden, entrückten Stimme. Ein seltsames Lächeln zieht über ihr Gesicht. »Sky«, haucht sie, »Sky ist der Verkünder und unser Meister!«

Mit diesen Worten taumelt sie aus der Hütte.

»Wo willst du hin?«

»Er hat mich gerufen, hast du es nicht gehört?«

»Nikki!« Hannah läuft ihr nach. »Verflucht, bleib hier! Das bildest du dir doch nur ein!«

»Er hat meine Twin Flame gefunden. Sky hat meine –«

»Nikki ...« Schwer atmend bleibt Hannah stehen, sieht ihr

nach, wie sie über den weißen Strand taumelt, barfuß, in diesem weißen Kleid ... Hannah sinkt auf die Knie.

Mit beiden Händen wühlt sie im heißen weißen Sand, lässt ihn durch die Finger rieseln, wieder und wieder. Und wie sie die Sandkörner so betrachtet, wird ihr etwas klar.

Wir können nicht tot sein! Ich kann den Sand zwischen meinen Fingern spüren, kann mein Herz schlagen hören, ich atme. Keine Ahnung, wo wir hier sind, aber das ist nicht der Himmel. Eher die Hölle. Zumindest ein grauenvoller Albtraum ...

Hannah spürt auf einmal den heißen Sand unter ihren Knien und Fußsohlen. Über ihr brennt die Sonne und vor ihr ist das endlose Meer. So hat sie sich das Paradies vorgestellt. Und Aiden hat dazugehört ...

»Du bist meine Twin Flame«, hat er gesagt. *Und warum, Aiden, bist du dann nicht hier, nicht hier bei mir?*

»Aiden, wo bist du?«, schreit sie, aber da ist niemand, der ihr Antwort gibt. Niemand. Nur diese weiß gekleideten Mädchen, die Sky anhimmeln, als wäre er ... Gott – der weiße Gott.

»Er ist weiß gemalt, weil er ein Gott ist.« – »Wir glauben ja auch noch an den Osterhasen ...« Sie erinnert sich an Strichmännchen auf einem Felsen ... *Das alles ist eine große Lüge.*

Sie muss wieder klar werden, muss unbedingt zu Kräften kommen. Sie darf diesen Tee nicht mehr trinken und nicht die Blüten essen.

Als sie hinüber zu den Hütten sieht, fällt ihr plötzlich etwas auf. Bananen. *Da wachsen Bananen!*

ENTSCHEIDUNG

In der Dämmerung schleicht sie hinter die Hütten und bricht Bananen von den Stauden. Hungrig verschlingt sie gleich welche und beim Duschen trinkt sie literweise Wasser. Mit jeder Minute fühlt sie sich besser und sie kann es kaum erwarten, Nikki davon zu erzählen. Sie ist sich jetzt sicher, es sind der Tee und diese verfluchten Blüten, die sie in diesen tranceartigen Zustand versetzen und diese fürchterliche Übelkeit verursachen.

Als sie vom Duschen zurückkommt, ist Nikki immer noch nicht da. Den ganzen Tag ist sie nicht mehr in die Hütte zurückgekommen, doch Hannah war zu schwach, um nach ihr zu suchen.

Sie isst noch drei Bananen und legt sich auf die Matratze.

Allmählich kehren immer mehr Erinnerungen zurück.

Sie denkt an ihre Eltern – Eileen und Richard, richtig –, sie machen sich bestimmt Sorgen, weil sie so lange nichts von ihr gehört haben. London ... Finn ... und Sydney ... das *Blue Horizon* und Devon ... und Luke. Luke hat ihnen den Job auf der Perlenfarm angeboten, fällt ihr wieder ein.

Wie hat alles angefangen? Ihr achtzehnter Geburtstag ... das Gefängnis ... *mete bab ou alatranp* ... das Tagebuch! Es war das Tagebuch, mit dem alles begonnen hat.

Der Himmel, die Sonne, der Wind, das Meer – vielleicht alles nur eine Täuschung von Frieden und Licht. Mete bab ou alatranp.

Und während sie über den rätselhaften Satz nachgrübelt und während das Meer leise rauscht, wird sie müde und schläft schließlich ein.

Kling klang kling macht der Muschelvorhang und weckt sie. Es ist wieder Morgen, die Sonne scheint – und sie hat keine Kopfschmerzen. Ja, sie fühlt sich gut – bis sie auf Nikkis leere Matratze blickt.

»Hallo! Wie fühlst du dich heute?« Es ist Jasmin, im weißen Kleid, wie immer, und sie hat wieder dieses sanftmütige Lächeln auf den Lippen, das Hannah plötzlich unheimlich wütend macht.

»Das fragst du?«, herrscht sie Jasmin an.

»Oh ... Ich wollte nur Tee –«, sagt Jasmin erschrocken.

»Behalt deinen Tee!« Hannah ist aufgesprungen und schlägt Jasmin das Tablett aus den Händen. Mit lautem Scheppern fällt es auf den Boden – Tonscherben und Blüten überall.

»Wo ist Nikki? Ist sie bei Sky? Los, sag schon!« Sie macht einen Schritt auf das völlig eingeschüchterte Mädchen zu.

»Ich ... weiß es nicht ... wirklich«, stammelt Jasmin und drückt sich gegen die Wand.

Es schäumt und kocht in Hannah und sie muss sich zusammennehmen, *so zusammennehmen,* dass sie Jasmin nicht ohrfeigt.

»Was geht hier vor?« Hannahs Gesicht ist Jasmins ganz nah und sie kann die Angst in deren Augen sehen.

»Sag schon! Du weißt doch was.« Hannah zittert vor Wut. »Und komm mir nicht mit diesem Planetenscheiß!«

Regungslos und stumm vor Angst steht Jasmin an der Wand.

»Verschwinde«, sagt Hannah schließlich, »verschwinde endlich, ich kann dich nicht mehr sehen!«

Jasmin flüchtet aus der Hütte und Hannah schleudert ihr das Tablett hinterher. »Und bring ja nie wieder diesen Plasmascheiß an, hörst du? Nie wieder!«

Heulend wirft sie sich auf ihre Matratze und boxt auf das Kissen ein. *Wo, verflucht noch mal, bin ich hier? Und warum? Warum ich? Warum Nikki? Und wer ist Sky wirklich? Warum sind hier nur Mädchen?* Ihre Gedanken überschlagen sich, verheddern sich.

Und wenn Jasmin Sky erzählt, was gerade passiert ist?, schießt es ihr plötzlich durch den Kopf. Wird Sky sie bestrafen? Bestimmt, ganz bestimmt wird er das tun ...

Ich muss hier weg. Ich darf keine Sekunde mehr verlieren.

DER ANGRIFF

Nikki liegt auf ihrer Matratze. Irgendwann in der Nacht ist sie zurückgekehrt und sofort in tiefen Schlaf gefallen. Vergeblich hat Hannah versucht, sie zu wecken, um sie zu fragen, was genau sie erlebt hat. Auch jetzt, als Hannah an ihrer Schulter rüttelt und ihr auf die Wangen schlägt, wacht sie nicht auf. Sie beugt sich über Nikki und flüstert ihr ins Ohr: »Ich hole Hilfe, ich versprech es dir. Ich komme zurück und hol dich hier raus. Halte durch, Nikki!« Sie drückt noch einmal Nikkis Hand.

Am Muschelvorhang zögert sie einen Augenblick. Nein, sie

kann Nikki nicht mitnehmen. Unmöglich. Sie weiß ja selbst nicht, wie sie es schaffen soll, sich unbemerkt davonzuschleichen. Sie hat keine Ahnung, was sie dort draußen erwartet ... Entschlossen teilt sie den Vorhang, drückt sich in den Schatten der Holzwand und lässt den Blick über die Hüttensiedlung schweifen. Als Hannah niemanden entdeckt, atmet sie tief ein und aus und spürt, wie die frische Nachtluft ihre Sinne schärft. Dann schleicht sie geduckt an den Hütten vorbei in Richtung Dschungel.

Es ist dunkel, der Mond ist von Wolken verschleiert. Das ist gut für sie. Mit ihrem weißen Kleid ist sie bestimmt meilenweit zu sehen.

Als sie am Rand des Dschungels angekommen ist, wirft sie einen Blick zurück und lauscht. Doch außer ihrem eigenen Herz, das aufgeregt in ihrer Brust klopft, ist nichts zu hören. Selbst das Rauschen des Meeres klingt hier nur noch wie ein fernes Murmeln. Vor ihr ragt der Dschungel auf wie eine schwarze Wand ... *Los, Hannah, worauf wartest du noch? Es gibt keinen anderen Weg aus der Bucht.*

Und dann geht sie los. Barfuß. Ohne Schuhe.

Es knackt und zischt und raschelt, sie weiß, dass Schlangen und Spinnen und alle möglichen anderen Tiere jetzt wach sind und jagen, aber sie versucht, nicht daran zu denken. Sie wird einen großen Bogen nach links durch den Dschungel machen, bis sie wieder am Meer ist. Die Insel ist eine Vulkaninsel und mehr oder weniger rund – höchstwahrscheinlich wird sie also an einer anderen Bucht oder an einer Steilküste herauskommen. Dort kann sie ein Floß bauen oder – nein, weiter will sie nicht denken.

Obwohl sie sich vor dem Dschungel fürchtet, fühlt sie sich so wach wie schon lange nicht mehr.

Die Wolken haben sich verzogen und der Mond scheint durch die Lücken im Blätterdach des Urwalds, sodass sie sich besser orientieren kann. Das Gelände steigt steil an, und wenn sie weiter geradeaus ginge, würde sie wahrscheinlich oben auf dem Krater landen.

Während sie einem ausgetretenen Pfad folgt, verdrängt sie jeden Gedanken an Echsen und Spinnen und Schlangen und ... Eingeborene ... und konzentriert sich darauf voranzukommen – als sie auf einmal ein anschwellendes Dröhnen hört. Es kommt vom Meer her und wird schnell lauter. Ein paar Hundert Meter weiter hat sie eine kleine Lichtung mit einem Felsen entdeckt; von dort hat sie bestimmt freie Sicht hinunter zur Bucht.

Sie stolpert über Wurzeln, schlägt sich die Knie blutig, aber sie schafft es zum Felsen. Die Oberfläche ist rau und zerklüftet und beim Hinaufklettern reißt Hannah sich die Hände und Füße auf. Oben angekommen, kann sie tatsächlich einen großen Teil der Bucht überblicken. Lichter fliegen übers Meer auf den Strand zu. *Schrrrrschrrschrrrr* ... Hubschrauber ... *Das sind Hubschrauber!*

Kommen sie, um sie zu retten? Vielleicht haben ihre Eltern ja herausgefunden, wo sie ist! Ihr Herz schlägt aufgeregt, sie muss wieder hinunter, hinunter zum Strand. Schnell! Schon will sie vom Felsen springen, da sieht sie unten am Strand mehrere Mädchen aus den Hütten herauslaufen. Die Schreie der Mädchen dringen bis zu ihr; sie laufen in den Dschungel – in ihre Richtung!

Schrrrrschrrschrrrr ... *Schrrrrschrrschrrrr* ... Das Dröhnen der Propeller wird lauter, die Lichter kommen näher, gleich sind sie am Strand. *Rattttatttttta* ... *Ratttatttttatta* ... Lichtblitze schießen übers schwarze Meer – *sind das Schüsse?!*

So schnell sie kann, klettert sie vom Felsen hinunter, rutscht rückwärts über den rauen Stein, schürft sich die Haut auf. Egal, sie muss sich verstecken und herausfinden, wer in diesen Hubschraubern sitzt.

Endlich hat sie es geschafft, steht wieder mit beiden Füßen auf der Erde und will gerade loslaufen, als sich ein eiserner Griff um ihren Arm legt. »Komm mit, schnell!«, zischt eine Stimme.

»Aiden ... was machst –?«

»Hier entlang!« Aiden zieht sie weiter in den Wald, weiter hinauf, weg von der Bucht. »Die Dunkle Armee ist gelandet ... Komm, sie sind schnell, sie sind gleich da.«

Hannah stolpert, er fängt sie auf, zieht sie hoch und schleppt sie weiter, zwischen Büschen und Sträuchern hindurch, immer tiefer in den zirpenden und raschelnden Dschungel hinein.

»Das waren ... Hubschrauber ...«, keucht sie.

»Ja! Hast du gedacht, die Dunkle Armee kommt mit fliegenden Untertassen?«

Ja, so was Ähnliches hat sie gedacht ...

Hinter ihnen rennen die anderen Mädchen schreiend durch den Dschungel. Hannahs Herz hämmert, sie bekommt kaum noch Luft.

Aiden hilft ihr, eine Anhöhe hinaufzuklettern, sie spürt, wie die scharfen Steine ihr in die Fußsohlen schneiden. »Es ist nicht mehr weit, komm!«

»Wohin?« Er zieht sie einen Vorsprung hinauf. Einen Moment lang kann Hannah einen Blick auf den Strand werfen, wo in diesem Augenblick die Helikopter landen. Klappen gehen auf und Schatten springen heraus, bewegen sich blitzschnell über den Strand hinauf zum Dschungel.

Aiden zieht sie weiter bis zu einem Dickicht. Dort bleibt er stehen, greift in die Blätter – und zieht eine Tür auf.

Fahles Licht springt flackernd an und beleuchtet eine in die Tiefe führende schmale Treppe. »Schnell, beeil dich, wir haben nicht viel Zeit!« Hinter ihnen drängen panisch die anderen Mädchen herein.

Als Hannah das Ende der Treppe erreicht hat, steht sie in einem gewölbeartigen Raum mit mehreren Feldbetten. Verängstigt setzen sich die Mädchen auf die Betten. Das blasse Licht von Neonröhren zuckt über die erschrockenen Gesichter und lässt alle geisterhaft bleich erscheinen. Da ist Adriana, diesmal ohne Blüte im Haar, und das Mädchen, das meditiert hat, und noch ein paar andere kommen ihr bekannt vor.

Hannah zählt etwa zwanzig Mädchen, auch Jasmin ist unter ihnen, aber ...

»Wo ist Nikki?«

»Nikki?« Adriana ist die Einzige, die reagiert. »Ich weiß nicht«, sie sieht sich um, »ich habe sie nicht gesehen.«

»Nikki ist nicht da. Wir müssen sie holen!« Hannah springt auf und rennt die Treppe hinauf, doch Aiden stellt sich ihr in den Weg. »Hannah, wir können nicht mehr runter zum Strand. Das ist zu gefährlich!«

»Warum habt ihr Nikki einfach zurückgelassen?«

»Ihr?« Seine schwarzen Augen funkeln. »Und du? Warum warst du schon so weit im Dschungel?« Bevor sie sich eine Antwort ausdenken kann, schließt er die Tür mit einem lauten Krachen und verriegelt sie.

»Geh runter, wir können jetzt nichts tun.«

Hannah spürt, dass sie lieber tun sollte, was Aiden von ihr verlangt. Langsam dreht sie sich um und steigt die Treppe wieder hinunter. Warum nur hat sie Nikki zurückgelassen?

Aber sie konnte ja nicht wissen, dass diese Hubschrauber in die Bucht kommen würden. Die Dunkle Armee – existiert sie tatsächlich? Die Hubschrauber jedenfalls sind real – das kann man doch nicht alles einfach inszenieren, oder?

Das Mädchen aus dem Zelt, das mit den Sommersprossen und den braunen Haaren, rutscht ein Stück und macht ihr Platz. »Hi, ich bin Summer.«

»Hannah.«

»Ich weiß.«

Hannah will fragen, was sie ihr neulich nachts im Zelt sagen wollte, aber jemand zischt: »Psst!« Schlagartig ist es still wie in einem Grab. Hannah merkt, dass sie die Hände zu Fäusten geballt hat und dass ihre Fingernägel sich schmerzhaft in die Handflächen bohren. Und ihr Schlucken kommt ihr so laut vor, dass sie glaubt, alle müssten es hören, genauso wie ihren Herzschlag und ihr schnelles Atmen.

Aiden kommt langsam die Treppe herunter. In seinen schwarzen Augen ist wieder dieser Ausdruck, der sie gleich bei ihrer ersten Begegnung so fasziniert hat.

In diesem Augenblick zerreißen Schüsse die Stille – und alle zucken zusammen, manche schreien auf. »Sie kommen!«

»Sie sind da«, flüstert ein Mädchen und kaut nervös an ihren Fingernägeln.

»Wer ist da?«, fragt Hannah Summer.

»Keine Sorge«, sagt Aiden, »sie werden uns nicht finden.«

Hannah sieht sich um. Sie scheint die Einzige zu sein, die nicht begreift, was hier vor sich geht.

»Psst! Da ist etwas ...« Jasmin legt einen Finger auf die Lippen. Niemand wagt, etwas zu sagen.

Und Aiden hat auf einmal eine Pistole in der Hand.

Ratttattattaa – ratttattattaa – ratttattattaa macht es draußen. Adriana schreit leise auf und schlägt die Hand vor den Mund. Auch Summer ist zusammengezuckt.

»Sie kommen!«, wispert ein anderes Mädchen und kauert sich zusammen.

Ratttattattaa – ratttattattaa – ratttattattaa macht es wieder, diesmal näher, und plötzlich glaubt Hannah, unter ihren Füßen – nein, im ganzen Raum! – ein Vibrieren, ein Zittern zu spüren.

Ratttattattaa – ratttattattaa – ratttattattaa.

Aiden entsichert die Pistole.

Hannah hat keine Ahnung, was da draußen gerade passiert, aber es hört sich verflucht real an – nach Maschinengewehren und nach einer Armee, einer *realen* Armee, wie sie sie aus den Nachrichten kennt. Oder aus Filmen, aus dem Lieblingsfilm ihres Vaters, *Apocalypse now*. Den hat sie mit ihm gesehen und davon nachts Albträume bekommen. Kämpft die Armee der Schatten denn mit Maschinengewehren? Haben die nicht andere Waffen?

»Was ist, wenn sie uns finden?«, flüstert Hannah Summer zu, die den Blick starr auf die Treppe gerichtet hat.

»Dann werden sie uns alle töten«, antwortet Summer emotionslos.

»Halt den Mund, Summer! Sie werden uns auch diesmal nicht finden.«

»Sie kommen öfter?«, fragt Hannah ungläubig. Das hier ist so ... das alles hier ist völlig verrückt.

»Wir sind stärker als sie«, sagt Aiden nur.

Hannah bemerkt in Summers Augen ein gefährliches Aufblitzen.

Und irgendwann, Hannah weiß nicht, wie viel Zeit inzwischen vergangen ist, ist da wieder dieses Dröhnen –

schrrrrschrrrrschrrrr – und es entfernt sich weiter und weiter und allmählich atmen alle auf, auch Hannah.

Nach ein paar Minuten der Stille geht Aiden nach oben und öffnet die Tür. »Kommt rauf!«, ruft er zu ihnen herunter, »sie sind weg.«

Wieder im Freien! Der Morgen dämmert. Hannah atmet erleichtert auf. Bedeckt von einem Nebelschleier, breitet sich unter ihr der Regenwald aus – und über ihr ragt der Kegel des Vulkans auf, metallisch und im Licht der Dämmerung violett schimmernd.

Schön – und bedrohlich.

Ein Vogel fliegt kreischend aus dem Regenwald auf, stößt durch den Nebel und fliegt in den Himmel empor. Hannah sieht ihm nach. Da steht Aiden auf einmal neben ihr.

»Komm mit mir.« Er nimmt ihre Hand und da durchflutet sie wieder diese wunderbare Wärme ... und alle Angst und Anspannung fallen von ihr ab.

»Wohin?«

»Willst du ewig deinem alten Leben nachtrauern, Hannah? Dein neues Dasein hat längst angefangen. Du musst das Alte nur loslassen.«

Sein Blick ist genauso wie ... wie am Anfang, ganz am Anfang, ihre Hand in seiner Hand ... Es ist fast wie in jenem alten Leben, am Strand, am schwarzen Strand ...

Schweigend tritt Hannah mit Aiden und den anderen Mädchen den Rückweg an.

Sie sind nur noch ein kurzes Stück von den Hütten entfernt, als ein Ruck durch die Gruppe geht. Aiden hebt die Hand und alle bleiben stehen.

Das da ist doch ... Sky!

Er taumelt ihnen entgegen und Hannah traut ihren Augen nicht. Sky ist voller Blut! Überall auf seinen Sachen ist Blut, über sein gespenstisch bleiches Gesicht läuft ein dunkelrotes Rinnsal und auch sein weißes Haar ist blutverschmiert.

»Sie ist weg ... die Armee der Schatten!«, keucht er und fasst sich an die Wunde am Kopf. »Du musst mir helfen, Aiden. Sie haben ... sie haben ...« Er stolpert und Aiden stürzt auf ihn zu und kann ihn gerade noch auffangen.

Ein Aufschrei geht durch die Menge. Auf Aidens Zeichen hin sind sofort drei Mädchen zur Stelle.

»Wir tragen ihn ins Zelt. Ich muss ihn zurückholen.«

»Zurückholen?«, fragt Hannah und sieht Summer fragend an, die die Lippen zusammenpresst. Aiden hat ihre Frage gehört.

»Ja«, sagt er, »vom Planeten der Schatten.«

Niemand erwidert etwas. Hannah schaut Aiden und den Mädchen nach, wie sie Sky zum großen Zelt tragen.

Die fünfte Dimension, die galaktischen Armeen, die Lichtplaneten, die Schattenplaneten – jeder hier glaubt daran. Jeder. Außer ... außer Summer?

DEPROGRAM

»Nikki!«

Hannah stürzt auf die Freundin zu, erleichtert, unendlich erleichtert. »Ich hab dich überall gesucht!«

Doch Nikki reagiert nicht, sie bleibt einfach auf ihrer Matratze sitzen und kämmt sich, in Gedanken versunken, abwesend.

»Hi.« Ein flüchtiger Blick – mehr Aufmerksamkeit schenkt sie Hannah nicht. »Hast du schon mal überlegt, wie es in der fünften Dimension aussieht?« Nikkis Stimme klingt ruhig, fast ausdruckslos. Sie kämmt sich weiter versonnen die Haare. Auf ihren Knien liegt ein kleiner Spiegel.

»Ich meine«, redet sie weiter. »Sieht es so aus wie hier? Oder wie in ... Houston oder ... in Sydney?« Sie kämmt und kämmt und kämmt sich die blonden Engelshaare. »Oder ist alles aus Plasma und –«

»Hast du diesen ... Angriff denn gar nicht mitbekommen?«, fällt Hannah ihr ins Wort. »Das musst du doch mitgekriegt haben!«

»Ja, die Dunkle Armee war da«, sagt Nikki gleichgültig. »Sie sind übers Meer gekommen. Aber sie konnten uns nichts anhaben. Sky hat eine Lichtkugel um uns –«

»Sky ist verletzt!«

»Verletzt?« Zum ersten Mal zeigt Nikki eine Emotion und lässt die verdammte Haarbürste sinken. »Aber er lebt, oder?«

»Ja. Hast du denn überhaupt keine Angst gehabt?«

Schaltjahre später antwortet Nikki.

»Wieso sollte ich Angst gehabt haben? Sky hat nichts von Angst gesagt. Er muss es doch wissen. Er ist ja auch in der fünften Dimension.« Sie lächelt in ihren Spiegel.

»Was ist nur los mit dir?« Hannah ist fassungslos, so fassungslos. Sie hat sich solche Sorgen gemacht und Nikki sitzt einfach da und kämmt sich! »Was hat er mit dir gemacht? Was hat Sky nur mit dir gemacht, Nikki?«

Unbeeindruckt nimmt Nikki die Bürste wieder auf.

»Sky ist überall gleichzeitig«, sagt sie gleichmütig, »das

hat er doch erklärt, mit dieser Quantenphysik. Hab ich zwar noch nie gehört, aber ist ja auch egal. Nein, wir müssen keine Angst haben, Hannah.«

»Und warum ...«, Hannah sucht verzweifelt nach den richtigen Worten, »... sollte das alles wahr sein?«

Nikki sieht sie mit großen Augen an. »Warum? Warum, Hannah, sollte es denn *nicht* wahr sein?« Versonnen betrachtet Nikki die Decke und sagt nach einer Ewigkeit: »Hast du mir nicht mal was von deiner ... deiner Mutter erzählt? Von wegen, wir sind überall und so ...«

»Von meiner Mutter?« Hannah denkt krampfhaft nach.

Nikki dreht eine Strähne um ihren Finger. »Na ja, egal, ist ja auch nicht wichtig.« Nikki lächelt schon genauso wie Jasmin und Adriana, denkt Hannah, wie alle hier, alle außer Hannah – und Summer.

»Nikki, das ist doch alles total krank. Glaubst du wirklich alles, was sie uns erzählen?«

»Weißt du, was dein Problem ist, Hannah?« Nikki fixiert sie – plötzlich mit brutaler Direktheit. »Du klammerst dich an deine mickrigen, spießigen Vorstellungen von der Welt und wie alles zu sein hat. Du bist einfach nicht bereit ...«, sie schüttelt den Kopf, »einfach nicht bereit, alles loszulassen! Ich frag mich echt, ob du es schaffst, in die fünfte Dimension aufzusteigen.«

»Aber du hast den Durchblick, oder was? Und wenn Sky total neben der Spur ist? Planeten! Dunkle Armeen! Die fünfte Dimension! Ich bitte dich, Nikki. Das kann alles überhaupt nicht ... das ist doch alles bloß *erfunden!*«

»Du hast echt überhaupt keine Ahnung.« Mit einem geringschätzigen Blick wendet Nikki sich ab. »Du weißt gar nichts, Hannah. Gar nichts.«

Hannah antwortet nicht. Ja, hätte sie sagen müssen, ich weiß wirklich nichts, aber das, was hier läuft, das ist vollkommen irre und krank. Sie fühlt sich so erschöpft, so unendlich hoffnungslos und so schrecklich allein. Als sie an den kurzen Moment denkt, als Aiden vorhin ihre Hand genommen hat, da spürt sie plötzlich noch etwas – eine unendlich tiefe Traurigkeit ... und ... und Angst.

Als hätte Nikki ihre Gedanken erraten, fragt sie Hannah: »Und was ist mit Aiden?« Ihr plötzlich provokanter Unterton ist nicht zu überhören. »Ist Aiden auch erfunden?«

»Aiden ...« Sofort sieht Hannah ihn vor sich, weiß, strahlend, mit seinem schwarzen Haar und den schwarzen, glänzenden Augen, und wieder spürt sie diesen Schauder, heiß – und kalt. »Aiden ... hat zwei Gesichter.«

»Aha.« Nikki spielt mit der Haarbürste und summt leise vor sich hin, als hätten sie dieses Gespräch gar nicht geführt.

Die Zeit dehnt sich und Nikki sitzt einfach nur da und singt leise diesen Song aus dem Zelt, diesen *unendlich dämlichen Song.*

»Nikki«, sagt Hannah beschwörend, »wir könnten versuchen zu fliehen.«

»Du hast es immer noch nicht kapiert, Hannah.« Nikki stößt einen tiefen, bedauernden Seufzer aus. »Sky hat mir die Augen geöffnet. Er hat mich deprogrammiert, er hat mein System resettet. Back to zero. Ich bin endlich, endlich frei von all dem Bullshit! Endlich bin ich die, die ich in Wahrheit bin!« Sie lächelt. Und wieder muss Hannah an Jasmin denken und all die anderen Mädchen – und an Summer.

Summer! Ich muss unbedingt mit ihr reden, sie ist die Einzige hier, die anders ist.

Doch gerade als Hannah aufstehen will, steckt Jasmin den Kopf durch den Muschelvorhang.

»Kommt schnell! Sky will uns sehen. Er hat etwas zu verkünden.«

PEARLS OF GOD

»Gott sei Dank!« Blitzschnell ist Nikki auf den Beinen. »Sky ist wieder gesund. Hannah, worauf wartest du noch?«

Sie sind die letzten, die im Licht der Morgendämmerung das Zelt betreten. Die anderen Mädchen sitzen schon im Schneidersitz auf dem Boden und sehen Sky erwartungsvoll und ehrfürchtig an – als wäre er gerade von den Toten auferstanden.

»Er lebt«, wispert ein großes, kräftiges Mädchen – heißt sie nicht Mischa? Mischas Gesicht ist rot und verheult. »Aiden hat ihn gerettet!«, ruft eine andere voller Begeisterung. »Unser Verkünder lebt!«

Als Sky die Arme hebt, breitet sich andächtige Stille aus. Sein Haar leuchtet und seine Haut wirkt noch kalkiger als sonst. Und nirgendwo ist mehr Blut zu sehen. Wo ist Aiden? Hannahs Blick irrt im Zelt umher. Warum muss sie immer wieder an ihn denken? Warum fühlt sie sich so in seinem Bann?

»Meine Kinder!« Sky spricht und alle hängen an seinen Lippen, warten gespannt auf seine nächsten Worte.

Hannah ist diese Stimmung unheimlich. Und das Schlimmste:

Nikki hat sich so verändert. Sie ist eine ganz andere geworden. Eigentlich wollte Hannah ihr alles erzählen, ihre Beobachtungen, das mit dem weißen Sand und dem Tee und den Blüten. Sie wollte Nikki in ihre Fluchtpläne einweihen. Doch Nikki ... sie ist wie all die anderen Mädchen hier. Ihr Gesicht glüht vor aufgeregter Erwartung. Wo ist nur das coole All American Girl aus Texas geblieben, das sich einen Dreck um alles schert? Das Spaß haben will und nichts wirklich ernst nimmt? Nikki, wo bist du?, schreit Hannah stumm, während Sky hörbar ausatmet und sagt: »Ihr habt einen Angriff der Dunklen Armee überstanden. Wir haben sie in die Flucht geschlagen!«

Jubel bricht aus und einige beginnen, rhythmisch zu klatschen.

»Ich habe euch alle in eine Lichtkugel aus weißem Licht gehüllt, sodass sie euch nichts anhaben konnten.«

»Nikki!« Hannah rüttelt sie an der Schulter. Sie kann sie nicht einfach so aufgeben. Es muss doch eine Möglichkeit geben, zu ihr durchzudringen. »Nikki! Wach auf!« Aber Nikki klatscht weiter, jubelt und schreit wie alle anderen.

»Nur ich war angreifbar«, fährt Sky fort, »weil ich mich schützend vor euch gestellt habe. Sie kamen von ihrem dunklen Heimatplaneten. Ich bin schon öfter dort gewesen, um andere Lichtwesen, die sie entführt hatten, zu retten. Deswegen wollten sie sich an mir rächen. Die Repräsentanten der Schattenmacht wollten mein Blut.«

Ein entsetztes Raunen geht durch die Menge.

»Aber ich habe nur oberflächliche Verletzungen davongetragen. Ich habe die ganze Energie des Lichts eingesetzt, um uns gegen die Schattenmächte zu verteidigen.« Er lässt den Blick über die Menge schweifen. »Und ich habe die Dunkle Armee heute besiegt!«

Sky reißt die Arme hoch, während tosender Applaus aufbrandet.

»Das Wichtigste war, dass sie mein Blut nicht bekommen haben, denn dann hätten sie alle Informationen gehabt und es wäre ein Leichtes für sie gewesen, uns alle zu töten.« Erneut gleitet sein Blick über die Menge – und bleibt an Hannah hängen. Er fixiert sie und Hannah schafft es nicht, die Augen von ihm abzuwenden. Ihr wird heiß, als Sky weiterredet, und es kommt ihr vor, als würde er nur zu ihr sprechen.

»Auch ihr könnt euch vor der Dunklen Armee schützen. Wenn ihr es schafft, in die fünfte Dimension aufzusteigen, wird auch euer Körper von Licht erfüllt sein und die Schattenmächte können euch nichts mehr anhaben! Ihr seid die auserwählten Wesen des Lichts, ihr seid die *Pearls of God!«*

Ein Aufschrei geht durch die Menge.

»Pearls of God«, murmelt Hannah. Das hat sie doch schon mal gehört ... nur wo? Und wann? *»Ich hab mich einfach bei POG beworben ...« – »Willkommen bei* Pearls of God.*«*

Ja, richtig, die Perlenfarm ... aber wie passt das alles zusammen?

Sky streicht sich die Haare aus der Stirn, keine Spur mehr von Blut oder gar von einer Wunde. Nur unversehrte kalkweiße Haut. »Aiden hat mich gerettet. Er hat meinen verletzten Körper geheilt. Seht her!«

Er wendet sich nach links und breitet die Arme aus. »Aiden, mein Sohn, komm zu mir!«

Aiden ... ist Skys Sohn? Hannah stockt der Atem.

Aiden löst sich aus dem Schatten, auch er, wie immer, ganz in Weiß gekleidet – und es versetzt Hannah einen Stich ins Herz, als sie zusieht, wie Aiden von Sky umarmt und auf die Stirn geküsst wird.

Sie hat sich ... in den Sohn von Sky verliebt! Die Erkenntnis trifft Hannah wie ein Schlag in die Magengrube. Ihr ist plötzlich schrecklich übel.

Was für ein Bild! Das weiße Haar des Vaters, das schwarze des Sohns, wie Yin und Yang, die vollkommene Ergänzung.

Alle jubeln, klatschen und umarmen sich – alle außer Hannah, die kaum noch atmen kann. Sie muss weg. Sie muss fliehen. Sie muss es noch einmal versuchen.

In dem Augenblick spürt sie, dass jemand sie anstarrt. *Summer!*

Summer blickt sie jetzt direkt an, auch sie jubelt nicht. *Will sie mir etwas sagen?*

Aber noch bevor Hannah Summers Blick deuten kann, ist der kurze Moment schon wieder vorbei, Summer wendet sich nach vorn – und klatscht wie die anderen.

»Hannah!« Nikki dreht sich zu ihr um, völlig fassungslos. »Jetzt weiß ich, was mit Jesper passiert ist!« Ihre Augen funkeln und auf einmal wirkt sie wieder wie früher.

Sie kann sich erinnern, Nikki kann sich erinnern! Gott sei Dank!

»Seine Wunden, das viele Blut – die Dunkle Armee hat Jesper angegriffen! Das waren keine Haie!«, sagt Nikki triumphierend und auf ihr Gesicht kehrt das verklärte Leuchten zurück. »Es war ein galaktischer Angriff. Und Jesper war nicht geschützt. Hannah, es hätte auch uns treffen können!«

Ein schwaches ergebenes Nicken ist das Einzige, was Hannah noch zustande bringt.

»Die Zeit drängt«, hört sie Sky sagen, »sie werden wiederkehren, wahrscheinlich mit Verstärkung. Deshalb werdet ihr bald in die fünfte Dimension aufsteigen. Dort werdet ihr sie schlagen, denn dort stehen euch andere Waffen zur Verfügung, Lichtschwerter und Blitze – und schon bald könnt ihr euch selbst in Lichtkugeln hüllen ...«

Im Zelt herrscht erwartungsvolle Stille und Hannah fürchtet, dass Sky ihren Herzschlag bis auf die Bühne hören kann.

»Übermorgen ist Vollmond. Dann ist es so weit. Sieben Auserwählte werden über die Brücke durch das Tor in die fünfte Dimension gehen.« Er räuspert sich, lässt den Blick langsam über jedes einzelne Mädchen gleiten und alle hängen an seinen Lippen, warten darauf, dass er die Namen ausspricht. Sky, der Verkünder, Sky, der Meister ...

Hannah schluckt und sieht zu Nikki, die sich auf die Lippen beißt und die Fäuste in die Wangen drückt.

Was ist, denkt Hannah, wenn er ...

»Mischa«, sagt Sky in die knisternde Stille hinein und ein kaum hörbares Raunen geht durch das Zelt. »Laurel ... Sophie ... Nikki ...«

Nikki bricht in lautes Schluchzen aus, beißt sich in die Hand und krallt sich mit der anderen an Hannahs Arm fest. Und Hannah weiß nicht mehr, ob sie hoffen soll, dass sie dabei ist, oder nicht, sie weiß gar nichts mehr, es ist alles so grauenhaft ...

»Eloise, Adriana – und Hannah.«

RESET SYSTEM

Zurück in der Hütte sinkt Hannah völlig verzweifelt auf ihre Matratze, während Nikki euphorisch vor sich hin singt. *»... in this life with you, all I can do is dance ... so in love ...«*

»Hannah?«, sagt eine Stimme draußen. »Ich wollte sehen, wie es dir geht.«

Aiden! Nein, denkt Hannah, nein, nein, nein! Nicht jetzt.

»Komm rein«, sagt Nikki an Hannahs Stelle. »Vielleicht kannst du es ihr klarmachen, sie will es einfach nicht verstehen.«

Der Muschelvorhang klimpert. Zu spät ...

Aiden macht einen sorgenvollen Eindruck. Sein Blick ist ihr unangenehm. Sie weiß bloß nicht, ob er das alles nur spielt oder ob er selbst an all das glaubt.

Er setzt sich zu ihr auf die Matratze und streichelt ihre Hand. »Hannah, was ist los?«

Seine Nähe verwirrt sie. Ein Teil von ihr würde sich am liebsten in seine Arme sinken lassen – aber sie weiß, dass sie das nicht zulassen darf, denn dann wird sie nie wieder die Kraft haben zu gehen, dann ist sie für immer gefangen ... und verloren. Sie schluckt und holt tief Luft, bis sie schließlich sagt: »Ich will weg von hier. Ich will nach Hause.«

Auf seinem Gesicht breitet sich ein Lächeln aus.

»Schön, dass du nach Hause willst, Hannah.« Sein Lächeln wird intensiver und seine Hand ist so warm, so wunderbar warm und weich. Vielleicht, vielleicht ist ja alles doch nicht so schwierig, vielleicht hat sie es nur wieder kompliziert gemacht ...

»Wirklich?« Sie kann es kaum fassen, dass er gar nichts dagegen hat. Sie will aufspringen, ihn umarmen, aber etwas hält sie davon ab, ihm zu nahe zu kommen.

»Aber ja!«, sagt er begeistert. »Das bedeutet, deine Deprogrammierung war erfolgreich. Du erinnerst dich also an deinen Heimatplaneten?«

Einen Moment lang kommen Hannah Zweifel, ob er es ernst meint. Doch dann blickt sie in sein strahlendes, freundliches Gesicht. Ja, das muss ein Witz sein! Erleichtert lacht Hannah auf.

»Klar! London! Erde!« Alles wird gut, denkt sie in dem Moment, alles wird gut! Aber weder Aiden noch Nikki erwidern ihr Lachen.

»Ich hab's doch gesagt«, bemerkt Nikki stattdessen, »sie kapiert's nicht!«

Resigniert schüttelt Aiden den Kopf. »Das war eine falsche Programmierung durch die dunklen Mächte, Hannah.«

»Was?« Sie hat sich verhört, oder? Die beiden machen sich über sie lustig ...

»Ich habe mich geirrt, Hannah, deine Deprogrammierung war anscheinend nicht erfolgreich.« Bedauernd presst er die Lippen aufeinander und lässt ihre Hand los.

Hannah blickt von ihm zu Nikki und wieder zurück, in der Hoffnung, wenigstens ein Zeichen zu finden, das ihr sagt, dass sie nur Spaß machen. Aber da ist kein Zeichen ... und plötzlich befällt sie eine schreckliche Ahnung.

»Warum lässt du mich nicht heimgehen?«

»Hannah«, sagt Aiden in diesem nachsichtigen Ton, den Eltern und Lehrer gern anschlagen. »Du wirst erst heimgehen, wenn du durch das Tor in die fünfte Dimension eintrittst. Dann wirst du verstehen, was *heimgehen* bedeutet.« Jetzt lächelt er wieder.

»Und wenn ich ...«, Hannah schluckt gegen den dicken Kloß in ihrer Kehle an, »wenn ich da nicht durchgehen will?«

»Willst du denn ewig hierbleiben, Hannah?«, fragt Aiden.

»Du willst einfach nicht loslassen.« Nikki sieht Hannah vorwurfsvoll an.

»Ich will nach Hause, Aiden, bitte lass mich gehen! Lass mich nach Hause, nach London!« *Mein Gott, ich höre mich an wie ein kleines Kind!*

Sein Blick verändert sich, auch etwas an seinem Mund, es ist nur ein Zug, kaum merklich, aber Hannah ist es nicht entgangen.

»Du bist tot!« Sein Lachen ist kurz und hart. »Hast du das immer noch nicht begriffen? Es gibt kein Zurück in dein altes Leben!« Er ist aufgestanden.

»Aiden ... bitte!« *Ich muss hier weg. Ich muss unbedingt weg von hier. Koste es, was es wolle.* Hannah fällt vor ihm auf die Knie. »Ich flehe dich an!« Noch nie hat sie sich so erniedrigt.

»Lass das!« Er blickt auf sie herab und dieser Blick ist so kalt und so vernichtend, dass Hannah weiß, es hat keinen Sinn.

»Du trinkst zu wenig«, stellt er sachlich fest. »Ich lasse dir mehr Tee bringen.«

»Nein!« Sie springt auf und läuft hinaus ins Freie – aber sie kommt nicht weit. Aiden packt sie grob am Arm und reißt sie zu sich herum.

»Lass mich los, Aiden!« Sie tritt nach ihm. »Lass mich sofort los! Du tust mir weh.«

Warum hilft ihr denn niemand? Die Mädchen da, nicht weit von ihr entfernt, sie laufen einfach am Strand entlang! Sie werfen ihnen bloß einen flüchtigen Blick zu und spazieren einfach weiter ...

Er hat sie jetzt mit beiden Händen gepackt und schleift sie

in die Hütte, wo er sie auf die Matratze niederzwingt. Gegen seine Kraft ist sie machtlos.

»Ich schütze dich nur vor dir selbst, Hannah!«

Wo ist Nikki? Warum hilft Nikki mir nicht?

»Nikkiiiiii!«

»Hannah, entspann dich«, sagt Nikki von irgendwoher, »lass einfach los.«

Hannah versucht wieder, sich mit aller Kraft zu wehren – vergeblich. »Aiden, bitte!«, fleht sie verzweifelt – und verachtet sich zugleich dafür.

»Alles ist nur zu deinem Besten, Hannah«, sagt er.

Was nimmt er da aus der Tasche? Er klappt etwas auf und alles, was sie in diesem kurzen Moment erkennt, ist etwas Gläsernes, bevor er ihr im nächsten Augenblick grob die Hand auf den Mund drückt.

Zuerst spürt sie nur einen brennenden Schmerz im Oberarm, dann verschwimmt alles.

SUMMER

»Hier, trink das. Das macht dich wieder klar«, sagt eine Stimme. Es ist hell. Hannahs Augen fühlen sich an, als wären sie voller Sand. *Wo war ich?*

»Es war alles so leicht ... und ...«, murmelt sie vor sich hin. Jetzt erst bemerkt Hannah das Mädchen, das neben ihr auf der Matratze sitzt, sie kennt sie von irgendwoher. Aber sie kann sich nicht erinnern.

»Wo war ich? Es war ganz dunkel und ich bin geschwebt.« Die Worte kommen so mühsam aus ihrem Mund, als wären sie aus Stacheldraht.

»Klar, das kennen wir alle – du hast aufgehört, selbstständig zu denken.« Das Mädchen rollt mit den Augen und schneidet eine Grimasse: »Ich bin Sky, dein Verkünder ...«

»Wer bist du?«, bringt Hannah hervor. Sie kennt das Mädchen ... von irgendwoher. Aber sie kann nicht denken, ihr ist heiß und schwindlig, und überhaupt, ihr ganzer Körper fühlt sich an, als schwämme er in einer zähen, klebrigen Flüssigkeit.

»Ich bin Summer, erinnerst du dich nicht?« Sie hilft Hannah sich aufzusetzen und gibt ihr einen Becher. Ein muffiger Geruch steigt Hannah in die Nase.

Stimmt, Summer, erinnert sie sich. »Du warst auch bei dem Angriff der Dunklen –«

»Ja, klar. Jetzt mach schon, wir haben nicht viel Zeit!« Summer wirft einen hastigen Blick über die Schulter zum Muschelvorhang. »Das Zeug hilft wirklich.«

Misstrauisch betrachtet Hannah das Gebräu. »Was ist das?« Sie verzieht angewidert das Gesicht. »So was wie dieser Tee?«

»Nein! Der Tee benebelt dich, der dröhnt dich richtig zu. Das hier macht dich klar. Hab ich zusammengemixt.«

»Und wieso sollte ich dir vertrauen?«

»Wieso? Weil du hier sonst niemandem vertrauen kannst. Erinnerst du dich an die Show im Zelt?«

Hannah nickt. Wie könnte sie die vergessen?

»Da habe ich versucht, dir zu sagen, dass du dieses Zeug nicht trinken sollst.«

Ja, Hannah erinnert sich. »Warum ausgerechnet ich?«

»Warum, warum, warum!« Summer zuckt mit den Schultern. »Nenn es Schicksal, Zufall ... egal. Jetzt mach schon, wir haben nicht ewig Zeit!«

Zögernd nimmt Hannah einen kleinen Schluck.

»Bäh! Das schmeckt ja scheußlich.« Angewidert verzieht sie den Mund.

»Medizin schmeckt nun mal nicht, hat meine Großmutter immer gesagt.«

Hannah winkt ab. »Erzähl mir nichts. Meine Eltern sind Apotheker.« Da ist sie wieder, die Erinnerung an ihr altes Leben ... »Meine Eltern sind Apotheker«, wiederholt sie vorsichtig, aber es hört sich immer noch richtig an.

»Mein Dad ist Arzt«, sagt Summer, »das heißt, vielleicht ist er auch schon tot.« Sie hat sich neben Hannah auf die Matratze gesetzt. »Er war ziemlich krank, als ich abgereist bin.«

»Wie lange ... bist du denn schon hier?« Hannah nimmt einen weiteren Schluck und gleich noch einen.

Summer blickt auf ihre Hände. »Achthundertsechsundzwanzig Tage.«

Hannah hätte sich beinahe verschluckt. »Du bist seit ... über zwei Jahren hier?«

Summer nickt.

Vor Hannah tut sich ein Abgrund auf, tief und dunkel. Zwei Jahre, zwei unendlich lange Jahre ... Hastig trinkt sie den Rest und hält Summer den leeren Becher hin. »Hast du noch mehr davon?«

Ein schwaches Lächeln huscht über Summers Sommersprossengesicht. »Ich lass dir was da, aber du darfst es erst wieder heute Abend trinken.«

»Okay.« Langsam fühlt sie sich besser, ein bisschen wenigstens. Als sie sich umblickt, fällt ihr Nikki plötzlich wieder ein. »Wo ist Nikki?«

Summer wirft einen Blick zu der leeren Matratze. »Sky hat sie rufen lassen.«

»Schon wieder? Was will er denn von ihr?«

»Was er von vielen Mädchen will.« Summers Gesicht verschließt sich.

Mein Gott, denkt Hannah.

»Wir müssen was tun, Summer!« Sie will aufstehen, aber ihre Knie zittern und fühlen sich so weich an wie Gummi. »Wir können doch nicht einfach hier sitzen und zusehen ... Hunderte von Tagen lang!«

»Es ist nicht so einfach, glaub mir!« Summer lacht kurz und trocken. »Sky hat seine Wachposten überall.«

»Ja«, sagt Hannah langsam, während ein Bild in ihr aufsteigt. »Ich hab sie getroffen ... im Dschungel ... mit Jesper ... und Jesper ...« Jetzt, jetzt fällt es ihr wieder ein! »Jesper ist tot! Er wurde von Haien angegriffen, dabei sollte er längst im Flugzeug nach Sydney sitzen, und Erin –« Sie bricht ab und fasst sich an den Kopf. Wie eine Lawine rollen plötzlich die Erinnerungen über sie hinweg. Judith und Ruben und ...

Sie bemerkt, dass Summer sie beobachtet hat.

»Er wirkt, mein Kräutersaft, oder?«

»Ja«, Hannah nickt, »wie konnte ich nur so viel vergessen?«

Summer seufzt, antwortet aber nicht.

»Die Wachposten«, fängt Hannah an, »können wir sie nicht irgendwie in die Irre führen oder uns an ihnen vorbeischleichen?«

»Vergiss es!« Summer winkt ab. »Die sind bewaffnet und fackeln nicht lang – und denk an die anderen Mädchen. Die stehen alle auf seiner Seite!«

»Und du ... du stehst nicht auf seiner Seite?«

Summer beißt sich auf die Lippen und schüttelt dann den Kopf. »Nicht mehr.«

Hannah versucht, ein klares Bild aus den vielen kleinen Gedankenstückchen zusammenzusetzen. Es ist nur so verdammt schwierig ... so schwierig wie ein Zehntausend-Teile-Puzzle mit ganz viel Himmel und Meer.

»Und was ist mit Aiden?«

»Aiden?« Summers Gesicht verzieht sich, als hätte sie Zahnschmerzen.

Wie eine Lawine rollt die Erinnerung über Hannah hinweg und sie wirft einen Blick auf die Einstichstelle an ihrem Arm. Der Schweiß schießt ihr aus allen Poren und ihr Herz hämmert, als wollte es das Blut in hundertfacher Geschwindigkeit durch jede einzelne Ader jagen, bis sie explodiert. *Aiden hat dir das angetan, das war Aiden.*

»Warum tust du das?«, fragt Hannah nach einer Weile.

»Was?«

»Mit mir sprechen. Mir dieses ... dieses Zeug da geben?«

Summer steht auf und späht durch den Muschelvorhang.

»Hör zu, du darfst auf keinen Fall durch dieses Tor gehen. Auf keinen Fall!«

»Wieso? Es ist das Tor zur fünften Dimension, zum Weltgedächtnis! Endlich werden wir wissen, was war, was ist und was sein wird – und wir treffen dort unseren Seelenverwandten.« Hannah wundert sich selbst, wie leicht sie alles abspult, wie eine CD.

»Alle Mädchen, die da durchgegangen sind, sind nie wieder zurückgekommen.«

»Es heißt doch, sie sind in der fünften Dimension«, wiederholt Hannah das, was alle hier sagen.

»Denk nach, Hannah!«, sagt Summer eindringlich. »Dann wären sie ja überall, also auch hier, oder?« Sie schnaubt verächtlich. »Und warum sind sie dann nicht hier?«

»Ich wurde auserwählt ... Sky hat meinen Namen genannt. Sie haben es alle gehört. Was soll ich denn machen? Weglaufen?«

»Versuch zu fliehen, täusch was vor, irgendwas, aber geh um Himmels willen nicht durch das Tor.« Summer wirft wieder einen Blick durch den Vorhang. »Früher habe ich gedacht, hier wäre das Paradies. Jetzt weiß ich, dass es die Hölle ist.«

Draußen rauscht das Meer und durch den Vorhang dringt das Sonnenlicht. *Ja, die Hölle sieht dem Paradies verdammt ähnlich ...*

»Dieser Angriff gestern«, fängt Hannah an, »was war das? Die Dunkle Armee?«

»Ich weiß es nicht. Aber seitdem fehlt Roxanne.«

»Sie ... sie haben sie mitgenommen?«

Summer zuckt mit den Schultern. »Hör mal, ich weiß nicht, was hier wirklich läuft, okay? Ich wollte dir helfen. Ich habe gesehen, wie Aiden dich behandelt hat, wie er dich in die Hütte gestoßen hat.«

Hannah schluckt, ihr wird wieder speiübel, wenn sie daran denkt.

»Er ist gefährlich!« Ein Flackern huscht durch Summers Augen. »Viel gefährlicher als sein Vater. Ich muss jetzt gehen«, sagt sie knapp.

Da bemerkt Hannah die Haut an Summers Unterarm. Sie ist graubraun und voller Narben.

»Was hast du da?«

»Nichts!« Summer zieht ihren Arm hastig weg. »Heute Nacht wird uns Sky zu einem Ritual mitnehmen. Lass dir nichts anmerken, hörst du? Tu einfach so, als ob du mitmachen würdest – und trink auf keinen Fall mehr diesen Tee. Ich lasse dir noch was von meinem Kräutersaft da.«

»Und dann?«

»Was *und dann?«*

»Wie kommen wir dann von hier weg?«

In Summer sackt etwas zusammen. Auf einmal hat sie etwas Hoffnungsloses.

»He«, sagt Hannah, »es muss doch einen Weg geben. Wir müssen uns was überlegen! Irgendwas.«

Aber Summer sieht sie nur an, dreht sich dann wortlos um und geht durch den Muschelvorhang ins Freie.

»Hey, Summer, sag was!«

Abrupt bleibt Summer stehen. »Sky hat die Bucht gesichert. Hier kommt keiner unbemerkt raus ...«

Die Sonne brennt von einem wolkenlosen Himmel. Das Paradies. Die Hölle.

Summer blickt hinaus aufs Meer, ehe sie sich abwendet und in Richtung der anderen Hütten geht.

»Aber Summer, wenn uns nichts einfällt, was dann? Ist das dann unser Leben?« Hannah läuft hinter ihr her. »Summer!«

Doch Summer geht einfach weiter. Erschöpft und verzweifelt lässt Hannah sich auf die Knie in den Sand fallen. »Unser verdammtes Leben ...« Mit bloßen Händen gräbt sie im Sand. »Das hier?« Sie gräbt und gräbt, bis ihre Finger wund sind. »Für immer?«

Für immer, immer, immer – bis in alle Ewigkeit?

Hannah schleudert den Sand von sich und weint, bis ihr die Kehle brennt.

»Hannah? Was machst du denn da?«

Nikki steht auf einmal vor ihr, die Haare offen, der Blick verschleiert.

»Nikki! Ich kann nicht mehr«, schluchzt Hannah. Sie fühlt sich so erschöpft und allein gelassen. Leer. Sie ist vollkommen leer.

»Unsinn.« Nikki kniet sich zu ihr und streicht ihr über den Kopf. »Heute Nacht«, sagt sie in geheimnisvollem Ton, »ist es endlich so weit. Wir werden geweiht.«

»Nein, Nikki, nein. Wir müssen hier weg. Das hier, das ist ... die Hölle! Begreif doch endlich!«

»Aber Hannah!« Nikkis lächelndes Gesicht mit den großen blauen Augen ist ganz nah. »Was redest du da? Bald sind wir in der fünften Dimension ...« Ihr Lächeln ist noch sanftmütiger, noch verklärter – *und verdammt* – noch heiliger geworden.

»Nein.« Hannah schüttelt resigniert den Kopf. »Ich will nicht in diese verfluchte fünfte Dimension. Ich will nach Hause. Nikki, wach doch endlich auf!«

»Hannah«, Nikki hat einen verständnisvollen, nachsichtigen Ton angeschlagen. »Ich habe gesehen, dass Summer bei dir war.« Nikki neigt sich näher zu Hannahs Ohr. »Trau ihr nicht. Sie ist gefährlich. Hast du ihren Blick nicht gesehen – und die Haut an ihrem Arm? Reptilienhaut. Sie kommt von einem Schattenplaneten und sie haben sie hierher gesandt, um uns zu infiltrieren. Das ist Teil des Experiments. Du darfst auf keinen Fall glauben, was sie dir sagt! Sonst wirst du für immer hierbleiben müssen. Das kannst du doch nicht wirklich wollen, oder?«

Nikki ist vollkommen verrückt, das wird Hannah in dem Augenblick klar. Sie hat die Seite gewechselt, steht jetzt auf der Seite von Sky und Aiden. Es hat keinen Sinn mehr, sie davon überzeugen zu wollen, wie krank das alles hier ist. Nikki ist verloren. Nikki, ihre Freundin ... Hannah kann nichts mehr für sie tun.

»Hannah, das kannst du doch nicht wollen«, wiederholt Nikki, »hierbleiben für immer?«

Wortlos schüttelt Hannah den Kopf. Sie muss es allein versuchen.

»Na also.« Nikki streicht Hannah wieder über den Kopf. »Hab keine Angst! Wir werden durch dieses Tor in die fünfte Dimension gehen und dort werden wir endlich unsere Twin Flames treffen. Alles wird gut, Hannah. Glaub mir.«

Hannahs Blick wandert zum Dschungel. Sie könnte versuchen wegzurennen, jetzt sofort, sie könnte einfach aufstehen und losrennen – da bemerkt sie eine Bewegung hinter den Hütten. Sie sieht genauer hin. Ein Wachposten ... mit einem Maschinengewehr. Sky hat seine Wachen überall, Summer hat recht.

»Heute Nacht werden wir geweiht«, sagt Nikki mit diesem entrückten Lächeln, »und dann, glaub mir, wird alles ganz anders. Wir werden endlich unsere Bestimmung finden!«

»Bestimmung?«

»Ja, unsere Twin Flame, unseren Seelenverwandten, unsere große, einzige Liebe«, sagt Nikki. »Unsere große, einzige Liebe!«, wiederholt sie.

Als sie schließlich Hannahs Hand nimmt und sie zurück zur Hütte führt, läuft Hannah trotz der Hitze ein kalter Schauer über den Rücken.

Kaum haben sie die Hütte betreten, fällt Hannahs Blick auf den gefüllten Becher, den Summer dagelassen und neben ihre Matratze gestellt hat. Summers Kräutersaft! Vielleicht ... vielleicht, denkt sie noch – doch da hat Nikki ihn schon achtlos umgestoßen.

»Nein!«, schreit Hannah auf und wirft sich verzweifelt zu Boden. Ihre letzte Hoffnung ... versickert da im Bretterboden.

»Hannah!« Nikki tippt ihr auf die Schulter, »das macht doch nichts. Ich gebe Jasmin Bescheid, sie soll uns neuen Tee bringen.« Und schon ist sie durch den Muschelvorhang nach draußen geeilt.

Kraftlos lässt sich Hannah auf die Matratze sinken und starrt auf den dunklen Fleck. Und jetzt? Sie ist gefangen. Gefangen in einer ewig währenden Hölle.

Durch den Muschelvorhang scheint der Vollmond und der Wind lässt die Muscheln klimpern. *Kling klang kling, kling klang kling* ... Stundenlang schon starrt sie auf den im Mondlicht schimmernden Sandstreifen. Nur nicht einschlafen, sagt sie sich, nur nicht einschlafen, ich muss wach bleiben, wer weiß, was sonst passiert. Aiden war vorhin da, um nach ihr zu sehen, aber sie hat sich schlafend gestellt. Hannah zwingt sich, weiter in die helle Mondnacht hinauszustarren – bis ihr schließlich doch die Augen zufallen.

Und plötzlich dringt eine Stimme zwischen dem Klimpern der Muscheln und dem Rauschen der Wellen hindurch ...

»Ich hab dich gewarnt, Hannah. Du hättest auf mich hören und das Buch wegwerfen sollen. Aber jetzt ist es zu spät. Du kannst nicht mehr zurück. Genauso wenig, wie ich zurückkonnte. Lass los, Kleines, lass los, flieg, flieg! So wie ich. Es ist nicht so schlimm, wie du denkst, Hannah.«

Ein leises Lachen.

»Was einmal zusammen war, wird immer verbunden bleiben, so ist es nun einmal.«

»Ich will nicht so sein wie du!«

Hannah fährt auf. »Janice?« Sie hat geträumt, oder?

»Janice? Bist du hier?«

Aber da ist nur das Rauschen ihres eigenen Blutes und das Klopfen ihres Herzens und Nikki, die im Schlaf leise vor sich hin murmelt.

THE KILLING

Hannah hat das Gefühl, es seien Stunden vergangen, als sie von Nikki wach gerüttelt wird.

»Es ist so weit, Hannah«, flüstert sie aufgeregt, »das heilige Ritual! Komm! Sie warten schon.«

Benommen steht Hannah auf. Noch immer hat sie den Traum im Kopf. Doch als sie aus der Hütte hinaustritt und eine sanfte Meeresbrise ihr über das Gesicht streicht, verschwimmen die Traumbilder. Stattdessen hat sie plötzlich Summers Stimme im Ohr. »Du darfst auf keinen Fall durch dieses Tor gehen! Auf keinen Fall!«

Bumm, bumm, bumdudumm ... Dumpf dringen die Trommelschläge durch die Nacht. Über den fast vollen Mond ziehen Wolkenschleier und aus dem Regenwald fliegt ein Schwarm Papageien auf, kreischende Schatten, die den Mond kurz verdunkeln.

Sie haben sich am Strand versammelt und in ihren weißen Gewändern strahlen sie wie Perlen, denkt Hannah – *Pearls of God* – wider Willen fasziniert. Am hellsten strahlt Sky.

Was für eine Erscheinung! Sky, der Verkünder, der Meister ...

Hannah kneift sich in den Arm, bis es wehtut. Sie darf dieser Faszination nicht noch einmal erliegen, sonst ist sie verloren, verloren wie alle hier. *Summer, verflucht, wo bist du?* Nervös blickt sie sich um. Aber sie kann sie nirgendwo entdecken. Ist ihr etwas passiert?

Bumm, bumm, bumdudumm ...

Eine Erinnerung zieht vorbei, flüchtig, rasch, und bevor Hannah sie greifen kann, ist sie schon wieder weg. Ein Name aber bleibt. Veronika ... und das Bild von einem regenbogenbunten Schal irgendwo auf einer Straße.

»Ihr werdet nun eure Initiation erfahren.« Skys Stimme dringt durch die Nacht, übertönt das Rauschen des Meeres und die Geräusche des Dschungels. Seine Kleider, seine Haut, sein Haar leuchten heller, weißer – kälter als der Mond und die Sterne am Himmel. »Ihr werdet die geheime Formel bekommen, die euch das Hologramm der fünften Dimension öffnet. Sobald ihr morgen durch das Tor geht, werdet ihr alles sehen – alles, was war, was ist und was je sein wird.«

In das Schweigen hinein fragt ein Mädchen kaum hörbar: »Werden wir damit auch unsere Twin Flame finden?«

Ein lautes Seufzen geht durch die Gruppe der Mädchen, als hätte jede Einzelne auf diese Frage gewartet.

Über Skys Antlitz breitet sich ein verständnisvolles, warmes Lächeln aus. »Aber ja, Eloise.«

»Ich habe meine Twin Flame letzte Nacht gesehen!«, ruft ein Mädchen voller Freude aus. »Ich weiß, dass er es ist – aber er weiß es noch nicht.« Flehend blickt sie zu Sky. »Wird er es dennoch spüren?«

»Laurel, wenn für das ganze Universum der richtige Moment gekommen ist, wird auch er es spüren.«

Der Rhythmus der Trommeln hat sich verändert, er ist schneller geworden, als hätten sich die Sekunden verkürzt, als liefe die Zeit auf einmal schneller.

»Gehen wir!« Sky setzt sich in Bewegung und alle folgen ihm den Strand hinauf zum Regenwald.

»Hannah!« Nikki kommt neben sie und nimmt ihre Hand. »Ist es nicht wundervoll, dass wir auserwählt wurden?«

»Lass dir nichts anmerken, hörst du? Tu einfach so, als ob du mitmachen würdest.« Hannah hört wieder Summers Stimme und zwingt sich mitzuspielen, zwingt sich, ihrer Freundin nicht mehr zuzuflüstern, dass das alles nur eine völlig irre Inszenierung ist und dass sie schleunigst von hier wegkommen müssen.

»Ja, Nikki«, sagt sie und setzt dasselbe Lächeln auf, das alle hier lächeln, »es ist wundervoll.«

Und Nikki tätschelt ihr sanft den Arm. »Komm!«

Oh Nikki, es tut mir so leid!

Sie haben einen Pfad erreicht, der so schmal ist, dass sie nur in einer Kette hintereinandergehen können. Sky hat angeordnet, sie sollten sich an den Händen fassen, damit sie sich nicht verlieren. »Es kann gefährlich werden«, hat er gesagt, »die Schatten sind überall.«

Immer dichter wird der Regenwald, Zweige und Blätter ranken sich über ihren Köpfen, schieben sich vor den Mond und hin und wieder fliegt etwas auf, zischend oder auch nur mit einem fast lautlosen *Phhhhhhhh* wie Geister. Spirits, geht es Hannah durch den Kopf, während sie als Teil der Kette den anderen folgt. Aufmerksam blickt sie sich um. Sie könnte sich einfach losreißen und im Dschungel verschwinden, aber Mischa, die hinter ihr geht, und Nikki würden es sofort merken und vielleicht losschreien.

Bumm, bumm, bumdudumm ... Das dumpfe Trommeln ist jetzt überall, ist zu ihrem Herzschlag geworden, *bumm, bumm, bumdudumm ...* Und hört es sich nicht an wie eine lockende Stimme, die Antworten verspricht? *Wer sind wir? Woher kommen wir und wohin gehen wir? Bumm, bumm, bumdudumm – ich bin Teil dieses großen Universums,* sagen die Trommeln, *Teil dieser Großartigkeit. Ich bin in der fünften Dimension, wo ich eins bin mit allem, was war, was ist und was je sein wird ...*

Immer wieder sieht Hannah sich um, hält Ausschau nach einem Busch, hinter dem sie schnell verschwinden kann, einem Baumstamm, immer wieder ist sie ganz nah dran zu fliehen, aber ... irgendetwas hält sie jedes Mal zurück. Da ist der unbekannte dunkle Dschungel mit den Wachen – und da ist Nikki, die Sky so blind vertraut und ihm bedingungslos folgt, und Hannah merkt, wie sie selbst in seinen Bann zu geraten droht – und will sie nicht auch wissen, wohin er sie führt?

Plötzlich entdeckt sie zwischen den schwarzen Schatten der Bäume weiße, leuchtende Punkte. Hannah braucht einen Moment, bis sie begreift: Das sind Augen! Zehn Augenpaare, zwanzig, nein, es sind mehr, viel, viel mehr ...!

Nikki und die anderen Mädchen vor ihr bleiben stehen. Sie haben eine Lichtung mitten im Dschungel erreicht und auf dieser Lichtung stehen die Trommeln: hohle Baumstämme mit Gesichtern und Löchern als Augen, Nase und Mund. Eingeborene mit blonden Haaren und mit weißer Körperbemalung schlagen den Rhythmus. *Bumm, bumm, bumdudumm ...*

Fasziniert und eingeschüchtert zugleich betrachtet Hannah die Szenerie. In der Mitte der Lichtung entdeckt sie einen Altar und ein Feuer und daneben, auf einem Podest aus Baumstämmen, ragt ein Pfahl auf. Aller Augen sind darauf gerichtet – auf das lebendige, in Todesangst heftig atmende Tier, ein Wildschwein, das an den Holzpfahl gefesselt ist.

Bumm, bumm, bumdudumm …

Hannah stockt der Atem. Ihre Kehle wird eng und sie hält Nikkis Hand ganz fest.

Der Geruch nach Angst erfüllt die nächtliche Luft, säuerlich stickig irgendwie, und dann die Schreie! Es schmerzt in Hannahs Ohren, aber sie kann sich nicht bewegen, ist starr vor Entsetzen.

Sky besteigt jetzt das Podest.

Bumm, bumm, bumdudumm, bumm, bumm, bumdudumm … Die Trommler schlagen schneller und lauter, die Augen um sie herum starren gierig auf den Pfahl, können es nicht mehr erwarten, schreien nach Blut, Blut, Blut … Hannahs Herz beginnt zu rasen, immer schneller, als hätten die Trommeln die Macht übernommen.

Das Schwein am Pfahl beginnt zu quieken. Dann ein Surren – *zischhhhhhhh* – ein Pfeil schwirrt durch die Luft, trifft sein Ziel –, ein schriller Schmerzensschrei, als die Pfeilspitze den Hals des Tieres durchbohrt.

Bummbumm! Die Trommeln verstummen.

Ein Eingeborener steigt zu Sky auf das Podest, schwarz mit weißer Körperbemalung, und schwingt eine Keule, bis in den Mondhimmel hinauf, so kommt es Hannah vor, bevor er sie nach unten auf den Kopf des Schweins krachen lässt. Der Schlag klingt dumpf, dann folgt ein Knacken.

Entsetzt verfolgt Hannah jede Bewegung, als in Skys Hand im Feuerschein der zuckenden Flammen etwas aufblitzt. Hannah will wegsehen, aber sie kann nicht. Und dann …

dann stößt Sky zu und schlitzt den Bauch des Wildschweins auf.

Als das Blut aus dem toten Tier hervorsickert, treten die dunkelhäutigen Eingeborenen auf die Lichtung. Langsam und ehrfürchtig kommen sie zwischen den Bäumen hervor und nähern sich, leise Beschwörungsformeln murmelnd, dem Opferplatz. Einer nach dem anderen tauchen sie die Hände in das Blut, das im Licht der lodernden Flammen dunkel und glänzend schimmert, und streichen es sich auf die Stirn. Als alle fertig sind, tritt Sky nach vorn.

»Kommt!« Seine Stimme durchdringt die Nacht. »Kommt, habt keine Angst!

Das ist das Zeichen des Bundes allen Seins im Universum.

Das ist das Blut, das für euch vergossen wurde, für euch, die Wesen des Lichts. Es wird euch vor allem Bösen beschützen und die Dunkle Armee wird keine Macht über euch haben.« Und er sagt es zu ihnen, zu den Mädchen in den weißen Gewändern, und die ersten steigen schon hinauf zu ihm auf das Podest ... bis Hannah schließlich an der Reihe ist.

Irgendwann steht auch sie einfach oben, ohne zu wissen, wie sie da hinaufgekommen ist. Das Blut des Schweins ist noch warm, als Sky es ihr auf die Stirn streicht.

»Mete bab ou alatranp«, sagt er und es raunt durch den Dschungel, *»mete bab ou alatranp«,* es steigt hinauf in die Wipfel der Bäume, *»mete bab ou alatranp«,* und weiter bis zu dem schwarzen Koloss des Vulkans und von dort ins Universum ... und kann nie mehr vergessen werden.

Mete bab ou alatranp – prepare for what is coming.

»Sei gewappnet«, hört sie Janice' Stimme. *Mete bab ou alatranp* – der Schutzspruch der Wesen des Lichts in dem großen Experiment, das sich dem Ende zuneigt ...

»Du warst auch hier, Janice«, flüstert Hannah, »hier an diesem Strand, ich weiß es. Ich weiß es ganz sicher.«

»Ich bin Teil des Experiments«, wiederholen die Mädchen, »ich bin Teil dieses großen Experiments ...«

DER ÜBERGANG

Den ganzen Tag hat sie geschlafen wie eine Tote, und als sie am frühen Abend endlich aufgewacht ist, hat sie das Blut auf dem Kopfkissen bemerkt – und in Nikkis kleinem Spiegel den rotbraunen Punkt auf ihrer Stirn. *»Transkript Sanguinis ...* von Max Berghammer«, das hat Judith gesagt, Judith in der schwarzen Bucht ... Und wenn die schwarze Bucht – sie wagt den Gedanken kaum zu Ende zu denken – auch hier ist? Hier, auf derselben Insel?

»Ich kann es kaum noch erwarten«, sagt Nikki aufgeregt. Sie bürstet sich schon wieder die Haare. Unvermittelt hält sie inne, hebt den Finger und lauscht. »Hast du das auch gehört?«

Hannah hört nichts als das Rauschen des Meeres und den Wind in den Palmwedeln.

»Das Tor, es ruft nach uns – horch!«, sagt Nikki mit ihrer hellen Stimme. »Kommt, schreitet durch mich hindurch und ihr werdet erleuchtet ...«

Hannah betrachtet den dunklen Fleck am Boden, der inzwischen fast verschwunden ist. Summer hat sich nicht mehr blicken lassen und Hannah wollte nicht nach ihr suchen. Auf keinen Fall wollte sie Aiden in die Arme laufen. Besser, sie hielt sich zurück, blieb unsichtbar. *Manchmal ist es gut, wenn die Leute dich unterschätzen* ... Obwohl Hannah noch immer nicht weiß, wie sie es anstellen soll, dass sie nicht durch dieses Tor gehen muss.

Nikki summt leise vor sich hin und blickt immer wieder zum Muschelvorhang. Jasmin hat ihnen heute statt der Blüten Kokospudding gebracht – aber Hannah hat ihren Teller und den Tee nicht angerührt.

»Nikki?«

»Ja?«

Und dann weiß sie nicht mehr, was sie sagen soll. Es ist alles so hoffnungslos!

»Ach ... nichts.« Sie zieht das frische weiße Kleid an und setzt sich neben Nikki auf die Matratze – und Nikki lächelt sie an.

»Du siehst aus wie ein Engel«, sagt Hannah und dann kann sie die Tränen nicht mehr zurückhalten. »Nikki, du bist meine Freundin – und wir hatten eine so schöne Zeit miteinander, stimmt's?«

Nikki lächelt engelsgleich.

»Ich ...« Hannah schluckt schwer, »ich werde dich nie vergessen.«

»Wein doch nicht.« Nikki drückt ihre Hand, »glaub mir, alles wird gut! Ich weiß es.«

Wie gern sie Nikki glauben würde ...

Das kalte Licht des Vollmonds macht Hannah frösteln, als sie ein paar Stunden später zusammen mit Nikki am Rand der Bucht am Strand steht. Ein Stück weiter kann sie ein Felsplateau erkennen, das ins Meer hineinragt. Die Angst hat ihr eine knöcherne Hand um die Kehle gelegt, bereit, jeden Moment zuzudrücken. Summer, denkt sie noch, warum hast du mich im Stich gelassen? Wo zum Teufel bist du, Summer? Und wenn ihr etwas passiert ist? Wenn Aiden herausbekommen hat, dass sie bei Hannah war ...?

Aiden! Wo ist er überhaupt? Sie hat ihm geglaubt, hat ihm vertraut – und er hat sie belogen und ihre Gefühle ausgenutzt! Gibt es etwas Schlimmeres als diesen Verrat?

Da sind sie nun: die *Pearls of God.* Sieben Mädchen in weißen Gewändern, weiß wie Gebein, über ihnen der Vollmond wie der Bote einer anderen Wirklichkeit. Das Meer rauscht, die Sterne funkeln – aber was Hannah einmal als romantische Kulisse empfunden hat, ist jetzt nur noch unheimlich.

Die unterspülten Felsen, die Felsenbrücke und das Tor aus massiven Steinquadern reflektieren das Mondlicht. Es ist alles so ... so verflucht unwirklich – und doch ist es real. Alles hier ist real. Und sie steht da, mitten unter den anderen Mädchen, auf dem weißen Strand einer Pazifikinsel und wartet auf den Befehl loszumarschieren – da, aufs Meer hinaus ...

Was soll sie jetzt tun? *Weglaufen! Einfach weglaufen!* Sie muss nur eine Gelegenheit finden. Schon schaut sie sich um – da begegnet sie Skys Blick. Er bohrt sich durch ihre Augen, immer tiefer ... er will in ihre Seele hinein! Sie erstarrt. Nein, sie darf sich nichts anmerken lassen, er darf auf keinen Fall Verdacht schöpfen! Sie versucht, das gleiche selige und erwartungsvolle Lächeln aufzusetzen wie die anderen. Es fühlt sich falsch an auf ihrem Gesicht, *so falsch,* aber sie lächelt tapfer weiter, bis er endlich den Blick von ihr abwendet und ihn über die anderen Mädchen gleiten lässt. Hannah atmet auf und Sky erhebt die Stimme.

»Es ist so weit. Das Tor ist geöffnet. Die fünfte Dimension wartet auf euch!«

Seine Worte haben eine heilige Stille hinterlassen, und wenn er jetzt befehlen würde, sie sollten sich ins Meer stürzen, würden alle es tun, denkt Hannah mit Entsetzen und sieht zu Nikki hinüber. Nikki ... in ihrem langen weißen Kleid und mit dem offenen blonden Haar sieht sie aus wie eine Verrückte! Und ihr Blick ist voll freudiger Erwartung und voller Hingabe – wie die Heiligen auf den Gemälden in alten Kirchen. Ganz kurz schiebt sich das Bild der früheren Nikki vor Hannahs Augen. Nikki in dem engen Top, dem kurzen Rock, Nikki mit ihren Kaugummiblasen, Nikki mit der großen Klappe, Nikki mit dem lauten, schamlosen Lachen ...

In dem Moment nickt Nikki ihr zu, als würde wirklich alles gut. Und da will Hannah nur noch loslaufen, will Nikki mit sich reißen und im Urwald verschwinden, aber es ist, als hätte Sky mit seiner Macht einen Kreis um sie alle geschlossen, dessen Grenzen sie nicht überschreiten können. Jetzt, denkt Hannah, jetzt muss ich es tun – da ertönt von irgendwoher ein helles *Kling* und die Trommeln aus dem Dschungel fangen an, den vertrauten Rhythmus zu schlagen. *Bumm, bumm, bumdudumm, bumm, bumm, bumdudumm* und in heiliger Andacht setzen sich die Mädchen in Bewegung und Hannah hat zu lange gezögert, ihr Plan kommt ihr jetzt völlig absurd vor. Wohin soll sie denn laufen? Im Dschungel sind die Eingeborenen mit ihren Trommeln und Pfeilen, mit ihren hundert Augen und ihrem blutrünstigen Blick ... *bumm, bumm, bumdudumm, bumm, bumm, bumdudumm* ... und so folgt Hannah den anderen über den Strand hin zum Meer und zur Felsenbrücke, an deren Ende das gewaltige Tor aus massiven Steinquadern steht, kalt und weiß wie der Vollmond, der es anstrahlt.

Hannah hat den Blick auf den Rücken von Nikki geheftet,

die vor ihr an vierter Stelle geht. Mit jedem Schritt spürt sie, wie der Sand unter ihren Füßen immer kühler und feuchter wird, je näher sie dem Wasser und der Felsenbrücke kommen. Bald bleibt nur noch die Flucht ins Wasser ...

Sie fängt an zu zittern und dann denkt sie an Eileen und Richard, die keine Ahnung haben, was gerade mit ihr passiert, und sie denkt an Finn und an ihre Schule und an Judith und Jesper, an Sébastien und Ruben, an die Holländer und an Fumiko und sie denkt wieder an Nikki, Nikki, wie sie früher war – und dann denkt sie an Aiden und etwas Dunkles, Hartes greift nach ihrem Herzen, drückt erbarmungslos zu. Hannah zwingt sich, Luft zu holen.

Ihre Füße berühren jetzt den Felsen, rechts und links lecken die Wellen gierig daran, als könnte das Meer, dieser dunkle Schlund, es kaum mehr erwarten, sie endlich alle zu verschlingen ... Und trotzdem geht Hannah weiter, Schritt für Schritt, wie automatisch. Ihre Gedanken führen zu nichts mehr. Sie hat es vermasselt. Sie hat verloren.

Bumm, bumm, bumdudumm machen die Trommeln und geben den Rhythmus vor, es hat keinen Sinn mehr, es ist vorbei. *Bumm, bumm, bumdudumm,* sie muss sich nur noch dem Rhythmus überlassen, *bumm, bumm, bumdudumm, bumm, bumm, bumdudumm* ...

Man kann sich auf zweierlei Art irren, fällt Hannah wieder ein. Man kann glauben, was nicht wahr ist, oder man kann sich weigern zu glauben, was wahr ist.

Sie weiß immer noch nicht, auf welche Art sie sich irrt, aber es spielt auch keine Rolle mehr.

Unter ihnen rauscht und schäumt das Meer. Vom Strand aus hat es viel ruhiger gewirkt als hier, fünfzig Meter oder noch weiter draußen. Hannah wirft einen Blick zurück zu dem bleichen Strand, dem Schatten der Hütten und dem weißen, runden Zelt, in dem orangegelbes Licht flackert, sodass es aussieht, als wäre es etwas Lebendiges. Und da, auf dem Stein, steht Sky noch immer und sieht ihnen nach.

Die Erste, Mischa, das kräftige Mädchen, erreicht jetzt das Tor.

Irgendwie erwartet Hannah, dass etwas passiert, dass ein Blitz durch die Nacht zuckt oder irgendwas, aber nichts passiert. Kein Schrei, kein Donnern, kein Blitz – nichts, gar nichts. Ganz still geht Mischa durch das Felsentor und wird von der Dunkelheit dahinter verschluckt. Auch bei Eloise und Adriana ist es nicht anders. Still und lautlos verschwinden sie hinter dem Tor, als hätten sie in dieser Welt nie existiert ...

Hannahs Herz klopft schneller und ihre Schritte werden langsamer. Jetzt ist Nikki dran.

»Nikki!«, ruft sie – und Nikki dreht sich noch einmal um und winkt Hannah zu: »Bis bald«, ruft sie und dann geht auch sie durch das Tor.

Hannah macht einen Schritt nach vorn und ihr ist bewusst: Jetzt gibt es keinen Ausweg mehr. *Ist das doch der Tod?* Das Tor wirft seinen gewaltigen Schatten auf sie herab, verdeckt Mond und Sterne und um sie herum herrscht völlige Dunkelheit. Und während Hannah noch einen Schritt auf den dunklen Schlund zumacht und während plötzlich alle Angst von ihr abfällt und eine seltsame Ruhe sich über sie senkt, da packt etwas Hannah an der Schulter und reißt sie hinunter in die Tiefe. Sie kann nicht einmal mehr schreien.

Fühlt sich so die fünfte Dimension an? Ist doch alles wahr?, denkt sie noch, bevor sie nur noch gegen das sprudelnde Wasser ankämpft, das ihr mit einem gewaltigen Druck die Lungen zusammenpresst. *Ist das die Erleuchtung ... oder der Tod?*

DÄMMERUNG

FLASH TO THE FUTURE

Von der oberen Etage des Industrielofts mit den deckenhohen Fenstern bietet sich ihr ein atemberaubender Blick. Die glitzernden und bunt blinkenden Lichter New Yorks sehen von hier aus wie die Kontrollleuchten in einem Cockpit.

»Gefällt es dir?«, sagt er hinter ihr und eigentlich sollte sie glücklich sein, doch da ist diese unbestimmte Angst, die sie einfach nicht mehr loslassen will.

»Es ist ... wunderschön!« Ihre eigene Stimme kommt ihr fremd vor.

Er umarmt sie und sie spürt seine Lippen auf ihrem Nacken. »Ja! Wir werden glücklich sein.«

»Ja«, sagt sie leise und bringt ein Lächeln zustande.

»Das müssen wir feiern! Ich hol uns was von unten aus dem kleinen Laden.«

Sie dreht sich um und hält ihn fest. »Bleib hier«, sagt sie mit flehender Stimme.

Er lacht und gibt ihr einen Kuss. »Ich bin doch gleich wieder da.«

Die schwere Tür fällt hinter ihm ins Schloss und plötzlich ist es ganz still, beängstigend still.

Und auf einmal fühlt sie sich in dem riesigen Apartment mit den großen Scheiben wie in einem Terrarium – und sie ist die

Echse darin, die jemand von außen beobachtet. Sie stürzt zu den Fenstern und fährt die Jalousien herunter.

AUFGETAUCHT

Wie viele Leben hat man? Wie oft kann man sterben und wiedergeboren werden?, sind Hannahs erste Gedanken, als sie durch die Wasseroberfläche stößt.

Gierig saugt sie die Luft ein – dunkle, finstere Luft. Aber Luft! Richtige Luft!

Jemand hält sie in den Armen. Wer? Wer ist das?

Sie versucht, das Gesicht, das in der Dunkelheit nur schemenhaft zu erkennen ist, irgendwo einzuordnen. Diese grünen Augen – hat sie die nicht schon einmal gesehen?

»Wir müssen uns beeilen! Sie können jeden Moment hier sein.« Seine Stimme klingt hohl, hallt von unsichtbaren Wänden wider, genauso wie das Klatschen des hin und her schwappenden Wassers.

Wer, will sie fragen, wer kann hier sein? Und wer bist du? Und wo ... wo sind wir überhaupt?

»Wir müssen noch mal ein Stück tauchen, die Grotte hat noch einen anderen Ausgang.«

Jetzt weiß sie, warum es so finster ist um sie herum und warum seine Stimme so hallt. Er holt Luft und zieht sie mit sich hinunter in die stockfinstere Tiefe.

Sie ist völlig orientierungslos in der Dunkelheit, doch seltsamerweise macht ihr das keine Angst. Denn in diesem Moment überkommt Hannah die Erkenntnis: Sie kann nicht mehr zurück. Und wer auch immer das ist, sie muss sich ihm anvertrauen.

Nach einer Weile wird ihr Brustkorb eng, ihr geht langsam die Luft aus. Sie war noch nie eine gute Taucherin. Panisch klammert sie sich an ihn, lange hält sie es nicht mehr aus.

Plötzlich wird sie an die Oberfläche gerissen, ihre Lungen brennen, sie japst, japst, japst nach Luft, kann gar nicht tief und nicht schnell genug atmen.

»Ist okay«, hört sie seine Stimme, »wir haben es gleich geschafft.«

Er zieht sie weiter und dann – endlich – spürt sie festen Boden unter den Füßen, Sand, und sie blickt hoch und über ihr glitzern die Sterne und sie fühlt sich so erleichtert, dass sie weinen muss. Es drängt einfach aus ihr heraus, ein lautes Schluchzen.

Er bleibt stehen und sieht sie an. »Wir haben's fast geschafft.« Als sie sein Lächeln sieht, muss sie erst richtig losheulen. Alles bricht aus ihr heraus. Ohne zu zögern, nimmt er sie in die Arme – dabei kennt sie ihn doch gar nicht ...

»Ist schon gut, schon gut«, murmelt er.

Sie hält sich an ihm fest, ihr Gesicht an seinem nassen Hemd, und schluchzt: »Wer bist du eigentlich?«

»Kanoa.«

»Kanoa ...« Sie versucht, sich zu erinnern. Aber sie kennt keinen Kanoa – oder doch?

»Warum hast du mich ... woher kennst du mich? Weißt du, wie ich heiße?

»Nein. Wie heißt du?«

»Hannah. Was machst du hier? Und warum hast du ausgerechnet mich gerettet?«

»Nicht jetzt, wir müssen weiter.«

»Wohin?«

»Vertrau mir einfach.«

Sie zögert. Sie kennt diesen Jungen nicht. Sie hat keine Ahnung, was er mit ihr vorhat und wohin sie überhaupt unterwegs sind. Aber eines weiß sie: Er hat sie gerettet. Instinktiv spürt sie, dass sie ihm vertrauen kann. Dieses Gesicht ... diese Augen ... jetzt sieht sie, dass sie nicht nur grün sind, sondern blaugrün. Und seine Haare schimmern kupferfarben. Hat er sie nicht schon einmal gerettet?

»Warst du das im Dschungel? Hast du ... diesen Pfeil auf die Wachen abgeschossen?«

Ein flüchtiges Lächeln überzieht sein Gesicht.

»Aber ... dann sind wir die ganze Zeit auf ... auf derselben Insel gewesen?«

Die Erkenntnis trifft sie blitzartig. Fragen über Fragen stürmen auf sie ein, aber bevor sie eine Frage stellen kann, zeigt Kanoa zu den hohen, zerklüfteten Felsen vor ihnen.

»Wir müssen da hoch, bleib dicht hinter mir.«

Sie folgt ihm über das kurze Stück Sandstrand zum Fuß der dunklen, abweisenden Felsen.

Er greift nach einem Felsvorsprung und zieht sich hoch.

Sie sieht die steile Steinwand hinauf.

»Hast du Angst?«

»Ja«, sagt sie leise. *Ich habe eine Scheißangst!*

»Gib mir deine Hand – und nicht nach unten sehen! Auf keinen Fall nach unten sehen, schau immer nur nach oben ... zu mir und zu den Sternen hinauf. Die holen wir uns. Okay?« Er streckt ihr die Hand hin. Zögernd fasst sie danach und er hält sie fest, ganz, ganz fest.

»Wir holen uns die Sterne«, wiederholt sie und irgendwie

bekämpft sie damit ihre Angst und sie fängt an, hinter ihm hinaufzuklettern. Stück für Stück, die raue dunkle Felswand hinauf ... zu den Sternen.

Unter ihr rauscht das Meer, ihre Arme schmerzen und ihre Hände zittern und es fällt ihr immer schwerer, sich an der Felswand hinaufzuziehen. Ihr Herz hämmert hart gegen die Rippen. *Nicht nach unten sehen, schau zu den Sternen hinauf, Hannah,* sagt sie sich.

Er ist ein Stück über ihr und zieht sich jetzt über die Kante. Sie greift in eine Felsspalte und tastet mit ihren bloßen Füßen nach einem neuen Halt – da passiert es. Sie rutscht ab und hängt nur noch an einer Hand. Hannah ist so starr vor Angst, dass sie nicht einmal mehr schreien kann.

Blitzschnell wirft Kanoa sich auf den Boden und packt ihre freie Hand.

Angst, Angst, Angst ist alles, was ihr Gehirn funkt. Tief unter ihr schlagen die Wellen an den Strand und sie sieht sich selbst: Ihr Körper liegt verdreht und zerschmettert da unten auf dem Sand, die Wellen lecken an ihm und ziehen ihn schließlich hinaus ins Meer, wo die Haie –

»Halt dich fest!« Seine Stimme reißt sie aus ihren Gedanken.

Mit letzter Kraft klammert sie sich an Kanoas Hand, so fest sie kann, und er zieht sie hinauf ... über den Rand des Abhangs. *Gerettet!*

»Geschafft!« Sie kann es gar nicht glauben. »Wir haben es geschafft!« Sie fällt ihm um den Hals und er lächelt verlegen. Am liebsten hätte sie ihm noch einen Kuss auf die Wange gegeben, aber da zeigt er schon hinunter zum Meer.

Ein ganzes Stück vom Ufer entfernt erkennt Hannah ein Motorboot, das sich auf etwas Weißes auf dem Meer zubewegt.

»Sie werden mit dem Boot zur Jacht gebracht. Und dann fahren sie mit den Mädchen irgendwohin – ich habe nur noch nicht herausbekommen, wohin und wieso.«

Hannah sieht ihn an.

Irgendwie erinnert er sie an einen Jungen in Irland, da war sie zwölf oder dreizehn. Ihre Eltern hatten ein Cottage oberhalb eines Fischerortes gemietet und sie ging mit Richard hinunter zum Hafen und da stand er in einem Fischerboot, der Junge mit den Sommersprossen und den roten Haaren, und er sah sie an, das Netz in der Hand – und auf einmal lächelte er. Und sie lächelte zurück.

»Woher kommst du?«, fragt sie Kanoa.

Sein Blick gleitet über ihre Augen. »Von hier.«

»Du warst also auch ... bei Sky? Aber dort sind doch nur Mädchen.« – *»Wo sind denn hier die Typen«,* hört sie Nikki im großen Zelt ihr ins Ohr flüstern. *Nikki ... warum ...?*

Er sieht hinaus aufs Meer, wo das Motorboot die Jacht erreicht hat und die Mädchen, nur mehr weiße Punkte auf der schwarzen See, an Bord gehen.

»Weiß Sky ... weiß irgendjemand, dass du hier bist?«, fragt sie weiter.

»Nein«, sagt er nach einer Weile, »alle denken, ich wäre tot.«

Was für eine Ironie! »Wir sind doch alle tot«, sagt Hannah, »oder?«

»Glaubst du das wirklich?« In seinen Augen ist ein Schimmern, das sie berührt.

Hat sie es geglaubt? Vielleicht, ja. Ja, sie hat es irgendwann geglaubt, schließlich haben alle es ihr gesagt, immer und immer wieder. Aber das hier, das jetzt, das fühlt sich ganz und gar nicht so an, als wäre sie tot.

»Ich weiß nicht mehr, was ich glauben soll«, sagt sie leise. »Da war doch diese Explosion auf dem Meer ...«

Sein Blick geht einen Moment lang in die Ferne. »Das machen sie immer so. Sie haben euch mit Drogen betäubt, dann hat das Boot abgebremst und vor euch ging eine Leuchtrakete hoch«, sagt er, als sein Blick zu ihr zurückkehrt. »Sie haben dich manipuliert, sodass du an deinem Verstand zweifelst. Das ist ihre Absicht. Das gehört zu ihrer Gehirnwäsche dazu. Genauso wie die Drogen im Tee und in den Blüten. Die Substanzen verwirren einen, man bekommt Halluzinationen, sie machen dich müde und irgendwann gibst du auf und glaubst das Zeug, das sie dir unter Hypnose einreden. Zusätzlich verpassen sie deinem Gehirn Stromstöße ...«

Das alles klingt so entsetzlich, dass Hannah es kaum glauben kann – und doch weiß sie, dass Kanoa die Wahrheit sagt, wusste es vielleicht schon eine ganze Weile. Das Kribbeln in ihrem Kopf, die seltsamen Träume, die Stimme – das alles war real, keine Einbildung, sie hatte wirklich diese Haube mit den Drähten auf dem Kopf. Plötzlich ergibt alles einen Sinn. *Mein Gott, es ist unfassbar!* Sie wollten, dass sie alles vergisst, dass sie aufhört, selbstständig zu denken und Fragen zu stellen, sie wollten sie total beherrschen – und bei Nikki hat es perfekt funktioniert.

»Sie? Wer ist sie?«

»Sky und ...« Er zögert kurz. »Aiden.«

Aiden, ja. Sie hat ihm vertraut ... *»Du bist gerettet, du bist in Sicherheit – das Boot ist explodiert – ihr seid tot – die Haie ...«* Dabei waren es Lügen! Nichts als schamlose Lügen, um sie zu manipulieren, um sie gefügig zu machen. Doch wozu? Wozu das Ganze? *Was passiert mit den Mädchen, die sie von hier wegbringen? Nikki ...!*

»Und warum?«, bringt sie endlich hervor, »warum tun sie das?«

Kanoa lässt den Blick wieder zur Jacht wandern, die sich in Bewegung gesetzt hat. »Ich weiß es nicht. Aber auch das finde ich heraus.«

Er wirft noch einen letzten Blick hinaus aufs Meer, dann steht er auf. »Wir müssen weiter, es dämmert schon und sie sind bestimmt schon längst hinter uns her!«

WALK

Hannah hat ihr weißes Kleid auf Knielänge abgerissen, um nicht darüber zu stolpern. Seit Stunden wandern sie nun schon durch den Regenwald, überqueren Lichtungen, tauchen erneut ins Dickicht, überqueren Bäche, klettern über Felsen, hangeln sich an Luftwurzeln über Abhänge – und bleiben nur hin und wieder stehen, um ein paar Minuten Pause zu machen, bis Kanoa abermals zum Weitergehen drängt. Wenn sie auf einer Anhöhe sind, wirft er jedes Mal einen Blick zurück, um zu sehen, ob sie verfolgt werden.

»Und, siehst du was?«, fragt sie, nachdem er auf einen runden Felsen geklettert ist und eine ganze Weile schon in dieselbe Richtung starrt.

»Lass uns weitergehen.« Er springt herunter und hat es auf einmal noch eiliger.

»Hast du sie gesehen?«, will sie wissen.

Er macht einen großen Schritt über einen morschen, mit

Pilzen bewachsenen Baumstumpf und dreht sich zu ihr, um ihr zu helfen.

»Warum sagst du mir nicht, dass du sie gesehen hast?« So leicht lässt sie nicht locker.

»Hier entlang. Wir müssen sie in die Irre führen.«

Also doch! »Wie viele sind es?«

»Drei oder vier.«

»Bewaffnet?«

»Ja.«

Bewaffnet ... wie die Wachen am Bunker.

»Okay. Beeilen wir uns.« Sie nimmt seine Hand und steigt über den rutschigen Baumstumpf.

»Was ist das?«, fragt sie, als sie ein paar Steine bemerkt, die den Weg seitlich begrenzen. »Sieht aus wie ... eine Straße.«

»Eine Landebahn.«

Eine Landebahn ...? Mitten im Dschungel? Argwöhnisch betrachtet Hannah die Steine mit den aufgemalten gelben und roten Kreisen näher, als sie daran vorbeilaufen.

»Das sind Scheinwerfer.«

»Ja klar.« Sie lacht ungläubig.

»Gehen wir weiter!« Kanoa geht zielstrebig voraus.

Mit einem unbehaglichen Gefühl folgt sie ihm über den Weg wieder hinein in den Dschungel. Schon nach wenigen Metern öffnet sich vor ihnen ein Platz aus festgestampfter Erde, umschlossen von hohen Palmen und von Hütten. Die Hütten sehen unbewohnt aus, verfallen, die Dächer aus Palmwedeln sind teilweise abgedeckt.

»Wer hat hier gewohnt?«, fragt sie.

Da wird ihr Blick von einer Bewegung nach rechts gelenkt – und sie starrt ungläubig auf das Gebilde, das dort steht.

Das Ding, das da neben den Hütten aufragt, ist ein ... Propellerflugzeug. Ein Propellerflugzeug aus Bambusstangen ... Zwar gibt es keine Scheiben als Fenster, aber die Räder sind aus Metalldeckeln von – nein, das darf nicht wahr sein – Abfalltonnen?

»Kanoa! Was soll das?« Sie hat ihm vertraut und jetzt ist das alles hier genauso schräg wie ... in der weißen Bucht!

Er geht näher zu dem Flugzeug aus Bambusstangen und berührt mit einer fast zärtlichen Geste eine Tragfläche.

»Im Zweiten Weltkrieg haben die Alliierten die Inseln als Stützpunkte genutzt, sie haben Landepisten gebaut und Flugzeuge und alles Mögliche an technischem Gerät hergebracht.«

»Meinst du damit auch Tonbandgeräte und so ...?« Die Erinnerung an den Bunker ist mit einem Mal so klar wie nie.

»Tonbandgeräte? Schon möglich, warum?«

Sie winkt ab.

»Als sie dann wieder abgezogen sind und das meiste mitgenommen haben, haben die Eingeborenen geglaubt, sie müssten die Götter – dafür haben sie die Fremden gehalten – wieder anlocken, indem sie solche Sachen nachbauen. Denn wenn die Götter wiederkommen, so glaubte man, bringen sie auch wieder echte Fernseher und Kühlschränke und so weiter mit.«

Und während Kanoa erzählt, fällt ihr wieder ein Satz aus dem Tagebuch ihrer Mutter ein.

Unser Job? Hütten bauen für ein Resort ... Die Eingeborenen sprechen dauernd von einem Gott, der hier hin und wieder vorbeikommt.

Hannah will den Propeller drehen, doch der ist einfach nur aus festgestecktem Bambusgeflecht. »Hm, die Götter haben sich davon wohl nicht anlocken lassen ...«

»Du täuschst dich«, erwidert Kanoa.

»Wieso?«

»Vor zweiundzwanzig Jahren ist tatsächlich ein Gott gekommen.«

Die Steinzeichen, die Judith ihr in der schwarzen Bucht gezeigt hatte ... *»Die folgen alle einem Führer, siehst du!«* Und der Führer war weiß, weiß ausgemalt. Hannah beginnt allmählich zu begreifen.

»Sky ...« Hannah sieht ihn vor sich, ganz in Weiß, in seinen weißen Kleidern, mit der kalkweißen Haut und dem weißen Haar.

»Sky ist auf die Insel gekommen!«

Etwas Bitteres ist plötzlich in Kanoas Ausdruck – oder irrt sie sich?

»Er hat diesen Gendefekt«, sagt er knapp, »und das nutzt er aus. Die Eingeborenen glauben, er wäre ein Gott, weil er so weiß ist.«

»Sie haben Bäume für die Hütten fällen müssen«, murmelt sie und lässt den Blick über die Lichtung schweifen, auf der die Nachmittagssonne schon lange Schatten wirft. Und wenn sie doch hierherkommen sollte, um irgendetwas herauszufinden? Zu begreifen? Zu ... beenden? Aber was?

Was hat ihre Mutter hier auf der Insel gemacht?

Irgendetwas geschieht gerade mit ihr, irgendetwas – als würde sich ein Kreis schließen. Ist das möglich? Das Resort, die Hütten, der weiße Gott ...

Hunderte von Inseln liegen verstreut im Meer. Die meisten sind Vulkaninseln.

Ihre Erleichterung, als sie in der Perlenbucht den schwarzen Sand durch ihre Finger rieseln ließ ...

»Auf der Insel gibt es einen schwarzen und einen weißen Strand«, murmelt sie, »und die Perlenfarm ist am schwarzen. Und die Hütten sind in beiden Buchten gleich gebaut, gleich viele ...« Sie hat es immer wieder geahnt, aber jetzt ist sie sicher. Und ihre Mutter, sie war hier. Sie hat damals mitgeholfen, die Hütten zu bauen. Sie hat ... mitgeholfen ... *Mete bab ou alatranp ...*

»Ja.« Kanoa ist stehen geblieben. »Es dient alles dazu, um dich zu verwirren. Du fragst dich dauernd, ob du dir was einbildest. Sie schaffen es, dass du dir selbst nicht mehr traust. Damit du nur noch ihnen vertraust und alles glaubst, was sie dir suggerieren und vorspielen.«

»Und dieser Überfall vor ein paar Tagen?« Den hat sie sich doch nicht eingebildet – oder?

»Drei Hubschrauber sind am Strand gelandet«, erklärt er, »und haben etwa zwanzig bewaffnete Männer abgesetzt.«

»Der intergalaktische Krieg ...«, murmelt sie. Wie hatte sie auch nur eine Sekunde diesen Quatsch glauben können? »Aber wer war das?«

Er lacht verächtlich. »Männer mit Maschinengewehren.«

»Und was wollten sie?«

»Ich weiß es nicht, vielleicht waren es Regierungssoldaten, die Sky auf die Finger sehen sollten. Aber ganz sicher keine intergalaktische Armee!«

Sie kann es nicht fassen! Einfach nicht fassen, was Sky an seinem weißen Strand mit ihr gemacht hat – was er dort immer noch macht. Sky und ... und Aiden. Sie fühlt sich so dumm, so unglaublich dumm ...

Kanoa ist näher gekommen und legt ihr einen Arm um die

Schulter. »Mach dir keine Vorwürfe, Hannah, sie haben dich mit allen Mitteln manipuliert!«

Mit allen Mitteln, ja! *»Wir sind Twin Flames …« – Du hast mir sogar Liebe vorgespielt! Du bist so gemein!*

»Aiden …«, sagt sie leise. »Ich habe ihm vertraut.«

»Aiden ist ein Lügner«, bemerkt Kanoa düster.

»Hat er dich auch angelogen?«, fragt sie und sieht ihm in die Augen.

Sein Blick verschließt sich, dann lässt er sie los, wendet sich ab und zeigt auf einen breiten Weg, der schnurgerade über die Lichtung führt.

»Wir sind gleich da.«

Aiden hat ihn verletzt, das spürt Hannah ganz deutlich. Aber etwas hält sie zurück, ihn direkt danach zu fragen.

Er deutet zu einer Hütte. Die Tür ist geschlossen, davor liegen zwei leere Körbe und ein alter Stuhl mit drei Beinen und abgebrochener Rückenlehne.

Bevor sie fragen kann, was sie in dieser Hütte suchen, hat er schon mit einem kräftigen Ruck die Tür aufgedrückt.

Zuerst sieht sie nur einen dunklen, niedrigen Raum mit festgestampftem Erdboden. Durch ein offenes Fenster fällt ein Streifen Sonnenlicht herein, in dem Staubpartikel flirren.

Dann erst wird ihr Blick auf die Gegenstände in dem Raum gelenkt. Und die sind ziemlich merkwürdig. Sie bemerkt einen großen Holzkasten auf Bambusbeinen. Seitlich sind Knöpfe eingeritzt, und wenn sie es nicht besser wüsste, würde sie sagen, das ist ein altmodischer Fernsehapparat – aus Holz. Auch ein Telefon steht da, unter dem Fenster auf einem Balken, ebenfalls aus Holz geschnitzt, der Hörer ist eine geschwungene Wurzel. Und sogar ein Kühlschrank steht an der Wand – aus weiß angemalten Brettern zusammengenagelt …

»Wir sind den ganzen Weg hierhergegangen, für …« Sie lässt ihren Blick über die ganze schäbige Kulisse schweifen, sie will ihre Wut und Enttäuschung hinunterschlucken, aber dann bricht es aus ihr heraus, laut und zornig: »Für das hier? Einen falschen Fernseher, ein falsches Telefon …? Was ist das hier? Ein weiteres Schmierentheater?«

»Wir müssen was mitnehmen«, sagt Kanoa unbeirrt und steuert auf eine Holzkiste zu.

Das ist zu viel!

»Richtig, ja!«, schreit sie und erschrickt, wie laut ihre Stimme ist. »Was zu essen vielleicht? Sehen wir doch mal im Kühlschrank nach!« Mit zwei Schritten ist sie an dem weißen Bretterschrank und zerrt an dem aufgenagelten Griff, woraufhin der ganze Schrank lautstark auf den Boden kracht und die Bretter zersplittern. »Oh!«, sie lacht schrill, »sorry! Schauen wir doch mal dort nach! Vielleicht sind da ein paar Holzdosen mit Pfirsichen drin! Oder Holzchips! Ich liebe Holzchips!« Sie geht zu der Kiste aus roh gezimmerten Brettern, die gleich neben der Tür an der Wand steht. »Mit denen machen wir es uns vor dem Fernseher hier gemütlich, was meinst du, Kanoa? Ach, warte, ich rufe noch schnell meine Eltern an!« Schon hat sie den Wurzelhörer in der Hand. »Kann ich hier direkt wählen oder läuft das alles über die Zentrale in der fünften Dimension? Hallo? Hallo, Sky, hörst du mich?«

»Hannah!« Kanoa hat sie an den Armen gepackt. »Hör auf! Hannah, bitte beruhig dich!«

»Aber wieso denn?« Sie schüttelt ihn wütend ab. »Lass mich doch mal telefonieren! Auf der ganzen verfluchten Insel habe ich nicht ein einziges Mal telefonieren können!« Sie hat noch immer diese Wurzel, diese dämliche, total stumme Wurzel in der Hand. »Hi, Mom! Dad! Ja, ich bin's, Hannah. Ja, ich mach hier wunderschöne Strandferien! Alles ist total super. Nein, ihr müsst euch keine Sorgen machen. Es ist richtig cool hier und Nikki und ich –« Und plötzlich sind ihre Worte weg. Für Sekunden ist es totenstill in der Hütte, dann holt Hannah aus, tritt gegen die dünnen Wände der Hütte, trommelt mit den Fäusten gegen die spröden Bambusstangen. »Nikki ...«, schluchzt sie, ehe sie auf den Boden sinkt und weinend in sich zusammensackt.

Was ist das nur für ein verdammter Albtraum, in den sie da geraten ist? Sie ist einem durchgeknallten Sektenguru in die Hände gefallen, man hat ihren Verstand manipuliert und ihre Gefühle, sie ist auf diesen miesen Typen Aiden reingefallen und das Schlimmste: Sie hat ihre Freundin im Stich gelassen! Und jetzt läuft sie mit einem Wildfremden über diese verfluchte Insel, der weiß Gott was für kranke Geheimnisse hat! *Mensch, Hannah, du bist echt nicht mehr zu retten!*

Sie schluchzt und schluchzt und die Tränen laufen ihr übers Gesicht, aber es ist ihr egal, sie will nur noch heulen, alles aus sich herausfließen lassen.

»Hey«, hört sie Kanoas Stimme leise in ihrem Ohr. »Ist gut ...«

Sie fühlt sich so ... so unglaublich verloren, so völlig hoffnungslos.

»Hannah ...«

Endlich sieht sie auf. Er hat sich zu ihr auf den Boden gesetzt und sie in den Arm genommen.

»Ich ... ich hab's vermasselt! Total vermasselt!« Sie kann nicht anders als lachen, hysterisch und schrill lachen.

»Nein, hast du nicht, Hannah.« Es ist sein Blick in ihre Augen, der ihr Lachen verstummen lässt. »Du konntest nicht anders, glaub mir, ihr System ist absolut perfekt.«

»Aber ich«, sie zieht die Nase hoch, »glaube normalerweise

nicht jeden Scheiß. Und ich lasse auch meine Freunde nicht einfach im Stich.«

»Kann ich mir denken.« Ein leichtes Grinsen zieht sich über Kanoas Gesicht und zum ersten Mal bemerkt sie seine Sommersprossen.

»Wirklich?«

»Ja, wirklich.«

Sie holt Luft und wischt sich die Tränen ab. »Es ist so viel passiert und ich war so durcheinander und vorher auf der Perlenfarm war es zuerst so toll, bis ich dann gemerkt habe, dass da irgendwas nicht stimmt, aber ich habe immer gedacht, es würde an mir liegen ...« Sie zieht wieder die Nase hoch.

Er streicht ihr eine Haarsträhne aus dem Gesicht und seine Berührung tut so gut, dass sie schon wieder anfängt zu weinen.

»Manchmal«, sagt er ruhig, »ist es ganz schön schwer, bei seiner Meinung zu bleiben.«

Sie schluchzt. »Ja. Es war doch auch alles so ... so schön, die Abende am Strand mit den Lampions ... Ich war wirklich glücklich.«

»Ich weiß, was du meinst, Hannah.« Er nimmt ihre Hand, die ganz kalt geworden ist. Überhaupt ist ihr auf einmal ganz kalt.

»Ach, Kanoa ...« Sie drückt sich dichter an ihn. Seine Wärme tut gut, so gut. »Was sollen wir bloß machen?«

»Wir werden von hier wegkommen, Hannah – und dann wird alles gut.«

»Wir müssen Nikki finden.«

»Ja. Wir werden sie suchen. Ich verspreche es dir.«

Sie legt ihren Kopf an seine Schulter. Seine Wärme, sein regelmäßiges Herzklopfen und sein Atmen beruhigen sie.

»Ich glaube auch, dass alles gut wird«, sagt sie nach einer Weile und er lächelt sie an.

Langsam bricht die Dämmerung herein, als Kanoa sagt: »Wir bleiben die Nacht über hier.«

»Und was ist mit unseren Verfolgern?«

Kanoa deutet zu der Holzkiste an der Wand.

LONG JOHN

Kanoa kniet sich vor die Kiste und hebt den Deckel an, der sich quietschend öffnet. Neugierig sieht Hannah ihm über die Schulter – und zuckt zurück. *Was hast du erwartet?* Verflucht! Irgendwas, auf jeden Fall etwas anderes als das. Schwarz und glänzend liegen sie wie Sardinen in einer Büchse: Gewehre – Maschinengewehre, Schrotflinten ...

Kanoa nimmt eine Machete und eine Pistole heraus.

»Was willst du damit?«, fragt Hannah und sie kann hören, wie skeptisch ihre Stimme klingt. »Nikki finden? Von der Insel verschwinden?« Sie sieht ihm zu, wie er ein Magazin in die Pistole schiebt.

»Unsere Verfolger sind nicht zimperlich.«

Hannah starrt auf die Pistole. »Du willst das da wirklich benutzen?«

Er antwortet nicht – und das heißt Ja, denkt Hannah.

»Schlaf ein bisschen, Hannah«, sagt er und zieht aus der Kiste eine Decke heraus.

»Ich kann nicht schlafen!«

»Probier das mal an!« Kanoa holt einen Stapel olivfarbener Klamotten aus der Kiste. »Die sind vielleicht ein bisschen zu groß«, sagt er und hält ein Paar Armeestiefel hoch.

»Egal.« Dankbar greift Hannah nach den Sachen. »Hauptsache, ich werde endlich dieses dämliche Kleid hier los!«

Sie verschwindet hinter dem »Fernseher« und zieht sich um. Hemd und Hose sind viel zu groß, aber sie krempelt sie ein paarmal um, reißt einen Stoffstreifen unten von dem Hemd ab, den sie als Gürtel benutzt, und zieht auch die Stiefel an. Sie passen sogar einigermaßen. Die Sachen riechen muffig, aber das ist ihr völlig egal. Mit spitzen Fingern wirft sie das verhasste weiße Kleid in die Ecke.

Er lässt nur kurz seinen Blick über sie gleiten, als sie hinter dem Fernseher hervorkommt, und nickt.

Hannah sieht, dass er auf dem Boden die Decke ausgebreitet und eine andere zu einem Kopfkissen zusammengefaltet hat.

»Wir haben morgen einen langen Weg vor uns.«

Sie will protestieren, doch auf einmal spürt sie die Erschöpfung. Fast einen ganzen Tag sind sie durch den Dschungel gelaufen – dabei ist sie so erschöpft, als wären sie wochenlang hindurchgeirrt.

»Und du?«, fragt sie, als sie sich auf der Decke ausstreckt.

Er legt die Pistole neben sich auf den Boden. »Ich passe auf uns auf.«

»Kanoa«, sagt sie schon im Halbschlaf, nimmt seine Hand und hält sie ganz fest, »danke, dass du mich gerettet hast.« Seine Antwort hört sie nicht mehr.

Hannah blinzelt durch die Wimpern. Sonnenstrahlen fallen in den Raum – und sie weiß sofort wieder, wo sie ist. In diesem Holzattrappen-Dorf! Sie will sich gerade nach Kanoa umsehen, als sie zu Tode erschrickt: Ein mächtiger Schatten verdunkelt den Hütteneingang.

Kanoa!, will sie noch rufen, aber der Schrei bleibt ihr in der Kehle stecken.

Die Gestalt ist so groß und massig, dass sie fast den ganzen Türrahmen einnimmt. Der Mann ist dunkelhäutig, seine Brust nackt und voller Narben. Seine zerschlissene lange Stoffhose wird am Bund von einer Schnur zusammengehalten. Das lockige graue Haar reicht ihm bis auf die Schultern. Und sein breites Gesicht – soweit Hannah es im Gegenlicht erkennen kann – ist von tiefen Falten zerfurcht. Das Erschreckendste aber in dem Moment sind seine weit aufgerissenen, vorstehenden Augen mit dem hellen Weiß der Augäpfel – und die Machete in seiner Hand. Ein paar lähmende Sekunden verstreichen, als endlich Kanoa von draußen in die Hütte kommt.

Er lächelt, geht auf den Eingeborenen zu und begrüßt ihn in einer fremden Sprache. Während Kanoa weiter auf ihn einredet, blickt der Mann zu ihr, mustert sie aufmerksam und nickt schließlich.

»Kennt ihr euch?«, fragt Hannah vorsichtig.

»Ja. Das ist John – oder Long John, wie er von allen genannt wird.«

Long John mustert sie noch immer stumm, was etwas Unheimliches hat – weil sie sofort an dieses Ritual im Dschungel denken muss, an die Augen in der Nacht, an das Blut, die Trommeln, die Schreie ... Hannah fröstelt trotz der Wärme im Raum.

Kanoa sagt wieder etwas in dieser fremden Sprache, worauf Long John erneut nickt, mit den Augen rollt – was schaurig aussieht – und mit der Machete ein paar Mal wild in die Luft sticht.

Hannah sieht Kanoa fragend an.

»Ich habe ihm gesagt«, erklärt er, »dass wir verfolgt werden. Er wird sich um sie kümmern.«

»Allein?«, fragt Hannah ungläubig, »mit einer Machete?« Skys Wachen hatten doch alle Maschinengewehre.

»Long John ist ein Krieger.«

Kanoa sagt wieder etwas, worauf Long John mehrmals bestätigend nickt.

»Alles okay«, sagt Kanoa zu Hannah. »Los, gehen wir!«

Long John tritt zur Seite und Hannah schlüpft hinter Kanoa hinaus. Als sie zurückblickt, steht Long John breitbeinig im Türrahmen und hält die Machete wie einen Schutzschild vor seine Brust.

»Woher kennst du ihn?«, fragt Hannah und beeilt sich, zu Kanoa aufzuschließen.

»Ich ... hab mal 'ne Weile im Dorf gewohnt.«

»Bei den Eingeborenen?«

»Ja«, sagt Kanoa knapp.

Sie macht einen großen Schritt über einen moosigen Stein, der von einer dicken Wurzel überwachsen ist, als wollte sie ihn in die Erde hineinziehen.

»Aber wieso? Ich meine, wie ist es dazu gekommen?«

Kanoa geht unbeirrt weiter, als hätte er ihre Frage nicht gehört.

»Kanoa? Warum antwortest du mir nicht?«

Da dreht er sich zu ihr um –

»Runter, duck dich!«

So schnell hat Hannah noch nie unter einem Baumstamm auf der Erde gelegen. Durch den Spalt zwischen Stamm und Erde kann sie zwei bewaffnete Männer in Overalls die Anhöhe heraufkommen sehen. Dann drückt Kanoa ihr die Hand auf den Mund und im selben Augenblick zerreißt eine gewaltige Explosion die Luft. Eine Staubwolke ist alles, was Hannah erkennt, und als sie sich verzogen hat, ist von den beiden Männern nichts mehr zu sehen.

»War das Long John?« Hannah wird übel.

Kanoa blinzelt in die Sonne. »Hat sich zumindest ganz nach ihm angehört.«

»Dann sind die Wachen jetzt also ... tot?«

»Oder in der fünften Dimension.«

»Das ist überhaupt nicht lustig, Kanoa!«, braust sie auf. Irgendwie muss sie ihrer Anspannung Luft verschaffen.

»Nein«, entgegnet er scharf, »ist es auch nicht. Denn eigentlich sollten *wir* tot sein. Das hier ist bitterer Ernst, Hannah, kein Spiel. Und Sky kennt keine Gnade, wenn man ihn betrügt, glaub mir. Und wir haben ihn betrogen!«

GEFAHREN

Endlos kommt Hannah der Marsch durch den Regenwald vor, als würde sich die Insel ständig weiter ausdehnen. Es ist heiß und feucht im Dschungel und sie müssen sich immer wieder den Weg mit der Machete freischlagen.

Schon dreimal haben sie die Wasserflasche, die sie aus der Hütte mitgenommen haben, an einem Bach aufgefüllt und eine kurze Pause gemacht. Und Kanoa hat von ein paar Büschen Früchte für sie gepflückt. Sie schmeckten süßlich und nach Butter und machten schnell satt.

»Wohin gehen wir eigentlich?«, fragt Hannah irgendwann. »Hast du überhaupt einen Plan?«

»Wir nehmen das Boot von Bo und verlassen die Insel«, sagt Kanoa, als wäre es das Selbstverständlichste der Welt.

»Ach so, ja, klar, wir lenken ihn ab und *schwupp* springen wir rein und rasen davon, oder?« *Das ist doch völlig absurd.*

»Genau so machen wir's!«

»Super Plan. Und wenn diese Typen auf uns schießen, dann fahren wir einfach schneller, richtig?«

Er dreht sich auf dem schmalen Pfad zu ihr um.

»Nicht bewegen!« Er fixiert einen Punkt über ihrer Schulter und greift langsam nach der Pistole in seinem Gürtel.

»Was –?« Sie will sich umdrehen. Wenn da etwas hinter ihr ist, will sie es sehen!

»Nicht!«

Plötzlich hört sie ein Zischen hinter sich.

Kanoa hebt ganz langsam die Pistole, das Zischeln in ihrem Rücken wird lauter und Hannah kostet es ihre ganze Beherrschung, sich nicht doch umzudrehen. Lautes, heftiges Rascheln – sie spürt, wie sich alles in ihr anspannt, bereit ist, einfach loszulaufen, egal, was da hinter ihr lauert ... In diesem Augenblick wird das Rascheln leiser, entfernt sich.

Kanoa lässt die Pistole wieder sinken und Hannah dreht sich um. Sie kann gerade noch eine Bewegung zwischen den zwei großen Farnen wahrnehmen.

»War das eben ... eine Schlange?«

Er nickt und steckt die Pistole zurück.

»Giftig?«

»Ja.«

»Wie giftig?«

»Sehr giftig.«

Hannah zittert am ganzen Körper. »Wow ... da habe ich wohl Glück gehabt.« Ihr Lächeln gerät ziemlich schwach. »Okay, dann klauen wir uns jetzt Bos Boot.« Ihre Stimme klingt dünn.

»Wir werden es schaffen, Hannah.«

Und so, wie er es sagt, will sie daran glauben, so fest daran glauben, wie sie noch nie an etwas in ihrem Leben geglaubt hat.

Eine ganze Weile gehen sie schweigend weiter. Und obwohl sie schon lange nicht mehr geschlafen oder etwas Richtiges gegessen hat, fühlt sie sich nicht müde. Denn ihr ist klar, sie haben nur diese Chance, um von der Insel und Skys Leuten wegzukommen – nur diese eine Chance. Und als Kanoa irgendwann »Alles okay?« fragt, bleibt sie stehen.

»Wenn du nicht gekommen wärst«, fängt sie an und in ihrem Innern spürt sie, wie etwas zieht. »Es war wie ein Wunder ...«

Und als sie die Worte laut ausspricht, merkt sie, dass sie es immer noch nicht so ganz fassen kann.

Es ist früher Nachmittag, die Schwüle unerträglich und Hannah fühlt sich am Ende. Ihre Füße sind wund gelaufen, ihre Muskeln völlig erschöpft, sie ist durstig und hungrig und sehnt sich danach, endlich irgendwo anzukommen. Stumpf lässt sie ihren Blick durch die grüne Wildnis gleiten – dort ein großer Farn, da ein moosbewachsener Baumstumpf, hier ein runder Felsen. Sie bleibt stehen.

»Hier war ich schon mal«, sagt sie langsam, »hier ist irgendwo der Bunker.«

»Du kennst ... das Labor?«, fragt Kanoa überrascht.

»Labor?«

»Ja.« Aufmerksam sieht er sich um. »Ich habe gehört, dass es hier irgendwo so etwas geben soll.«

Da, hinter dem Ast, das Grau ...

Zielstrebig geht Hannah voraus. »Wir haben das für einen Bunker gehalten – Jesper und ich«, erklärt Hannah und reißt ein Stück Moos von der Betondecke.

Kanoa nähert sich langsam, vorsichtig, fast als hätte er Angst.

»Jesper?«

»Jesper hat auch auf der Perlenfarm gearbeitet«, sagt sie schnell, »und jetzt ist er tot. Angeblich wurde er von Haien angefallen ... und Nikki«, sie blinzelt die Tränen weg, »Nikki hat geglaubt, Jesper war das Opfer eines galaktischen Angriffs! – Mein Gott!« Sie schüttelt den Kopf.

»Ich habe so was auch geglaubt, Hannah«, sagt Kanoa und betrachtet das Moos in ihrer Hand.

»Du?«

»Als Kind hast du doch sicherlich auch alles geglaubt, was dir deine Eltern erzählt haben, oder?«

»Als Kind? Klar! Da habe ich auch an den Weihnachtsmann geglaubt und dass man in den Himmel kommt, wenn man gestorben ist.« Da hat Kanoa schon die Tür des Bunkers aufgezogen und kaum, dass er einen Schritt hineingemacht hat, verschluckt ihn die Dunkelheit.

»Das ist ja Wahnsinn!«, dringt seine Stimme dumpf nach draußen.

Als Hannah reingeht, hat er eine altmodische Taschenlampe in der Hand und beleuchtet gerade den Helm mit den Drähten. In dem Moment sieht sie Jesper wieder vor sich, wie er den Helm aufgesetzt und sie damit erschreckt hat. Dann fallen ihr die Kopfschmerzen ein, das Gefühl, als steckten Nadeln in ihrem Kopf, und sie sieht Nikki vor sich, wie sie dauernd an ihren Haaren herumzupft.

»Was ist?«

»Ich ...« So seltsam es scheint, aber sie ist sich sicher. »Bei Sky am Strand habe ich so was auf dem Kopf gehabt.«

Er wirkt nicht überrascht.

»Moment mal.« Hannah stutzt. »Hast du das etwa alles gewusst? Hast du gewusst, dass Sky ... und Aiden ... den Mädchen so etwas antun?«

Er erwidert nichts.

Plötzlich überfällt sie ein schrecklicher Verdacht.

»Wieso warst du überhaupt auf der weißen Seite der Insel, Kanoa? Da sind doch nur Mädchen! Und Sky und Aiden und die Wachleute ...«

Kanoa weicht ihrem Blick aus.

Und da wird es ihr klar. Ganz klar. Wieso begreift sie das erst jetzt?

»Du, Kanoa – du warst einer der Wachleute! Deshalb hast du das alles gewusst!« Wieso ist ihr das nicht schon eher eingefallen? »Woher solltest du das sonst alles wissen? Das mit dem Helm, dem Tor, der Jacht, dem Dorf!«

»Nein, Hannah«, widerspricht er heftig, »so ist es nicht!«

Wie dumm und verblendet kann man sein, Hannah!

»Du hast für Sky und Aiden gearbeitet!«, schreit sie ihn an, »und dann ist irgendwas passiert und du musstest abhauen, stimmt's?«

»Nein!«

»Gib es doch zu, Kanoa! Gib es einfach zu!« Ihre Stimme überschlägt sich. »Sag es endlich! Du musst mir nichts mehr vorspielen. Alle spielen mir hier was vor, alle.«

Er packt sie an den Schultern. »Hannah! Hör auf damit!«

Aber sie hört nicht auf. Wie sollte sie auch aufhören können? Schon wieder ist sie in die Irre geführt worden!

»Ich habe gedacht, du wärst anders, Kanoa, anders als –« *Als Aiden* ... »Ich habe gedacht, ich kann dir vertrauen!« Wie enttäuscht ist sie! Wie verdammt, verdammt, verdammt enttäuscht!

»Hannah! He, sieh mich an!«

Vom Eingang fällt das Sonnenlicht auf sein Gesicht, direkt in seine Augen, und lässt sie blaugrün leuchten. Sie fühlt sich so sehr betrogen, so wütend und erschöpft zugleich ...

»Hannah, ich bin kein Wachmann.«

Sie würde es so gern glauben.

»Was bist du dann, Kanoa?«

Seine Lippen bewegen sich, er will etwas sagen. Das Grün seiner Augen schimmert. Sie bemerkt ein Zucken, *bitte sag mir die Wahrheit, bitte.*

Er holt Luft.

»Es ist«, fängt er an, »sehr kompliziert. Ich kann es dir jetzt nicht erklären ... Bitte, Hannah, du musst mir glauben! Ich erkläre es dir später.«

Fassungslos sieht sie ihm zu, wie er einen Aktenschrank untersucht und die Schubladen aufzieht.

Auf einmal hat er etwas in der Hand.

FLASH TO THE FUTURE

Es ist mitten in der Nacht und vor den Restaurants liegen überall Tüten mit Müll. Hannah läuft keuchend durch die regennassen Straßen. Dunkel ragen die Hochhäuser hinter Chinatown auf. Leuchtreklamen in Chinesisch flackern und rote Lampions schaukeln im Wind. Ein Taxi rast vorbei, schmutziges Pfützenwasser spritzt bis zu ihrem Mantel hoch. Hastig greift sie in ihre Manteltasche, tastet nach dem Notizzettel.

In den Fenstern der Restaurants brennt nur noch die Nachtbeleuchtung, milchig und gelb bestrahlt sie Speisekarten oder Plastiknachbildungen von Gerichten. Hin und wieder leuchtet auch ein Aquarium im Schaufenster, in denen stumme Fische ihre immer gleichen Runden drehen.

Hannah bleibt stehen. Rechts oder links oder geradeaus?

Aus einer Seitenstraße sieht sie eine dunkle Gestalt im Regenmantel kommen.

Es ist drei Uhr morgens – und unter normalen Umständen würde sie niemals in solch einer Gegend herumlaufen und erst recht keinen Fremden ansprechen ...

Hannah macht ein paar schnelle Schritte auf die Gestalt zu, die die Kapuze ihres Regenmantels über den Kopf gezogen hat. Dunkle Gummistiefel glänzen vor Nässe.

»Sorry!«, ruft Hannah schon von Weitem. Die Gestalt dreht sich nach ihr um.

Hannah geht näher und versucht ein entschuldigendes Lächeln. »Kennen Sie diese Adresse?« Es ist eine alte Asiatin, die

Jahre haben ihr Gesicht so zerfurcht, dass es nur aus Falten zu bestehen scheint.

Die Frau wirft einen kurzen Blick auf den Zettel.

»Wissen Sie, wo das ist?«

Die Frau schaut sie an, als würde sie sie nicht verstehen.

Ungeduldig zeigt Hannah wieder auf den Zettel. Da schüttelt die Frau auf einmal heftig den Kopf, murmelt etwas und geht eilig davon.

Währenddessen regnet es in Strömen und Hannah spürt, wie ihr die Regentropfen übers Gesicht und weiter über Hals und Nacken rinnen, wie die Nässe langsam ihre Kleider und Schuhe durchweicht – und als sie noch einmal einen Blick auf den Notizzettel wirft, hat der Regen die Schrift fast weggewaschen.

FAMILIENGLÜCK

Es ist ein Foto, das Kanoa in der Hand hält. Ein Familienfoto, aufgenommen vor einer Hütte, Palmen ragen dahinter auf – und ganz im Hintergrund, vor dem blauen Himmel, der Kegel des Vulkans.

Vater, Mutter, Kind. Der Vater, hochgewachsen und mager, fast knochig, in weißem Hemd und weißer Hose, das hellblonde Haar militärisch kurz geschnitten. Das Lächeln in dem kantigen Gesicht wirkt hart und gezwungen – streng. Wie ihr alter Lateinlehrer, denkt Hannah. Ihr Blick wandert weiter zu der Frau, die im langen, bunt gemusterten Kleid, mit den auffallenden Ohrringen und den dunkel geschminkten Augen etwas Geheimnisvolles ausstrahlt. Sie hält ein Kind an ihrer Hand. Hannah stutzt. Der Junge ist etwa sechs, seine Haut ist kalkweiß, weißer als die Kleidung des Vaters, und seine weißen Haare reichen ihm bis zu den Ohrläppchen. Er hat sich an seine schöne, geheimnisvolle Mutter gedrückt, als habe er Angst vor seinem Vater.

Während Hannah noch überlegt, was das alles zu bedeuten hat, legt Kanoa den Finger auf die Lippen und schleicht zur Tür.

»Haaaallooooooo!«, ruft jemand.

»Judith?«, ruft Hannah und Kanoa sieht sie fragend an.

Hannah läuft zum Eingang des Bunkers und tatsächlich – es ist Judith! Ihre Haare sind zerzaust und kleben ihr in der Stirn und irgendetwas ist mit ihrem rechten Auge ... ein Veilchen?

»Hannah? Du?« Judith bleibt wie angewurzelt stehen. »Wir haben alle gedacht, du und Nikki seid vor ... vor drei Wochen abgereist!«

Sie wirft einen argwöhnischen Blick auf Kanoa.

»Sind wir auch«, sagt Hannah, »bis dann das Boot auf dem Meer explodiert ist.«

»Was?« Zwischen Judiths Augen gräbt sich eine Falte.

»Ich meine«, sagt Hannah mit einem Seitenblick auf Kanoa, »sie haben uns erzählt, es wäre explodiert – und dass wir tot wären und in die fünfte Dimension –« Hannah hält inne. Das klingt wirklich ganz schön schräg. »Es ist alles ziemlich kompliziert ... Aber was ist mit deinem Auge?«

»Das?« Judith fasst sich an die Wange. »Ach ... Matteo ...«

»Matteo hat dich ...?«

»Wir sind nicht mehr zusammen.« Sie winkt ab und macht eine Bewegung mit dem Kinn zu Kanoa. »Und wer bist du?«

»Ich bin Kanoa«, sagt der und Hannah fügt schnell hinzu: »Er hat auch auf der Perlenfarm gearbeitet.«

»Ach ja?« Judith sieht ihn scharf an. »Wann denn?«

»Vor ... vor ein paar Monaten«, sagt Kanoa vage.

»Wirklich? Matteo und ich sind seit drei Monaten da.«

»Davor ...«

»Dann bist du also schon länger als drei Monate auf der Insel?«

»Ja, genau«, er wirkt erleichtert, »länger als drei Monate.«

Judith zieht misstrauisch die Augenbrauen zusammen.

Da ist er wieder, dieser Argwohn. Hannah betrachtet Kanoa, die blaugrünen Augen mit dem intensiven Blick, das klar gezeichnete Gesicht mit den Sommersprossen, seine breiten, etwas eckigen Schultern. Warum erzählt er ihr so wenig? Und warum bleibt er ihr so oft Antworten schuldig?

»Woher kommt ihr jetzt noch mal?«, fängt Judith wieder an.

»Von der anderen Seite der Insel«, antwortet Hannah, »da ist das gleiche Hüttendorf –«

»Wir haben jetzt keine Zeit«, unterbricht sie Kanoa. »Wir müssen zum Boot. Sky und Aiden sind uns mit ihren Wachleuten sicher dicht auf den Fersen.«

»Aiden? *Dieser* Aiden?«

»Ja.« Hannah nickt. Kanoa hat recht, Long John hat sicher nicht alle Wachleute aufhalten können.

»Hm ... Erklärt mir wenigstens das mit der anderen Seite«, beharrt Judith, worauf Hannah so kurz wie möglich erzählt, was ihr und Nikki alles passiert ist, seit sie die Insel mit dem Boot verlassen haben.

»Und das ist alles hier«, Judith deutet über Hannahs Schulter hinweg in den Dschungel, »auf dieser Insel passiert? Gerade mal ein paar Kilometer weiter?«

»Jaja«, sagt Hannah ungeduldig, »sie sind wahrscheinlich bald da – außerdem haben sie bestimmt längst ihre Leute in der schwarzen Bucht hier verständigt.«

»Und wer sind *ihre Leute?«*, fragt Judith und sieht sich suchend um.

»Erin und Bo«, erwidert Hannah.

Judith nickt nachdenklich. »Und was habt ihr jetzt vor?«

Hannah tauscht einen Blick mit Kanoa.

»Wir klauen Bos Boot«, sagt Kanoa.

»Logisch«, bemerkt Judith trocken. »Und wie wollt ihr das machen? Einfach über den Strand spazieren, einsteigen und losfahren?«

»So ungefähr.«

»Nein.« Judith winkt ab. »So funktioniert das bestimmt nicht! Also, wenn ich das richtig verstanden habe, sind Skys Leute hinter euch her und Bo und Erin wissen natürlich auch längst Bescheid. Und dass die Wachen getötet wurden, na ja, das spricht sich hier sicher auch schnell rum.« Sie verzieht spöttisch das Gesicht.

»Wir brauchen das Boot!«

»Ja, genau, aber wir müssen sie irgendwie ablenken«, sagt Judith nachdenklich.

»Wir?«, fragt Hannah erstaunt. »Du hilfst uns also?«

»Ich kann's kaum erwarten, Bo und Erin eins auszuwischen«, schnaubt sie.

»Und, hast du eine Idee?«

»Eine ziemlich gute sogar.« Judith lächelt, irgendwie diabolisch, denkt Hannah. Hoffentlich hat sie einen guten Plan.

»Am besten«, sagt Judith, »wir warten, bis es dunkel geworden ist, dann hat es einen besseren Effekt.«

»Effekt?« Kanoa wirft ihr einen misstrauischen Blick zu.

Judith lächelt wieder, ihr scheint die Sache ziemlichen Spaß zu machen.

»Mmmm. Also, ihr versteckt euch hinter den Hütten, dort, wo der Dschungel aufhört, ich lenke sie ab und gebe euch dann ein Zeichen.«

»So geht das nicht!«, schaltet sich Kanoa ein. »Du musst uns schon genau sagen, was du vorhast.«

»Ach ja, wirklich? Muss ich das?« Judith verzieht das Gesicht.

»He!« Kanoa macht einen Schritt auf Judith zu. »Treib hier nicht irgendwelche Spielchen mit uns!«

»Wollt ihr nun das Boot oder nicht?« Judith zuckt gleichgültig mit den Schultern. »Ist allein eure Entscheidung ...«

»Wir brauchen das Boot«, sagt Hannah schnell, bevor alles zu entgleisen droht. Auch wenn sie das Gefühl hat, dass da etwas Hinterhältiges in Judiths Ausdruck lauert.

»Okay«, sagt Judith, »dann müsst ihr mir eben vertrauen. Ich habe da wirklich eine geniale Idee.«

Nein, ihr Gesichtsausdruck gefällt Hannah ganz und gar nicht und Kanoas Blick wird immer ablehnender.

»Na?«, fragt Judith herausfordernd.

Etwas ist mit Judith passiert, denkt Hannah, sie wirkt überhaupt nicht mehr verwirrt und ... na ja ... paranoid.

Hannah nimmt Kanoa zur Seite. »Es hat keinen Sinn, mit ihr zu diskutieren.«

»Traust du ihr denn?«

»Ich weiß nicht, aber wir brauchen dieses Boot. Und das ist unsere einzige Chance. Außerdem weiß sie jetzt sowieso schon, was wir vorhaben.«

Hannah denkt an den Abend, als Judith ihr die Steinzeichen zeigen wollte und sie mit einer Lüge geködert hatte.

»Sie ist ein bisschen schräg, aber ich kann mir nicht vorstellen –«

Judith ist inzwischen im Bunker verschwunden.

»Wie schräg, Hannah? So, dass sie uns bei Bo und Erin verpfeift?«

Sie ist paranoid, hat Matteo gesagt, sie manipuliert – und nein, wenn sie ehrlich ist, kennt sie Judith eigentlich überhaupt nicht.

»Na, habt ihr es ausdiskutiert?«, kommt Judiths Stimme aus der Dunkelheit des Bunkers.

»Okay«, sagt Kanoa. »Wir warten hinter den Hütten auf dein Zeichen.«

»Super! Ach, da wär noch was.« Judith kommt aus dem Bunker. »Ihr müsst mich mitnehmen.«

FLUCHT

Die letzten Sonnenstrahlen versinken im Meer und tauchen den Strand und die Hütten in ein warmes violettes Licht. Seit fast zwei Stunden sitzt Hannah neben Kanoa auf einem Baumstamm, verborgen im Dickicht des Regenwaldes, und beobachtet die Bucht.

Wie schön hat alles angefangen – abgesehen von den Haien ... Sie sieht sich wieder mit Nikki an Land springen. Mein Gott, wie erleichtert Hannah über den schwarzen Sand war! Das ist nicht Janice' Insel, hat sie gedacht – wie sie sich geirrt hat! Wie ist wohl Janice damals von der Insel weggekommen? Und ist sie zum Junkie geworden, weil sie auf der Insel war? Was ist damals passiert ...?

Hannah sieht zu Kanoa, der den Strand nicht aus den Augen lässt. Welche Wahrheit verbirgt er vor ihr?

Bos Boot schaukelt ruhig auf den Wellen. Verführerisch nah geradezu und Hannah wollte ein paarmal schon einfach loslaufen, den Strand hinunter, ins Boot springen und losfahren, aber natürlich würde man sie sofort entdecken.

Irgendwann ist Hannah eingenickt und schreckt auf, als ihr Kopf auf Kanoas Schulter fällt. Er lächelt sie an und sie ertappt sich bei dem Gedanken, dass sie gern einfach so eng an ihn gelehnt sitzen bleiben würde.

Dabei sieht sie in sein Gesicht mit den Sommersprossen und dem Lächeln, das sie jedes Mal wieder zuversichtlich macht. Wenn die Sonne scheint und Hannah ganz tief in seine grünblauen Augen sieht, kann sie die Lichtreflexe darin tanzen sehen. Aber jetzt ist es dunkel.

»Warum lachst du?«, fragt er.

»Ich kannte mal einen Jungen, der sah genauso aus wie du.«

»So?«

»Ja, ich war mit meinen Eltern im Urlaub, in Irland.«

»Wie hieß er?«

»Daniel.«

»Daniel.« Er lächelt. »Vielleicht war ich es ja?«

»In deinem anderen Leben?«, entgegnet Hannah lachend – doch er wird ernst.

»Vielleicht.«

Etwas in seinem Blick, in der Art, wie er es sagt, lässt sie auch ernst werden.

»Was ist mit ihm passiert?«

»Rate!«

»Ihr seid nächstes Jahr wieder dorthin gefahren – aber er war nicht mehr da.«

»Und warum kein Happy End?«

Er sieht hinüber zu den Hütten, dann schweift sein Blick weiter, irgendwohin. »Im Leben gibt es nicht so viele Happy Ends.«

Hannah überlegt, ob er recht hat, sie denkt an ihre Eltern und an Janice im Gefängnis, während sie Matteo und Fumiko über den Strand laufen sieht. Als sie den beiden so nachschaut, kommt es ihr vor, als wäre sie nie von diesem Strand weg gewesen. Ruben tritt aus seiner Hütte und dehnt sich. Er trägt noch immer dasselbe Stirnband, das Nikki auch unbedingt haben wollte. Und plötzlich drängen sich ihr die anderen Bilder wieder auf: das Steintor, die Jacht ... und da überfällt sie eine tiefe Traurigkeit.

»Wo Nikki jetzt wohl ist?«

»Wir finden sie.«

Hannah denkt an die unzähligen Möglichkeiten. Länder, Städte, Schiffe, Flieger ... »Wie?«

Entschlossen richtet Kanoa sich auf. »Wir holen Nikki da raus.«

»Aber du kennst sie doch gar nicht.«

»Ist das wichtig?«

»Ich weiß nicht. Eigentlich schon, oder?«

»Dich kannte ich auch nicht«, sagt er und sieht aufs Meer, das jetzt eine violette Fläche ist. Manchmal ist er so weit weg von ihr, als beschäftige er sich mit ganz anderen, irgendwie größeren Dingen, und sie, Hannah, ist nur ein Teil des Ganzen, einem Puzzle, dessen Motiv sie nicht kennt. Sie streicht über das Blatt eines Farns, das sich gerade entrollt hat, und fragt: »Und warum hast du ausgerechnet mich und nicht Nikki gerettet?«

»Warum?«

»Ja, warum mich und nicht Adriana, Jasmin oder ... Summer?«

»Summer?« Er runzelt die Stirn. »Wieso kommst du jetzt auf Summer?«

»Warum nicht Summer? Kennst du sie denn?«

Im matten Licht der Dämmerung betrachtet sie sein Gesicht, das sich manchmal so plötzlich verschließt. Sie wartet mal wieder auf eine Erklärung. »Du trägst ganz schön viele Geheimnisse mit dir herum.«

Er versucht zu lächeln. »Und du?«

Sie denkt an zu Hause und an Janice' lang gehütetes Geheimnis und schweigt.

Inzwischen ist es dunkel geworden und alle verlassen ihre Hütten, um sich wie jeden Abend beim Buffet zu treffen. Und das Verrückte dabei ist, denkt Hannah, alles wirkt so normal, als wäre das mit Jesper nie passiert.

Kanoa reckt sich. »Zeit, dass Judith langsam aufkreuzt. Hast du dir mal überlegt, was wir machen, wenn sie uns verraten hat und uns in eine Falle lockt?«

»Sie will doch selbst hier weg. Sie ist nicht mehr mit Matteo zusammen. Hast du ihr blaues Auge nicht gesehen?«

Er hat ein Blatt ausgerissen und kaut darauf herum.

»Das war ihr Freund?«

»Weiß nicht, aber er ist ein ziemlicher Hitzkopf und total eifersüchtig ...« Sie will ihm mehr über Matteo erzählen, als zischend etwas Helles zwischen den Hütten in den Abendhimmel aufschießt.

Kanoa springt auf.

Schon hat die Flamme ein trockenes Palmdach erreicht, das sofort auflodert.

Kurze Zeit später bricht das brennende Dach ein und setzt den Rest der Hütte in Brand, zugleich hat der Wind Funken auf die Nachbarhütte geweht, sodass dessen Dach ebenso schnell in lodernden Flammen steht. Es zischt und knallt und prasselt überall, Funken sprühen in den dunklen Himmel.

»Judith muss verrückt geworden sein!«, schreit Hannah gegen das Prasseln und Zischen an und starrt fassungslos auf die brennenden Hütten am Strand.

Das alles ist so schnell passiert, dass die Leute erst jetzt reagieren. Sie laufen hektisch durcheinander. Laute Schreie und panisches Rufen vermischen sich mit dem Knistern und Knallen und Prasseln, den Geräuschen des Feuers, das sich hungrig und gierig über seine Beute hermacht.

Judith ist verrückt. Verrückt, verrückt, verrückt!, denkt, Hannah, als sie mit Kanoa an den Hütten vorbei zum Strand läuft. Sie versuchen, die Leute zu meiden, die Wasser geholt haben und es in die hoch aufschießenden Flammen schütten.

»Wartet unten am Wasser auf mich«, schreit Judith, die ihnen entgegengerannt kommt, im Gesicht rußschwarze Streifen. »Es ist etwas schiefgegangen ...«

»Was?«

»Ach, Hannah«, stößt Judith hervor, »ich war so wütend auf Matteo ... Aber ich kann nicht einfach so gehen.«

»Du musst jetzt mitkommen!«, schreit Hannah.

»Hannah!«, ruft Kanoa ihnen zu. »Los, worauf wartet ihr?«

»Verflucht, wo ist er?« Hannah sieht sich um, als könnte sie Matteo unter den panisch umherlaufenden Leuten einfach so ausmachen.

»Ich weiß es nicht. Er wollte etwas aus unserer Hütte holen.« Judith läuft los. »Ich muss ihn finden! Ich kann nicht ohne Matteo ... Er ... ist der Einzige, der mich wirklich liebt!«

Aus den Augenwinkeln nimmt Hannah wahr, wie sich eine Gestalt aus der Menge bei den Hütten löst und direkt auf sie zukommt.

»Judith!«, brüllt Hannah, aber Judith ist schon zu weit weg.

Im selben Moment hört sie Kanoa erneut ihren Namen rufen. Und jetzt erkennt sie die Gestalt, die nur noch wenige Meter von ihr entfernt ist.

Bo. Es ist Bo.

»Hannahhhhhh!«, schreit Kanoa und sie steht da wie versteinert, während um sie herum die Hütten in prasselnden Flammen aufgehen. *Lauf!*, schreit eine Stimme in ihr, *lauf doch endlich weg!*, aber etwas hält sie fest, blockiert sie, als wäre etwas Fremdes in sie eingedrungen und dann – als Bo nur noch wenige Schritte von ihr entfernt ist – wacht sie endlich auf!

In diesem Augenblick verfängt sich Bos Fuß in irgendwas auf dem Boden. Er stolpert, fällt rückwärts in den Sand und schon wirft sich Kanoa auf ihn. Bo rollt sich blitzschnell herum und versetzt Kanoa einen harten Fausthieb ins Gesicht, Kanoas Kopf wird zur Seite geschleudert, Blut spritzt ... Das alles geht so schnell ... so schnell! Und Hannah steht einfach da, während Bo, der jetzt auf Kanoa sitzt, schon zum nächsten Schlag ausholt – da endlich wirft sie sich auf Bos erhobenen Arm, doch er stößt sie weg und Hannah knallt auf den Boden. Kanoa und Bo wälzen sich im Sand und jedes Mal, wenn Kanoa eine Hand freibekommt und ausholt, reagiert Bo so schnell, dass Kanoas Schlag danebengeht oder er gar nicht erst dazu kommt, einen Treffer zu platzieren. Bos Wendigkeit gegen Kanoas Kraft.

Hannah hat sich wieder aufgerappelt und sieht gerade noch, wie Bos Kopf zur Seite geschleudert wird, getroffen von Kanoas Faust – doch Bo gibt nicht auf. Kanoa will sich erneut auf ihn werfen, da sieht Hannah etwas in Bos Hand aufblitzen.

Und sie weiß selbst nicht, wie sie es schafft, sich auf Kanoa zu stürzen und ihn zur Seite zu reißen, aber sofort ist Bo wieder auf den Beinen. Mit dem Messer in der Hand will er sich auf sie werfen, als Kanoa ihm die Beine wegtritt und ihm einen Schlag gegen die Kehle versetzt, sodass Bo bewusstlos liegen bleibt.

Sekunden später schon laufen sie zum Wasser. Noch ist Bo nicht wieder auf den Beinen. Noch nie, nie, nie in ihrem Leben ist sie so schnell gerannt und noch nie hat sie das Gefühl gehabt, so langsam voranzukommen.

»Beeil dich, Hannah!« Kanoa watet ins Wasser.

Hannah dreht sich um. Wo bleibt nur Judith? Die Hälfte der Hütten steht jetzt in Flammen, die schreienden Leute davor zeichnen sich als schwarze Schatten ab.

»Judith!«, schreit Hannah, so laut sie kann, »Judith ist noch nicht da!«

»Hannah, komm endlich!« Er streckt die Hand nach ihr aus. »Bos und Erins Wachleute werden jeden Moment hier sein.«

»Aber wir haben Judith versprochen ...« *Judith, bitte! Komm!*

»Hannah!« Er zieht sie ins Boot.

»Sie ist bestimmt gleich da ...« Hannah starrt zu den Hütten. *Wo bleibst du, Judith? Wo, verflucht noch mal, bleibst du?* Kanoa zieht die Anlasserleine. Einmal, zweimal ...

»Kanoa, da! Sie kommt!«

»Wartet«, schreit Judith und rennt über den Strand auf sie zu.

»Judith, schnell!«

»Wartet!« Judith hat schon fast die Wasserlinie erreicht, da explodiert etwas, sie sackt zusammen, fällt in den Sand ...

»Judith!«, brüllt Hannah und will über Bord springen

»Nein«, schreit Kanoa, »nicht, Hannah!«

Und jetzt, jetzt erst entdeckt Hannah Erin am Strand. Sie zielt mit der Pistole aufs Boot. In dem Moment fährt das Boot ruckartig an und Hannah wird auf den Boden geschleudert. Ein Schuss prallt gegen die Bordwand.

»Judith ist verletzt«, schreit Hannah wieder, »wir müssen sofort zurück.«

Sie können Judith doch nicht einfach da am Strand liegen lassen!

»Wir müssen ihr helfen, Kanoa!«

»Sie ist tot, Hannah! Sie ist tot.«

Im selben Augenblick feuert Erin erneut. Ein Blitz in der Dunkelheit. Kanoa gibt Vollgas, der Bug hebt sich und das Boot rast hinaus aufs offene Meer.

FLASH TO THE FUTURE

Mit einer wütenden Handbewegung fegt Hannah all die Tablettenröhrchen und Schachteln auf der Marmorplatte weg, die Röhrchen springen auf; Pillen, weiße, bunte, große, kleine, hüpfen und springen auf den Fliesen herum, als freuten sie sich über ihre so unvermittelte Befreiung.

Hannah starrt in den Badspiegel. Warum erschrickt sie noch vor ihrem eigenen Anblick? Sie weiß doch, wie sie aussieht, wenn sie nächtelang nicht geschlafen hat.

Sie geht zurück ins Wohnzimmer an die große, vom Boden

bis zur Decke reichende Scheibe. Die Lichter der City brennen die ganze Nacht, das tröstet sie manchmal, aber jetzt macht es sie noch einsamer. Sie legt die Handflächen ans kühle Glas und stellt sich vor, wie es nachgibt und sie in die Tiefe stürzt ...

Dann wäre es endlich vorbei, das Warten und Zweifeln – und die Angst, diese schreckliche Angst, die sie nicht mehr in Ruhe lässt. Wie wäre es, so tief zu fallen, so schnell, dass sie den Aufprall gar nicht mehr spüren würde? Eine Weile bleibt sie so stehen. Und dann?, fragt sie sich, was käme danach?

OCEAN BLUE

»Die Schifffahrtsrinne verläuft ein paar Seemeilen weit draußen. Wir könnten es mit Bos Außenborder bis dorthin schaffen«, hat Kanoa gesagt, als sie durch den Dschungel wanderten. »Wenn wir Glück haben, brauchen wir nur einen knappen Tag.«

»Und wenn wir kein Glück haben?«, hat sie gefragt und überlegt, was passiert, wenn die Schifffahrtsrinne so weit weg ist, dass ihnen der Sprit ausgeht – oder wenn gar kein Schiff vorbcikommt ...

»Wir haben Glück«, hat er geantwortet, sie angelächelt und ist weitergegangen, hat den Bach überquert und am anderen Ufer die Wasserflasche aufgefüllt.

Daran denkt sie jetzt, als sie die Augen gegen den Fahrtwind zusammenkneift.

Wie eine Folie aus Aluminium glänzt das Meer im bleichen Mondlicht, metallisch und hart. Und immer noch rast das Boot geradeaus, immer weiter weg vom Strand. Ein paarmal hat sie sich noch umgedreht und lange konnte sie den Feuerschein sehen, doch jetzt ist nur noch Wasser um sie herum und irgendwo am Horizont – am Rand der Welt – die Fahrrinne.

»Alles okay?«, fragt Kanoa irgendwann.

»Ja«, sagt sie mit zusammengebissenen Zähnen und lässt dabei den Horizont nicht aus den Augen, bis sie zu tränen anfangen.

»Wir konnten nicht mehr zurück«, sagt er.

Stunden später reißt der Himmel auf und rotes Licht sickert wie Blut aus den Wolken hervor. Der Morgen graut. *Wir werden es schaffen. Ganz bestimmt.*

Plötzlich – sie kann es kaum fassen – entdeckt Hannah etwas am Horizont. Aufgeregt zeigt sie auf einen Lichtpunkt, weit, weit weg. »Ist das ein Schiff?«

»Ja, sieht so aus!« Kanoa beschleunigt. Hannah krallt sich an die Reling.

»Wie weit ist es weg?«

»Schwer zu schätzen ...«

»Schneller, Kanoa, schneller! Wir dürfen sie nicht verpassen!«

Kanoa jagt das Boot über die immer höher schlagenden Wellen. Auch der Wind ist stärker geworden – kein Wunder, schließlich sie sind auf dem offenen Meer, dem Pazifik ...

Der Lichtpunkt wird tatsächlich größer. Hannah kann den Schatten des Schiffsrumpfes erkennen, weit draußen zwar noch, aber sie könnten es tatsächlich schaffen!

»Schneller!«

Wird die Besatzung ihr winziges Boot entdecken? Können sie sich überhaupt bemerkbar machen? Und was, wenn ... wenn sie es doch nicht schaffen? Wenn das Schiff einfach weiterfährt?

Auf einmal ist ihr ganzer Mut, der sie bis hierher gebracht hat, verschwunden.

Aber dann sieht sie zu Kanoa, der aufrecht hinten am Heck steht und aufs Meer hinaussieht, so stark und sicher. »Wir schaffen das«, sagt sie leise.

Sie hebt den Blick zum Horizont und atmet die Meeresluft tief ein. Das Schiff ist ein Containerschiff. Das kann sie jetzt erkennen. *Wir schaffen es. Wir werden gerettet und dann suchen wir Nikki.*

Schnurgerade hält Kanoa Kurs.

Schneller, denkt Hannah, schneller. Der Wind peitscht ihr die Gischt ins Gesicht, zerrt an ihren Haaren, der Motor dröhnt, als würde er gleich explodieren. Noch schneller! Schneller!

Und dann plötzlich ein harter Ruck – und Stille. Der Motor stoppt. Hannah kann sich gerade noch am Bootsrand festhalten, doch Kanoa verliert das Gleichgewicht. Hannah hört auf zu atmen ... alles geht so schnell, so schnell ... sie lässt die Reling los, stürzt auf Kanoa zu, bekommt seinen Arm zu fassen, stemmt sich mit all ihrer Kraft gegen sein Gewicht und reißt ihn zurück.

Schwer atmend liegt er neben ihr auf den gischtnassen, schwankenden Bohlen.

»Kanoa ... Kanoa ...« Und dann weint sie doch. *Wir schaffen es nicht, wir werden sterben ... nun werden wir tatsächlich sterben!* Ohne Motor ist das Boot der Willkür der Wellen ausgesetzt, die hart gegen den Kiel schlagen – als wollten sie, wütend über ihre Flucht, das Boot zertrümmern.

»Hannah ...« Er streicht sanft über ihr Gesicht, wischt die Tränen ab. »Hannah, wir dürfen jetzt nicht aufgeben!«

Sein Blick taucht in ihre Augen, so intensiv, dass sie nicht anders als nicken kann. Im selben Moment sieht sie auf die endlose Wasserfläche vor sich.

»Ich versuche es noch mal«, sagt Kanoa und stemmt sich hoch. Vom Kampf mit Bo ist sein Gesicht immer noch blutverschmiert, wenn auch das Wasser inzwischen das meiste weggewaschen hat. Er hangelt sich entlang der Bordwand zum Motor und zieht an der Anlasserleine, wieder und wieder, mit jedem Mal verzweifelter. Aber der Motor springt nicht mehr an.

Hannah sieht zum Horizont, wo das Containerschiff weiterrückt, Zentimeter um Zentimeter, so weit weg, dass niemand ihr Winken bemerken wird.

Kanoa zieht weiter die Anlasserleine, wütend, als wollte er sie aus dem Motor herausreißen. Er gibt und gibt nicht auf, will nicht wahrhaben, dass sie verloren haben – bis Hannah seinen Arm festhält und gegen das Branden und Rauschen und Schlagen des Meeres »Hör auf, es hat keinen Sinn mehr!« schreit.

All die Hoffnung ist in diesem Moment untergegangen. Sie treiben auf dem Meer, weit und breit nur Wasser und Himmel.

»Es tut mir leid«, sagt er. »Ich wollte mit dir ... du bist ... ich ...« Über seinen Augen liegt ein Schleier und er wischt ihn nicht weg. Und als sie ihn jetzt umarmt, ihn festhält, ihr Gesicht an seines drückt, den Schweiß, seine Tränen und das Salzwasser schmeckt, spürt sie, dass sie nicht allein ist.

Und so die Arme umeinandergeschlungen, sitzen sie im

Boot und sehen zu, wie weit, weit weg am Horizont im roten Licht der Morgensonne der Schatten des Containerschiffs vorüberzieht.

FLASH TO THE FUTURE

Auf einmal nimmt sie das leise Klingeln ihres Handys wahr. Sie hat es irgendwo in der Wohnung oder noch in ihrer Handtasche ...

Die Tasche liegt auf dem Esstisch, hektisch reißt sie sie auf. Lippenstifte fallen auf den Dielenboden, Taschentücher – und endlich hat sie das Telefon in der Hand.

»Ja?«

»Spreche ich mit Hannah Goulding?«

Sie ist so schockiert von dieser banalen – und völlig unerwarteten – Frage, dass ihr Ja völlig automatisch kommt.

»Hier ist Detective Gallo. Sind Sie in Ihrer Wohnung, Hannah?«

Ihr Herz bleibt für Sekunden stehen, für ewige Sekunden ... bis sie endlich ein weiteres Ja hervorbringt.

»Gut, dann bleiben Sie dort. Wir sind sofort bei Ihnen.«

»Warum? Was ist denn passiert?«

»Verlassen Sie auf keinen Fall Ihre Wohnung, bis wir da sind. Haben Sie mich verstanden? Und öffnen Sie niemandem! Auf gar keinen Fall!«

»Aber, was –«

Klack. Aufgelegt. Wie betäubt steht sie am Esstisch in dem weiträumigen Loft. Draußen leuchten die Reklametafeln und Autoscheinwerfer und die Fenster in den anderen Blocks. Irgendwo da unten ist er – oder vielleicht ist er auch nicht mehr da … Und das denkt sie in unendlicher Wiederholung, bis Stunden später, so kommt es ihr vor, der Türsummer erklingt.

Die Panik kämpft sich wieder hoch, durch alle Schichten ihres Denkens und Fühlens.

Es dauert weitere gefühlte Stunden, bis der Aufzug in der obersten Etage angekommen ist und sie die beiden Männer durch die Kamera vor ihrer Tür stehen sieht. Beide tragen Anzüge und haben kurz geschnittenes Haar. Einer ist etwas kräftiger und massiv, als würde er jeden Tag Gewichte stemmen. Der andere ist eher der blutleere Buchhaltertyp.

Sie halten ihre Ausweise nacheinander vor die Linse.

Detective Bill Hanner und Detective Kevin Gallo, entziffert sie. Natürlich könnten sie gefälscht sein, aber ihre Angst vor der möglichen Nachricht ist größer, viel, viel größer und so schiebt sie die beiden Riegel zur Seite und schließt das Sicherheitsschloss auf.

»Miss Goulding?« Der Kräftige, Kevin Gallo, fixiert sie mit durchdringendem Blick.

Hannah schluckt, ihr Herz rast.

»Ja …«

Der andere Detective zieht ein Foto aus seiner Jackentasche. »Kennen Sie dieses Mädchen?«

AUF DEM MEER

Die Sonne brennt erbarmungslos und sie treiben seit Stunden auf den Wellen dahin, ohne Trinkwasser, ohne Essen – und ohne Hoffnung.

Kanoas Gesicht, seine Haltung, seine Stimme – alles! – spiegelt seine Verzweiflung wider. Immer wieder betrachtet er den Motor und sieht dann aufs Meer, sucht den Horizont nach Schiffen ab. Er sieht erschöpft aus, dunkle Ränder haben sich unter seine Augen gelegt, seine Haut wirkt stumpf und die Sommersprossen sind verblasst. Das Schlimmste aber sind seine Augen ... diese Trauer darin und die Enttäuschung.

»Der Motor hat einfach den Geist aufgegeben.« Er vergräbt das Gesicht in den Händen, und als er wieder aufsieht, ist es ölverschmiert.

Auch Hannah ist am Ende ihrer Kräfte. Der Durst quält sie so, dass sie an nichts anderes mehr denken kann. Ein paarmal wurde ihr schon schwindlig und sie konnte nicht mehr klar sehen, es ist, als hätte sie eine zu starke Brille auf, und ihre Kopfschmerzen sind kaum noch auszuhalten. Ihr Kopf fühlt sich an, als wäre er in einem Schraubstock eingespannt und jemand würde ihn immer enger zudrehen. Sie schwitzt nicht mehr, ihr Körper hält die letzten Reserven zurück.

Das Kreischen eines Schwarms Möwen lässt Hannah aufsehen.

»Möwen ...« Die Trockenheit hat ihre Kehle wund gemacht, jeder Laut reißt ihr die Schleimhaut auf.

»Sie fliegen zu einem Ufer«, bringt Hannah mühsam hervor, »hier muss irgendwo ein Ufer sein ...«

Kanoa sieht hoch und auch Hannah richtet sich ein Stück auf und versucht, irgendetwas auf der blaugrauen Oberfläche zu entdecken – irgendetwas anderes als dieses verfluchte Wasser ...

Sie starrt hinaus auf die metallisch glitzernde Fläche, bis ihr die Augen brennen.

»Wir haben noch eine Chance«, sagt er.

»Eine Chance ... Sollen wir etwa schwimmen?« Ihr lautes Lachen erschrickt sie selbst.

»Nein, nicht schwimmen.« Kanoa rappelt sich auf und tastet sich zum hinteren Teil des Bootes. Er legt ein Ruder quer übers Boot und gleich darauf noch eins und dann ein weiteres Paar. *Rudern* ... Das Einzige, was sie je in dieser Richtung getan hat, war paddeln – mit Richard in den Ferien, da war sie acht oder neun.

Hannah betrachtet die Ruder, diese einfachen Ruder aus Holz, und blickt erneut übers Meer. Und jetzt kann sie sie erkennen, die Insel, die verfluchte, verdammte Insel: ein unschuldiger, schmaler grauer Streifen zwischen Himmel und Meer. Sie lässt uns nicht los, denkt Hannah, wir sind ihre Gefangenen ... Und doch ist die Insel ihre einzige Hoffnung.

»Das ... schaffen wir nie, Kanoa.« Wie mutlos sie sich fühlt. Wie verzweifelt! In ihr zieht sich alles zusammen, sie will nicht, sie kämpft dagegen an, aber dann kommen die Tränen erneut.

Er legt die Ruder ab und setzt sich wieder zu ihr auf den Boden. »Meine Mutter«, fängt er nach einer Weile an, »ist hier ertrunken.«

Hannah weiß nicht, was sie sagen soll. Sie schluckt und es fühlt sich an, als steckten Dornen in ihrem Hals.

»Eines Morgens hat sie mich und meine Schwester an die Hand genommen und ist mit uns an den Strand hinuntergegangen. Ich war fünf und Poema drei. Sie hat uns hochgehoben und uns an sich gedrückt und wir haben geglaubt, wir würden bloß baden gehen, wie sonst, aber sie ging immer weiter ins Wasser ... und da fingen wir an zu strampeln und zu schreien. Sie drückte uns fester an sich und ... und lächelte uns an und da hatten wir keine Angst mehr. Wir wussten nicht, was der Tod ist. Wir wollten nur bei ihr sein, egal, was passieren würde ...«

Hannah denkt an Eileen und an Janice im Gefängnis – und dass sie sie nie mehr wiedersehen wird. Dabei hätte sie doch noch so viele Fragen an Janice gehabt.

»Sie haben es vom Strand aus gesehen«, fährt Kanoa fort, »doch wir waren schon ziemlich weit draußen. Das Wetter schlug um, die Wellen waren hoch, Ebbe hatte eingesetzt und zog alles hinaus aufs offene Meer.« Sein Blick geht über den Rand des Bootes zum Horizont. »Sie konnten nur noch meine Schwester und mich retten ...«

»Das tut mir so leid«, sagt Hannah leise und sieht das Bild vor sich: die beiden kleinen Kinder im Wasser, an ihre Mutter geklammert ... wie schrecklich! Wie schrecklich für Kanoa. Sie legt ihm die Hand auf den Arm.

»Ihre Leiche wurde nie gefunden.« Er blickt auf und wischt sich übers Gesicht. »Poema konnte nicht mehr schlafen, sie hat immerzu geschrien, da haben sie angefangen, ihr Drogen zu geben. Kava-Kava zuerst, dann stärkere Rauschmittel, und als sie sechzehn war, ist sie plötzlich von der Insel verschwunden.«

»Was ist mit ihr passiert?«

»Ich weiß es nicht.«

»Und ... und dein Vater – was ist mit ihm? Hat er nie nach dir und Poema gesucht?«

Er schüttelt den Kopf.

Was für ein Schicksal, denkt Hannah. Sie hat für Momente die Kopfschmerzen nicht mehr gespürt, doch jetzt sind sie wieder da.

»Und wie hast du das alles überlebt?«

Er sieht erneut hinaus aufs Wasser. »Ich habe immer geglaubt, ich müsste einfach weiterleben ...«

»So wie jetzt?«

Er nickt langsam. »Ja, so wie jetzt.«

»Ich habe Angst vor dem Sterben«, sagt Hannah. »Verdammte Angst.

In diesem Augenblick zischt es und zwei, drei – nein – fünf, sechs Delfine schießen aus dem Wasser! Für Sekunden fliegen ihre silbrigen Körper über die Wasseroberfläche, um dann wieder einzutauchen in ihr Element und gleich darauf erneut aus dem Meer zu schnellen. Das ist nicht wirklich, denkt Hannah. Erst als Wasser in ihr Gesicht spritzt und sie mit der Zunge über die aufgesprungenen Lippen fährt und das Salz schmeckt, weiß sie, dass sie nicht fantasiert. *»Im kleinsten Teil ist das Ganze. Was einmal zusammen war, bleibt für immer verbunden.«*

Und in diesem Moment fasst sie wieder Mut und die Hoffnung kehrt zurück. Und entschlossen greift sie zu den Rudern, obwohl sie zittert und ihr Kopf höllisch schmerzt und Schwindel ihre Sicht vernebelt.

»Wir geben nicht auf, okay?«, sagt sie.

»Wir geben nicht auf.« Er legt seine Ruder in die Halterungen.

Unendlich langsam kommen sie voran. Rückt dieser graue Schatten am Horizont überhaupt näher? So mühsam und qualvoll hat sich Hannah das Rudern nicht vorgestellt. Die Ruder wiegen Tonnen schwer, ihr Rückgrat droht gleich durchzubrechen, ihre Handflächen brennen und ihre Armmuskeln sind vor Anstrengung bis zum Zerreißen angespannt. Schon bald haben sich Blasen auf ihren Handflächen gebildet und kurz darauf platzen sie auf, alles, ihr ganzer Körper, ist ein einziger riesiger Schmerz.

Sie beißt die Zähne zusammen, reißt ein Stück Stoff von ihrem Hemd und verbindet ihre Hände. Kanoa sitzt mit dem Rücken zu ihr gewandt und an seinem Anblick hält sie sich fest.

IMMER NOCH AUF DEM MEER

Die Sonne brennt noch heißer. Der Wasservorrat, den sie unter einer Klappbank gefunden hatten, ist schon längst ausgetrunken. Zuerst hat ihre Kehle gebrannt, jetzt muss sie husten, und das ist noch schlimmer. Ein paarmal schon sind ihr die Ruder aus den Händen geglitten. Nur im letzten Moment hat sie sie noch zu fassen bekommen. Sie versucht, mit Kanoas Rhythmus mitzuhalten. Aber auch er ist müde geworden, immer wieder setzt er Ruderschläge aus oder die Ruderblätter streifen nutzlos übers Wasser. Spiegelglatt ist das Meer, kein Wind geht – der totale Stillstand, denkt Hannah.

Die Sonne steht jetzt direkt über ihnen. Sie haben keinen

Sonnenschutz, keine Sonnenbrillen. Und wenn Hannah ihr Hemd über den Kopf zieht, droht ihre Haut zu verbrennen.

Durst ... und Schmerzen ... und immer öfter schaltet sich etwas in ihr aus, ehe sie wieder hochschreckt. Noch immer auf dem Boot, noch immer die Sonne über sich, noch immer auf dem Meer und noch immer dieser wahnsinnige Durst. Irgendwann ist sie daheim in London, geht mit Finn aus und trinkt Cocktails, bunte, riesengroße, eiskalte Gläser, von denen die Feuchtigkeit tropft. Die Musik dröhnt und plötzlich steht Luke vor ihr und sagt etwas, aber sie rennt hinaus auf die Straße, direkt vor ein Auto. Sie kann ihren Körper auf dem schwarzen Asphalt liegen sehen, während sie selbst darüber schwebt, bis ein Schatten auf sie fällt, sie schnappt, emporreißt ... sie weiß es, sie weiß es jetzt, es ist einer von der Dunklen Armee ...

Sie schreit und jetzt verspürt sie wieder quälenden Durst. Wo ist sie? Sie ist auf dem Meer in einem ... Auto ... ohne Motor. Sie reißt die Augen auf – hat sie sie überhaupt geschlossen gehabt? Wer weiß das schon. Ist auch egal.

Durst, Durst, Durst ... Jede Zelle lechzt nach Wasser, Süßwasser. Es ist so verrückt, auf dieser riesigen, unendlich scheinenden Wasserfläche zu verdursten ...

Aber es gibt Schiffbrüchige, die auch überlebt haben, sagt da eine Stimme in ihr und sie beißt die Zähne zusammen, um für ein paar Sekunden wach zu werden, den Schwindel zu vertreiben und weiterzurudern ...

Die Sonne sinkt tiefer – aber der graue Streifen am Horizont ist kaum näher gerückt. Sie sprechen nicht mehr miteinander, dazu fehlt ihnen die Kraft.

Und irgendwann – die Sonne ist bereits herabgesunken – gibt Hannah schließlich auf.

FLASH TO THE FUTURE

Sie betrachtet ihn. Dr. Lukas Mason. Das kann nicht möglich sein, sagt ihr Verstand, aber der Name war in seinem Handy gespeichert.

Er ist nett, natürlich, er war auch damals nett, sehr nett, und wie er die Sonnenbrille auf sein blondes Haar schob, weiß sie noch ganz genau. Jetzt ist er nicht mehr ganz so gebräunt und sein blondes Haar ist kürzer geschnitten als ... damals ... in Sydney.

»Haben Sie Schwierigkeiten in Ihrer Beziehung, Hannah?«

Sie beißt sich auf die Lippen.

»Oft hängen solche Angst- und Panikzustände mit Verlassenwerden zusammen.« Seine blauen, verdammt blauen Augen sehen sie mitfühlend an, sie muss sich abwenden, sie kann ihn nicht ertragen, diesen Blick. Auch er muss doch wissen, wer sie ist!

»Hannah, Sie können mit mir über alles reden, dazu bin ich da. Es ist ganz normal: In Stresssituationen rettet sich unser Organismus oft selbst, indem er abschaltet, und später können wir uns an vieles nicht mehr erinnern.« Sein Lächeln hat etwas so Tröstendes und Aufrichtiges ... Farmersohn!

Sie muss ihr Spiel weiterspielen. Und so sagt sie: »Dr. Mason, ich ... habe Angst vor ...«

»Ja?«

»Vor – vor allem!« Sie schreit fast, das macht sie richtig gut, sie muss sich ja auch nicht einmal verstellen. »Ich habe Angst vor allem!« Ihre Worte hallen von den weiß getünchten

Wänden mit den Bildern wider, den Bildern von ... Sie wendet den Blick ab.

»Ich verschreibe Ihnen etwas gegen Angstzustände.« Er greift zum Rezeptblock. »Sie werden sich bald besser fühlen, Hannah.« Er kritzelt etwas aufs Papier, der Stift verschwindet fast in seiner breiten Farmerhand. Er sieht auf. »Sie haben meine Frage noch nicht beantwortet.«

Glaubt er wirklich, sie erkennt ihn nicht?

»Haben Sie Probleme in Ihrer Beziehung? Können Sie deshalb nicht schlafen? Fragen Sie sich, wo er ist?«

Die letzte Frage nimmt ihr die Luft.

»Ja«, sagt sie tonlos, »das ist der Grund.«

Sein Lächeln ist das perfekte Arztlächeln: verständnisvoll, warm und tröstend.

Er gibt ihr seine Visitenkarte. »Rufen Sie mich an, wenn irgendetwas ist – jederzeit. Ansonsten sehen wir uns in einer Woche wieder.«

Sie steht abrupt auf und starrt wieder auf die Bilder mit dem Sand, den Muscheln und den Perlen.

»Gefallen Ihnen die Bilder, Hannah?«

DER SOG

Ein harter Ruck. Hannah wird aus etwas herausgerissen, einem Traum, einem schrecklichen Traum. Sie treibt auf dem offenen Pazifik in einem Boot ohne Motor, in stockfinsterer Nacht.

Der nächste Ruck, sie dreht sich im Kreis, ihr wird schwindlig. Mühsam öffnet sie die geschwollenen Augen, noch immer ist es finster, aber jetzt erkennt sie ein Blitzen über sich und sie erinnert sich an Sterne und Mond und sie begreift allmählich, dass sie wirklich in dem Boot ist, das einsam auf der teerschwarzen Wasserfläche treibt ... Die Ruder – wo sind die Ruder? Und dann erkennt sie auch den Schatten vor sich, den nach vorn über die Ruder gesunkenen Oberkörper ...

»Kanoa!« Ihre Stimme ist nur noch ein raues Krächzen, das kaum gegen das sanfte Plätschern um sie herum ankommt. »Kanoa!« Aber er antwortet nicht. *Kanoa ... bitte ... wach auf, wach auf, bleib bei mir!* »Kanoa!«

In diesem Moment ruckt es wieder, sie wird an die Bootswand geworfen. Irgendeine Kraft hat das Boot erfasst und zieht es übers Wasser. Vor den Mond hat sich eine Wolke geschoben und das schlierige Licht reicht nicht aus, um mehr als den schwarzen Ozean um sich herum zu erkennen.

Die Kraft ist wie ein Magnet, der alles an sich zieht.

»Kanoa!«, schreit sie mit letzter Kraft, »Kanoa!«

Jetzt – endlich bewegt er sich.

»Hannah?« Benommen versucht er, sich zu umzudrehen.

»Kanoa! Was passiert hier gerade?«

Hannah krallt sich an die Bordwand, Kanoa wird neben sie geschleudert, während das Boot vorwärtsschießt.

»Halt dich fest, Hannah, das muss der Graben sein!«

Zischend durchschneidet der Bug die schwarz glänzende Oberfläche, von einer unsichtbaren Kraft gezogen.

»Der Graben?«

»Eine tiefe Rinne im Meeresboden. Bei Ebbe oder Flut wird sie zu einer ... einer Stromschnelle ...«

Die unheimliche Kraft wird stärker, reißt das Boot weiter.

»Halt dich fest!«, krächzt er, »ganz fest!«

Wir sind ausgeliefert, denkt Hannah, vollkommen ausgeliefert.

Irgendwann hebt sich aus dem Dunkel des Meeres ein grauer Schatten. Die Insel. Tatsächlich erkennt sie jetzt auch den Kegel des Vulkans, der sich gegen den Sternenhimmel abhebt.

Zischend schießt das Boot übers Wasser und hinterlässt eine schaumige Spur.

Doch da taucht plötzlich etwas Helles auf, mitten im Wasser – und sie rasen direkt darauf zu. Ein Felsen!

Gleich wird ihr Boot daran zerschellen ...

»Wir springen zusammen ab!« Kanoa greift nach ihrer Hand und hält sie fest. Seine Augen sind rot entzündet, seine Lippen rissig und aufgesprungen von der Trockenheit.

Wir schaffen das ...

Manchmal braucht man nur einen Menschen, den man liebt, und man ist gerettet – die Stelle in Janice' Tagebuch versteht sie erst jetzt. Jetzt, als es vielleicht zu spät ist.

Weiß leuchtet der Felsen im schwarzen Wasser.

»Wenn ich *jetzt* sage, springen wir!« Konzentriert behält Kanoa den Felsen im Auge. Sie hat Angst, ja, eine Scheißangst.

Nur noch wenige Meter ...

»Jetzt!«

Sie denkt nicht mehr, springt einfach. Sie tauchen nebeneinander ins Wasser und er zieht sie wieder hinauf. Erst als sie die Oberfläche durchstoßen, lässt Hannah seine Hand los und schwimmt. Hinter ihr kracht es ohrenbetäubend, als das Boot am Felsen zerschellt, und dann umgibt sie schon wieder diese trügerische Stille der Unterwasserwelt.

Die Flut reißt sie weiter, immer weiter, immer schneller. Sie überlässt sich der Macht des Wassers und versucht, Kanoa nicht aus den Augen zu verlieren, aber die Wellen sind zu hoch. Als die Angst kommt, wehrt sie sich nicht, sie hat keine Kraft mehr, sich zu wehren. Das Schicksal übernimmt die Führung ... und sie lässt es einfach geschehen.

Irgendwann spürt sie etwas an ihren Armen, etwas Raues, Hartes – ein Hai? –, da greifen ihre Hände ... in Sand!

Sie haben es geschafft! Geschafft! Geschafft! Wie die ersten Amphibien kriecht sie aus dem Meer, hinauf auf den Strand, und dort bricht sie erschöpft zusammen und bleibt einfach liegen.

Kanoa, sagt eine Stimme in ihr und dann erinnert sie sich – an den Felsen, an das Boot.

Sie kommt auf die Beine, taumelt suchend umher, stolpert über ein zerbrochenes Brett, grün wie ihr Boot ...

»Kanoa«, flüstert sie, »bitte.« Aber er ist nicht da. Nirgends. Da sind nur das Meer und der leere weiße Strand.

Alles bricht über ihr zusammen. Kanoa ... Sie sind sich doch erst begegnet und da war etwas zwischen ihnen, sie hat es gespürt, etwas ... Sie fällt auf die Knie. Sie kann nicht mehr. Sie will nicht mehr. Und entschlossen schleppt sie sich zurück, zurück zum Wasser, dorthin, woher alles Leben einst kam. *Was einmal zusammen war, bleibt für immer verbunden ...*

DIE HÖHLE

Blau. Strahlendes Blau über ihr.

Etwas Feuchtes, Kühles berührt ihre Lippen.

»Langsam«, sagt eine Stimme, »ganz langsam trinken.«

Sie presst die Lippen zusammen, ihr Mund öffnet sich nicht mehr, sie will nichts mehr spüren ... nichts ...

Vor das Blau schiebt sich ein Gesicht.

Sie wagt nicht, seinen Namen auszusprechen, es könnte doch nur eine Halluzination sein, die zerplatzt wie eine Seifenblase.

»Hannah, du musst trinken.«

Auch das bildet sie sich ein. Sie ist doch schon lange, lange, lange tot ...

Sie spürt Wasser auf ihren Lippen, es rinnt über ihr Gesicht, tropft an ihrem Hals hinunter.

»Bist du wirklich?«, flüstert sie.

Sein Gesicht ist ganz dicht über ihr und es lächelt sie an. »Ja.«

»Wir sind also nicht tot?«

»Nein.«

Wir sind nicht tot. Sie braucht eine Weile, um das zu begreifen, eine ganze, lange Weile, und sein Gesicht verschwindet nicht, genauso wenig wie das Wasser auf ihren Lippen.

»Ich habe gedacht«, sie lacht und weint zur selben Zeit, »du wärst ertrunken!«

Er küsst sie ganz zart auf den Mund.

Seine Lippen sind wirklich ... das Salz und seine Umarmung

sind auch wirklich ... wirklich ... wirklich. Sie will ihn nicht mehr loslassen. Nie mehr.

Sie sind an einem kleinen Strand, nicht mehr als eine schmale Sichel, eingeschlossen von einer steil aufragenden Felswand.

»Sind wir auf unserer Insel?«, fragt Hannah und wischt sich die Tränen ab. Die Sonne hat sie gewärmt und ihre Kleider getrocknet. Sie zittert nicht mehr. Ihr Durst ist gelöscht und den Hunger kann sie ertragen.

Kanoa deutet hinauf zu dem Felsen. Und wirklich – dahinter, in der Ferne, von einem Dunstkranz umgeben, ragt der Vulkan auf.

Sie sind wirklich auf ihre Insel zurückgekommen. Ist das Schicksal?

Hannah betrachtet die schroffe Felswand, von einem Vorsprung schwingt sich gerade ein Vogel in die Luft. Aber sie, sie können nicht fliegen ...

Kanoa sieht dem Vogel nach, ehe sein Blick zu ihr zurückkehrt.

Manchmal braucht es nur einen Menschen, den man liebt ... und man ist gerettet. Ja, Janice.

Und jetzt? Werden sie auf dieser Insel bleiben müssen? Für immer?

Ein Dröhnen, das schnell lauter wird, reißt Hannah aus ihren Gedanken. Im nächsten Augenblick sieht sie etwas Blitzendes übers stahlblaue Meer fliegen, es kommt direkt auf sie zu – und schließlich ist es so nah, dass Hannah ein Wasserflugzeug erkennen kann.

Kanoa zieht sie hinter einen Felsen.

»Suchen die uns?«, fragt sie, während sie sich eng an die Felswand presst.

Mit zusammengekniffenen Augen verfolgt Kanoa das Flugzeug, das parallel zum Strand fliegt und schließlich abdreht und in Richtung Inselmitte verschwindet. »Möglich.«

Kanoa zeigt auf einen schmalen Pfad entlang der steilen Klippen. »Komm. Wir müssen erst mal hier weg.«

»Da hoch?«

»Es ist der einzige Weg.« Er nimmt ihre Hand. »So wie beim letzten Mal, okay? Einfach nicht runtersehen.«

»Einfach nicht runtersehen«, wiederholt sie.

»Ja.«

Sie folgt ihm den Klettersteig hinauf. Sie sind noch nicht weit gekommen, als plötzlich das Dröhnen wieder anschwillt. Das Flugzeug hat eine Schleife gedreht und kommt zurück.

»Schnell, hier runter!«

Ein Stück unterhalb des Wegs glaubt sie, so etwas wie eine Nische zu erkennen – eine Höhle.

Kanoa zieht sie nach unten, sie kauern sich auf den feuchten Sandboden – genau in dem Moment, als das Flugzeug über sie hinwegdonnert.

»Jetzt wissen sie also, dass wir wieder auf der Insel sind!« Hannah kniet im Sand und sieht mit klopfendem Herzen dem Schatten des Flugzeugs nach. »Sie werden nach uns suchen.«

Kanoa steht auf und Hannah folgt ihm in die dunkle Öffnung des Felsens hinein. »Ich habe eine ganze Weile hier überlebt – ohne dass mich jemand gefunden hat.«

»Du kennst diese Höhle hier?«, fragt sie, nachdem sich ihre Augen allmählich an die Dunkelheit gewöhnt haben.

»Ja«, sagt er langsam. Sie kann ihn atmen hören, ganz dicht hinter sich.

Hannah sieht sich um und entdeckt an den Wänden ähnliche Steinritzereien wie unten in der Bucht. Ihre Finger tasten über den kühlen, rauen Fels. Strichmännchen, Fische, Speere, Wellen ... Sie spürt, dass er hinter ihr steht und sie beobachtet.

Zweiundzwanzig Jahre, erinnert sie sich wieder, vor zweiundzwanzig Jahren kam der Gott ...

Sie schaut ihm direkt in die Augen. »Ich will wissen, wer du wirklich bist.«

Er weicht ihrem Blick aus. Aber so einfach will sie es ihm nicht machen und da ist auch dieser Gedanke, der sie nicht loslässt ...

»Wie ist deine Mutter eigentlich auf die Insel gekommen?«, fragt sie also. »Als ... Backpackerin?«

»Ja, so was in der Art«, sagt er vage.

»Hm.« Dabei hätte sie ihm jetzt gern gesagt: meine auch. Doch dann müsste sie ihm ihre ganze Geschichte erzählen und dafür war es ... einfach zu früh.

»Und woher kam sie?«, fragt sie weiter. »Ich meine, was bist du, Australier? Engländer?«

»Amerikaner.«

»Hm ... und warum hat sich deine Mutter umgebracht?«

»Warum?«, entgegnet er auf einmal heftig. »Weil sie es wahrscheinlich nicht mehr ausgehalten hat!« Er macht eine Handbewegung, die alles einschließt, die Höhle, den Himmel ... das Meer. »Das hier alles!«

Hannah wagt nicht, noch weiter zu fragen.

»Deshalb hat sie sich umgebracht!«, wiederholt er wütend, als gäbe er jemandem die Schuld.

»Und wie«, fragt sie dann doch vorsichtig weiter, »bist du aufgewachsen – ohne sie?« Bevor sie das letzte Wort ausgesprochen hat, weiß sie es.

»Sky ... nicht wahr? Es war Sky. Und dann bist du bei ihm geblieben, oder nicht?«

Er steht im Schatten am Höhleneingang und blickt hinaus ins gleißende Licht. Der Motorenlärm ist verstummt. Entweder ist die Maschine irgendwo gelandet oder weitergeflogen.

Sie tritt neben ihn und sieht in den hellblauen Himmel.

»Ja. Ich habe für Sky gearbeitet«, sagt er tonlos, »und dann bin ich weggegangen, weil er irgendwann wahnsinnig geworden ist.«

»Aber er wollte dich nicht gehen lassen«, sagt sie und es ist keine Frage.

»Genau. Und jetzt komm, wir können nicht länger hier in der Höhle bleiben, das ist zu riskant.«

Konzentriert klettert Hannah hinter ihm den Pfad an den Klippen entlang. Ihr bleibt keine Zeit, um über seine Antworten nachzugrübeln, sie weiß, ein unaufmerksamer Schritt und sie stürzt in die Tiefe und zerschmettert auf den Klippen. Sie versucht, nicht auf den bröckelnden und rollenden Steinen auszurutschen – und vor allem nicht nach unten zu sehen ...

An einer besonders engen Stelle dreht Kanoa sich um und streckt ihr die Hand entgegen – und Hannah nimmt sie. Vielleicht sollte sie einfach keine Fragen mehr stellen.

Endlich verbreitert sich der Weg und sie erreichen eine Ebene.

»Lass sie los!«, sagt eine Stimme, kaum dass sie die steilen Klippen hinter sich gelassen haben.

Jetzt ist alles aus, denkt Hannah.

ZURÜCK

»Lass sie sofort los!« Drohend geht Aiden auf Kanoa zu, der sich schützend vor Hannah stellt. Seine Augen blitzen auf, als er Kanoa ansieht. »Du? Du ... lebst?«

»Ja!«, sagt Kanoa scharf. »Und jetzt geh uns aus dem Weg, Aiden!«

Aiden lacht verächtlich auf. »Du kannst mir nichts befehlen!« Aiden streckt die Hand nach Hannah aus.

»Ich sag's dir zum letzten Mal, lass sie sofort los! Hannah, komm her!«

»Aiden, was soll das?« Hannah spürt, wie die Angst von ihr Besitz ergreift.

»Hat er dir gesagt, wer er ist?« Aiden macht eine Kopfbewegung zu Kanoa.

»Verschwinde, Aiden, sofort!«, herrscht Kanoa ihn an.

Doch Aiden spricht unbeirrt weiter. »Er ist bei dem Angriff auf die Insel vor ein paar Tagen gelandet und hat sich seitdem hier versteckt. Er hat dich für seine Zwecke ausgewählt – und er hat dir bestimmt gesagt, dass er dich liebt. Nicht wahr, Kanoa, das sagst du ihnen doch immer.«

Kanoa macht einen Schritt auf ihn zu.

»Hannah, hat er dir gesagt, wer er ist?«, fragt Aiden wieder mit einem herausfordernden Unterton. »Na, Kanoa, hast du es ihr erzählt?«

Kanoa ballt die Fäuste.

Aiden lacht verächtlich auf. »Das hast du bestimmt nicht. Sonst hättest du sie nämlich schon längst verloren.« Der Wind zerzaust sein schwarzes Haar, lässt ihn wild und gefährlich aussehen. »So ist es doch, oder? Du bist so ... du warst schon immer so erbärmlich, Kanoa.«

»Hör auf, Aiden«, sagt Hannah, »ich vertraue ihm.«

»Du vertraust dem Falschen, Hannah! Er ist verrückt. Genau wie seine Mutter. Als seine Mutter durchgedreht ist, hat Sky ihn gerettet.«

»Und wer war schuld daran, dass sie durchgedreht ist?«, schreit ihn Kanoa an.

»Du bist ein Verräter«, sagt Aiden verächtlich. »Ein mieser, feiger Verräter!«

»Und du ein elender Lügner!«

»Hört sofort auf!«, brüllt Hannah die beiden an. »Sofort!«

»Du hast recht, Hannah«, sagt Aiden in einschmeichelndem Ton und lächelt sie an. »Komm mit mir. Nikki wartet auch schon auf dich.«

»Nikki?«

»Ja. Sie hat mich angefleht, dich zu finden, sie weiß alles von dir und Kanoa.«

»Glaub ihm kein Wort, Hannah«, sagt Kanoa bebend vor Wut.

»Nikki?«, fragt Hannah noch mal.

»Hannah, er lügt!«

Ja, vielleicht lügt er, aber Nikki ...

»Wo ist sie? Wo ist Nikki?«, will sie von Aiden wissen. »Sag mir sofort, wo sie ist.«

»Beruhige dich«, sagt Aiden beschwichtigend, »erinnerst du dich nicht mehr? Nikki ist doch durch das Tor gegangen. Sie hat jetzt Zugang zum Weltgedächtnis. Und sie macht sich furchtbare Sorgen um dich, weil sie gesehen hat, dass du mit dem Bösen unterwegs bist.«

»Dem Bösen?«, fragt Hannah irritiert.

Aiden deutet auf Kanoa. »Er ist einer von der Dunklen Armee. Erinnerst du dich nicht mehr an das Experiment?«

Das Experiment ... Das Tonband läuft wieder in ihrem Kopf ab: »Wird es den Lichtwesen gelingen, die dunklen Mächte zu besiegen? Wenn alle eingetroffen sind, kann das Experiment beginnen. Und du bist Teil des Experiments. *Mete bab ou alatranp ...« Die Dunklen Armeen wollen unseren Sieg verhindern und dass wir unsere Twin Flames treffen ...*

»Erinnerst du dich?«, sagt Aiden beschwörend. Und gegen ihren eigentlichen Willen nickt Hannah und sagt: »Ja, ich erinnere mich.«

Aiden lächelt erleichtert. »Hannah«, seine Stimme wird plötzlich sanft, so sanft wie dunkelblauer Samt. »Wir sind Twin Flames. Wir sind füreinander bestimmt und haben uns endlich gefunden. Und das Böse«, er deutet wieder auf Kanoa, »will das verhindern!« Eindringlicher fügt er hinzu: »Bitte, Hannah, du musst mir glauben.«

Kanoa ist leichenblass.

»Warum sollte ich dir glauben, Aiden?«, faucht Hannah. »Du hast mich manipuliert und meine Gefühle missbraucht. Du hast mich unter Drogen gesetzt. Und wer weiß, was du sonst noch mit mir und Nikki –«

»Das war nur zu deinem Besten«, unterbricht Aiden sie, »du warst völlig außer dir, Hannah. Manchmal bewegt uns etwas so sehr, dass wir nicht mehr wir selbst sind.«

»Und die Stromstöße – waren die auch nur zu meinem Besten?«

Aiden schaut sie erstaunt an. »Wovon redest du? Hat er dir das eingeredet?«

Wutentbrannt packt Kanoa ihn an seinem weißen Hemd. »Du mieses Schwein, was hast du mit ihr gemacht?«

Da kommt ein tiefes Grollen aus der Erde, lässt den Boden und die Luft vibrieren, verschlingt alle anderen Geräusche. Kanoa lockert seinen Griff und mit einer blitzschnellen Bewegung reißt Aiden ihm sein Hemd vom Hals bis zum Bauchnabel auf.

Vier parallele Narben ziehen sich quer über Kanoas Brust – wie von der Tatze eines wilden Tieres gerissen.

»Hat er dir das auch gezeigt?«, schreit Aiden gegen das Grollen an. »Bestimmt nicht! Kennst du dieses Zeichen, Hannah? Es ist das Zeichen der Dunklen Armee. Alle«, brüllt er leidenschaftlich, »alle, die zu ihnen gehören, haben dieses Zeichen! Alle.«

In Kanoas Gesicht und in seinen Augen ist plötzlich ein gefährliches Flackern. »Du hast mich den Felsen hinuntergestürzt und gedacht, mich würde dort keiner finden«, sagt Kanoa bedrohlich leise. »Du wolltest mich töten!«

»Glaub ihm kein Wort!« Aiden streckt Hannah die Hand entgegen. »Hannah, ich flehe dich an, komm jetzt mit mir! Wir sind Twin Flames. Das darfst du niemals vergessen! Von Anfang an habe ich es gespürt und du, du doch auch ... Erinnerst du dich noch, wie wir am Strand waren, in der Nacht, die Sterne über uns ...«

Wie eingefroren steht Hannah da.

Aiden greift hinter sich und hat plötzlich ein Messer in der Hand. Mit einem Ruck hat er Hannah an sich gerissen.

Sein Griff schnürt ihr die Luft ab. Kalt spürt sie die Klinge des Messers an ihrer Kehle. *Er ist verrückt, vollkommen irre!*

»Kanoa«, presst sie hervor, »bring dich in Sicherheit, geh!« Sie würde schon irgendwie mit Aiden fertig werden.

»Tu, was sie sagt, Kanoa, ein zweites Mal überlebst du nicht.«

»Kanoa, bitte, tu, was er sagt!«

»Weg mit der Waffe, Aiden!«, befiehlt in diesem Augenblick eine Stimme, gefolgt vom deutlichen Klicken einer Waffe. »Los, runter auf die Knie!«

Hinter einem hohen Dornengebüsch kommt eine Gestalt hervor.

»Summer«, sagt Aiden herablassend, »das ist geradezu ... lächerlich.«

Ein Schuss explodiert, Staub und Steine spritzen vor Aiden auf, Hannah reißt sich los und im nächsten Augenblick wirft Kanoa sich auf Aiden und rammt ihm die Faust in den Magen.

»Summer!« Hannah starrt das Mädchen an, als wäre es eine Erscheinung.

Summer hat noch immer die Pistole auf den sich am Boden krümmenden Aiden gerichtet. Kanoa reißt einen Streifen aus seinem Hemd und fesselt ihm damit die Arme auf dem Rücken.

»Ihr vertraut dem Falschen!«, schreit Aiden. »Merkt ihr das denn nicht?«

»Halt dein verdammtes Maul, Aiden!«, zischt Summer und zielt auf Aidens Kopf. »Du bist das Hinterhältigste, Gemeinste, was mir jemals begegnet ist.« Ihre Stimme ist voller Hass.

»Du hast mir vorgegaukelt, dass du mich liebst ...«

»Summer«, Hannah streckt den Arm nach ihr aus, »nicht, gib mir die –«

Doch Summer hört sie gar nicht. »Du hast allen erzählt, Kanoa sei tot, damit du Skys einziger Sohn sein konntest!«

Hannah bleibt die Luft weg. Hat sie sich verhört? »Was?«

Kanoa ist ... Sie blickt zu ihm. »Du bist ... Skys ... Sohn? Ihr beide seid ... Brüder?«

»Halbbrüder«, presst Kanoa zwischen zusammengebissenen Zähnen hervor.

»Er hat Sky nie geliebt«, schreit Aiden jetzt, »nie so wie ich!«

»Sei still, Aiden!«, entgegnet Kanoa. »Was passiert mit den Mädchen hinter dem Felsentor? Wo lässt du sie hinbringen? Was machst du mit ihnen? Sag es mir!«

»Die Mädchen gehen in die fünfte Dimension.«

Kanoa lacht auf. »Die fünfte Dimension existiert doch nur in Skys Wahnvorstellung. Und du nutzt das für deine eigenen Zwecke. Du manipulierst und hintergehst Sky und er merkt es nicht, weil er so verrückt ist, weil er wahnsinnig ist!«

Summer bricht in Tränen aus. »Mein Gott«, schluchzt sie, »ich will hier weg. Bitte! Ich will schon so lange hier weg.«

»Ihr kommt hier nicht weg!« Aiden lacht böse. »Nie mehr.«

»Ich hasse dich, Aiden!« Summer zielt mit zitternder Hand auf ihn.

Hannah versucht dazwischenzugehen, aber Summer stößt sie beiseite. Mein Gott, so, wie Summer drauf ist, drückt sie gleich ab ...

»Summer, bitte, gib mir die Pistole«, sagt Hannah, so ruhig sie kann, und streckt die Hand aus. »Gib sie mir einfach.«

»Summer!«, sagt Kanoa beschwörend.

Sekundenlang spricht niemand, auch das Krächzen der Papageien im Dschungel, das Rauschen des Meeres sind verstummt, selbst die Luft scheint stillzustehen. Alles, auch das Fortschreiten der Zeit, so kommt es Hannah vor, hängt jetzt allein von Summer ab.

»Tu es nicht, Summer«, flüstert sie – und in diesem Moment

fängt die Erde erneut an zu beben. Ein dröhnendes Grollen steigt aus der Tiefe empor.

Summer lässt die Pistole fallen und Kanoa nimmt sie rasch an sich.

»Und was wollt ihr jetzt tun?« Aiden lacht triumphierend. Wie gemein er ist, denkt Hannah. Wie hatte sie nur glauben können, sie sei in ihn verliebt? Wie hatte sie nur am Strand mit ihm ... Entschieden wischt sie die Erinnerung weg.

Zornig zerrt Kanoa Aiden hoch.

»Ihr kommt nie weg von dieser Insel, außer –«

»Halt endlich die Klappe, Aiden!«, fällt Kanoa ihm scharf ins Wort.

»Außer was?«, mischt sich Hannah ein. »Außer was, Aiden?«

»Bravo, Hannah!« Auf Aidens Gesicht breitet sich ein genugtuendes Lächeln aus. »Wenn du mal fünf Sekunden lang deinen Verstand benutzen würdest, Kanoa, wäre dir auch klar, dass ihr mich braucht, um von hier wegzukommen.«

Hannah kann gerade noch Kanoas Arm festhalten, der schon ausgeholt hat.

»Also, was ist, Aiden?«, sagt sie. Oh, wie sie ihn hasst.

»Unten steht das Wasserflugzeug. Damit schaffen wir es bis zur Hauptinsel.«

»Wir?« Kanoa lacht höhnisch. »Wieso sollten wir dich mitnehmen?«

Aiden sieht ihn herausfordernd an. »Kannst du es etwa fliegen?«

PLAN B

Kanoa stößt Aiden immer wieder weiter. Ein paarmal will Hannah dazwischengehen, doch jedes Mal denkt sie an Kanoas Narben – und lässt es sein.

Unten am Strand sind die Mädchen in ihren weißen Kleidern in panischer Angst zusammengelaufen. »Die Erde bebt!«, schreien sie und: »Sky! Wo ist Sky?«

Als sie die vier herankommen sehen, stürzen sie auf sie zu, aber Kanoa feuert einen Schuss in die Luft und sofort weichen sie erschrocken zurück.

»Schnell«, Kanoa zeigt hinauf zum Krater, der bereits graue Rauchwolken ausstößt, »wenn der Vulkan ausbricht, kommen wir nicht mehr von hier weg!«

Noch nie ist Hannah der Strand so breit vorgekommen, endlos dehnen sich die Meter zum Flugzeug, das noch so friedlich auf dem Wasser schaukelt.

Doch da erzittert die Erde plötzlich erneut, nein, es ist mehr als ein Zittern – viel, viel mehr –, es ist ein gewaltiger Zusammenstoß tief unten im Innern der Erde.

»Hannah«, keucht Summer neben ihr, »wir schaffen es nicht!«

»Wir dürfen jetzt nicht aufgeben, Summer!«

Ein lautes Rufen lässt Hannah herumfahren. Sky! Er steht vor dem großen Zelt, strahlend, überirdisch weiß, die Arme zum Himmel erhoben.

»Das Experiment geht zu Ende«, hallt seine Stimme über den Strand. »Die Dunklen Armeen haben ihren letzten Angriff eingeleitet. Aber fürchtet euch nicht! Ich werde euch in die fünfte Dimension führen. Und die Dunkle Armee wird uns nicht daran hindern!«

Erleichterter Jubel bricht aus und die Mädchen laufen begeistert auf Sky zu.

»Kommt, kommt mit mir!«

Und in seine Worte hinein bricht der Sturm los. Dicke Rauchwolken quellen aus dem Krater, schwere Wolken haben sich vor die Sonne geschoben, die Wellen schlagen höher, abgerissene Blätter und ganze Palmwedel fliegen durch die Luft, von den Hütten lösen sich Bretter, Sand wirbelt auf. Hannah hält die Hand schützend vor die Augen.

Kanoa zieht sie am Arm. »Komm!«, brüllt er gegen das Tosen und Brausen des Sturmes an und sie läuft hinter ihm zum Flugzeug, das nun von den Wellen hin und her geworfen wird.

»Los! Los! Los!«, schreit Aiden. »Es kann jeden Moment weggerissen werden!«

»Der Vulkan ...« Summer dreht sich um, doch Hannah zerrt sie mit sich, hinein ins Wasser.

»Binde mich los, Kanoa«, schreit Aiden, »mach schon!«

»Eine falsche Bewegung«, sagt Kanoa, während er ihn losbindet, »und du bist tot.«

Zu viert kämpfen sie sich durch die brodelnden Wellen zum Flugzeug, das sich um den Anker zu drehen beginnt.

Tief aus der Erde kommt ein grollendes Dröhnen, als wäre da unten ein wildes Tier eingesperrt, und Hannah beeilt sich, auf die Tragfläche zu klettern. Kanoa öffnet die Luke und Aiden lichtet den Anker.

Endlich! Endlich sind alle an Bord und Kanoa schließt die Tür. Aiden wirft sich auf den Pilotensitz und startet die Motoren, die Propeller rotieren dröhnend, keine Sekunde zu früh, denn schon reißt eine gewaltige Kraft an der Maschine.

Hannah schnallt sich auf dem Rücksitz neben Summer an, die aschfahl im Gesicht ist und aussieht, als würde sie sich gleich übergeben müssen. Kanoa sitzt vor ihnen und hält Aiden die Pistole an den Kopf. Der legt den Starthebel um und Hannah wird in ihren Sitz gedrückt. Das Flugzeug rast übers Wasser.

»Mein Gott, das schaffen wir nie!« Summer krallt ihre Finger in Hannahs Arm.

Hannah will etwas sagen, aber sie kann sich nur stumm an die Lehne klammern. Die Kufen krachen auf die Wellen, die Maschine wird geschüttelt und gestoßen und dann endlich schwingt sie sich in die Luft.

»Wir fliegen!« Summer macht die Augen zu. »Wir fliegen!«

Ja, wirklich, sie fliegen! Hannah beugt sich vorsichtig zum Fenster. Aiden fliegt eine scharfe Linkskurve – und Hannah kann den Strand unter ihnen sehen, wo der Zug der weiß gekleideten Mädchen über die Felsenbrücke zum Steintor strebt, vorneweg schreitet Sky, weiß und leuchtend.

Zum ersten Mal sieht Hannah, was hinter dem Steintor ist. Da ist nichts. Nur die Brandung und das offene Meer ...

Im selben Augenblick schießt aus dem dunklen Qualm des Vulkans etwas Rotglühendes auf.

Als würde der Berg eine neue Sonne gebären, denkt Hannah. Trotz ihrer Panik ist sie von dieser grausamen Schönheit fasziniert. Glutrote Lava schießt explosionsartig aus dem Krater, wälzt sich dick und zähflüssig den Berg hinunter und die Bäume fangen Feuer, bevor der Lavastrom sie unter sich begräbt. Unaufhaltsam drängt der Strom weiter, fräst eine Schneise des Todes durch den Regenwald, ergießt sich über die Insel bis hinunter zum Strand, alles unter sich begrabend und verbrennend. Pflanzen, Bäume, die Hütten, Tiere – Menschen. Zurückbleiben wird eine dicke erkaltete Schicht, unter der der Moment des Todes für immer konserviert sein wird.

Die Maschine wird hin und her geworfen, hinauf und wieder hinunter gerissen, als hinge sie an einem Faden, an dem von einer unheimlichen Macht nach Belieben gezogen wird.

»Mein Gott«, kreischt Summer. »Ich will nicht sterben!«

Ein plötzlicher Ruck schleudert Hannah gegen die Rückenlehne, als Aiden das Flugzeug fast senkrecht aufsteigen lässt, und unter seinem Sitz schießt etwas hervor, eine schwarze Tasche, die sich losgerissen hat – und prallt hart gegen ihre Schienbeine.

»Ich warne dich!«, schreit Kanoa Aiden an.

»Wir müssen vom Vulkan weg«, brüllt Aiden zurück, »raus aus den Turbulenzen!«

Doch plötzlich sackt das Flugzeug wieder ab und Summer schreit: »Wir stürzen ab!«

Der Strand der Insel reicht mit einem Mal weit ins Meer hinaus, als würde das Wasser abgesogen – und jetzt sieht Hannah sie – die dunkle Wand, die sich dort draußen auftürmt ...

Kanoa, Aiden, Summer und Hannah, sie alle starren hinaus und für Sekunden ist es trotz des Dröhnens und Brausens in Hannah ganz still, gespenstisch still – als hielte das Leben den Atem an.

»Ein Tsunami!«, schreit Aiden.

Sie steuern jetzt direkt auf die Wand zu, die unaufhaltsam heranrollt, himmelhoch und dunkelgrau. Hannah schließt die Augen. Grollend kommt sie auf sie zu, die gewaltige, Tod bringende, alles zermalmende Welle, als wollte sie sich rächen. Wie die Sintflut in der Bibel, denkt Hannah, die hat Gott doch auch geschickt, um die Menschen zu bestrafen ...

»Festhalten, die Welle saugt uns runter!«, brüllt Aiden gegen den ohrenbetäubenden Lärm der Maschine an und das Flugzeug sackt wieder nach unten, unmittelbar vor die graue Wand, die in wenigen Sekunden auf die Insel treffen und alles, alles zermalmen und fortspülen wird.

»Mach was!« Kanoa drückt Aiden die Pistole hart an den Kopf. »Flieg uns hier raus!«

»Die Druckwelle saugt uns runter!« Aiden stemmt sich mit aller Kraft gegen die Hebel. Aber die Maschine wird immer weiter nach unten gesaugt und vor ihnen rückt die Wand immer näher. Bis zuletzt hat Hannah daran geglaubt, es zu schaffen. Doch gleich, gleich, gleich werden sie gegen die Wellenwand prallen ... Da dreht sich Kanoa zu ihr um und nimmt ihre Hand und hält sie fest, ganz, ganz fest. Und plötzlich wird Hannah ganz ruhig.

Sterben wir jetzt?, fragt sie stumm und sie erinnert sich, wie er sie am Steintor ins Meer gerissen hat, wie sie glaubte zu ertrinken und in seinen Armen wieder aufgetaucht ist. Kann man zweimal gerettet werden? Sie schließt ihre Hand fester um seine. *Ich werde sie bis zuletzt nicht loslassen, bis zuletzt ...*

Das Flugzeug sackt ab und steigt wieder auf, ein Spielball der gewaltigen Kraft der Elemente. Hannah erwartet jeden Moment den Aufprall, das Zerschmettern an der steil aufragenden Wellenwand. Der Motor jault, um sie herum braust und dröhnt es. *Die Welt geht unter – und wir mit ihr ...*

»Ich will nicht sterben«, Summer schlägt verzweifelt mit den Fäusten auf Aidens Schultern ein, »ich will nicht sterben!« Sie fängt an zu schluchzen und hält sich an Hannah fest.

In diesem Moment steigt die Maschine wieder hinauf ... sie steigt und steigt und ja ... jetzt fliegt sie über den Wellenkamm! In dem Augenblick trifft Hannah die Erkenntnis wie ein Schlag: Sie haben es geschafft! Sie sind den Tod bringenden Gewalten tatsächlich entkommen!

Hannah dreht den Kopf und sieht, wie die gewaltige Welle über die Insel hinwegrollt. Sekunden später ist da nur noch ein kleiner, rauchender Punkt in der Endlosigkeit des Ozeans.

Und während ihr Verstand es immer noch nicht richtig fassen kann, dass sie ein weiteres Mal mit dem Leben davongekommen ist, steigen Bilder in ihr auf und Hannah sieht alle vor sich, lachend und tanzend am Strand, am Buffet: Judith, Sébastien, Ruben – und Nikki, damals, als sie von der anderen Seite noch nichts wusste, als ihre einzige Sorge war, kein Internet und keinen Handyempfang zu haben.

Das Flugzeug steigt höher, immer höher und höher. Hannah hat das Gefühl, als würden sie dorthin hinauffliegen, wo die Atmosphäre der Erde auf die Unendlichkeit des Universums trifft. *Geschafft, wir haben es wirklich geschafft!* Ein unbeschreibliches Glücksgefühl durchströmt ihren Körper und Hannah atmet auf, doch da wird die Luft mit einem Mal dünn, der Druck steigt, presst alles zusammen, gleich wird die Maschine auseinanderbrechen! Hannah kann nichts mehr hören, kein Dröhnen, kein Brummen, die Sicht verschwimmt. Da umfasst sie Kanoas Hand noch fester. *Nur nicht loslassen ... es wird alles gut. Alles. Wir haben es doch so weit geschafft!*

Und plötzlich stottern die Propeller.

»Was ist das?«, brüllt Kanoa.

Hannah blickt aus dem Fenster. Die Propeller drehen sich nicht mehr!

»Es ist vorbei«, schreit Aiden und für einen letzten Moment sehen sie ins Hellblau des Himmels, ins Licht, in die Hoffnung. Hannah fängt Kanoas Blick in ihre Augen auf, er sagt *Ich liebe dich, habe dich geliebt von Anfang an* und diesen Blick hält sie fest. Und sie schwört sich, ihn festzuhalten bis zuletzt. Dann kippt die Schnauze der Maschine nach unten, hin zum Wasser, das sich wie eine dunkle graue und endlose Betonfläche unter ihnen ausbreitet.

FLASH TO THE FUTURE

»Und wie viele Stockwerke hat ...«, Kanoa dreht sich um die eigene Achse, »das da?«

Hannah blickt blinzelnd an dem Wolkenkratzer neben dem Empire State Building hoch. »Ich schätze: hundertdreißig!«

Kanoa legt den Kopf in den Nacken und lacht ausgelassen. »Hundertdreißig Stockwerke! Mann, das ist so cool!«

Hannah lacht mit. Wie er sich über alles freuen kann! Sie nimmt seine freie Hand, in der anderen trägt er schon all die Tüten mit den Klamotten aus den unzähligen Läden, die sie seit dem Morgen durchstöbert haben. Die bunte gehäkelte Mütze aus dem Vintage-Store Heaven hat sie gleich aufbehalten. »Damit siehst du total süß aus«, hat er lachend gesagt und ihr an der Kasse einen Kuss gegeben.

»Liebst du mich noch?«, fragt sie übermütig.

»Über alles!« Er umarmt sie und sieht so, so, so glücklich dabei aus! Sein Haar schimmert kupferfarben in der Herbstsonne, genauso wie seine Sommersprossen auf seiner hellen Haut. In den Sachen, die sie gestern auf ihrem Streifzug durch die angesagtesten Läden für ihn gekauft haben, sieht er aus, als wäre er hier aufgewachsen.

Obwohl er immer noch erschrickt, wenn Autos zu nah an ihm vorbeifahren. Manchmal muss er sich sogar die Ohren zuhalten, wenn ihm der Lärm zu viel wird und – gerade vorhin, vor ein paar Minuten – hat er sie rasch in einen ruhigen dunklen Laden gezogen, weil ihm die Menschenmenge auf der Straße zu viel wurde. Aber eigentlich hat er sich sehr schnell eingewöhnt. Selbst mit einem iPhone kann er schon umgehen und Geld aus dem Automaten kann er auch ziehen – was ihm ziemlichen Spaß macht.

»Für jemanden, der auf der Insel aufgewachsen ist, machst du das alles super!«, hat sie ihm schon öfter bewundernd gesagt und er hat sie glücklich angelächelt.

»Und was machen wir jetzt noch?«, fragt er unternehmungslustig. Manchmal fragt sie sich, ob er eigentlich nie müde wird.

»Hier gibt es so viel ...«, er sieht sich aufgeregt um, »so wahnsinnig viel Neues!« Er deutet auf ein Kinoplakat. »Das da, zum Beispiel.«

»Okay«, sagt Hannah, »gehen wir ins Kino.«

»Kino ... was gibt's da?«, fragt er neugierig.

»Träume. Komm!« Sie zieht ihn zum Eingang mit dem roten Teppich und dem goldglänzenden Eingang, aus dem ihnen süßer Popcornduft entgegenströmt.

Lies weiter in „Die Rache der Insel“.